U0115869

福建師範大學文學院百年學術論叢　第八輯

中國左翼文學現場研究

傅修海　著

第八輯
總序

　　甲辰春和，歲律肇新。纘述古今之論，弘通文史之思。

　　《福建師範大學文學院百年學術論叢》第八輯，以嶄新的面貌，在臺北萬卷樓圖書公司出版發行，甚可喜也。此輯所涉作者及專著，凡十有五，略列其目如次：

　　　　蔡英杰《說文解字的闡釋體系及其說解得失研究》。
　　　　陳　瑤《徽州方言音韻研究》。
　　　　　　　　以上文字音韻學二種。
　　　　林安梧《道家思想與存有三態論》。
　　　　賴貴三《韓國朝鮮王朝《易》學研究》。
　　　　　　　　以上哲學二種。
　　　　劉紅娟《西秦戲研究》。
　　　　李連生《戲曲藝術形態與理論研究》。
　　　　陳益源《元明中篇傳奇小說與中越漢文小說之研究》。
　　　　傅修海《中國左翼文學現場研究》。
　　　　雷文學《老莊與中國現代文學》。
　　　　徐秀慧《光復初期臺灣的文化場域與文學思潮》。
　　　　王炳中《現代散文理論的個性說研究》。
　　　　顏桂堤《文化研究的變奏：理論旅行與本土化實踐》。
　　　　許俊雅《鯤洋探驪——臺灣詩詞賦文全編述論》。
　　　　　　　　以上文學九種。
　　　　林清華《水袖光影集》。
　　　　　　　　以上影視學一種。

林文寶《歷代啟蒙教材初探與朗誦研究》。

以上蒙學一種。

　　知者覽觀此目，倘將本輯與前七輯相為比較，不難發見：本輯的規模，頗呈新貌。約而言之，此輯面貌之「新」處，略可見諸兩端：

一曰，內容豐富而廣篇幅。

　　如上所列，本輯所收論著十五種，較先前諸輯各收十種者，已增多百分之五十的分量，內容篇幅之豐廣不言而喻。復就諸論之類別觀之，各作品大致包括文字音韻學、哲學、文學、影視學、蒙學等五方面的研究，而文學之中，又含有戲曲、小說、詩詞賦文、現代散文、左翼文學各節目的探討，以及較廣義之文化場域、文藝理論、文學思潮諸領域的闡述，可謂春華競放，異彩紛呈！是為本輯「新貌」之一。

二曰，作者增益而兼兩岸。

　　倘從作者情況分析，前七輯各論著的作者，均為服務於福建師範大學的大陸學者。本輯作者十五位乃頗不同：其中十位屬福建師範大學文學院，另五位則為臺灣各高校教授，分別服務於成功大學中國文學系、臺灣師範大學國文系、臺東大學兒童文學研究所、東華大學哲學系等高教部門。增益五位臺灣學者，不僅是作者群體的更新，更是學術融合的拓展，可謂文壇春暖，鴻論爭鳴！是為本輯「新貌」之二。

　　惟本輯較之前七輯，雖別呈新氣象，然於弘揚優秀中華文化，促進兩岸學者交流的本怡，與夫注重學術品質，考據細密嚴謹之特色，卻毫無二致。縱觀第八輯中的十五書，無論是研究古典文史的著述，還是探索現當代文學的論說，其縱筆抒墨，平章群言，或尋文心內涵，或覓哲理規律，有宏觀鋪敘，有微觀研求，有跨域比較，有本土衍索，均充分體現了厚實純真的學術根底，創新卓異的學術追求。

「苟非其人，道不虛行」，高雅的著作，基於優秀學人的「任道」情懷。這是純正學者的學術本能，也是兩岸學界俊英值得珍惜的專業初心。唯其貞循本能，不忘初心，遂足以全面發揮學術研究的創造性，足以不斷增強研究成果的生命力。於是乎本輯十五種專著，與前七輯的七十種作品，同樣具備了堪經歷史檢驗而宜當傳世的學術質量，而本校文學院「百年學術論叢」的十載經營，十載傳播，亦將因之彰顯出重大的學術意義！每思及此，我深感欣慰，以諸位作者對叢書作出的種種貢獻引為自豪。至若臺北萬卷樓圖書公司各同道多年竭力協謀，辛勤工作，確保了叢書順利而高品格地出版發行，我始終懷抱兄弟般的感荷之情！

　　中華文化，源遠流長。歷代學人對中國悠久傳統文化的研討，代代相承，綿綿不絕，形成了千百年來象徵華夏民族國魂的文化「道統」。《易》曰：「觀乎人文，以化成天下。」即言聖人深切注重中華文明的雄厚積澱，期盼以此垂教天下後世，以使全社會呈現「崇經嚮道」的美善教化。嘗讀《晦庵集》，朱子〈春日〉詩云：「勝日尋芳泗水濱，無邊光景一時新。等閒識得東風面，萬紫千紅總是春。」又有〈春日偶作〉云：「聞道西園春色深，急穿芒屩去登臨。千葩萬蕊爭紅紫，誰識乾坤造化心？」此二詩暢詠春日勝景。我想，只要兩岸學者心存華夏優秀道統，持續合力協作，密切溝通交流，我們共同丕揚五千年中華文化的「春天」必然永在，朱子所謂「萬紫千紅」、「千葩萬蕊」的春芳必然永在。願《福建師範大學文學院百年學術論叢》的學術光華，永遠沁溢於兩岸文化學術交融互通的春日文苑！

汪文頂

謹撰於閩都福州

二○二三年十二月一日

張序

現代中國知識群體關於學術與政治的路徑論爭，為二十世紀初中國現代性的發生、演進展現了一副最為原始、真實、生動的面貌。以學術與政治的關係為主線，不僅可以闡釋百年來大批新青年派知識分子走向社會主義的精神路徑，也可窺見現代中國知識群體如何理解學術與政治之間的關係。[1]

事實上，「學理型政治」與「政治型學理」兩種路徑的社會現實遭遇與歷史現場中的展開，對從總體上理解「五四」以後的現代中國無疑是一重要機竅。如何理解「從資產階級民主主義政治文化到無產階級社會主義政治文化轉型的時代」的中國化進程，如何體味「一個以馬克思主義意識形態為引領的先進政治文化」何以能在二十世紀二十年代的中國最終生根開花，顯然不是一個純學術的討論，也不是一個純政治的演進。這是歷史合力的結果，是歷史的選擇，是現實的呼籲，是人民用生命參與投票的結果。[2]基於此，理解現代中國的學術文化、文學變遷、學術政治、思潮轉折，對於中國作風與中國氣派的考量與自信，就是對一個活態中國歷史現場的認知、體驗與反思，就是對一個偉大民族現代命運轉型的生態理解與共情。

《馬克思主義傳播語境下的中國左翼文學現場研究》，是傅修海教授主持的國家社科基金的結項成果，議題著眼於左翼文學中國化進程

1　張寶明：〈從學術到政治：「五四」新青年派走向社會主義的精神路徑〉，《探索與爭鳴》2021年第6期。

2　張寶明：〈文化衝突中的文化政治與政治文化──五四新文化運動與現代中國觀念的生成，《學術研究》2020年第5期。

與馬克思主義在中國傳播語境的互動。我非常認同書中的這些表述：
「中國左翼文學的在場者和實踐者，往往也是中國早期馬克思主義的
接受者和傳播者。」「他們是促成中國現代文學左翼轉折的關鍵人物，
是中國現代文學史上的『被遮蔽的思想者』。」「中國左翼文學是中共
早期領導人對現代文學介入、影響的結果，中國作風與中國氣派是他
們開創的審美理想。馬克思主義的傳播與中國左翼文學密切相關，共
產主義革命政治是中國左翼文學現場的靈魂元素。」「中國左翼文學現
場，作為歷史化和動態化的文學現場，本身就是充滿張力的文學文
本，是中國現代文學史重要的結構性因素，更書寫著特定時代的文學
思潮與文學觀念。」上引幾段，其特出的學術判斷與高屋建瓴的歷史
把握，當可見出傅修海教授為文為人的超邁脫俗，也可見出其文學入
思的細密精深。其間呈現出來的強調人文融通、充滿虛實關懷的學術
品質，從識見、品味和態度上，可謂深得我心。

　　令人詫異的是，修海極為樸素直率。這個每每以客家人自許的小
個，如果不是因為論學相知，實在沒什麼特徵能迅速引人關注。樸素
而大方，不僅是他為人、為文、為學的特點，更是其一系列學術探索
令人刮目相看的力量源泉。樸素的力量，此之謂也。較之當下，這多
少顯得有些如魯迅所說的「索漠」（《三閑集》〈在鐘樓上〉）。

　　眾所周知，新時期文學以來，不僅文學創作發生了一系列的探索
和變化，文學研究、文學批評也發生了諸多的轉折、轉型。一時代有
一時代之文學，一時代也有一時代文學研究的風氣、軌範、思路、喜
好。近數十年來，「二十世紀中國文學」論、「重寫文學史」思潮、
「再解讀」思潮，可以說在相當程度上改變了中國現當代文學研究的
格局、導向和趣味。近年來，文獻整理與數據庫研究、思想史視野的
個案研究與整體敘述，也在引領著學術風向變動。尤其是在文獻數據
化、電子化技術支撐下，本來應該是「過眼雲煙」的「斷朝爛報」、
邊緣文獻、民間材料等紛紛「滿血復活」，在一定意義上反而匹配了

「有圖有真相」的圖像時代研究的風尚。毫無疑問，文獻是學術研究、歷史敘事和發現的前提。以往人們常說，眼光照亮材料，然海量的材料同樣可以幻化出新異的眼光。思想理論、文獻材料、研究方法、研究工具，都可能成為引發學術「範式」革命的元素。論及今人學術，論者多概而言之曰「思想淡出，學術突顯」，其實準確地說，應是「思想淡出，文獻突顯」。當然，此二者未必就是二元對立，也不應該有這種對立。儘管事實上存在這種人為的粗淺對立。

修海的研究工作，難免受時代影響。歷史現場的強調，馬克思主義傳播的前置視野，都是在在可見的學習痕跡。難能可貴的是，他的學習不是趨潮流、跟風尚，不是矮人觀場，不是隨風搖擺，不是湊熱鬧，而是清醒認識到自己的學術稟性和趣味，根據自己的學術積累、學術圖景，一步一個腳印地挪動，老老實實地模仿學習，真真切切地努力創新……修海的進步成長，可謂一目了然。一條小河，清而且淺。這樣有著自己的學術研究的初心，堅持現代中國學術的基本品格，其實是非常不容易的。

學術研究本是個不斷積累的事業。俗話說，鐵打的營盤流水的兵。現如今，營盤未必鐵打，兵也未必如流水。就現代中國文學研究而言，裡面兵多將多營盤（圈子）多──也就是「擠」──已經是新常態。擠進去不容易，擠出來也難乎其難。

回想當年〈文學研究會宣言〉有言：「將文藝當作高興時的遊戲或失意時的消遣的時候，現在已經過去了。我們相信文學是一種工作，而且又是於人生很切要的一種工作；治文學的人也當以這事為他終身的事業，正同勞農一樣。」文學是一種工作，文學研究也是一種工作。這種樸素的出發點，這種樸素的文學觀、人生觀、學術觀，我認為，不僅是從事中國現代文學及其研究應該有的現代意識，也是判斷現代中國學術的現代性、現代學者的從業初心以及底線意識的標準。在一定程度上，這種樸素的「正同勞農一樣」的學術志趣，是中

國的，是現代中國的，更是當代中國的。

　　中國左翼文學研究冷冷熱熱，毋庸諱言，皆有時勢因素的影響。學術與政治兼而有之，中國左翼文學研究就是極為典型的個案。從大前提和大判斷來說，短時期內相關研究不可能有大突破，也不敢有大突破，這不僅是學術事實，也是邏輯現實，更是歷史真實。左翼文學研究的焦灼心態與膠著生態，不是研究者才性與氣量的問題，而是學術與政治的中國現實情狀使然。修海對中國左翼文學研究的貢獻與突進，主要也不在於學術格局上的宏圖大展，而在於他對構成中國左翼文學現場生態的具體文本、作家、議題、症候等的耐心披索、細密還原、精深辯難、離析還原。程光煒教授指出：「我注意到作者在有意識地擺脫研究成規，即那種來自研究對象本身的思想成規的限制，努力用自己的思考來重新校正和重建與研究對象之間的歷史聯繫。」[3]

　　修海一鳴驚人，當數其專著《時代覓渡的豐富與痛苦 —— 瞿秋白文藝思想研究》[4]。應該說，我本人正是通過這本論著認識作者的。該著在尋常中見奇崛，平易裡覓艱辛，頗得林崗先生的智趣風采，對此瞿研界內外均青眼有加。就其深具反思的前瞻性學術視野來看，該著可以用不可多得來評價。至於〈現代左翼抒情傳統的當代演繹與變遷〉、〈趙樹理的革命敘事與鄉土經驗〉、〈丘東平戰爭文學「格調」的歧途〉、〈對影成三人：郭沫若、李白與杜甫的互文寫作〉這些深得海內外學術好評的鴻文，雖係一磚一瓦、一木一石，亦自有深情所致。我相信，只要細心讀過上述論作，充溢其間的生機勃勃的機趣，應該就是為學靜思者共通的素心之樂！不僅如此，修海的文筆和才情也是人所知之的。著名詩論家、學者王光明教授對其讚譽有加，認為他對

3　程光煒序，載傅修海：《瞿秋白與左翼文學的中國化進程》，北京市：人民出版社，2015年。

4　傅修海：《時代覓渡的豐富與痛苦 —— 瞿秋白文藝思想研究》，北京市：中國社會科學出版社，2011年。

現實問題的評論「體現了作者對當前問題的敏感和迅速歸類、命名的
能力，行文則銳利而灑脫」。「讀傅修海等年輕一代『閩派批評家』充
滿真知灼見和才華橫溢的文章，真的覺得自愧弗如。」[5]難能可貴的
是，這位富有潛力和功底的學者並不因自己學術地位和環境的改變而
有任何懈怠，而始終在自我砥礪中孜孜以求、筆耕不輟，一步一個腳
印地向著既定的方向前行，儼然一位不倦的拓荒者與耕耘者。這部生
氣淋漓的新論就是最好的說明。我相信，修海還會有更好的選擇，也
應該有。同時，作為他的同道，我也期待學術界有更多雙慧眼。

　　回首百年現代中國文學思想史，思潮紛擾、主義頻仍。然一言以
蔽之，學術和政治的密切互動當是其特質。扎根大地也好，仰望星空
也罷，我們都無法撥著頭髮離開大地、白日飛升。尤其是當前，「我
們所處的時代、人文學者所面臨的挑戰已經到了令人窒息的地步。在
新技術不斷壓抑、異化我們的過程中，人文倫理的責任更加艱鉅，更
為沉重。而這個時候人文學者回到自己的本位，守護著人文研究的固
有領域，也顯得尤其重要」。[6]作為生於斯、長於斯、思於斯的現代中
國知識者、人文研究者，直面馬克思主義傳播語境下的現代中國歷史
現場，考量現代中國學術的這種現實關切、民族探求，回應百年來
「不絕如縷」的現代人文追問，不僅是專業，更是責任！

　　就此，與修海及諸君共勉！

張寶明

二〇二一年秋月

5　王光明序，載傅修海：《現代中國文學考察筆記》，福州市：海峽文藝出版社，2016
　　年。

6　張寶明：〈人文之痛：當擔負成為負擔〉，《書屋》2021年第6期。

林序

　　中國現代文學史走過從「文學革命」到「革命文學」的歷程，表徵「革命文學」的左翼文學運動當然吸引了研究者的傾力關注，一九四九年以後更是蔚為研究探討的一大宗。傅修海是以瞿秋白文藝思想研究——《時代覓渡的豐富與痛苦》的博論——初登學壇的。十數年來，他一直致力於左翼文學運動史的研究。雖然間中開闢其他的學問方向，但始終沒有放棄自己的專長，始終念茲在茲，故不時有新見的發布。他的左翼研究，成績斐然。二〇一五年出版了一部《瞿秋白與左翼文學的中國化進程》。今次時隔六年再推出大著《馬克思主義傳播語境下的中國左翼文學現場研究》。像傅修海這樣持之以恆，用力於同一探索方向，我是十分佩服的。

　　作為學人，我們當然期許自己能有石破天驚的創獲，但亦深知此事談何容易。不僅有關稟賦學養，更兼神秘的因緣時運亦為關鍵的角色。正如漢高祖既有「大丈夫當如此也」的由衷羨嘆，如若不生於秦末群雄並起之時，則必然空有一腔熱血。或嫌擬喻不倫，然而王國維意義上的「成大事業、大學問」，必有非人力可致的因素，則古今中外概莫能外。多年前讀過庫恩《科學革命的結構》。他以為科學發現的邏輯表明，科學發現是以一種模式取代另一種模式的方式前行的。新模式站穩腳跟之後將支配一段長時期。這段時期的科學發現，不表現為建構新模式，而是表現為沿著站穩腳跟的模式做伸延性的探討，累積小創獲小發現。當既有模式不能解釋越積越多的小創獲小發現，形成越來越多異常現象之際，新模式建構的時機就趨於成熟。這個道理其實同哲學講事物變遷的量變質變的道理有異曲同工之妙。科學探

索雖然不能等同於人文研究，但既然同為對真義的探究和發現，其中必有相似之處。例如生當社會格局和研究模式大定之世，再冥思苦想建立大體系發明大學說，無論你如何「望盡天涯路」，亦必將落入好高騖遠的套路，必將勞而無功。反不如腳踏實地，從細處入手，積少成多，真義的發現亦盡在其中。

例如傅修海的這本大作，與既有的左翼文學運動研究不是大框架的不同，而是前人未曾注意或關注不夠之處的細部發掘。他十分機智把文章做在「現場」，以左翼文學運動的「現場」研究為自己的特色。以我的淺見，所謂「現場」就是構成文學事件的各種關係和細節。把塵封而混淆的關係梳理清晰，把當年的細節還原出來，事件的性質自然就活潑潑地呈現。「現場」既是傅修海大作觀察左翼文學的視點，也是全書通貫性的線索。各章區分為「發生現場」、「創作現場」、「批評現場」、「傳播現場」和「文學活動現場」。這些區分有些是含義相近的，但分別法無非就是方便的法門，故無須深究。令我感興趣讀來有收穫的，還是那些細部史實的還原和文本細讀而做出的發現。如第三章有一節專門討論《百合花》的意義。茹志鵑的小說當然很難簡單地歸入「左翼」了事，但無疑它是現代左翼文學在一九四九年以後的延伸和發展，因此它的敘事有一個傅修海稱之為「當代演繹和變遷」的問題。他從茅盾的議論開始，梳理了六十年來的評論，認為批評依然還沒有說清楚它有什麼好。這是因為前人未能發現文本的「表面」和「內在」的錯位與統一。他的結論我以為是富有啟發性的：「《百合花》在文本表面上是結構軍民關係的故事，內在感情上則在訴說著軍民之間朦朧美好的情愫。表裡的錯位和有機統一，使得《百合花》既可以敘寫好政治統戰性質的軍民關係，又能繼續保有左翼小說光榮的抒情傳統，所謂合則雙美。」傅修海的看法準確定位了這篇影響很大的短篇在當代小說史上的位置。

現代文學史去今不算遠，史料輯錄相對較為周全，未見史料的發

現不容易。但有時候將已見史料從紛繁中突顯出來還是很有意義的。第四章討論「傳播現場」，就《海上述林》的出版，魯迅送書到延安一事，傅修海的大作幾乎將有關史料全數網羅。一旦如此呈現，它們在現代文藝思想史上的意義就顯得不同凡響：一條從《海上述林》到《在延安文藝座談會上的講話》的線索就變得很清晰。儘管前者對後者的影響和相關性尚待釐定，但卻已經提示了學問探討更進一步的方向。正如文中所言：「從上海到延安，從瞿秋白到毛澤東，歷史與傳統在這裡賡續綿延，作為紅色經典和『紅色收藏』的經典，《海上述林》儼然成為左翼文藝思想史上的一塊界碑。」至於界碑上刻的什麼字以及有何含義，我們有理由等待有心人日後的探討。如傅修海能一力擔當，自然更好。

　　大作告成，傅修海讓我作序，推辭不獲免。適逢國慶長假，讀了兩天，頗感欣慰且有收穫，匆匆草序如上。

林崗

二○二一年十月六日

目次

第一章
中國左翼文學的發生現場研究

第一節　瞿秋白：從五四典型到左翼先鋒

　　討論左翼文藝思想資源的積累以及馬克思主義如何成為中國文藝思想的基本資源，無論從革命政治角度還是從文藝思想史角度，瞿秋白都是關鍵人物。其中，五四西學的接受與瞿秋白的關係是恰切的突破口，值得深入探究。

　　長期以來，人們對左翼文學的發生研究都不約而同地引用了丁守和先生的看法，認為在一九二七年大革命失敗以前，無產階級思想與馬克思主義在文學領域對中國的影響較小，直接的影響發生於一九二七年大革命失敗以後[1]，並將此作為一種先定的、革命真理般的事實。於是，大量關於左翼文學的研究或直接切入二十世紀三十年代左聯時期，或以魯迅對左翼文藝思想的接受為發端。[2]類似的以共產主義革命史的大判斷淹沒左翼文藝思想發生問題的討論，往往只見革命隊伍不見革命心靈、只有革命思想崇拜沒有文學趣味選擇。這種情形

1　丁守和：〈馬克思主義在中國的傳播及其對文學的影響〉，載馬良春、張大明、李葆琰編：《中國現代文學思潮流派討論集》（北京市：人民文學出版社，1984年），頁175-208。

2　張大明：《不滅的火種──左翼文學論》，成都市：四川文藝出版社，1992年。陳方競：《中國現代文學批評發展中的左翼文藝理論資源》（全文共10部分，第1-7部分分6次刊於《魯迅研究月刊》2006年的第3期、第4期、第7期，2007年的第9期，以及2008年的第3期和第6期；第8-10部分刊於汕頭大學文學院新國學研究中心主編的《中國左翼文學國際學術研討會論文集》，汕頭市：汕頭大學出版社，2006年）。劉永明：《左翼文藝運動與中國馬克思主義文藝理論的早期建設》，北京市：中國文聯出版社，2007年。

導致諸多現當代文藝思想史的研究最終流於以政治共識取代文藝思潮辨析。儘管在革命年代文藝論爭語境裡，任何話語和理論爭鳴首先是為著現實利益（包括政治利益），學術推進並不是根本旨趣。但以功利目的為一切左翼文學研究的大前提，除了證明研究本身循環論證的邏輯謬誤和研究者心態的無可奈何，並不能推進對問題的真正認識。

　　顯然，中國左翼文藝思想的源頭，不能僅僅追溯到左翼文藝世界性高漲的二十世紀三十年代。五四文藝與左翼文藝都是五四時期思想資源的一部分，都只是共時性存在的西學接受引發的大潮之一。一定意義上說，左翼文藝思潮只不過是五四新文藝大潮中的一種自由主義形態、一個支流，左翼並非是五四先鋒大流中的唯一。因此，考察左翼文藝思潮在五四前後的接續變遷，直接切入左翼文學高潮的二十世紀三十年代是相當不可靠的。而討論左翼文藝思想資源的發展史，討論馬克思主義如何成為中國文藝思想的基本資源，無論從革命政治角度還是從文藝思想史角度，左翼文藝運動的領導者、五四青年的先鋒人物瞿秋白都是一個關鍵性人物。其中，五四西學的接受與瞿秋白的關係無疑也是個恰切的突破口。

一

　　瞿秋白一度作為中國共產黨的核心思想政治權威、中國左翼文藝運動的實質領導者，有著足夠的資本和代表性成為延安新文藝傳統發展史上的關鍵。毛澤東在公開發布《在延安文藝座談會上的講話》講稿前，曾潛心研讀瞿秋白文藝譯著的集大成之作——《海上述林》，[3]這足以證明瞿秋白文藝思想是中國左翼文藝思想資源的奠基者。自瞿秋白之後，中國文藝才在形形色色的文藝思潮和紛紜複雜的異域現實

3　李又然：〈毛主席——回憶錄之一〉，《新文學史料》1982年第2期。

觀念中，最終皈依馬列主義的革命現實觀，並生成以中國革命語境為依託的現實主義文藝思潮。瞿秋白是由學習外語的古典文人轉變而來的現代馬列文論家，探究他在五四時期的西學接受，考察他最終選擇馬克思主義文藝思想的心路歷程，對於理解中國文藝如何從古典世界的唯美趣味邁入現代廣闊無邊的現實主義大潮，有著獨特的文藝思想史研究價值。而以五四時期的瞿秋白西學接受與其文藝思想變遷的關係為中心，討論五四思想文化氛圍與左翼文藝思想的發生、新文藝傳統的發展之間的互動與關聯，則既可追溯五四新文學與左翼文藝的共同歷史背景，又可補充對左翼文學發展史萌芽階段的認識。

　　瞿秋白終其一生都保有濃厚的古典文藝的唯美趣味。可是，自瞿秋白就讀新式小學後，這種古典文藝趣味就不斷受到近代以來囂騰國內的西學大潮衝擊。這為瞿秋白後來接受西學東漸而接受現代文藝思想（如文藝現實觀）打下了基礎。然而與諸多五四知識分子不同，瞿秋白的西學體驗卻是受動物解剖課的刺激開始，而從外語學習起步的。一九〇五年，瞿秋白到剛建立的冠英小學堂（即從前的冠英義塾）讀書，學校聘請日本人教解剖小狗之類的博物課。作為「新學」的動物解剖課程，沒有喚起瞿秋白對自然科學的興趣，反倒迅速激起了他對傳統儒家良心世界的沉思——人的良心居於何處。一九〇九年秋，瞿秋白入讀常州府中學堂。當時的常州府中學堂盛行民族革命教育，學生也大多思想活躍、傾向革命。瞿秋白在這接受了包括英文、軍事體操等在內的現代教育。「歐化」的中學教育加上困頓的家庭體驗，喚醒了瞿秋白對國家民族獨立命運的思考和叛逆情緒。於是，瞿秋白選擇以「名士化」逃避現實，研究詩詞古文、討究經籍和詩文唱和。[4]因此，中學時的瞿秋白儘管接受了較為系統的現代教育，但卻「喜歡

4　瞿秋白：《瞿秋白文集》（文學編）第1卷（北京市：人民文學出版社，1985年），頁24-27。

讀課外書籍、報刊，特別愛讀哲學、歷史、文學一類的書籍」[5]。瞿秋白說，「中國的舊書，十三經、二十四史、子書、筆記、叢書、詩詞曲等，我都看過一些」[6]，而書中的亂賊、英雄好漢則給瞿秋白留下了「最強烈的印象和記憶」。

動物解剖、英文學習等初步的西學刺激，使瞿秋白逆轉到避世的「名士」世界，卻沒有驚醒他另投實學，和同學張太雷一開始就選擇現實的革命鬥爭反抗道路也有所不同。瞿秋白的獨特抉擇，既與其家境身世相關，也和他對古典文藝的熱愛與浸習之深有密切關聯。初步的西學刺激，僅使瞿秋白發現了外語學習的時代趨勢和現實性。當時學校開設外語課，無非為引入新學考慮。但對瞿秋白而言，外語除了作為謀生之技外，還是瞭解外國文學的通道。一九一六年底，瞿秋白在母親自殺後投奔堂兄瞿純白，他先是考取武昌外國語學校學習英語。然而，英語學習並沒有引導瞿秋白轉向歐美尋求思想資源，反而因該校師資落後、學費昂貴，他於次年再次輟學。瞿秋白在求學期間，曾隨表兄周均量一起研習佛學詩詞尋求慰藉。最終，北京俄文專修館穩住了瞿秋白人生與思想的漂泊狀態，並將其所受到的西學刺激引向深處。這一人生轉折，使瞿秋白的古典文藝趣味與現代文藝觀念得以進一步碰撞、融合並進而形成現代文藝思想。

和許多熱愛文史詩詞的年輕人一樣，瞿秋白也曾到北大去旁聽學習，最初還選擇去聽中文系陳獨秀、胡適等先生的課程，[7]想著「能夠考進北大，研究中國文學，將來做個教員度這一世」[8]。參加北京

5　周永祥：《瞿秋白年譜新編》（上海市：學林出版社，1992年），頁17。

6　瞿秋白：《瞿秋白文集》（政治理論編）第7卷（北京市：人民出版社，1991年），頁713。

7　孫九錄：〈瞿秋白在常州府中學堂和北京的一些情況〉，載《黨史資料叢刊》1980年第3輯（上海市：上海人民出版社，1980年），頁75。

8　瞿秋白：《瞿秋白文集》（政治理論編）第7卷（北京市：人民出版社，1991年），頁695。

文官考試未果之後，瞿秋白在一九一七年九月最終還是選擇了學習外語以技謀生。瞿秋白進北洋政府外交部設立的俄文專修館習俄文，並自修英文、法文。也許是受堂哥啟發，以外語謀生始終是瞿秋白的首選。在俄文專修館瞿秋白習技心切，同時修習三門外語。從中當然可以看出他的語言天分和勤勉，然而俄文專修館儘管是「一個既不要學費又有『出身』的學校[9]，可滿足瞿秋白求學、生存與發展的多種需要，但畢竟建校目的在於培養對俄外交譯員。於是，入讀俄文專修館不經意間改變了瞿秋白的命運，而且成為瞿秋白文藝思想現代轉折的開端。因為當時的俄文專修館，「用的俄文課本就是普希金、托爾斯泰、屠格涅夫、契訶夫等的作品」[10]。瞿秋白在此既得以繼續研究文學與哲學，又可以正常地學習外語。在瞿秋白看來，在俄文專修館學習不僅生計有望，也有靈肉和諧的勉慰。瞿秋白也說：「當時一切社會生活都在我心靈之外。學俄文是為吃飯的，然而當時吃的飯是我堂阿哥的，不是我的。這寄生生涯，已經時時重新觸動我社會問題的疑問——『人與人之關係的疑問』。」[11]讀書首先是為了吃飯，這個道理很樸實，和科舉時代相比沒有根本變易。但不同的是，俄文專修館的學習使瞿秋白體認到「寄生生涯」尷尬，並進而與「社會問題的疑問——『人與人之關係的疑問』」聯繫起來進行反省，轉而鄙棄造成此種尷尬的「社會」，認定「菩薩行的人生觀，無常的社會觀漸漸指導我一光明的路」[12]。

9　瞿秋白：《瞿秋白文集》（政治理論編）第7卷（北京市：人民出版社，1991年），頁695。

10　鄭振鐸：《記瞿秋白同志早年的二三事》，載《鄭振鐸文集》第3卷（北京市：人民文學出版社，1983年），頁300。

11　瞿秋白：《瞿秋白文集》（文學編）第1卷（北京市：人民文學出版社，1985年），頁25。

12　瞿秋白：《瞿秋白文集》（文學編）第1卷（北京市：人民文學出版社，1985年），頁25。

二

　　俄文專修館的學習，潛移默化地從語言到文學，又從文學而思想，一步步地強化著西學對瞿秋白的刺激。但瞿秋白此時更醉心於佛教哲學，西學思想的衝擊力遠小於佛教哲學。但是，通過對俄國經典文學等教材的修習，瞿秋白開始進入俄國文學的異域體驗中。而從外語學習和文學譯介得來的西學刺激，也隨著瞿秋白大量的翻譯實踐產生了「隨風潛入夜，潤物細無聲」的影響。這種影響甚至比理性的接受更加深刻。例如托爾斯泰的「民粹主義」和「無政府主義」，果戈理的批判現實主義、屠格涅夫的「民族情懷」等，不僅潤澤著瞿秋白固有的古典趣味，而且啟發了他對現代文藝思想的認知。當然，現代文藝思想方面的西學接受，一開始並非瞿秋白的著意選擇。瞿秋白坦誠地說：「這樣，我就開始學俄文了（一九一七年夏），當時並不知道俄國已經革命，也不知道俄國文學的偉大意義，不過當作將來謀一碗飯吃的本事罷了。」[13]瞿秋白的回憶頹唐而平實，道明了他當時選擇學習俄文的初衷。

　　儘管早年受到西學體驗的刺激，但在五四之前，瞿秋白的現實觀尚未產生質變。一直到五四思想狂潮爆發後，瞿秋白才漸漸生成現代的社會現實觀。這是瞿秋白從雜誌裡大量接受西學思潮和在五四社會實踐中運用西學的結果。五四前夕的雜誌閱讀，使瞿秋白的思想起沖天大浪、搖盪不安。西學裡多種、大量的主義和思潮，拓寬了瞿秋白對社會人生的理解和體會，使他漸漸將眼光從個人唯思出發的佛教唯識轉向在西學主義潮流中對西學思想進行對比和抉擇。然而在大量的西學主義潮流中，十月革命卻並非是率先觸動瞿秋白的俄國經驗。一

13　瞿秋白：《瞿秋白文集》（政治理論編）第7卷（北京市：人民出版社，1991年），頁695。

九一七年十一月（俄曆十月）俄國十月革命爆發，三天後上海《民國日報》就做了報導。但十月革命的意義並沒有立即引起國人強烈關注。直到一九一八年夏，孫中山先生才致電列寧予以祝賀。一九一八年七月，李大釗才發表〈法俄革命之比較觀〉並明確指出十月革命「是立於社會主義上之革命」，「非獨俄羅斯人心變動之顯兆，實二十世紀全世界人類普遍心理變動之顯兆」。[14]至於陳獨秀，他對十月革命意義的認識就更遲了，到一九一九年四月才寫文章表示革命的意義重大。[15]中國共產主義革命的第一批先驅尚且如此，瞿秋白的認識無疑更為滯後。在一九一七年底（或一九一八年初）瞿秋白作舊體詩〈雪意〉，詩意格調看不出在思想上他有何突進，反倒恰切地體現了他從「避世」到「厭世」的「頹唐氣息」和「『懺悔的貴族』心情」[16]。可見，與許多五四青年學生一樣，瞿秋白集中的西學接受是從對新雜誌的大量閱讀開始。

　　事實正是如此。由於一九一八年「看了許多新雜誌，思想上似乎有相當的進展」，瞿秋白「新的人生觀正在形成」，但據他所說，「形成的與其說是革命思想，無寧說是厭世主義的理智化」。[17]一九一八年是中國歷史上的轉折年頭，更是激變思潮湧動的時刻。周策縱稱一九一八年「為《新青年》的極盛時代，也是知識青年最激動的時期」[18]。而配合著激變思潮的誕生，一批重要雜誌如《新青年》（1915）、《每周評論》（1918）、《新潮》（1919）紛紛創刊。其中，對瞿秋白影響較大的有《新青年》和《新潮》。從瞿秋白對五四前後中國社會思想變動情況的追憶，可證實這一點：

14　李大釗：《李大釗選集》（北京市：人民出版社，1959年），頁102、104。
15　陳獨秀：〈二十世紀俄羅斯的革命〉，《每周評論》第18期，1919年4月20日。
16　瞿秋白：《瞿秋白文集》（文學編）第2卷（北京市：人民出版社，1986年），頁359。
17　瞿秋白：《瞿秋白文集》（政治理論編）第7卷（北京市：人民文學出版社，1991年），頁695。
18　〈《新青年》90周年紀念：一本雜誌和一個時代〉，《國際先驅導報》2005年9月16日。

> 五四運動陡然爆發……我們處於社會生活之中，還只知道社
> 會中了無名毒症，不知道怎麼樣醫治，——學生運動的意義是
> 如此，——單由自己的體驗，那不安的感覺再也藏不住了。有
> 「變」的要求，就突然爆發，暫且先與社會以一震驚的激
> 刺，——克魯扑德金說：一次暴動勝於數千百萬冊書報。同時
> 經八九年中國社會現象的反動，《新青年》《新潮》所表現的思
> 潮變動，趁著學生運動中社會心理的傾向，起翻天的巨浪，搖
> 盪全中國。[19]

　　閱讀新雜誌，是瞿秋白參與社會問題思考的第一步。在閱讀——
思考——參與討論的互動中，瞿秋白接受了克魯泡特金的無政府主義
和馬克思的社會主義等各種思潮主義，並儲備了大量西學知識。但這
些畢竟只是書面知識，龐雜的主義思潮糾纏，未能讓瞿秋白更加理
性、冷靜地思考社會問題。瞿秋白對西學接受的辨析與抉擇，要等到
在學生運動的參與和大量社會問題的討論中完成。的確，正是在社會
運動的實踐檢驗中，瞿秋白才成功地改造了自己唯思、唯識的現實
觀，走向了以社會改造為核心的文藝現實觀。五四運動爆發後，大量
青年學生捲入街頭政治。於是，五四時期湧入的紛紜複雜的主義思潮
和新雜誌閱讀儲備下來的西學知識，開始在一代知識青年中生發了實
踐效應。同樣，因為「五四運動陡然爆發」而被「捲入漩渦」的瞿秋
白，「孤寂的生活」被「打破了」。[20]運動中的瞿秋白，在實踐中體
驗、反思箇中種種主義、理論和思潮，從以社會改造為核心的文藝現
實觀轉而漸漸傾向於以改造社會為旨趣的革命功利現實觀。

---

19 瞿秋白：《瞿秋白文集》（文學編）第1卷（北京市：人民文學出版社，1985年），頁
　　25-26。
20 瞿秋白：《瞿秋白文集》（文學編）第1卷（北京市：人民文學出版社，1985年），頁
　　25。

　　五四落潮後，瞿秋白和瞿菊農、鄭振鐸、耿濟之等組織出版
《新社會》旬刊。瞿秋白認為，這是他的思想「第一次與社會生活接
觸」[21]。從閱讀新雜誌到親自參與創辦新雜誌，瞿秋白的思想在西學
新潮衝擊下隨著五四滔滔激流歷史性拐彎：先是覺得「菩薩行的人生
觀，無常的社會觀漸漸指導我一光明的路」；繼而由於「思想第一次
與社會生活接觸」和「學生運動中所受的一番社會的教訓」，「更明白
『社會』的意義」。於是，瞿秋白開始參與常常引起他「無限的興
味」的「社會主義的討論」。接著，瞿秋白「以研究哲學的積習，根
本疑及當時社會思想的『思想方法』」，並在北京社會實進會支持下和
朋友合辦《新社會》旬刊，開始探討「新社會」。不幸，刊物又「被
警察廳封閉了」，在「也像俄國新思想運動中的煩悶時代似的，『煩悶
究竟是什麼？不知道』」的思想苦悶中，瞿秋白與原《新社會》同人
繼而組織《人道》月刊，對社會問題的探討發展到了「要求社會問題
唯心的解決」的程度。[22]從入北京到五四運動前的三年，是瞿秋白
「最枯寂的生涯」[23]。從「看了許多新雜誌」、「新的人生觀形成」[24]
的一九一八年，到與同人們合辦《人道》月刊的一九二○年，恰好也
是三年。前三年與後三年，從原來的與社會隔絕，到後來的實踐探索
「新社會」，瞿秋白思想可謂今非昔比。由於以社會為思考現實變革
的出發點，瞿秋白第一次真正跳出了佛教哲學以人生為出發點的思維
定式。這個思維跳板，正是五四前後新雜誌裡大量的西學思潮和五四

21　瞿秋白：《瞿秋白文集》（文學編）第1卷（北京市：人民文學出版社，1985年），頁
　　26。

22　瞿秋白：《瞿秋白文集》（文學編）第1卷（北京市：人民文學出版社，1985年），頁
　　24-27。

23　瞿秋白：《瞿秋白文集》（文學編）第1卷（北京市：人民文學出版社，1985年），頁
　　24。

24　瞿秋白：《瞿秋白文集》（政治理論編）第7卷（北京市：人民出版社，1991年），頁
　　695。

社會運動實踐的刺激。瞿秋白通外語，按理說他對西學的吸收應該較為深入，但其實不然。瞿秋白回憶說：

> 然而究竟如俄國十九世紀四十年代的青年思想似的，模糊影響，隔著紗窗看曉霧，社會主義流派，社會主義意義都是紛亂，不十分清晰的。正如久壅的水閘，一旦開放，旁流雜出，雖是噴沫鳴濺，究不曾自定出流的方向。其時一般的社會思想大半都是如此。[25]

可見，西學刺激只是為瞿秋白思想漸變提供了「阿基米德支點」。因此對瞿秋白理解西學的深度應該不能做過高期待，畢竟瞿秋白對西學的認識主要從新雜誌期刊文章中獲得，並沒有系統深入研讀，更沒有人指導。但是，對西學理解的不澈底和不系統並不影響瞿秋白因西學刺激而激發並轉變其思想，也不妨礙他通過參與五四社會實踐而獲得思想昇華。瞿秋白對西學的理解和把握，更多是在社會事件的親身參與和思想爭鳴中得到發展和深入。一九一九年十二月，瞿秋白主動投稿參與關於愛國青年林德揚投水自殺的社會討論。[26]

西學刺激與五四運動的社會實踐對瞿秋白思想的改造是巨大而深刻的。從此瞿秋白可以鄭重其事地向「社會」追問自己命運悲苦的答案了。找到原因，對解決問題來說無疑是突破性的進展。而找到原因之後採取的行動便順理成章。師出有名，事出有因，個人奮鬥和前行也才有動力和目標。對瞿秋白而言，既然原因是「舊宗教、舊制度、舊思想的舊社會」，那麼動力和目標就是改造這些「舊」物。一九一九年十二月十一日瞿秋白就自殺問題呼籲，「要在舊宗教、舊制度、

---

25 瞿秋白：《瞿秋白文集》（文學編）第1卷（北京市：人民文學出版社，1985年），頁26。

26 瞿秋白：〈林德揚君為什麼要自殺呢？〉，《晨報》1919年12月3日。

折的典型，他貫穿了中國文學從古典形態到現代生態到當代左翼樣態的遷流。瞿秋白的五四西學接受也是最獨特的，他的西學接受不僅改變了他本人的思想和現實命運，還為日後中國文學和政治革命的俄蘇思想導向奠定基礎、埋下引信。瞿秋白的思想遷流溝通連接了中國文藝從「西化」到「歐化」到「俄化」到「普洛大眾化」的轉折。這條線索，既是中國現代文藝近百年來的發展史，也是中國現代文藝思想近一個世紀來的曲折史。因此，在這個層面上說，瞿秋白文藝思想的轉折的典型意味，稱得上是中國左翼文藝發生期上的「這個」[37]。

第二節　瞿秋白與中國現代文學革命史觀的興起

現代左翼文學史觀的興起是二十世紀中國革命圖景的重要元素，其入思路徑與生成演化邏輯與瞿秋白密切相關。瞿秋白基於個人歷練和時代體驗，對中國現代文學發展史進行了精深宏闊的政治化思考，更因革命鬥爭情勢與意識形態藍圖擘畫的需要，對其進行系統的革命化演述，從而促成了中國現代文學史觀的革命內爆（implosion）。以瞿秋白為中心的中國現代文學革命史觀的興起，事實上正是二十世紀中國文學入思路徑和入世模式的一個常態縮影。

中國左翼文學和左翼文學史觀的現代興起，都是二十世紀中國革命圖景的重要元素，不僅與馬克思主義在中國的傳播與發展密切相關，也是無數革命先驅在思想文化領域取得的戰果。而倘若要數兩三人代表左翼文學在中國文學思想史、文學理論史和文學批評史上的成就，則必有瞿秋白。瞿秋白不僅是中國早期馬克思主義的接受者、傳播者，也是中國左翼文學的倡導者、創造者和在場者。尤其在中國現代文學史觀的形塑進程中，他更是促成其左翼轉折的關鍵人物。錢杏

---

37 中共中央馬克思恩格斯列寧斯大林著作編譯局編譯：《馬克思恩格斯選集》第4卷（北京市：人民出版社，2012年），頁578。

邨一九三九年擬為其編十卷本全集，發刊預告中稱之為「中國新文化的海燕」[38]；李何林於一九三九年編著的《近二十年中國文藝思潮論》，將瞿秋白與魯迅標舉為「現代中國兩大文藝思想家」[39]，書前分別附有魯迅肖像速寫一幅、瞿秋白（宋陽）青年時代相片一幀，可謂「文」與「貌」俱在。

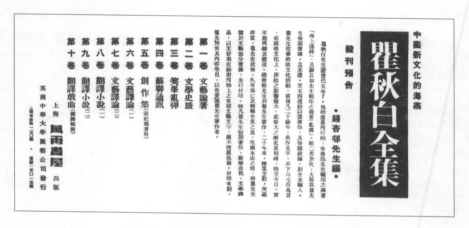

圖一　〈《瞿秋白全集》發刊預告〉（《文獻》第4卷）

一

　　從文學革命到革命文學，幾乎已經是所有現代文學史著述的通識。但事實上兩個「革命」不但文武有別，而且在入思理路和論述邏輯、理論旨趣上都有著千差萬別。儘管基於現代性的多面向，革命也被視為一種現代性──「反現代性的現代性」[40]，然而注意到現代文學的革命一貫性，又提出過三次文學革命論並系統論述過三次文學革命論之間的因由曲折的，卻只有瞿秋白。可以說，瞿秋白是從事現代文學

38 錢杏邨：〈《瞿秋白全集》發刊預告〉，《文獻》第4卷，1939年1月。
39 李何林編著：《近二十年中國文藝思潮論》，生活書店，1948年。
40 汪暉：〈當代中國的思想狀況與現代性問題〉，《天涯》1997年第5期。

史革命演義的第一人，代表作之一就是他的〈鬼門關以外的戰爭〉[41]。

　　其實，〈鬼門關以外的戰爭〉並不是瞿秋白最早以「革命」論現代文學成敗的論文。早在一九二三年十月，瞿秋白就已經帶著俄國考察期間習得的革命思維，嘗試運用現代革命的文學史觀寫下〈荒漠裡──一九二三年之中國文學〉。文章劈頭就說「文學革命的勝利，好一似武昌的革命軍旗；革命勝利了，軍旗便隱藏在軍營裡去了」，相信「東方的日始終是要出的」，到時候就「大家走向普遍的光明」，文學世界要有「勞作之聲」。[42]〈荒漠裡──一九二三年之中國文學〉是瞿秋白運用現代革命文學史觀的嘗試之作，思維邏輯之簡單也顯而易見，主義「帽子」滿篇飛。但這種以革命起點切割文學史的思路卻從此興起，不僅越來越成為瞿秋白現代文學史論的基本招式，而且生成為日後中國現代文學史寫作的思路模式，甚至是唯一模式。

　　任何模式的生成都離不開系統化的理論闡述工作。一九二七年一月，瞿秋白翻譯了《無產階級之哲學──唯物論》，為中國無產階級革命事業發展確立兩大理論武器：唯物世界觀和方法論。一九二七年二月十七日，瞿秋白在其論文集自序裡強調「革命的理論永不能和革命的實踐相離」[43]。因此，如果說此前瞿秋白專注於「革命實際工作」[44]的理論，那麼一九三一年後的瞿秋白，他能且只能關注文藝戰線理論，其中就包括文學革命史的演繹工作。

　　一九三一年五月三十日，瞿秋白剛從革命實際工作轉到左翼文學戰線。結合長期對漢字拉丁化工作的思考和當時文壇現狀的觀察，

---

41 瞿秋白：〈鬼門關以外的戰爭〉，載《瞿秋白文集》（文學編）第3卷（北京市：人民文學出版社，1989年），頁137-173。

42 瞿秋白：〈荒漠裡──一九二三年之中國文學〉，載《瞿秋白文集》（文學編）第1卷（北京市：人民文學出版社，1985年），頁311-317。

43 瞿勃、杜魏華整理：《瞿秋白論文集》（重慶市：重慶出版社，1995年），頁1。

44 「革命實際工作」一詞是革命陣營內部的常見說法，相當於區別文武分工，但多指涉文藝戰線和軍事政治戰線的分野（軍事政治戰線是「革命實際工作」），而且往往有高下立判的意思。

為發動被瞿秋白自己稱作「第三次的文學革命」一部分的「文腔革命」[45]，瞿秋白寫了〈鬼門關以外的戰爭〉，首次以革命化的思路系統演述了彼時近三十年的中國近現代文學發展，其入思理論和論述邏輯極為典型，影響深遠。

從論述前提、論述進程、論述結論和論述旨趣來看，瞿秋白寫〈鬼門關以外的戰爭〉始終是在宣寫一篇檄文，目的是論戰，而並非僅僅寫學術論文。事實上，瞿秋白在那個時代語境和情勢下寫的文字，幾乎也不可能有過多的學術考慮，他最初和最後之目的都是政治鬥爭。〈鬼門關以外的戰爭〉可謂是二十世紀中國文藝思想史上極具典範性的文字。解析其通篇文字入思的軌跡，當可發現其在後世「振臂一呼應者雲集」[46]般的巨大迴響。瞿秋白寫〈鬼門關以外的戰爭〉，目的就是發動「第三次的文學革命」。

瞿秋白認為，「新文學」的一個重要方面是「新言語」，所以要用胡適提出的「文學的國語」和「國語的文學」的觀點來考察近現代文學三十年發展史中的「三次文學革命」：第一次是梁啟超等人在小說界、詩界、文界的「三界革命」；第二次是辛亥革命後的五四新文化運動；第三次是瞿秋白倡導的「文腔革命」。

從「新言語」（「國語」，「現代的普通話」）的角度看，「第一次的文學革命，始終只能算是流產了」，「根本算不得革命」，只形成了「舊式白話小說」，因此「建立了相當意義之中的『新的文學』，但是並非國語的文學」。「第二次文學革命才是真正的文學革命」，但「只建立新式白話的『新的文學』，而還不是國語的文學。文學革命的任務，顯然是沒有執行到底」。

---

45 瞿秋白：〈鬼門關以外的戰爭〉，載《瞿秋白文集》（文學編）第3卷（北京市：人民文學出版社，1989年），頁137、147。

46 魯迅：《吶喊》自序，載《魯迅全集》第1卷（北京市：人民文學出版社，2005年），頁439。

　　於是，結論就自然得出了，「國語的文學至今還沒有建立」，必須展開「第三次的文學革命」，也就是「文腔革命」。第三次文學革命是文學革命的新階段，目標是「新的文學」的產生、「新的言語」的產生、「現代普通話」的建設三合一。具體而言，瞿秋白的第三次文學革命，其要素有四個方面：文藝內容上，「不但要反對個人主義，不但要反對新文學內部的種種傾向，而且要認清現在總的責任還有推翻已經取得三四十年前《史記》《漢書》等等地位的舊式白話的文學」。文腔改革上「不但要更澈底的反對古文和文言，而且要反對舊式白話的威權，而建立真正白話的現代中國文」。

　　革命的對象是「現在的舊文學——舊式白話的文藝，以及高級的和低級的新式禮拜六派，當然，這個革命運動同時能夠開展『新文學界』內部的一種極重要的鬥爭」。革命的目的是「必須包含繼續第二次文學革命的任務——建立真正現代普通話的新中國文（所謂『文學的國語』）」，「必須要有他自己的『新的言語』——真正現代普通話的新中國文」，「現代普通話的新中國文是必須建立的，這是文學革命運動繼續發展的先決條件」。[47]

　　縱觀〈鬼門關以外的戰爭〉的行文思路和論爭邏輯，一切皆圍繞革命需要而動，主旨就是要發動一場從語言到文學乃至文化的革命。當然，這只是一場文史知識分子精神世界裡的革命，也是一場共產國際主義視域下民族文化的內爆式革命。

　　顯而易見，瞿秋白梳理近三十年來的文學史，真正目的並不在於文學史本身，而在於通過對文學史在革命思路下的重新敘述，獲得文腔革命和建立現代普通話的歷史合理性。所謂「舊的不去，新的不來」，瞿秋白敘述近三十年的文學革命史，不過是服務於他在文學戰

---

47 瞿秋白：〈鬼門關以外的戰爭〉，載《瞿秋白文集》（文學編）第3卷（北京市：人民文學出版社，1989年），頁137-173。

線上新政治任務的提出與推演，給自己也給處於低潮的左翼革命事業
尋找一個繼續革命、繼續高潮的領域和理由。倘若結合「盲動主義」
的相關歷史背景和瞿秋白的個人遭際，這場革命的發動就變得意味深
長。然而，就瞿秋白本人而言，它既是瞿秋白剛剛從政治鬥爭回返的
現實需要，也是共產國際強勢語境下的中國無產階級革命事業全面發
展的需要。

根據革命需要而重構歷史，一直是瞿秋白非常關注和熱心的事
情。瞿秋白以文學史為中心的中國社會史思考其實也早已展開。早在
一九二三年，瞿秋白就認為，「俄國文學史向來不能與革命思想史分
開，正因為他不論是頹廢是進取，無不與實際社會生活相的某部分相
響應。俄國文學的偉大，俄國文學的『藝術的真實』，亦正在此」[48]。

除了試圖在文學史到思想史領域奪得革命話語權之外，無獨有
偶，瞿秋白還對自己領導中國共產主義革命時期的其他範疇的歷史寫
作也極為關切，甚至每每情緒激動。一九三一年，《布爾塞維克》[49]的
第四卷第三期發表了華崗寫的《一九二五～二七年中國大革命史》第
六章。此時的瞿秋白已經離開政治漩渦的中心了。當瞿秋白看到這篇
大革命史論後，激憤之餘，他在一九三二年五月八日寫下了長文〈中
國大革命史應當這樣寫的嗎？──對於華崗的〈中國大革命史〉的批
評〉。[50]從旁觀者的角度看，此時此刻的瞿秋白，以其身份和地位都沒
有必要去關心此事了。但瞿秋白之所以對一九二五～一九二七年的

---

48 瞿秋白：〈鄭譯《灰色馬》序〉，載《瞿秋白文集》（文學編）第1卷（北京市：人民
　　文學出版社，1985年），頁256。

49 《布爾塞維克》是中國共產黨中央委員會的機關刊物，瞿秋白主編。一九二七年十
　　月二十四日在上海創刊，一九三二年七月出版最後一期後停刊，前後出版五卷，共
　　五十二期。

50 瞿秋白：〈中國大革命史應當這樣寫的嗎？──對於華崗的〈中國大革命史〉的批
　　評〉，原載《布爾塞維克》第5卷第1期（1932年7月1日），後收入《瞿秋白文集》
　　（政治理論編）第7卷（北京市：人民出版社，1991年），頁444-471。

大革命史異常關注，與他那時的思想傾向有關。當然，從另一個側面，這也體現了瞿秋白對革命歷史敘述本身的高度重視。

　　有鑑於此，回首瞿秋白基於三次文學革命論而寫的〈鬼門關以外的戰爭〉，其文字情懷和革命熱情無疑就更為可親可解。雖然瞿秋白已經從政治鬥爭的中心轉移到文學戰線上，但出於個人革命活動的歷史延續要求，從革命任務的口號提出的合理性論證出發，瞿秋白仍然以強烈的使命感，結合個人體驗，投入了對三十年近現代文學史的革命「演義」事業，於是才有了這篇堪稱促成二十世紀中國現代文學史觀革命興起的檄文——〈鬼門關以外的戰爭〉。

　　有意思的是，在〈鬼門關以外的戰爭〉中，瞿秋白將文藝和革命政治兩條戰線並駕齊驅的論列模式，以及對二者進行相互呼應的意識形態建構的做法、動機和實踐邏輯，儘管對於其本人而言是情之所至，理之必然，但無形之中卻為此後的文學史敘述開了革命演義路數的先河。可是，放觀後世諸多紅色文學史寫作，因為大多屬於抽離了具體當事人的歷史體驗而將論述普遍化，此一「反現代」[51]的現代文學史論述模式便很容易由洞見變成偏見與盲視。而把文學與政治實踐相提並論、互相映射，甚至以文學發展史類比社會革命史、軍事鬥爭發展史，這種做法也輕易地把藝術史墮落為社會革命的譬喻史。

　　問題顯然還不止如此。瞿秋白在〈鬼門關以外的戰爭〉中所呈現的論述模式，那種基於政治需要而採取先破後立的鬥爭史觀，那種長江後浪拍前浪的革命進化史觀，其影響所及，並非僅僅波及紅色文學史，它甚至影響著一個乃至幾個時代中國人的衡文、入世與行事。

---

51 汪暉：〈當代中國的思想狀況與現代性問題〉，《天涯》1997年第5期。

二

　　如果說寫〈鬼門關以外的戰爭〉的時候，瞿秋白的旨趣僅僅是檢討近三十年的文學史，並不專於文學史寫作本身，而是為了尋找新文學的革命任務和開闢戰線；那麼，瞿秋白給魯迅寫信討論關於整理中國文學史的問題[52]，無論就行為發生而言，還是信件內容本身的討論，都堪稱瞿秋白建構革命文學史觀的典型事件。

　　姑且不論魯迅收到這封信後的回應。在瞿秋白看來，他寫信給魯迅去討論文學史的整理問題，其實也就是申述文學史觀的「政治正確與否」的問題。瞿秋白主要目的之一，無疑是以此呈現自己對文學史體系建構的看法。瞿秋白的文學史觀意圖，在給魯迅的這封信中，雖說是因一本書的讀後感而起，但表達的目的卻很明確，抱負也很闊大，因為事關意識形態建構。

　　〈關於整理中國文學史的問題〉，是一封瞿秋白於一九三二年十月六日寫給魯迅的信[53]。「一九五〇年上海魯迅紀念館於整理魯迅藏書時發現此手稿。一九五三年輯入八卷本《瞿秋白文集》第三卷，題目係該《文集》編者所加。」[54]魯迅收藏卻沒有發表瞿秋白這封信，也許是因為這是一封私信，未徵得來信者的同意不便發表。但事實上，這封信的內容屬於私人的成分並不多，甚至可以說沒有；而且此前瞿秋白與魯迅關於翻譯問題討論的信，當時是公開發表的，所以魯迅發

---

52 瞿秋白：〈關於整理中國文學史的問題〉，載《瞿秋白文集》（文學編）第3卷（北京市：人民文學出版社，1989年），頁75-86。

53 瞿秋白在該文末寫的是「CTP.六，一〇，一九三二」。很多人以為是寫於一九三二年六月十日。此書是魯迅送給他的，查魯迅日記可知，魯迅於一九三二年九月二十四日購入此書，那麼瞿秋白讀完此書並寫出文章，應該在此之後。所以應該是一九三二年十月六日。

54 參見瞿秋白：《瞿秋白文集》（文學編）第3卷（北京市：人民文學出版社，1989年），頁75，編委為〈關於整理中國文學史的問題〉一文的文題所作的題注。

表此類信件也並非沒有先例。還有另一種解釋，也許是魯迅未必完全同意瞿秋白的意見，但因兩人歧見並不屬於學術討論範疇，或者說並不屬於魯迅所認為的文學問題，所以魯迅並沒有選擇公開回應。

瞿秋白寫信給魯迅談文學史寫作的起因，是魯迅送給了瞿秋白一本楊筠如的《九品中正與六朝門閥》[55]。查魯迅當天的日記及當年的書帳[56]，可知魯迅於一九三二年九月二十四日購入此書一本，同日還購進馬敘倫的《六書解例》、石一參（廣權）撰的《說文匡鄦》、金受申的《稷下派之研究》各一本。一九三二年十月六日，瞿秋白讀完此書並寫了讀後感——〈關於整理中國文學史的問題〉這封信。

那麼，魯迅為什麼要送《九品中正與六朝門閥》這本書？魯迅深諳中國社會歷史，且對此往往頗有洞幽燭微的自得。送這樣的一本書給瞿秋白，魯迅當然不是沒有選擇和鑒別。

眾所周知，創設於曹魏而貫穿整個魏晉南北朝時期的九品中正制度，歷來為歷代史學家所重視。楊筠如的《九品中正與六朝門閥》，一九三〇年十二月由上海商務印書館初版，是研究這一制度的第一本專著，當時對這本書的評價甚高。因此，實事求是說，關於門閥制度方面的學問，魯迅和瞿秋白應該都不會在楊筠如之上。

楊筠如是誰？一九二五年七月，清華研究院錄取了首屆新生（正取30名，備取2名），楊筠如名列第十一位，後師從王國維。一九二六年，楊筠如完成《尚書核詁》初稿並得到導師王國維的高度讚賞，修改後王國維還給他寫了序，謂「博采諸家，文約義盡，亦時出己見，不愧作者。其于近三百年之說，亦如漢魏諸家之有《孔傳》，宋人之

---

55 楊筠如：《九品中正與六朝門閥》，北京市：商務印書館，1930年。
56 查魯迅的日記可知，魯迅曾於一九三二年九月二十四日記：「夜蘊如及三弟來，並為從商務印書館代買書四種四本。」參見《魯迅全集》第16卷（北京市：人民文學出版社，2005年），頁327。又查魯迅於一九三二年的書帳，楊筠如的《九品中正與六朝門閥》是上述四本書中的第三本（同上書，頁349）。

有《蔡傳》，其優於《蔡傳》，亦猶《蔡傳》之優於《孔傳》，皆時為之也」。[57]無疑，王國維對弟子的評價和期許是相當高的。作序的時間為丁卯年的農曆四月，離王國維去世沒幾天。楊筠如後來以甲等第一名最優成績從清華國學研究院畢業。作為荀子研究和魏晉南北朝史專家，楊筠如著述不少，曾留學日本，又在中山大學、廈門大學、湖南大學、暨南大學、青島大學、四川大學等高校擔任教職。[58]

　　由此可見，基於對作者的學養和專業地位的瞭解，魯迅購入此書，當是出於對此書在專業知識和學問探究上的認可，買來此書純粹是為了送給瞿秋白閱讀。一般說來，買別人著述的書來送人，其目的無非有幾點：或是求其友聲，進而引發與對方在這個問題上的對話；或是公諸同好，表明自己對此書的激賞；或許也為了補對方在這方面的知識或思考之不足。魯迅送《九品中正與六朝門閥》給信仰共產主義的瞿秋白閱讀，一望即知，無疑是希望瞿秋白可以進一步瞭解或者區分門閥制度和階級。魯迅這種與友人問學間的相互砥礪及其風度，足以讓後世的讀書人振衣長嘆，難怪二人會有「人生得一知己足矣，斯世當以同懷視之」[59]的感慨。

　　聰慧過人的瞿秋白不會洞察不到魯迅的良苦用心，包括魯迅的一

---

57 王國維序，載楊筠如：《尚書核詁》，西安市：陝西人民出版社，2005年。《觀堂別集》也收入該書序文，參見王國維：《觀堂集林（外二種）》（石家莊市：河北教育出版社，2001年），頁868-869。李學勤認為後者是王國維的自留底稿，而原書序文為王國維「推敲修改」後的稿子，「絕非草率應酬之作」。參見李學勤：《〈尚書核詁〉新版序》，載楊筠如：《尚書核詁》，西安市：陝西人民出版社，2005年。

58 楊筠如的相關資料，可參閱何廣棪：〈經史學家楊筠如事迹繫年〉，《古籍整理研究學刊》2010年第1期、第3期；〈上升與隕落：國立青島大學講師楊筠如〉，http://www.douban.com/group/topic/9996581/；李學勤：〈王國維的「闕疑」精神〉，《中華讀書報》2005年4月2日；李學勤：〈關於楊筠如先生晚年事迹的補正〉，載《三代文明研究》（北京市：商務印書館，2011年），頁225-226；夏曉虹、吳令華編：《清華同學與學術薪傳》，北京市：生活‧讀書‧新知三聯書店，2009年；夏曉虹：〈溫厚情誼 薪火相傳──《清華同學與學術薪傳》緣起〉，《東方早報》2009年3月29日。

59 這是魯迅書贈瞿秋白的條幅，現藏北京魯迅博物館。

腔赤誠。不過，瞿秋白畢竟曾經是中國共產主義革命的領導者，是從俄蘇接受過共產國際精神洗禮的革命者，魯迅的純問學入思取徑，顯然不能與其革命化的中國社會歷史思考無縫對接。因此，毫無疑問，魯迅這次是小叩而大鳴，引發了瞿秋白以文學史問題為出口的井噴式革命反思。

瞿秋白看完《九品中正與六朝門閥》後，從書中對政治制度的歷史分析發現，作者歷史寫作方法本身存在問題，從而借題發揮，進而重點討論歷史寫作的方法問題，實質上就是歷史敘述的指導思想問題。由於魯迅是文學家，而且也是文學界有相當代表性的文學史家，瞿秋白便以中國文學的歷史敘述為例，有感而發地寫信給魯迅，信中當然有和魯迅商榷乃至說服的意味。顯然，魯迅會特意選擇這本專門的學術書送給瞿秋白，或是覺得這本書寫得好，或是覺得這本書論得壞。然而無論好或者壞，魯迅都認為其觀點有相當的代表性。而這本書之所以能激起瞿秋白寫信申述文學史問題的欲望，無非是因為兩點：一是這本書的觀點的代表性，二是魯迅對此書認同本身問題的代表性和嚴重性。再者，寫這封信給魯迅，這也算是瞿秋白與贈書人交流讀書心得，以表謝忱或惺惺相惜之意。總而言之，這封信的寫作，既有以他人酒杯澆自己塊壘的痛快，又含有友朋問答交流的情誼。

誠如所述，〈關於整理中國文學史的問題〉所論的，顯然不僅僅是中國文學史問題，而是事關「中國的『社會的歷史』」該如何寫的問題。用瞿秋白自己最喜歡的詞語來說，就是要如何「整理」的問題。「整理」一詞，可謂精當的革命者詞彙，甚至可以說就是革命的代名詞。瞿秋白看完《九品中正與六朝門閥》後，覺得該書「只不過匯集一些材料，不但沒有經濟的分析，並且沒有一點兒最低限度的社會的政治的情形底描寫」。但該書引起瞿秋白的深思，卻還在於「單是看看這書上引證的一些古書的名稱」就使得瞿秋白「想起十五六歲時候的景象」。此書觸發了他青少年時代的記憶，瞿秋白於是有感而發地說：

什麼《廿二史札記》等等的書，我還是在那時候翻過的——十幾年來簡直忘掉了它們的存在。整理這「乙部」的國故，其實是很重要的工作。中國的歷史還只是一大堆「檔案」，其中關於經濟條件的材料又是非常之少。中國的「社會的歷史」，真不容易寫。因此文學史的根據也就難於把握。這是一個巨大的工程。[60]

　　瞿秋白從該書對政治制度的歷史分析中，發現作者在歷史寫作方法上存在問題，也就是指導思想出了問題，因而才會借題發揮，並給魯迅寫了這封信。由於魯迅首先是文學家，於是轉而重點討論文學史寫作的方法。關鍵問題是，正是魯迅而不是別人送給瞿秋白這本書。想必瞿秋白因此認為，和楊筠如一樣，魯迅在中國的「歷史」該怎麼寫的問題上，也屬於需要被「整理」的範疇。因此，和魯迅討論文學史的整理，不僅意義重大，而且抓住了典型，實質還是在探討關於歷史敘述的指導思想問題。事實上，討論文學和文學史，實在是聊勝於無的事情。此後因現實政治曲折，瞿秋白只能在思想政治和文藝戰線上發揮作用了，這與葛蘭西有點類似。因此，真正讓瞿秋白振奮的，並非是這本書及其作者如何重要，也並非文學史寫作本身有多重要，而是因為文學史寫作是一個巨大的工程，它關係著對中國社會的歷史的解釋權。五四是什麼？文學是什麼？魯迅是誰？這些無疑都是革命者（尤其是從五四走過來的革命者）書寫文學史和中國社會發展史時必須面對的重要問題。對於身為革命籌劃者和領導者的瞿秋白來說，箇中重要性更是不言而喻，酒杯和塊壘的所指亦一目了然。這不僅事關瞿秋白本人革命事業的突圍，也是革命事業發展在意識形態建設上的首要問題。

---

60 瞿秋白：〈關於整理中國文學史的問題〉，載《瞿秋白文集》（文學編）第3卷（北京市：人民文學出版社，1989年），頁75。

　　有鑑於此，瞿秋白採用了列寧把等級問題轉化為階級鬥爭問題的
論述思路，把中國封建社會制度裡的門閥制度一概抽象為「中國的等
級制度」進行討論，實質上就是將其轉化為中國社會歷史中的階級鬥
爭問題。儘管瞿秋白明明知道並指出，「『門閥』──我們現在翻譯外
國文的時候，通常總譯做等級，這是和階級不同的」，但為了論述需
要，為了讓材料服從觀點，瞿秋白在論證思路上還是將二者混用了。
要之，這畢竟不是在寫論文，而是在寫政論文。不僅如此，為了尋找
中國封建制度的思想主線，瞿秋白把中國貴族的「文士道」對應為歐
洲貴族的「武士道」。瞿秋白根據馬克思列寧主義的社會學思想，相
信上層建築與經濟基礎的能動關係，想當然地認為「中國的等級制度
既然有這樣長期的歷史和轉變，有這樣複雜的變動的過程，它在文學
上是不會沒有反映的」。既然「文士道」是中國封建制度的貴族思
想，那麼「文士道」的變遷便是中國文學史的發展線索。瞿秋白於是
自然而然地得出自己論述文學史和論述門閥史的邏輯關係所在：「封
建制度的崩壞和復活，復活和崩壞的『循環』的過程」往往造成社會
階層的流動，「文學上的貴族和市儈的『矛盾』或者衝突，混合或者
攪雜各種各式的『風雅』、『俗物』的概念，以及你（指魯迅──引者
注）說過的『幫忙』和『幫閒』的問題，都和這門閥史有密切的關
係」。[61]

　　瞿秋白同樣以階級鬥爭思想來看待文學思想的發展，進而來理解
文學史並提出整理中國文學史的五條原則。五原則的核心，就是首先
把「五四」之前的文學史定性為「貴族文學史」，認定它是屬於「封
建時代」的「古代文化」。因此，整理這段文學史必須有四大注意：
「注意等級制度在文學內容上的反映」；「注意它受著平民生活和口頭

---

61 瞿秋白：〈關於整理中國文學史的問題〉，載《瞿秋白文集》（文學編）第3卷（北京
　　市：人民文學出版社，1989年），頁76-78。

文學的影響」；「注意它企圖影響平民，客觀上的宣傳作用，安慰，欺
騙，挑撥，離間的手段」；「注意它每一時期的衰落，墮落，甚至於幾
乎根本消滅的過程⋯⋯以及它跟新貴族的形成而又復活起來，適應著
當時許多特殊條件而發生『形態上的變化』」。乃至於在選取文學史整
理的重點上，瞿秋白也尤為看重「從元曲時代到『五四』以前」這一
段，因為它反映了階級差異、階級矛盾和階級鬥爭方面的內容。[62]瞿
秋白對民間文學和白話文學的理解也是如此。瞿秋白把階級分化與文
類變遷結合起來論述，把文學史理解為社會歷史發展的反映，把古代
社會發展史置於世界視野並用階級分析的觀點演述了一遍，形成了自
己頗有特色的關注階級鬥爭、強調社會歷史和時代的決定性作用的文
學史敘述。此後，瞿秋白對《子夜》和創造社的論述中，也都一再強
調「文學是時代的反映」[63]、「時代的電流是最強烈的力量」[64]。

　　在這封所謂談文學史的信裡，瞿秋白簡直把文學史的整理當作一
次嚴陣以待的敵我雙方的政治鬥爭，警惕性之高溢於言表，其背後的
階級鬥爭思維相當明顯。一言以蔽之，對瞿秋白而言，文學史和社會
史是相輔相成的，二者的內爆動力都源於革命。因此，他認為整理文
學史的目的，其實是整理社會鬥爭史。瞿秋白尤為強調地指出：「我
們的文學史必須注重在內容方面：每一個時代的階級鬥爭的反映，各
種等級，各種階層，各種『職業』或者『集團』的人生觀的變更，衝
突。」[65]一方面，瞿秋白整理文學史只是他整理社會階級鬥爭史時借

---

62 瞿秋白：〈關於整理中國文學史的問題〉，載《瞿秋白文集》（文學編）第3卷（北京
　　市：人民文學出版社，1989年），頁81-84。

63 瞿秋白：〈讀《子夜》〉，載《瞿秋白文集》（文學編）第2卷（北京市：人民文學出
　　版社，1986年），頁88。

64 瞿秋白：〈致郭沫若〉，載《瞿秋白文集》（文學編）第2卷（北京市：人民文學出版
　　社，1986年），頁418。

65 瞿秋白：〈關於整理中國文學史的問題〉，載《瞿秋白文集》（文學編）第3卷（北京
　　市：人民文學出版社，1989年），頁82。

重的外殼；另一方面，瞿秋白注重的只是文學史「在內容方面」的整理，認為「貴族文學之中的純粹文學部分」，「並沒有多少足以做我們的研究對象」，不屬於應當注重的文學史「內容方面」。[66]

　　如此說來，瞿秋白給魯迅寫〈關於整理中國文學史的問題〉的信，是意料之中的事，不過遲早而已。特殊之處就在於，他給魯迅而不是別人寫這封信。從時間跨度說，瞿秋白這一次是基於〈鬼門關以外的戰爭〉的時間線往上說，時間下限是「五四」時期，重點是從元曲到「五四」前，著眼整個中國文學史，更明確地以階級鬥爭的社會歷史觀籠罩全盤，是革命者對意識形態的歷史重構的嘗試。瞿秋白寫〈關於整理中國文學史的問題〉這封信，目的是建構心中的文學史體系，也是對中國社會歷史革命敘述進行初步演練。選擇魯迅來談實踐這個思想演練，當然也充分說明了魯迅在中國現代文藝思想史上的代表地位，也表明了魯迅在瞿秋白心目中的分量。然而隨著時勢變化，瞿秋白此後沒有機緣再對此進行深化和細化。對此，瞿秋白不無遺憾：這只是「最初的工程，恐怕也只能限於一個大體的輪廓」[67]。在瞿秋白看來，文學史不過是中國社會歷史的一部分而已，寫信無非是以文學史為例，告知魯迅必須在革命思想指導下進行文學史觀的「整理」。當然需要整理的，事實上並非僅僅是「文學史」，也不僅僅是「整理」魯迅一個人的文學史觀，瞿秋白要重新敘述的，是魯迅送的《九品中正與六朝門閥》這本書所指涉的「中國的『社會的歷史』」。[68]

　　也許魯迅收到這封以讀後感為名的信會頗感意外。然而，送一本《九品中正與六朝門閥》給正在從事社會改造和現實政治的革命者，

---

66 瞿秋白：〈關於整理中國文學史的問題〉，載《瞿秋白文集》（文學編）第3卷（北京市：人民文學出版社，1989年），頁82。

67 瞿秋白：〈關於整理中國文學史的問題〉，載《瞿秋白文集》（文學編）第3卷（北京市：人民文學出版社，1989年），頁84。

68 瞿秋白：〈關於整理中國文學史的問題〉，載《瞿秋白文集》（文學編）第3卷（北京市：人民文學出版社，1989年），頁75。

飽經世事磨煉的魯迅不會沒有自己的考量。魯迅不會隨便拿一本書就
一送了之，他想必也期待著瞿秋白做出某種具有當下內涵的回應。當
然，政治敏銳的瞿秋白也不會不知道這裡隱含著某種意味，但瞿秋白
似乎更多地想到了某種事關革命歷史敘述權威的挑戰，用瞿秋白的話
說就是「中國大革命史應當這樣寫的麼？」[69]通過寫這封〈關於整理
中國文學史的問題〉的信，毫無疑問，瞿秋白不僅回答了自己，也回
答了魯迅的探問，更回答了關於中國大革命史應當怎麼寫的問題。文
學史整理的討論和申述，顯然不過是一種轉喻。

　　瞿秋白這次整理文學史的舉例和試演，以階級鬥爭為關注點重寫
了現代乃至古代的中國文學史，對中國文學史進行了全面的革命內
爆。瞿秋白對中國文學史進行的整理嘗試和相關意見，也在無形中完
成了一次革命意識形態下的中國文學史重構工程的粗放勾勒。無論是
對於瞿秋白還是對於中國革命事業而言，這儘管都只是「最初的工
程」[70]，卻成為日後人們評述作家作品和文學史現象的根本思想，並
在相當長一段時間內影響著新文學史的寫作模式和敘述思路。草蛇灰
線，伏脈千里。此文的重要之處，誠然也並非僅僅是瞿秋白的思考方
式、論述策略的超前性和時代的局限性，而是其令人驚詫的延展性、
時滯性與在當下的綿延性。

三

　　歷史總是由點到面地構建起來的，瞿秋白的中國現代文學史觀建
構同樣如此。從〈鬼門關以外的戰爭〉到〈關於整理中國文學史的問

69　瞿秋白：〈中國大革命史應當這樣寫的麼？——對於華崗的〈中國大革命史〉的批
　　評〉，載《瞿秋白文集》（政治理論編）第7卷（北京市：人民出版社，1991年），頁
　　444。

70　瞿秋白：〈關於整理中國文學史的問題〉，載《瞿秋白文集》（文學編）第3卷（北京
　　市：人民文學出版社，1989年），頁84。

題〉，從現代文學發展史的革命演義，到現代文學史觀的革命內爆，對于中國現代文學史的革命敘述，瞿秋白已經有了清晰的線上的邏輯貫穿和面上的宏觀把握，那就是從「五四」到「新的文化革命」[71]，倡導「要來一個無產階級領導之下的文藝復興運動，無產階級領導之下的文化革命和文學革命」，即「無產階級的『五四』」[72]，從語言到文學，從政治到社會歷史，全面建構中國現代文學的革命史敘述。然而，就文學史觀的建構而言，除卻理論架構之外，還要有思潮運動史和作家作品史的點狀個案來支撐。瞿秋白的思考與實踐同樣建基於此。

　　以左翼革命為現代性依歸的中國現代文學史敘述，作為一種有別於西方的「反現代」文學史觀，應該如何建構與敘述呢？瞿秋白把目光停在了五四和魯迅這兩個經典的「點」上。畢竟，從五四到一九三三年，要在這麼短的歷史時段中尋找符合敘述要求的點，而且是已經可以進行相對歷史化評說的，但又必須是瞿秋白自己熟悉的，當然也只有五四和魯迅。有意思的是，瞿秋白的五四文學史觀和魯迅觀逐漸定型，二者相互依存，互為表裡，但原點仍是五四。因此，從一定意義上說，討論瞿秋白與中國現代文學史觀的革命興起，根本問題是討論瞿秋白的五四文學革命史觀的普遍興起。

　　瞿秋白的五四文學觀是怎樣生成的呢？

　　五四運動「陡然」爆發時，瞿秋白說自己是「捲入漩渦」，「抱著不可思議的『熱烈』參與學生運動」。對自己參與後世仰之彌高的五四，瞿秋白的動機描述非常樸素，呈現出窮學生在大時代中更為常態的被動和激情。五四落潮，帶著「要求社會問題唯心的解決」的「內的要求」，「秉著刻苦的人生觀」，瞿秋白奔赴「餓鄉」蘇俄進行實地

71　瞿秋白：〈「五四」和新的文化革命〉，載《瞿秋白文集》（文學編）第3卷（北京市：人民文學出版社，1989年），頁22。

72　瞿秋白：〈大眾文藝的問題〉，載《瞿秋白文集》（文學編）第3卷（北京市：人民文學出版社，1989年），頁13。

考察。[73]可見，直到寫《餓鄉紀程》時，瞿秋白對五四思潮仍只有總體感受和觀察，沒有具體研究，對五四文化運動和文學革命運動也沒有深入思考。耐人尋味的是，瞿秋白日後對中國文化的討論卻常以五四為起點。

　　一九二二年三月二十日和二十四日，瞿秋白寫下《赤都心史》的最後兩篇：〈新的現實〉、〈生活〉。這是瞿秋白思想飛躍的記錄，他從此要以「現代的社會科學」的「科學方法」來解釋和解決中國的「社會現象」，覺得「真正浸身於赤色的俄羅斯，才見現實的世界湧現」，要把「保持發展人類文化」作為自己尋求「現實世界中『奮鬥之樂』」的目標。[74]一九三一年六月十日，瞿秋白作〈學閥萬歲！〉，再次詳細地討論了五四運動「光榮」的主要所在。但瞿秋白反語式指出五四新文化運動「差不多」白費，並做出特異的結論：「所說的是『差不多』，並不是說完全白革。中國的文學革命，產生了一個怪胎──象馬和驢子交媾，生出一匹騾子一樣，命裡注定是要絕種的了。」[75]在此期間，瞿秋白作〈新中國的文字革命〉，轉向從語言變革的貢獻反過來評價五四文學革命的功績，他說：「『五四』的白話運動當然有它的功績。它打倒了文言的威權。但是，它的使命已經完結，再順著它的路線發展下去，就是──用改良主義的假面具，掩護事實上的反動，扛著『白話文』的招牌，偷賣新文言的私貨，維持漢字和文言的威權，鞏固它們的統治地位。」[76]

---

73 瞿秋白：〈餓鄉紀程〉，載《瞿秋白文集》（文學編）第1卷（北京市：人民文學出版社，1985年），頁25-27。

74 瞿秋白：《赤都心史》，載《瞿秋白文集》（文學編）第1卷（北京市：人民文學出版社，1985年），頁246-248。

75 瞿秋白：〈學閥萬歲！〉，載《瞿秋白文集》（文學編）第3卷（北京市：人民文學出版社，1989年），頁176。

76 瞿秋白：〈新中國的文字革命〉，載《瞿秋白文集》（文學編）第3卷（北京市：人民文學出版社，1989年），頁292。

　　最能體現瞿秋白五四文學史觀革命轉折的，是他在一九三二年五月十八日寫的〈「自由人」的文化運動——答覆胡秋原和《文化評論》〉，其中涉及五四文學革命精神繼承問題的爭論。五四文學革命精神是什麼，誰是合法的繼承人，這是雙方爭論的中心。對此，瞿秋白理解的「問題的中心」是：胡秋原「認為現在要『自由人』的『智識階級』，負起文化運動的特殊使命」，來『繼續完成五四之遺業』」，而《文藝新聞》卻「認為『當前的文化運動是大眾的——是為大眾的解放而鬥爭』，認為脫離大眾而自由的『自由人』已經沒有什麼『五四未竟之遺業』」；他們的道路只有兩條——或者來為著大眾服務，或者去為著大眾的仇敵服務；前一條路是『脫下五四的衣衫』，後一條路是把『五四』變成自己的連肉帶骨的皮」。顯然，爭論雙方（瞿秋白與胡秋原）之間的分歧，歸根到柢只有一個，即階級立場的問題。瞿秋白很清楚這個底線，他明確指出：「『自由人』的立場，『智識階級的特殊使命論』的立場，正是『五四』的衣衫，『五四』的皮，『五四』的資產階級自由主義的遺毒。『五四』的民權革命的任務是應當澈底完成的，而『五四』的自由主義的遺毒卻應當肅清！」此時此刻的瞿秋白，已經把五四分成「民權革命」和「自由主義」兩塊。前者「應當澈底完成」，但領導權應該而且已經發生轉移；而作為五四文學革命中的自由主義精神，卻被比作「衣衫」和「皮」，是「應當肅清」的「遺毒」。[77]

　　任何比喻性論述，都必然會帶上結論的跛腳病。瞿秋白大膽而激進的五四文學革命精神的歷史切割，顯然是以背棄自由知識階級立場為前提。然而，曾經親歷過五四的瞿秋白，應該能感覺到自己論爭邏輯有其尷尬和牽強之處，事實上也的確經不起學理上的嚴密推敲。不

---

77 瞿秋白：〈「自由人」的文化運動——答覆胡秋原和〈文化評論〉〉，載《瞿秋白文集》（文學編）第1卷（北京市：人民文學出版社，1985年），頁499-502。

過，在政治和學術之間，瞿秋白毫不遲疑地選擇了政治，他牢牢堅守
住了五四文學革命的歷史闡釋權，經受住了政治鬥爭和階級立場的底
線考驗。畢竟，他屬於那個革命政治鬥爭異常激烈的大時代，而革命
立場是彼時所有問題中最後和唯一的標竿。事實上，迄今為止，所有
關於五四文學革命精神的相關問題，如五四文學革命精神是什麼、誰
是合法的繼承人等，不仍然還是百折不撓地占據著論述的中心麼？
顯然，不是問題本身說不清，而是說不清本身就是「五四未竟之遺
業」[78]，其間恰恰就存在著一個政治正確與否的立場問題。

　　瞿秋白深知，作為革命文學史觀的原點和起點，五四文學史觀建
構是爭奪歷史敘述合理性的重要資源。一九三二年五月，瞿秋白寫
〈「五四」和新的文化革命〉，標誌著其五四文學史觀的正式生成。
〈「五四」和新的文化革命〉同時被收入《瞿秋白文集》的文學編第
三卷和政治理論編第七卷[79]，這也說明了其意義非同尋常，既有文藝
思想價值，也有政治思想地位。

　　在〈「五四」和新的文化革命〉裡，瞿秋白把五四時期和俄國十
九世紀六十年代相類比，認為二者是「相像的新文化運動」，「只有無
產階級，才是真正能夠繼續偉大的五四精神的社會力量！」強調「無
產階級決不放棄五四的寶貴的遺產」。[80]而在不斷強調五四遺產繼承權
合理合法的同時，瞿秋白對五四文學史觀的革命論列更是毫不含糊，
乃至於後人無法分清他究竟是在論說五四文學史，還是申述政治思想

78　瞿秋白：〈「自由人」的文化運動——答覆胡秋原和〈文化評論〉〉，載《瞿秋白文集》
　　（文學編）第1卷（北京市：人民文學出版社，1985年），頁499。

79　該文收入《瞿秋白文集》（政治理論編）第七卷時稍有出入，題目和正文中的「五
　　四」沒有引號，改正了一些字詞（如「象」—「像」）和標點，其他內容完全一致。
　　參見瞿秋白：〈五四和新的文化革命〉，載《瞿秋白文集》（政治理論編）第7卷（北
　　京市：人民出版社，1991年），頁522-532。

80　瞿秋白：〈五四和新的文化革命〉，載《瞿秋白文集》（政治理論編）第7卷（北京市：
　　人民出版社，1991年），頁523。

鬥爭史：

> 中國五四時期的思想的代表，至少有一部分是當時的真心的民
> 權主義者──自然是資產階級的民權主義者。中國的文化生活
> 在五四之後，的確開闢了一條新的道路。五四式的新文藝總算
> 多少克服了所謂林琴南主義。當時最初發現的一篇魯迅的《狂
> 人日記》，──不管它是多麼幼稚，多麼情感主義，──可的
> 確充滿著痛恨封建殘餘的火焰。〔……〕然而新文藝的革命反
> 抗的精神，還在小資產階級的青年群眾之中發展著。跟著，無
> 產階級和農民群眾自己的鬥爭爆發起來，所謂文化運動之中自
> 然反映著階級分化的過程，而表現著許多方面的鬥爭……直到
> 「科學」、「民權」之類的旗幟完全落到了無產階級的手裡。[81]

　　瞿秋白這篇雄文中的一句話，清清楚楚地指出了他的旨趣：要來
一個「無產階級的『五四』」[82]，亦即瞿秋白所謂的「新的文化革
命」。言下之意，五四還不夠無產階級、不夠革命。既然如此，瞿秋
白的五四文學史觀自然就只能作為無產階級文學史觀的開端，而五四
文學也不過是一個必然且只能由無產階級來繼承的開端。至此，瞿秋
白的五四文學史觀基本定型。在「新的文化革命」宏偉藍圖的觀照
下，瞿秋白確定了五四在革命歷史敘述中不澈底、不成熟的起點地位
和原初意義。此後，五四一直都是以這種面目成為瞿秋白的話語資
源。至於新的文化革命的具體革命目標，自然就是瞿秋白所說的現代
普通話的建立與文藝大眾化的實現。

81　瞿秋白：〈五四和新的文化革命〉，載《瞿秋白文集》（政治理論編）第7卷（北京
　　市：人民出版社，1991年），頁524。
82　瞿秋白：〈大眾文藝的問題〉，載《瞿秋白文集》（文學編）第3卷（北京市：人民文
　　學出版社，1989年），頁13。

　　論及瞿秋白現代文學史觀的革命興起，當然不能不提到他對魯迅的評介與榜樣塑造。如前所述，魯迅觀與五四文學史觀，是瞿秋白現代革命文學史觀的兩個基本點。而瞿秋白的魯迅觀形塑，毫無疑問是基於《魯迅雜感選集》的編纂與《〈魯迅雜感選集〉序言》這篇「皇皇大論」[83]。關於魯迅與五四，瞿秋白論述道：「『五四』之後不久，《新青年》之中的胡適之派，也就投降了；反動派說一味理想不行，胡適之也趕著大叫『少研究主義，多研究問題』。這種美國市儈式的實際主義，是要預防新興階級的偉大理想取得思想界的威權。而魯迅對於這個問題——革命主義和改良主義的分水嶺的問題，——是站在革命主義方面的。」[84]瞿秋白進而認為魯迅的雜感「反映著『五四』以來中國的思想鬥爭的歷史」[85]。在瞿秋白看來，有革命的五四才有革命的魯迅。一系列的論證和塑造過程，無不以此為前提展開。自此，一個矗立在從五四到現代的革命鬥爭洪流裡的紅色魯迅，通過一本雜感選集的編纂和一篇瞿秋白風格的作家論撰述，被迅速而有點機械地構建起來。[86]

四

　　瞿秋白是少數在政治鬥爭和文化鬥爭兩條戰線都有親身體驗的領導人。瞿秋白從反對「歐化文藝」[87]到反對「民族主義文藝」[88]，後

83　《憶秋白》編輯小組編：《憶秋白》（北京市：人民文學出版社，1981年），頁262-263。

84　瞿秋白：〈《魯迅雜感選集》序言〉，載《瞿秋白文集》（文學編）第3卷（北京市：人民文學出版社，1989年），頁105。

85　瞿秋白：〈《魯迅雜感選集》序言〉，載《瞿秋白文集》（文學編）第3卷（北京市：人民文學出版社，1989年），頁96。

86　詳見本書第四章第一節。

87　瞿秋白：〈歐化文藝〉，載《瞿秋白文集》（文學編）第1卷（北京市：人民文學出版社，1985年），頁491-492。

來走向了「革命文藝的大眾化」[89]，最終完成了他對新文學發展史的革命設計與論列，擬訂了新文學史的革命敘述的基本框架，並做出了一系列關於「整理」中國文學史問題的相關思考和論證實踐。瞿秋白與中國現代文學史觀的革命興起之間的密切關聯及其對後者做出的卓越貢獻，可謂有目共睹。

然就重構中國現代文學史的革命演義實踐而言，瞿秋白最重要的成績有二：一是對五四文學革命的歷史梳理，並加以以革命領導權爭奪為主線的重新敘述，從而為中國現代文學史的革命構建確立了光輝的起點，確定了革命的現代文學史的界碑、起點和基座。二是編定《魯迅雜感選集》並為之寫就長篇序言，為中國現代革命文學史的作家論樹立了至關重要的範式，並找到了左翼文藝戰線上的「旗手」——魯迅。這兩項歷史意識形態構建的重大榜樣工程，不僅足以讓瞿秋白在中國文藝思想史上有一席之地，也給後來的中國文學史和中國文學批評寫作留下了兩種典型的書寫傳統：一是文學社會歷史批評傳統；一是文學史的革命「整理」傳統，更包括重寫文學史的「革命」傳統。事實上，瞿秋白的文學史「整理」本質上就是重寫文學史，其思想核心在於對「革命」的「文學史」敘述，為新文學史的發展尋找光榮的革命傳統，最終旨趣是為了能讓革命事業在文學發展領域擁有具備歷史合理性的皈依。

一九二三年十二月，瞿秋白致王劍虹信中附詩：「我是江南第一燕，為銜春色上雲梢。」[90]這句詩恰當概括了瞿秋白從文學轉向現實政治革命的決心和熱情。回望歷史，縱觀二十世紀文學現代性歷程的

88　瞿秋白：〈青年的九月〉，載《瞿秋白文集》（文學編）第2卷（北京市：人民文學出版社，1986年），頁34。

89　瞿秋白：〈歐化文藝〉，載《瞿秋白文集》（文學編）第1卷（北京市：人民文學出版社，1985年），頁493。

90　瞿秋白：〈江南第一燕〉，載《瞿秋白文集》（文學編）第2卷（北京市：人民文學出版社，1986年），頁367。

世界格局，瞿秋白這種敢於擔當、敢於破解時代迷局的豪氣與言行，正如其為了革命藍圖籌劃而配以文學史發展觀論證的努力一樣，有著令人肅然起敬的高潔思想，但也的確有點書生革命家的意氣。但，這並不等於一般的書生意氣。

毫無疑問，瞿秋白的文學史觀的申述工作是有主義托底的，是屬於革命工作中「非實際」的工作，是意識形態工作的一部分。但瞿秋白以其所處的歷史語境和情勢，設身處地思考著中國現代文學的發生和發展，思考著中華民族文學與文化的未來，很費力地為中國二十世紀文學的現代發展道路提出了另一種解釋，這種努力是應該受到尊重和肯定的，它為後人留存下了的中國現代文學發展史的一些重要面影。

當我們回望百年來中國現代文學史觀的革命興起，無論其如何迂迴與反覆，令人震驚的是，許許多多的史著似乎在寫作模式上仍然沿襲著瞿秋白的思路，而且這一思路已然成為一種凝固的經典範式。如此看來，我們今天重新理解瞿秋白的思想貢獻和相關文學文化思考，無疑有著相當大的歷史價值和現實意義。

第三節　陳映真「文學左翼」言說的葛藤

作為「臺灣的魯迅」、臺灣左翼作家的代表，陳映真從文學左翼、政治左翼而輾轉進入文化左翼的「泛政治」寫作之旅，為析解左翼文學思潮及實踐與二十世紀以來的中國乃至第三世界民族國家的命運之間的關係，提供了難能可貴的省思維度。

迄今為止，幾乎所有關於陳映真文學身份[91]和成就的參差論述，

---

91 身份對於陳映真有著特殊的意味。朱雙一先生認為：「陳映真具有『中國人』的國族身份、第三世界左翼知識分子的階級身份以及臺灣鄉土文學和現實主義作家的文學身份。也許不應否認某些先天種族的和後天環境的因素在陳映真『身份』形成中的作用。」「進一步言之，對於陳映真，『身份』並非一種無關緊要的應景的『標籤』、

都承認其作為臺灣左翼文學中「傳統左翼思潮」[92]代表的地位，甚至取代前輩賴和[93]而成為新的「臺灣的魯迅」[94]。不僅如此，在臺灣不同的歷史階段，陳映真的文學寫作還分別被賦予了針對不同反抗對象和現實功利維度的左翼意味[95]。這個自稱為「市鎮小知識分子」的作家，如今被讚譽為「臺灣三十年來的作家之中最配得上『知識分子』的稱號的人」[96]、「當代臺灣最重要的馬克思主義倡導者」[97]，其文學寫作的歷史轉折與左翼意味，令人深長思之。

『符號』或『口號』，而是代表著一種立場、原則的堅持，一種責任的承擔。陳映真在其親身經歷和創作實踐中建構起自己的『身份』，對於『身份』的認知和自覺使他在實際行為中堅持某種原則和立場，反過來又加強了他對於自身身份的自覺。這二者相輔相成，相互加強。」參見朱雙一：〈陳映真的國族身份、階級身份與文學身份〉，載黎湘萍、李娜主編：《事件與翻譯：東亞視野中的臺灣文學》（北京市：中國社會科學出版社，2010年），頁260-261。朱先生此文主要內容曾以〈論陳映真的身份建構〉為題刊於《廈門大學學報》（哲學社會科學版）2008年第5期。

92 黃萬華先生認為：「臺灣左翼文學在九十年代甚至出現了以陳映真、呂正惠和《左翼雜誌》、《夏潮》、《人間》為中心的傳統左翼思潮，以《臺灣社會研究季刊》為中心的新左翼思潮，和以陳芳明為代表的左翼文學思潮變異形態等之間的分化和衝突。」參見黃萬華：〈左翼文學思潮和世界華文文學〉，《文史哲》2007年第2期。

93 臺灣學者施淑指出：「在臺灣現代文學史上，賴和一直享有『臺灣新文學之父』和『臺灣的魯迅』等尊稱。前一個稱號，突顯了賴和在臺灣新文學運動中的崇高地位；後一個稱號，則概括了他的文學精神。」施淑：〈賴和小說的思想性質〉，載《兩岸——現當代文學論集》（北京市：清華大學出版社，2014年），頁218。

94 一九九八年中國友誼出版公司出版的《陳映真文集》在封底上寫道：「陳映真，臺灣文化界的一面旗幟。他師承魯迅，被譽為『臺灣的魯迅』。」此後，許多論者直接以此定位陳映真的地位和角色，如王晴飛：〈「臺灣魯迅」：陳映真〉，《馬克思主義文摘》2011年第5期。

95 朱雙一先生認為：「正是對於原則、立場和理想的堅持，使得陳映真成為左翼文學文化的一面思想旗幟，在臺灣社會獲得了廣泛的尊敬。」參見朱雙一：〈陳映真的國族身份、階級身份與文學身份〉，載黎湘萍、李娜主編：《事件與翻譯：東亞視野中的臺灣文學》（北京市：中國社會科學出版社，2010年），頁261。

96 呂正惠：《戰後臺灣文學經驗》（北京市：生活·讀書·新知三聯書店，2010年），頁219。

97 王德威：《臺灣：從文學看歷史》（臺北市：麥田出版社，2005年），頁163。

一

　　一九三七年生於基督教牧師家庭的陳映真，一九五八年遭逢「家道邃爾中落」[98]，成長於「政治上極端苛嚴、思想上極端僵直、知識上極端封閉的六十年代」[99]。一九五九年發表短篇小說〈麵攤〉引起文壇矚目，並且逐漸走上了文學寫作的「感傷主義」[100]之旅。一九六六年其「風格有了突兀的改變」——「契訶夫式的憂悒消失了。嘲諷和現實主義取代了過去長時期來的感傷和力竭、自憐的情緒」[101]，這是陳映真思想向左翼突變的時期，算是其文學左翼寫作的開端。

　　一九六八年他因組織「民主臺灣聯盟」被捕併入了政治犯監獄[102]。後因特赦提前三年出獄。出獄後的陳映真對臺灣左翼運動與思想史有著更豐富的理解，但社會已今非昔比。置身於臺灣社會變革的跌宕激流中，痛心於臺灣歷史一再被扭曲，陳映真開始轉而致力於與島內分離主義、歷史虛無主義逆流等進行不屈的戰鬥。政治環境和文學氛圍的兩相激發，使陳映真的文學寫作，成為灌注著政治經濟批判理念的左翼寫作。一九七五年，陳映真以一篇承前啟後式的自我剖析論文〈試論陳映真〉，以略帶行為藝術的姿態，掀開了獨具特色的文學左翼轉型之路。他揚棄了「市鎮小知識分子的作家」的自我定位，成為多維視野下臺灣「文壇鬥士」[103]、鄉土作家、左翼作家。一九八五年，為

98　陳映真：〈試論陳映真〉，載劉福友編：《陳映真代表作》（鄭州市：河南文藝出版社，1997年），頁514，署名「許南村」。

99　陳映真：〈洶湧的孤獨〉，載《陳映真文集》（雜文卷）（北京市：中國友誼出版公司，1998年），頁584。

100　陳映真：〈試論陳映真〉，載劉福友編：《陳映真代表作》（鄭州市：河南文藝出版社，1997年），頁513。

101　陳映真：〈試論陳映真〉，載劉福友編：《陳映真代表作》（鄭州市：河南文藝出版社，1997年），頁519。

102　劉福友編：《陳映真代表作》（鄭州市：河南文藝出版社，1997年），前言頁8。

103　王向陽：〈力主統一的文壇鬥士——論陳映真對「文學臺獨」的批判〉，《湖南人文科技學院學報》2008年第1期。

了喚起民眾對社會邊緣與底層的關注，陳映真等創辦《人間》雜誌，致力於「以圖片和文字從事報告、發現、記錄、見證和評論」[104]，以報告文學的方式實踐著左翼寫作理想。

一九八八年陳映真與他人共同成立「中國統一聯盟」並被推為首屆主席，以實質性政治角色作為其「左翼之路」的再出發。是故，從一九八七年的〈趙南棟〉到一九九九年的〈歸鄉〉，儘管陳映真的文學創作曾一度停筆長達十二年之久，但文學的政治寫作熱情一直綿延其間。這正如羅蘭·巴爾特所言：「當政治的和社會的現象伸展入文學意識領域後，就產生了一種介於戰鬥者和作家之間的新型作者，他從前者取得了道義承擔者的理想形象，從後者取得了這樣的認識，即寫出的作品就是一種行動。」[105]作為臺灣統派知識分子的代表，纏繞於左翼作家和政治理念之間的陳映真，二十幾年來不時在大陸和臺灣、在文學界與政治圈中轉入或淡出，成為臺灣左翼文學文化人物的一面思想、政治與文學的旗幟。

二

陳映真文學的左翼進程[106]，存在著來自諸多不同渠道的思想資源的影響：不僅有眾人耳熟能詳的五四新文學整體思潮傳統的承續，也有基督教的宗教激情和責任感刺激產生的堅忍精神；既有來自文學寫作倫理探索的動力，也有源於現實社會人生改造的革命道義擔當；不但有對現代主義、後現代主義、殖民主義思潮的鄉土民族立場的反

---

104 陳映真：〈《人間》雜誌發刊辭〉，載《鳶山》（《陳映真作品集》第8卷）（臺北市：人間出版社，1988年），頁164。

105 羅蘭·巴爾特，李幼蒸譯：《符號學原理》（北京市：生活·讀書·新知三聯書店，1988年），頁76。

106 關於陳映真的文學左翼進程，何艾瓊的論文有比較好的梳理。參見何艾瓊：《臺灣的良心：論陳映真的左翼意識與文學創作》，福建師範大學2008年碩士學位論文。

撥，也有對抗現實政治生態惡化的統籌運作。然在這種情勢下，多數
論者不是把陳映真左翼文學完全政治化，就是片面將其文學化。事實
上，陳映真不同階段的文學左翼邏輯各不相同，現實意義和文學價值
也同中有異。這才是這個有著較為執著的政治理念、社會藍圖構想的
「差異性」作家的獨特文學品格。

　　概而言之，陳映真文學左翼的思路邏輯，是從五四新文學的傳統
承續，進而自覺嚮往「魯迅左翼」[107]的思想追求，最後在特定政治情
勢和歷史地理敘述的葛藤中，走向文化政治和泛政治寫作的再度左翼。

1　承續五四新文學傳統

　　陳映真曾閱讀過不少五四時期的新文學作品。他談及對魯迅《吶
喊》的閱讀時說：「隨著年歲的增長，這本破舊的小說集，終於成了
我最親切、最深刻的教師。」[108]不管從何種角度解讀這段回憶，陳映
真深受五四新文學傳統影響是確實的。五四文學對弱小者發聲的道
義、對黑暗勢力的鞭撻、對社會不公的悲憤抑鬱、對社會變革的探求
熱情、對彷徨不前的燥熱與煩悶……都在陳映真早期小說中有所體
現，如〈麵攤〉〈鄉村的教師〉，乃至一九六七年發表的〈唐倩的喜
劇〉仍不乏五四新文學探索者對社會發出的冷嘲熱諷與憤激沉思。

　　五四新文學時期借助宗教熱情展開對新社會思索的路徑，同樣呈
現在陳映真的文學寫作中。如黑格爾所說：「宗教不僅只是歷史性的
或者理性化的知識，而乃是一種令我們的心靈感興趣，並深深地影響
我們的情感，和決定我們意志的東西。」[109]在陳映真早期創作中，源

107　「三十年代的中國實際上存在兩個左翼傳統，一個是『魯迅左翼』，另一個則是中
　　國共產黨領導下的左翼，可以稱為『黨的左翼』。」參見錢理群：〈陳映真和「魯
　　迅左翼」傳統〉，《現代中文學刊》2010年第1期。

108　陳映真：《鞭子和提燈》（《陳映真作品集》第9卷）（臺北市：人間出版社，1988
　　年），頁19。

109　黑格爾著，賀麟譯：《黑格爾早期神學著作》（北京市：商務印書館，2017年），頁
　　3。

於家庭背景和童年成長經驗而來的基督教意識一直瀰漫其間，甚而成
為作品人物命運、故事氛圍的基本元素，特出者如短篇小說〈我的弟
弟康雄〉。

　　其實，不僅僅是思想情緒和題材受到影響，就連陳映真早期的文
體探索也和五四新文學探求者異曲同工，如〈麵攤〉的場景片斷連綴
呈現、〈我的弟弟康雄〉的日記體寫作，都是五四時期新文學寫作者
常用的文體實驗形式。

　　在現代主義文風盛行的六十年代的臺灣，陳映真作品閃耀出濃厚
的個人主義迷夢光澤，呈現出「憂悒、感傷、蒼白而生苦悶」[110]的五
四知識分子風貌。與此同時，虛幻的新社會想像及對現代中國的縹緲
想像，也使陳映真的現代主義有了明確的政治情懷寄寓。這種夾雜現
代主義思索的個人感傷主義，也使其早期文學寫作與五四新文學傳統
接上了脈絡[111]。那因「有特殊的臺灣問題在」[112]而與時俱來的家國政
治情懷，則為他再次與大陸三十年代的左翼的合轍埋下了伏筆。

2　「魯迅左翼」的追求

　　陳映真深受魯迅的影響。[113]陳映真說：「魯迅給了我一個祖國。他
影響著一個隔著海峽、隔著政治，偷偷地閱讀他著作的一個人。」[114]

---

110 許南村：〈試論陳映真〉，載劉福友編：《陳映真代表作》（鄭州市：河南文藝出版
　　社，1997年），頁513。
111 關於陳映真與五四新文學傳統的關聯，筆者覺得不必做過於大一統的牽扯和引申
　　（如陳思和、羅興萍：〈試論陳映真的創作與五四新文學傳統〉，《文學評論》2011
　　年第1期），過猶不及。
112 錢理群：〈陳映真和「魯迅左翼」傳統〉，《現代中文學刊》2010年第1期。
113 參見呂正惠：〈陳映真與魯迅〉，《鄭州大學學報》（哲學與社會科學版）2010年第1
　　期；陳映真：《陳映真文選》（北京市：讀書‧生活‧新知三聯書店，2009年），頁
　　39；陳映真：《陳映真的自白》，見《陳映真文集》（文論卷）（北京市：中國友誼出
　　版公司，1998年），頁27。
114 陳映真：《中國結》（《陳映真作品集》第11卷）（臺北市：人間出版社，1988年），
　　頁121。

但錢理群認為，陳映真的魯迅認同「不是偶然的」，他「把魯迅看作是現代中國的一個象徵，特別是現代中國的左翼傳統的載體，所感受到的，所認同的是魯迅背後的『中國』」。[115]錢理群的立論頗有以陳映真酒杯澆大陸魯迅研究塊壘的意味。他是將陳映真作為「臺灣的魯迅」或「魯迅在臺灣」進行歷史論說的。為此，他才將陳映真定性為在臺灣發揚「獨立於黨派外、體制外的批判知識分子的傳統」的「魯迅左翼」傳統的知識分子，甚至指出「陳映真正是這樣的批判知識分子傳統在臺灣的最重要的傳人和代表，陳映真也因此在中國現代知識分子史上獲得了自己的特殊地位。」[116]

無論把哪個臺灣作家當作魯迅精神傳承象徵，其根本問題都是魯迅究竟意味著什麼？有鑑於此，才會出現把不同的臺灣作家當作「臺灣的魯迅」的命名戰。把陳映真當作「臺灣的魯迅」[117]，在哪一點上有意味呢？我認為，是他們在「文藝與政治的歧途」[118]命題上的左翼思索與實踐。當然，二者歷史情境不同，儘管有錢理群所概括的三個相同點[119]，但其現實選擇與政治旨趣大相逕庭。最大的差異，恰恰是在對待「文藝與政治的歧途」時的選擇和實現方式。與魯迅在一九二七年後疏離與間性的思想文化批判立場不一樣，一九五八年後的陳映真的左翼轉折越來越從文學貼向了現實政治，即便是其中的文化政治。

陳映真文學的左翼轉折，逐漸走向文學政治化的探求。一九五八年後，陳映真曾說：

　　　在文學上，他（即陳映真自己——引者注）開始把省吃儉用的

---

115 錢理群：〈陳映真和「魯迅左翼」傳統〉，《現代中文學刊》2010年第1期。

116 錢理群：〈陳映真和「魯迅左翼」傳統〉，《現代中文學刊》2010年第1期。

117 有意思的是，這類說法無一例外地來自大陸學者，尤其是大陸文學史的表述。

118 魯迅：《文藝與政治的歧途》，載《魯迅全集》第7卷（北京市：人民文學出版社，2005年），頁115-123。

119 錢理群：〈陳映真和「魯迅左翼」傳統〉，《現代中文學刊》2010年第1期。

錢拿到臺北市牯嶺街這條舊書店街，去換取魯迅、巴金、老舍、茅盾的書，耽讀竟日終夜。〔……〕在他不知不覺中，開始把他求知的目光移向社會科學。艾思奇的《大眾哲學》在這文學青年的生命深處點燃了激動的火炬。從此，《聯共黨史》、《政治經濟學教程》、斯諾《中國的紅星》（日譯本）、莫斯科外語出版社《馬列選集》第一冊（英語）、出版於抗日戰爭時期，紙質粗糙的毛澤東寫的小冊子……一寸寸改變和塑造著他。[120]

　　思想資源的改變，很快在陳映真的文學寫作上得到體現。一九六四年陳映真的代表作《將軍族》發表，抒寫兩位社會弱小者從隔膜、理解到相愛的淒美人生，在悲憫的溫暖中譜寫人性尊嚴的凱歌。實事求是地說，如果不是特別在意作者和小說題材的臺灣情境，其實大可不必有本省、外省人之流的解讀，小說不過傳達了一個信念——「被壓迫的人們，背負傷痛的人們，是可以、應當相互理解和關懷的」[121]。這種情感，也是陳映真所說的「要永遠以弱者，小者的立場去凝視人、生活和勞動」[122]。按錢理群的論說，這是「一條左翼知識分子的原則」[123]。張夢陽先生則申述更詳：「左翼中的『左』字，並不是『左』傾或者激進之意，而是一種反映大多數人的利益的平民意識，一種眼睛向下看、同情和支持弱勢群眾的精神。」[124]

　　如果說《將軍族》的寫作大致和魯迅《故鄉》相類，那麼《一綠

120 轉引自呂正惠：《戰後臺灣文學經驗》（北京市：生活·讀書·新知三聯書店，2010年），頁223。

121 李娜：〈在臺灣的後街與陳映真相遇〉，《十月》2006年第6期。

122 陳映真：〈相機是令人悲傷的工具〉，載《石破天驚》（《陳映真作品集》第7卷）（臺北市：人間出版社，1988年），頁107。

123 錢理群：〈陳映真和「魯迅左翼」傳統〉，《現代中文學刊》2010年第1期。

124 張夢陽：〈左翼文學資源對當代中國的意義〉，載中國現代文學研究會、中國現代文學館合編：《中國現代文學研究叢刊》，2002年第1期（北京市：作家出版社，2002年），頁84。

色之候鳥》則以一隻綠鳥引出對三位六十年代臺灣知識分子（趙公、陳老師以及季公）生存狀態的探索。這篇有點象徵主義神秘趣味的小說，被認為是陳映真作品「高度難解的一篇」[125]。其實它與《唐倩的喜劇》異曲同工，無非是表達陳映真對戰後臺灣文化環境的獨特感受和洞察而已。只不過，前者還帶有點感傷主義光澤，後者則「呈現出一種比較明快的、理智的和嘲諷的色彩」[126]而已。而從《將軍族》對底層弱小者的關注，到《一綠色之候鳥》、《唐倩的喜劇》對知識分子精神狀態的批判，陳映真的文學左翼變得日益理性化和理念化，而且與歷史語境緊密結合，呈現出理念化的文學品格、抽象化的政治色彩。而當陳映真開始用「理智的凝視」進一步完成文學左翼轉折時，他不僅穿越了當時流行的現代主義迷思，也顯現了「抵抗體制的知識分子」[127]的左翼本色。

可見，陳映真「對於社會永不會滿意」[128]的知識分子基質，在其執著的文學左翼進程中，接續著他對左翼社科書籍的閱讀，使他自然而然地越過文學邊界轉入了實際政治中。一九六八年陳映真因「民主臺灣同盟」案遭遇了七年牢災，以政治轉入與文學淡出的方式為其文學左翼添了一段現實人生版的從文學到政治的「歧途」，實現其「在一個歷史的轉形期，市鎮小知識分子的唯一救贖之道，便是在介入的實踐行程中，艱苦地做自我的革新，同他們無限依戀的舊世界作毅然

---

125 趙剛：〈人不好絕望，但也不可亂希望——讀陳映真的〈一綠色之候鳥〉〉，http://wen.org.cn/modules/article/view.article.php/2264；又可參見趙剛：《求索：陳映真的文學之路》，臺北市：聯經出版事業公司，2011年。

126 陳映真：〈試論陳映真〉，載劉福友編：《陳映真代表作》（鄭州市：河南文藝出版社，1997年），頁513。

127 陳映真：《嚴守抗議者的倫理操守》，載《西川滿與臺灣文學》（《陳映真作品集》第12卷）（臺北市：人間出版社，1988年），頁37。

128 魯迅：《關於知識階級》，載《魯迅全集》第8卷（北京市：人民文學出版社，2005年），頁227。

的訣絕，從而投入一個更新的時代」[129]的自我期許。

3　走向文化政治的再度左翼

　　一九六八年到一九七五年間，因文學左翼而介入實際政治的陳映真，陰差陽錯地在牢獄中見證了前輩左翼革命政治家的鮮活史。他「親身感受到歷史的發生：整個世界的變化，都對裡面產生影響」[130]。前輩政治家的確給了陳映真一點力量，使他堅信自己的抉擇是合乎歷史的。慶幸的是，時過境遷的思索與對照，讓陳映真多少有點倒錯版的葛蘭西意味，他回轉到文化政治領域開始了左翼之旅的再出發。

　　陳映真再度被文壇關注，是因為一九七七年的鄉土文學論戰。作為「鄉土派」論戰一員，陳映真一面著文批判西化派喪失民族立場，一面指斥「扣帽派」文人的政治伎倆，體現出了鮮明的國族情感以及反抗體制的左翼品格。鄉土文學論爭的介入和參與，成為陳映真從單一現實政治轉入以文學政治訴求為旨趣的再度左翼旅程的轉折點，政治意識與文學探索的結合，成為陳映真後期文學的鮮明表徵，從《賀大哥》、《夜行貨車》、《上班族的一日》到〈鈴鐺花〉、〈山路〉、〈趙南棟〉，從商業社會批判小說到政治小說，無不如此。

　　面對臺灣的政治處境和島內社會情勢變動局面，在牢獄生活中反思了左翼革命史進程的陳映真，對自己左翼旅程開始了再出發。一方面，緣於經典馬克思主義對資本主義的政治經濟學分析，陳映真舉起批判大旗揭露美日跨國資本對人的異化、對人性的壓抑扭曲。如在《賀大哥》、《夜行貨車》、《上班族的一日》中，陳映真就以文學漫想錄式的寫作，形象展現了資本主義經濟背後的殘酷事實，對消費時代

---

129 陳映真：〈試論陳映真〉，載劉福友編：《陳映真代表作》（鄭州市：河南文藝出版社，1997年），頁518-519。

130 馮偉才：〈那孤單的背影——記在臺北晤陳映真〉，（香港）《百姓》總第97期，1985年6月。

下的人性困境進行了追問。在《雲》、《萬商帝君》中，陳映真不僅延續著對跨國企業的批判，還進一步揭示了資本主義溫情面紗下的虛偽民主以及剝削事實。陳映真因此成了「在文學上深刻反省臺灣資本主義化之下，社會制度與人性衝突的第一人」[131]。一九七九年，陳映真再次因為左翼批判激情而遭到短暫拘捕，後因時局變遷、四方聲援而免遭劫難。[132]

　　在審視資本對人的異化的同時，陳映真還以臺灣地下黨員為題材，通過政治的文學書寫還原臺灣五十年代歷史真相。這類政治小說的寫作，成為陳映真八十年代文學寫作主題，希望通過對歷史的發掘、族群記憶的召喚，記錄臺灣被遺忘的左翼社會運動史。獄中七年的所見所聞、所思所感，也喚起了陳映真再度左翼的熱情；回轉到文學寫作的現實抉擇，則成為他傾訴政治理想的通道。終於，〈鈴鐺花〉、〈山路〉和〈趙南棟〉等作品以更冷靜、穩健的心態，傳達出陳映真歷久彌堅的左翼力量。〈鈴鐺花〉以兒童視角勾勒臺灣左翼革命者的悲情命運，在山野清新的記憶裡，還原臺灣左翼社會運動的斑斕。〈山路〉借助柔情輾轉而又剛毅堅強的女主人公千惠，講述臺灣左翼革命黨人的悲壯歷史，在家國呵護中展開對左翼理想者的歌頌，傳達出對現實商品資本社會磨滅人性與歷史的諷喻。〈趙南棟〉則透過左翼革命者與其後代的命運與精神對比，批判了棄置理想、無視歷史、消解信念的當下臺灣社會。正是在深沉的悲哀與思索中，陳映真審視著臺灣資本主義社會畸形繁華夢下的虛無、空洞與蒼白，對臺灣社會歷史開展了一次左翼革命者的精神漫遊與想像救贖。

　　有意思的是，陳映真的再度左翼之旅，已不再是文學道路上的一馬平川。對這個心中充滿著難以平抑的社會改造熱情、有著異常濃厚

---

131 詹宏志：〈尊嚴與資本機器的抗爭〉，載陳映真：《愛情的故事》（《陳映真作品集》第14卷），（臺北市：人間出版社，1988年），頁87。
132 古遠清：《海峽兩岸文學關係史》（福州市：福建人民出版社，2010年），頁70。

的政治意識的左翼寫作者而言，溢出文學邊界的力量尋求，總是難以忘懷、揮之不去的魅影。走向泛政治因此成為陳映真再度左翼的深入。一九八五年十一月，陳映真夥同他人創辦了《人間》雜誌，希望以報告文學與刊物政治相結合的行動方式，通過對變革中的臺灣社會議題的實際介入和參與發言，在社會文化思想政治運動中實踐自己的左翼理想。不僅如此，踏上泛政治征程的陳映真，再次朝著更為政治化的方向前行。一九八七年後，他「由於全力投入政治實踐終止了小說創作十二年」[133]。一九八八年陳映真成立「中國統一聯盟」並擔任首屆主席。政治角色的參與，成為陳映真再度深入左翼的烏托邦熱情的政治表達。自此，整個九十年代，陳映真幾乎都在兩岸奔走，致力於祖國的和平統一大業。南方朔曾說：「在世變日亟，倒錯、淆亂、殘暴等充斥的這個時代，具有烏托邦信念的人已成了空谷跫音。」[134]

　　與其奔走於兩岸一樣，在左翼轉折的文學進程上，陳映真同樣往復在文學左翼與實際政治之間。作為小說家沉寂了十二年後，兩岸社會政治風雲人物陳映真，在一九九九年以嶄新姿態回歸文學，一如既往地對臺灣社會歷史發言[135]。其後三年連續發表了他的三篇小說：〈歸鄉〉〈夜霧〉和〈忠孝公園〉。〈歸鄉〉以兩個臺灣國民黨老兵的身心糾結，思索中華民族大認同的歷史內涵和情感意蘊。〈夜霧〉和〈忠孝公園〉大膽突進日據時期和大戒嚴時代的臺灣史，探究現實臺灣政治生態的前世今生，批判人們功利短視的歷史遺忘症，反思政治投機面具下的臺灣民眾的精神危機。顯然，陳映真的發言，面對九十年代以來臺灣政治生態的惡化，對於臺灣社會精神的荒廢與空洞趨

133 古遠清：《海峽兩岸文學關係史》（福州市：福建人民出版社，2010年），頁70。
134 陳映真：《思想的貧困》（《陳映真作品集》第6卷）（臺北市：人間出版社，1988年），序言第21。
135 陳映真文學左翼再出發，可歸為「社會角度、歷史發展進程、個人生涯和創作道路」三因素。參見樊洛平：〈陳映真對戰後臺灣歷史的反思——以〈歸鄉〉、〈夜霧〉、〈忠孝公園〉為研究場域〉，《鄭州大學學報》（哲學社會科學版）2010年第1期。

勢，對種種無視日據時期和大戒嚴時期臺灣史實的政治投機，無論於
公於私、於文學於政治、於鄉土還是於民族，都包含著左翼激情和夢
想。日據時期和大戒嚴和解嚴時期的臺灣史，恰恰是海峽分離史。破
解這兩段歷史的現實心結，正是中國統一大業中最有說服力和最有親
和力的難題。陳映真文學再度左翼的深入與文學回歸，由此實現了涵
蓋民族與政黨、省籍與國籍、民族與國族等諸多議題的泛政治的雙贏。

三

　　二〇一〇年六月，陳映真加入中國作家協會，七月七日發表入會
感言，十一月十八日擔任名譽副主席，開始「用他的影響和號召力加
強海峽兩岸文學界的聯繫、交流、理解和溝通」[136]。此事在一定意義
上說，算得上是陳映真文學政治化的左翼之旅的美滿歸宿——儘管理
想總要付出現實代價。鑒於中國作協的特殊歷史和現實意味，陳映真
開始被納入更為豐富的文化政治學闡釋中。[137]

　　從現實主義小說、新殖民主義批判小說到政治小說的探索，以時
代批判者自許的陳映真，總是「在當時一片淩人、窒人的闃寂和茫漠
中，孤單地、卻自以為充實地走來走去」[138]。可是，文學左翼對陳映
真究竟意味著什麼？

　　陳映真的文學在海峽兩岸都不乏讚賞和批評。大陸的讚賞主要在
兩方面：一是早期的類五四新文學的感傷和底層情懷，一是對戰後臺
灣資本主義工業社會的反思批判。至於張賢亮、阿城、陳丹青和王安

---

136 時任中國作協書記處書記、新聞發言人陳崎嶸語。參見李舫、吳曉林：〈文學相融
　　了，兩岸更近了〉，《人民日報》2010年8月24日。

137 李公明先生曾對此有婉諷式的討論。參見李公明：〈臺灣左眼之路：從後街走向前
　　廊的陳映真〉，《上海文化》2010年第5期。

138 陳映真：〈懷抱一盞隱約的燈火〉，載《鞭子和提燈》（《陳映真作品集》第9卷）（臺
　　北市：人間出版社，1988年），頁24。

憶的相關言論，無論褒貶其實與文學並無太多相干。[139]如王安憶說：
「假如我沒有遇到一個人，那麼，很可能，在中國大陸經濟改革之
前，我就會預先成為一名物質主義者。而這個人，使我在一定程度
上，具備了對消費社會的抵抗力。這個人，就是陳映真。」[140]此類表
述，更多是表達人生情感與社會經驗認同。倒是陳芳明道出了其文學
左翼的關契，他說：「陳映真永遠只相信文學是社會的反映，他始終
走不出經濟決定論的影響。」[141]儘管論說立場不同（陳芳明是在文化
上有分裂主義傾向的學者，他與陳映真的論戰也被視為分裂派與統派
的論戰），但這的確點出了陳映真文學左翼的亮點與盲點。陳映真的
文學左翼之路，根本底色就是馬克思主義的文學社會學。[142]臺灣各時
期的特殊歷史與政治情境，陳映真文學與政治的左翼實踐，作為主
體、題材與對象的特殊性，共同使其底色成為亮色。如是，各個因素
的機緣巧合與相得益彰，既成就了文學左翼的陳映真，也模糊了不僅
僅是文學左翼的陳映真。

　　如此看來，陳映真的文學左翼是泛政治的詩意棲居。追問其左翼
的現實政治意味，其實並無助於討論其文學左翼的意義。明瞭這一
點，陳映真文學左翼的價值就顯而易見了。

　　首先，陳映真是反抗虛無的現代知識分子的精神典型。憑著對臺
灣歷經殖民社會、威權社會和後殖民社會形態的經驗，他始終知識分

139　此類梳理不少，如李雲雷：〈從排斥到認同——大陸作家對陳映真二十年的「接受
　　史」〉，載陳映真總編：《左翼傳統的復歸：鄉土文學論戰三十年》（臺北市：人間出
　　版社，2008年），頁249-263。

140　王安憶：《烏托邦詩篇》（上海市：華東師範大學出版社，2011年），頁83-84。

141　陳芳明：〈當臺灣文學戴上馬克思面具〉，《聯合文學》第192期。

142　陳映真宣稱自己信奉「文學工具論」和「主題先行論」，他說：「文學工具論是很多
　　人不能忍受的一種說法，可是我要在這裡很坦白地說，我是文學工具論者。既然說
　　是工具，首先是因為我有所思，我有話說，所以我寫成論文，所以我跟人家打筆
　　仗，所以我寫小說，辦《人間》雜誌。不管用什麼形式，只是我自己的思想的表
　　達。」參見陳映真：〈我的文學創作與思想〉，《上海文學》2004年第1期。

子的良知與道義（如《麵攤》），對現實和現存社會持續地懷有批判的
激情（如〈我的弟弟康雄〉、〈將軍族〉、〈賀大哥〉），既有對資本主義
的苦悶洞察（如〈萬商帝君〉），也頑強不懈地尋求現代知識分子自身
的精神突圍（如〈故鄉〉、〈唐倩的喜劇〉）。當然，也包括他對左翼知
識分子精神黑洞的冷靜審視與自我批判，例如〈趙南棟〉。

　　其次，陳映真是民族文化身份認同的維護者、追尋者和奮鬥者的
典型。這當然是源於海峽兩岸特殊歷史情勢造成的認同言說困境。日
據臺灣殖民統治史，為臺灣民眾的民族認同平添了文化歸屬的緊張與
焦慮；大戒嚴以來的臺灣的政治處境，加上現實空間的長期地理流
離，則為臺灣民眾的國族認同，帶來纏夾著政治利害與地理事實的糾
葛。因此，相對於分裂主義和殖民主義者，堅持以地理事實、民族文
化認同為前提的寫作，成為陳映真文學左翼的又一價值，如〈忠孝公
園〉、〈歸鄉〉。這也正是朱雙一先生所說的：「上述經歷，使他得以用
階級的觀點而非狹隘的『省籍』、『族群』觀點來看問題，而這一點，
或許是後來部分鄉土文學作家陷入『臺灣民族』論述的泥淖中，而陳
映真卻能堅持和捍衛中華民族主義立場的關鍵之所在。或者說，這既
增強了陳映真的左翼作家的身份定位，也增強了他的『中國人』的身
份認同。這是陳映真的三種『身份』相互關聯的一個實例。」[143]因堅
持「階級」反而增進大一統的國族認同，這無疑是值得論者對臺灣及
陳映真左翼身份再三反思的歷史特質所在。

　　最後，陳映真還是堅持歷史真相言說的文學寫作者。他是不計利
害抵抗歷史遺忘症的「西西弗斯」，每每事關臺灣日據殖民統治史、
臺灣大戒嚴恐怖政治史、臺灣分裂主義逆潮的時候，陳映真總能自覺
充當臺灣史真相的發言人並以文學左翼的筆觸屢屢勇敢介入，如〈鈴

143　朱雙一：〈陳映真的國族身份、階級身份與文學身份〉，載黎湘萍、李娜主編：《事
　　件與翻譯：東亞視野中的臺灣文學》（北京市：中國社會科學出版社，2010年），
　　頁268。

鏪花〉、〈山路〉、〈趙南棟〉、〈夜霧〉。這些寄寓著文學形象的歷史聲辯，為陳映真的文學左翼之旅注入了令人掩卷沉思的文化政治激情，也產生了與當下大陸對話的思想增值。前者切合兩岸統一的千秋大業，意義自不待言。後者牽扯政黨政治遊移，意味深長。[144]

　　由此可見，在駁雜的現實功利與歷史言說、文化緊張與地理流離的葛藤中，陳映真文學寫作不僅生發出多重的左翼意味，而且開啟了遠比大陸左翼文學更為豐富的現實反撥和歷史省思空間。陳映真「泛政治」與「泛左翼」的寫作實存，為更充分地析解左翼文學思潮及實踐與中國乃至第三世界民族國家的命運之間的關係，提供了難能可貴的省思維度。也就在這個意義上，徐復觀先生稱陳映真為「海峽兩岸第一人」[145]，其意義和分量才庶幾近之。[146]

---

144 此類精論當推賀照田先生的《當信仰遭遇危機……──陳映真20世紀80年代的思想湧流析論》系列論文，分別刊於《開放時代》2010年第11期、第12期。

145 徐復觀：《海峽東西第一人》，《華僑日報》1981年1月6日。

146 有學者認為徐復觀先生的判斷被泛化使用。趙園說：「在本書中黎湘萍引徐復觀語，稱陳映真為『海峽兩岸第一人』。我不知道這種評價確切與否，我只知道當代大陸文壇完全有經得住如黎湘萍這種研究的對象。」參見趙園：〈一個「知識人」對另一個「知識人」的讀解──關於黎湘萍所著《臺灣的憂鬱》〉，《當代作家評論》1997年第1期。

第二章
中國左翼文學的創作現場研究

第一節　《子夜》創作進程中的顏色政治

　　紅色經典是特定歷史時空中的特殊產物。本來，作品能夠成為經典源於後世的反覆閱讀和逐漸形成的較為穩定的思想與藝術評判。但紅色經典的經典化歷程則有些差異，它們很大程度上首先源於被染色──「紅色」的堅強附著。這並不是說紅色經典在藝術水準上無法與其他經典相提並論，但無論如何，紅色的獲得和堅守一定程度上定格了它們的地位，放大了它們的經典魅力，也生成了別樣的藝術張力。因此，顏色政治學的存在造成文學史上的顏色化的文學經典問題，二者相映成趣。而瞿秋白與《子夜》紅色經典化歷程的互動考察，正是討論此類問題的絕佳例子。

一

　　早在一九二四年冬，瞿秋白曾與茅盾比鄰而居，那時候兩人交往就比較頻繁。茅盾當時是商務印書館黨支部書記，在其家開黨內會議時，瞿秋白曾常代表黨中央出席。此前，瞿秋白就曾經通過鄭振鐸給茅盾留下了印象。[1]公事上和私下的往來，使瞿秋白和茅盾的友情逐漸加深，而兩人的分歧則始於二十世紀三十年代文藝大眾化論戰。論

1　劉小中：〈瞿秋白與茅盾的交往和友誼〉，載瞿秋白紀念館編：《瞿秋白研究》第5輯（上海市：學林出版社，1993年），頁174。

戰中兩人互相閱讀對方的文章、互相辯駁。因此，瞿秋白與茅盾的文學交往主要集中在一九三〇至一九三四年。期間瞿秋白不僅對茅盾的《路》《三人行》提出批評，而且還對《子夜》創作產生重大影響。瞿秋白對《子夜》的修改和批評，是革命改變文學的最具體而典型的例子。劉小中甚至認為「瞿秋白對茅盾《子夜》創作的幫助，是瞿秋白從政治戰線轉向文學戰線後所辦的第一件實事」[2]。的確，瞿秋白的修改和評價不僅影響了《子夜》的文學史評價[3]，也影響了茅盾的文學史地位。瞿秋白與茅盾的特殊關係，提供文學交往與文藝思想互動的考察入口的同時，也讓後人得以更好地理解革命時代裡文學與政治的獨特交纏。

　　瞿秋白夫婦結束第二次赴蘇行程回到上海後，曾見過當時已經脫黨的從日本回來不久的茅盾。[4]由於瞿秋白稍後即陷入政治命運轉折期，而茅盾也於此前脫黨，兩人一度失去聯絡。後來茅盾才從弟弟沈澤民口中得知瞿秋白的境況和地址，第二天便前往探訪並請瞿秋白審閱《子夜》原稿及寫作大綱。兩天後當茅盾再訪時，因情況緊急，瞿秋白夫婦臨時在茅盾家避難，其間兩人天天談《子夜》。[5]因此，瞿秋白不僅得以在《子夜》創作過程中發表不少意見，對作品實際創作產生較大影響，而且當作品完成後瞿秋白也能較早進行評論。更重要的是，瞿秋白的評論對《子夜》的文學地位和歷史地位都產生了影響。從這兩方面來看，瞿秋白與《子夜》互動就不僅是讀者與作品（作者）的關係，而是獨特的指導者、作者和批評者與作品（作者）的關係。這類關係形態在中國現代文學發展史上並不多見，而且也只有在左翼革命時期和思想組織化的情境下才有可能發生。瞿秋白與《子

2　劉小中：〈瞿秋白與《子夜》〉，《揚州職業大學學報》1999年第1期。

3　藍棣之：〈一份高級形式的社會文件──重評《子夜》〉，《上海文論》1989年第3期。

4　茅盾：《我走過的道路》中冊（北京市：人民文學出版社，1984年），頁60。

5　茅盾：《我走過的道路》中冊（北京市：人民文學出版社，1984年），頁109-110。

夜》的關係，因此最終成為革命與文學互動的象徵。

　　當初茅盾構思《子夜》時，只是準備寫「都市——農村交響曲」。按原設想，都市方面設計有三部曲：《棉紗》、《證券》、《標金》。陳思和認為：「《子夜》這個故事，是寫一個二十世紀現代的王子、騎士、英雄，一個工業界的神話人物，以及這個人物在上海的傳奇故事。所以，這樣的故事和寫作動機，很難說它是寫實主義的，我們過去都說茅盾是用階級分析方法來寫這個故事的，從茅盾個人的闡述和作品表面來看，這當然是對的，但僅用階級分析的方法，有誰寫出過這麼栩栩如生的資本家？」[6]然而，在瞿秋白強化革命意識的介入下，《子夜》從小說情節設計構想到人物細節表現都發生了許多變化。

　　茅盾曾回憶瞿秋白介入《子夜》的緣起。[7]從茅盾對創作過程的回憶看，瞿秋白介入過程可謂相當深入具體。瞿秋白對《子夜》在情節結構設置、人物刻畫、小說細節上都提出許多寶貴意見。對於這些意見，茅盾或是照單全收或者稍微做些調整。其中，茅盾照單全收瞿秋白意見的有：

　　一、《子夜》最初結局設想是，吳蓀甫跟趙伯韜兩人鬥到最後，由於工農紅軍打到長沙，兩派資本家握手言和，他們聯手起來跑到廬山去狂歡，在豪華別墅裡互相交換情人縱淫。這種結局在瞿秋白看來當然不合乎革命前途的必然邏輯，也不合階級分析的結果。因此瞿秋白建議「改變吳蓀甫、趙伯韜兩大集團最後握手言和的結尾，改為一勝一敗。這樣更能強烈地突出工業資本家鬥不過金融買辦資本家，中國民族資產階級是沒有出路的」[8]現在的《子夜》結局正是吳蓀甫失敗想自殺卻沒有成功。可見《子夜》裡失敗結局並非茅盾最初的構想。

　　二、茅盾回憶：「秋白說：『福特』轎車是普通轎車，吳蓀甫那樣

6　陳思和：〈《子夜》：浪漫・海派・左翼〉，《上海文學》2004年第1期。

7　茅盾：《我走過的道路》中冊（北京市：人民文學出版社，1984年），頁109-111。

8　茅盾：《我走過的道路》中冊（北京市：人民文學出版社，1984年），頁110。

的資本家該坐『雪鐵龍』。又說：大資本家到憤怒極頂而又絕望時就要破壞什麼，乃至獸性發作。這兩點，我都照改，照加。」[9]現在的《子夜》裡，茅盾就增添這些細節──姦淫送燕窩粥的保姆，坐雪鐵龍轎車──來表現所謂的資本家驕奢淫逸的特性。

三、瞿秋白曾建議茅盾「作為『左聯』行政書記先寫一兩篇文章來帶個頭」，「對『五四』以來的新文學運動，以及一九二八年以來的普羅文學運動進行研究和總結」。[10]茅盾「遵照秋白的建議」寫了〈「五四」運動的檢討〉和〈關於「創作」〉〈中國蘇維埃革命與普羅文學之建設〉等，這是茅盾回國後寫的最初一批文藝論文。文章中許多重要內容在寫作前曾與瞿秋白交換過意見，「其中有的觀點也就是他的觀點，例如對『五四』文學運動的評價」。[11]

茅盾只是部分吸收瞿秋白意見，而在小說中稍微調整的有：

一、瞿秋白在工人鬥爭和農民暴動方面給茅盾講了許多政策和場景，但茅盾卻因不能深入體驗具體生活，又不願意做概念化描寫，於是割捨正面寫農村場景的計劃，突出寫城市，尤其寫資本家之間相互爭鬥的情景。茅盾說《子夜》中對革命運動者及工人群眾的刻畫是「僅憑『第二手』的材料」[12]，就是指瞿秋白等革命政治實踐者提供的材料。

二、茅盾雖沒聽從瞿秋白寫農村生活的建議，但當時已完成的正面描寫農村的第四章還是保留下來了。因此這部分與全書顯得有些游離。

三、茅盾回憶《子夜》裡「關於農民暴動和紅軍活動，我沒有按

9　茅盾：〈回憶秋白烈士〉，原載《紅旗》1980年第6期。引自《茅盾選集》下冊（北京市：人民文學出版社，2004年），頁304。

10　茅盾：《我走過的道路》中冊（北京市：人民文學出版社，1984年），頁72。

11　茅盾：《我走過的道路》中冊（北京市：人民文學出版社，1984年），頁73。

12　茅盾：《子夜》（北京市：人民文學出版社，2004年），頁479。

照他的意見繼續寫下去，因為我發覺，僅僅根據這方面的一些耳食的材料，是寫不好的，而當時我又不可能實地去體驗這些生活，與其寫成概念化的東西，不如割愛」[13]。

二

　　在瞿秋白革命意識的參與下，《子夜》終於以革命小說的面目隆重登場。但《子夜》畢竟是文學創作，茅盾首先想到的理想鑒定者便是魯迅。《子夜》平裝本初版剛一出來，茅盾便拿著幾本樣書，帶著夫人孔德沚和兒子到北四川路底的公寓去拜訪魯迅。[14]而此時正是魯迅與瞿秋白交往相當密切的時段，兩人甚至合作寫些雜文（包括瞿秋白的第一篇評論《子夜》的雜文──〈《子夜》和國貨年〉）。因此，魯迅對《子夜》的意見和印象就變得非常重要且微妙。這些都一一記載於魯迅當時的文章和往來書信中。

　　一九三三年二月九日夜，魯迅在〈致曹靖華〉中寫道：

　　　　國內文壇除我們仍受壓迫及反對者趁勢活動外，亦無甚新局。但我們這面，亦頗有新作家出現；茅盾作一小說曰《子夜》（此書將來當寄上），計三十餘萬字，是他們所不能及的。《文學月報》出五六合冊後，已被禁止。[15]

　　一九三三年三月二十八日，魯迅在〈文人無文〉中寫道：

　　　　我們在兩三年前，就看見刊物上說某詩人到西湖吟詩去了，某

13　茅盾：《我走過的道路》中冊（北京市：人民文學出版社，1984年），頁110。
14　茅盾：《我走過的道路》中冊（北京市：人民文學出版社，1984年），頁115。
15　魯迅：《魯迅全集》第12卷（北京市：人民文學出版社，2005年），頁368。

文豪在做五十萬字的小說了，但直到現在，除了並未預告的一部《子夜》而外，別的大作都沒有出現。[16]

一九三三年十二月十三日，魯迅在〈致吳渤〉中寫道：

《子夜》誠然如來信所說，但現在也無更好的長篇作品，這只是作用於智識階級的作品而已。能夠更永久的東西，我也舉不出。[17]

一九三六年一月五日夜，魯迅在〈致胡風〉中寫道：

有一件很麻煩的事情拜託你。即關於茅的下列諸事，給以答案：
一、其地位。
二、其作風，作風（Style）和形式（Form）與別的作家之區別。
三、影響——對於青年作家之影響，布爾喬亞作家對於他的態度。[18]

顯然，此刻魯迅對《子夜》的評價意見幾乎有著思想和藝術的雙重判斷功效。令人關注的是，魯迅當時對茅盾及其《子夜》創作的評介態度似乎有點打太極的玄乎。魯迅認為，茅盾是作為「新作家」出現的，《子夜》這部作品「並未預告」而低調產生；因為「現在也無更好的長篇作品」，所以《子夜》為時人「所不能及」；然而，《子夜》「只是作用於智識階級的作品而已」，還應該有比《子夜》「能夠更永久的東西」。直到一九三六年，對茅盾的「地位」，「作風（Style）和

16　魯迅：《魯迅全集》第5卷（北京市：人民文學出版社，2005年），頁85。
17　魯迅：《魯迅全集》第12卷（北京市：人民文學出版社，2005年），頁516。
18　魯迅：《魯迅全集》第14卷（北京市：人民文學出版社，2005年），頁2。

形式（Form）」及其「與別的作家之區別」，「對於青年作家之影響，布爾喬亞作家對於他的態度」，魯迅仍舊以自己「一向不留心此道」[19]而避開相關問題的直接和正面的評價。可見魯迅對茅盾和《子夜》的熱情並不高，基本停留在對茅盾寫作態度的政治表態層面，對其藝術質量的評價也只是以鼓勵居多。魯迅的微妙態度，無疑受到其他人對《子夜》評價的影響，這裡面就包括瞿秋白，也包括當時評論界對《子夜》接受的兩種互相對立的聲音：質疑聲和肯定聲。《子夜》的文學接受史也正是在這兩種尖銳對立的聲音中拉開序幕。質疑聲最初是響成一片，而叫好聲則隨著革命形勢變化逐漸加強。

　　起初對《子夜》的質疑聲不少。陳思（曹聚仁）就說：「這部長篇小說，比淺薄無聊的《路》的確好得多，要叫我滿意嗎？依舊不能使我滿意。」[20]禾金認為茅盾抓大題材的能力不夠，滿心要寫「中國的社會現象」，結果卻只寫成了一部「資產階級生活素描」，或是「××鬥法記」。[21]楊邨人（當時已宣布脫黨）覺得《子夜》在技巧上沒有什麼創新，沒有給人以一種思想上的啟發。[22]鬥言則指出茅盾寫的是體驗的傳遞而不是經驗的結晶，其藝術作品的生命力不會長久，在魯迅之下。[23]

　　而肯定的叫好聲來自於出版商、一般讀者和革命陣營。為配合作品發行，葉聖陶甚至親撰一則廣告，稱讚《子夜》有「複雜生動的描寫」，而敘述時間之短與篇幅之大又反映了「全書動作之緊張」。[24]余

---

19 魯迅：《魯迅全集》第14卷（北京市：人民文學出版社，2005年），頁3。
20 陳思：〈評茅盾《子夜》〉，《濤聲》第2卷第6期，1933年2月18日。標題中的書名號係引用時添加，原標題為〈評茅盾子夜〉。舊文獻中常有不加書名號或用引號表示書名號的現象，均逕改，不一一說明。
21 禾金：〈讀茅盾底《子夜》〉，《中國新書月報》第3卷第2、3期合刊，1933年3月。
22 楊邨人：〈茅盾的《子夜》〉，《時事新報・星期學燈》1933年6月18日。
23 鬥言：〈從《子夜》說起〉，《清華周刊》第39卷第5、6期合刊，1933年4月19日。
24 《中學生》第31期，1933年1月1日，扉頁。

定義則將《子夜》定為寫實主義，認為其把握著一九三○年的時代精
神。[25]朱明肯定《子夜》是一部超越之作，是反映時代精神上的「扛
鼎」之作，把「複雜的中國社會的機構，大部分都給他很生動地描繪
出來了」，「於形式既能趨近於大眾化，而內容尤多所表現中國之特
性，所以或者也簡直可以說是中國的代表作」。[26]一向對新文學有成見
的吳宓，也以「雲」為筆名撰文盛讚《子夜》是「近頃小說中最佳之
作也」，「吾人所為最激賞此書者，第一，以此書乃作者著作中結構最
佳之書。……第二，此書寫人物之典型性與個性皆極軒豁，而環境之
配置亦殊入妙。……第三，茅盾君之筆勢具如火如荼之美，酣恣噴
薄，不可控搏。而其微細處復能委宛多姿，殊為難能而可貴。尤可愛
者，茅盾君之文學系一種可讀可聽近於口語之文字」。[27]韓侍桁則雖然
批評《子夜》「偉大只在企圖上，而並沒有全部實現在書裡」，但也肯
定《子夜》「不只在這一九三三年間是一部重要的作品，就在五四後
的全部的新文藝界中，它也是有著最重要的地位」。同時，他也聲明
自己「不是從無產階級文學的立場來觀察這書以及這作者，如果那樣
的話，這書將更無價值，而這作者將要受更多的非難。但我相信，在
目前的中國的文藝界裡，對於我們的作家，那樣來考察的話，是最愚
蠢，最無味的事」。[28]朱自清則說《子夜》「這一本是為了寫而去經驗
人生的」，「我們現代的小說，正該如此取材，才有出路」。[29]焰生在讚

---

25 余定義：〈評《子夜》〉，原載《戈壁》第1卷第3期，1933年3月10日。引自莊鍾慶
　　編：《茅盾研究論集》（天津市：天津人民出版社，1984年），頁147-153。

26 朱明：〈讀《子夜》〉，《出版消息》第9期，1933年4月1日。

27 吳宓：〈茅盾著長篇小說《子夜》〉，原載《大公報‧文學副刊》1933年4月10日，署
　　名「雲」。引自莊鍾慶編：《茅盾研究論集》（天津市：天津人民出版社，1984年），
　　頁157-159。

28 韓侍桁：〈《子夜》的藝術，思想及人物〉，《現代》第4卷第1期，1933年11月1日，署
　　名「侍桁」。

29 朱自清：〈《子夜》〉，《文學季刊》第1卷第2期，1934年4月1日，署名「朱佩弦」。

許之餘，肯定了《子夜》有社會史的價值。[30]

　　而對《子夜》革命意味評價的定調，則來自於馮雪峰。馮雪峰高度評價《子夜》：「不但證明了茅盾個人的努力，不但證明了這個富有中國十幾年來的文學的戰鬥的經驗的作者已為普洛革命文學所獲得；《子夜》並且是把魯迅先驅地英勇地所開闢的中國現代的戰鬥的文學的路，現實主義的創作的路，接引到普洛革命文學上來的『里程碑』之一。」[31]顯然，馮雪峰的評價不僅是文學的，更是政治的。領會馮雪峰評價所釋放的政治信息後，茅盾自己迅速在文學上做出追認和呼應，對《子夜》創作意圖與主題進行一系列補充闡釋。茅盾在一九三九年說：「這樣一部小說，當然提出了許多問題，但我所要回答的，只是一個問題，即是回答了托派：中國並沒有走向資本主義發展的道路，中國在帝國主義的壓迫下，是更加殖民地化了。」「看了當時一些中國社會性質的論文，把我觀察得的材料和他們的理論一對照，更增加了我寫小說的興趣。」[32]一九四五年六月二十三日，重慶《新華日報》甚至以半版篇幅登出給茅盾五十壽辰祝壽的消息。同年六月二十四日，《新華日報》則刊發社論《中國文藝工作者的路程》，肯定茅盾是新文藝運動的「光輝的旗子」。同日，王若飛代表中共中央講話，正式將茅盾創作道路定為「為中國民族解放與中國人民大眾解放服務的方向」，「是一切中國優秀的知識分子應走的方向」。[33]此後，儘管有唐湜、林海等對《子夜》提出不同認識，但《子夜》的「接受的

---

30 焰生：〈《子夜》在社會史的價值〉，《新壘》第1卷第5期，1933年5月15日。

31 馮雪峰：〈《子夜》與革命的現實主義的文學〉，《木屑文叢》第1輯，1935年4月20日，署名「何丹仁」。

32 茅盾：〈《子夜》是怎樣寫成的〉，原載《新疆日報・綠洲》1939年6月1日。引自《茅盾選集》下冊（北京市：人民文學出版社，2004年），頁325-326。

33 王若飛：〈中國文化界的光榮　中國知識分子的光榮——祝茅盾先生五十壽日〉，原載《新華日報・新華副刊》1945年6月24日，又載《解放日報》1945年7月9日。引自莊鍾慶編：《茅盾研究論集》（天津市：天津人民出版社，1984年），頁4。

定向工程宣告奠基」[34]，對《子夜》的革命評價最終定調。

三

　　梳理《子夜》的接受歷程，瞿秋白所做的相關批評的歷史意義自然也就呈現了出來。瞿秋白對《子夜》的批評分為兩階段。瞿秋白讀後最先與魯迅交換意見，並合作發表雜文〈《子夜》和國貨年〉。〈《子夜》和國貨年〉原稿由瞿秋白寫成，魯迅對個別文字稍加修訂，請人謄寫後署上魯迅的筆名「樂雯」寄給《申報·自由談》，一九三三年四月二日、三分兩次刊載。[35]瞿秋白的《子夜》批評，著重於它在創作方法和革命立場[36]上的歷史突破價值——「第一部寫實主義的成功的長篇小說」、「應用真正的社會科學，在文藝上表現中國的社會階級關係」，比「國貨年」更具有文學史上和一般歷史上大事件記錄價值。瞿秋白和魯迅的看法基本相同，論調也平穩，已開始具體化為革命立場和創作方法方面的肯定。瞿秋白曾說：「這裡，不能夠詳細的研究《子夜》，分析到它的缺點和錯誤，只能夠等另外一個機會了。」這「另一個機會」，就是一九三三年八月十三至十四日發表的瞿秋白的〈讀

---

34 陳思廣：〈未完成的展示——1933-1948年的《子夜》接受研究〉，《江漢論壇》2008年第5期。

35 關於〈《子夜》和國貨年〉的創作和發表過程，丁景唐、王保林做了細緻的研究，詳〈談瞿秋白和魯迅合作的雜文——〈《子夜》和國貨年〉〉（《學術月刊》1984年第4期），文後附有魯迅的改定稿，本段引述的內容都來自這一版本，不再出注。

36 在文藝批評中強調革命立場實質上就是審查作者的寫作動機，艾曉明先生認為這是李初梨「開了一個惡劣的先例」。參見艾曉明：《中國左翼文學思潮探源》（鄭州市：湖南文藝出版社，1991年），頁109。李初梨認為一個作家「不管他是第一第二……第百第千階級的人，他都可以參加無產階級文學運動」，「不過我們先要審查他的動機，看他是『為文學而革命』，還是『為革命而文學』」。參見李初梨：〈怎樣地建設革命文學〉，《文化批判》第2號，1928年2月15日。

《子夜》〉。[37]

　　而〈讀《子夜》〉一文則分成五部分，對《子夜》進行「比較有系統的批評」。瞿秋白此刻採取的批評「系統」自然不是加引號的批評野心（即純粹的文學批評），而是寫《〈魯迅雜感選集〉序言》時確立的批評模式，即文學社會歷史批評。

　　瞿秋白認為，「文學是時代的反映」，正確反映時代的文學的是好的文學。而《子夜》是「表現社會的長篇小說」，「不但描寫著企業家、買辦階級、投機分子、土豪、工人、共產黨、帝國主義、軍閥混戰等等，它更提出許多問題，主要的如工業發展問題，工人鬥爭問題，它都很細心的描寫與解決」，很好地反映了時代。所以，《子夜》是「中國文壇上新的收穫」，「這可說是值得誇耀的一件事」。[38]

　　瞿秋白認為，「在作者落筆的時候，也許就立下幾個目標去寫的，這目標可說是《子夜》的骨幹」。瞿秋白事先讀過創作提綱，也和茅盾討論過寫作思路。他說這句話的時候，當然是一切了然於心。因此，瞿秋白對《子夜》的目標概括自然相當準確。《子夜》的目標為預先設定，所以瞿秋白認為《子夜》首先是討論問題的，因此他擇要提出來談的都是關於中國封建勢力、軍閥混戰、民族工業、帝國主義與民族資本家、知識分子、女性形象和戀愛問題裡的階級關係、小說人物情節裡表現的「立三路線」、歷史必然和革命戰術問題等。行文至此，瞿秋白顯然在借茅盾的文學酒杯澆自己的政治塊壘，把《子夜》作為現實革命政治情勢分析的文本。當然，瞿秋白把《子夜》當成一份高級的社會文件，並不能反過來推定《子夜》就是「一份高級

37　瞿秋白：〈讀《子夜》〉，載《瞿秋白文集》（文學編）第2卷（北京市：人民文學出版社，1986年），頁88-94。

38　瞿秋白：〈讀《子夜》〉，載《瞿秋白文集》（文學編）第2卷（北京市：人民文學出版社，1986年），頁88。

形式的社會文件」[39]。但必須肯定，瞿秋白的〈讀《子夜》〉的確不是在談文學，而是在談政治。

在〈讀《子夜》〉最後一部分中，瞿秋白提出五點意見，分別涉及對《子夜》社會史價值肯定、意識表現上的矛盾問題、「整個組織」上「多處可分個短篇」的結構問題、茅盾與辛克萊的異同和結尾「太突然」的問題。[40]瞿秋白提出的自然都是文學意見，但只是提出意見、稍作解釋和建議解決辦法，並沒有像在《〈魯迅雜感選集〉序言》中一樣展開對作者作品思想藝術的論述和歸納。即便如此，茅盾對瞿秋白上述兩篇文章仍然相當認可，高度珍視。茅盾認為「瞿秋白是讀過《子夜》的前幾章的」，但對於瞿秋白認為他受左拉《金錢》影響而創作《子夜》，他又聲明自己「雖然喜愛左拉，卻沒有讀完他的《盧貢‧馬卡爾家族》全部二十卷，那時我只讀過五、六卷，其中沒有《金錢》」。[41]茅盾甚至曾「將〈讀《子夜》〉一文的剪報珍藏了半個多世紀。在逝世前不久，他讓家人將剪報送給瞿獨伊，以供編入新版《瞿秋白文集》之用」[42]。茅盾在晚年回憶文字中仍寫道：「我與他見面時常談論文藝問題，有時我們也有爭論，但多半我為他深湛的見解和實事求是的精神所折服。」[43]

瞿秋白的介入促使茅盾將《子夜》原定寫作計劃做調整，分章大綱也進行重寫。茅盾根據瞿秋白的意見修改小說，當然部分是因為瞿秋白政治身份的特殊，也不排除是出於對瞿秋白馬克思主義文藝理論

---

39 藍棣之：〈一份高級形式的社會文件——重評《子夜》〉，《上海文論》1989年第3期。

40 瞿秋白：〈讀《子夜》〉，載《瞿秋白文集》（文學編）第2卷（北京市：人民文學出版社，1986年），頁92-93。

41 茅盾：《我走過的道路》中冊（北京市：人民文學出版社，1984年），頁116-117。

42 劉小中：《瞿秋白與中國現代文學運動》（南京市：南京大學出版社，2002年），頁203。

43 茅盾：〈回憶秋白烈士〉，原載《紅旗》1980第6期。引自《茅盾選集》下冊（北京市：人民文學出版社，2004年），頁304。

家身份的尊重。因此，陳思和認為：「根據政治需要，小說是可以隨便改的，為什麼？就是為了使自己的藝術創作更符合現實主義創作所要求的反映生活的『本質』。」「這樣一種創作方法自身存在著非常強烈的二元對立。一方面，它強調細節的真實，可是另一方面，他在設計這個生活的時候，又嚴格地按照一個階級、一個政黨的要求來寫，所以他才會分析出吳蓀甫的兩重性。我們談民族資本家的兩重性，這種兩重性都是通過人物設計表現出來的。」[44]況且文學現代性追求與左翼革命也並非完全對立，《子夜》受到「上海文化或者海派文化的影響」。對於文學作品「除了有繁華與糜爛同體存在的這麼一種特色以外，它還有另外一個特色，就是站在左翼立場上，對於上海都市現代性的一種批判」。因此才導致《子夜》出現兩個特點：「現代性質疑」和「繁榮與糜爛同體性」。「一個是現代性的傳統，還有一個是左翼的傳統，而左翼的傳統主要牽涉的問題就是批判現代性。」[45]根據陳思和的分析，瞿秋白介入《子夜》文學創作的意義就在於強化《子夜》批判現代性的現代性質疑，也就是通過改變小說情節結構設計、表現細節等來強化小說的左翼情緒觀念，從而豐富和深化《子夜》的思想內涵，形成小說「現代性質疑」和「繁榮與糜爛同體性」的緊張對立，最終《子夜》「完成了現代文學史上『革命文學』到左翼文學的轉換」[46]。陳思和的論述無疑是一個向度，但也有點因脫離文本時代語境而產生的生硬。因為我們同樣也可以說，瞿秋白的介入也使《子夜》產生政治觀念設計對小說藝術魅力自然生長的壓抑和扭曲──人為地製造小說世界裡的革命緊張，使小說犧牲部分藝術魅力來換取社會史層面上的現實反映能力。

　　但不管如何，瞿秋白與茅盾圍繞著《子夜》的文學交往實踐，正

44　陳思和：〈《子夜》：浪漫・海派・左翼〉，《上海文學》2004年第1期。

45　陳思和：〈《子夜》：浪漫・海派・左翼〉，《上海文學》2004年第1期。

46　陳思和：〈《子夜》：浪漫・海派・左翼〉，《上海文學》2004年第1期。

是二者在文學思想上的談判與妥協的體現。站在各自立場上，都可說
這是一場雙贏結局的互動；但站在文學讀者的立場上，也不妨說是
「兩敗俱傷」。因為瞿秋白介入的出發點不是藝術，茅盾接受介入的
出發點當然也不全是藝術。錯位的奇異契合，才使得瞿秋白和茅盾在
《子夜》修改問題上的立場一致，具體意見也基本一致。對瞿秋白的
《子夜》評論意見，茅盾如遇知音。作為修改介入者和評論者的瞿秋
白，自然也表現出事該如此的滿滿自信。因此，不能不說這是中國文
學批評史上的一段佳話和奇蹟。此外，引人注目的還有瞿秋白就義前
對茅盾的評價。令人困惑的是，《多餘的話》裡瞿秋白認為「可以再
讀一讀」[47]的作品中，沒有《子夜》，但卻有《動搖》。[48]

　　此前瞿秋白和茅盾曾圍繞著文藝大眾化發生爭論，但那次涉及的
是文藝理論的革命立場問題。而瞿秋白對《子夜》的修改，涉及的卻
是現實主義理論的創作方法問題。在革命立場問題上，瞿秋白用革命
的現實功利完全壓倒現實主義；而在文學理論上，茅盾現實主義理論
也部分修正瞿秋白的革命激進態度。如果說《子夜》的革命修改是雙
贏，那麼文藝大眾化爭論則成為一種對革命需要的組織服從。前者是
革命思想與藝術實踐的互動，尚有相當的獨立空間進行調整；後者是
文藝理論上的階級立場之爭，捨我其誰的獨斷自然是除了服從便只有
選擇沉默。因此可以說，瞿秋白對《子夜》的修改是他文藝思想對現
實文藝創作活動的介入。在這次革命政治理念對文學創作的僭越式的

47　瞿秋白：〈多餘的話〉，載《瞿秋白文集》（政治理論編）第7卷（北京市：人民出版
　　社，1991年），頁723。
48　王彬彬先生認為瞿秋白對《子夜》是出於政治目的而介入相關構思、創作和評論過
　　程。詳見王彬彬：〈兩個瞿秋白與一部《子夜》──從一個角度看文學與政治的歧
　　途〉，《南方文壇》2009年第1期。王彬彬的這種說法有其合理的一面，但過於簡單和
　　片面。正如本文所言，儘管《子夜》的創作和評價過程中，瞿秋白以政治目的進行
　　相關僭越式的敘述，但瞿秋白對《子夜》無疑存在著文學角度的認識和文藝理論角
　　度的考量。

介入中，革命呈現出比文藝理論上的現實主義更強悍的偉力。現實主
義儘管因為革命而讓渡一些唯美趣味上的藝術探索，卻也因此而獲得
批判現代性意味上的思想質疑和理論張力。在瞿秋白代表的革命政治
對文學敘事的僭越式的介入中，茅盾現實主義的寫作藝術獲得另種情
感上的豐富和思想上的深度。可見無論從哪個角度說，瞿秋白和茅盾
的兩次文學交往都是中國左翼文學批評史上的兩次完美實踐。正是類
似的實踐不僅豐富了瞿秋白作為革命政治家的文藝理論內涵，而且也
塑造了中國現代文學的現代品格，尤其是現代革命政治意識形態品
格——經典的紅色化與紅色的經典化。

第二節　丘東平的戰爭文學倫理與困境

　　一九五〇年三月十四日，在北京召開的京津文藝幹部大會上，周
揚批判胡風以及「他們小集團」。鑒於胡風和丘東平的特殊關係，又礙
於丘東平英勇犧牲的事實，周揚只是附帶評說被納入了「小集團」的
丘東平，認為他「為革命犧牲是值得尊重的，但當作作家來看，那死
了也並沒有什麼可惜」。[49]周揚話中有話，充滿著張力，更富有殺傷
力。此後，以周揚為基調的關於丘東平的文學評價，一直是分裂的。
三十四年後，一部以丘東平自殺為題材的小說〈東平之死〉[50]發表，再
次呼應著周揚的「話中話」，將丘東平人與文的價值分裂評價突顯為熱
門議題。當然，人與文的價值分裂評價也算是一個古老的問題。[51]

---

49 羅飛編：《丘東平文存》（銀川市：寧夏人民出版社，2009年），頁381。
50 龐瑞根：〈東平之死〉，《當代》1984年第5期。
51 錢鍾書：〈中國固有的文學批評的一個特點〉，載《錢鍾書散文》（杭州市：浙江文藝
　　出版社，1997年），頁388-408；錢鍾書：〈文如其人〉，載《談藝錄》（北京市：中華
　　書局，1984年），頁163-164。

一

　　縱觀二十世紀以來的中國現代文學史敘述，關於丘東平的文學寫作、文學史意義的評判，恰恰又多是基於上述文學史實和人事糾葛展開的，少有人能全面、綜合地論及丘東平寫作藝術特質、潛質和歷史坐標的獨異性。這一點，可以從丘東平一百周年誕辰召開的學術研討會論文集的情況得見。這本名為《丘東平研究資料》的論文集，主體部分為兩大塊：「丘東平生平事蹟」、「丘東平創作研究」。[52]回應了迄今為止的文學史對丘東平關注的三方面問題：丘東平是誰？丘東平為什麼在現代史上有其重要性？作為現代作家的丘東平有什麼意義、價值和貢獻？顯然，前面兩個問題主要立足於人物傳記、革命史上的人事查證。儘管這與丘東平的文學寫作和文學史意義評判不無關係，但畢竟不是決定性的因素。真正涉及文學要害的討論，是上述的第三個問題。

　　《丘東平研究資料》可以說基本上呈現了既有的丘東平文學研究水準與格局。對其文學的研究主要可分為兩類：一類是關於丘東平的作家論。作家論，自然是基於文學史或文學思想史的背景，有從立場和群體歸屬討論，如革命文藝戰士說、革命作家或左翼作家說；也有從文學思潮和文學流派發凡，如胡風的文藝理論與丘東平創作的關係、戰場英雄主義問題等的辯駁。另一類，就是關於丘東平的創作論。創作論，則有從抗戰文學立論，也有從現代戰爭文學立論，也有從敘事文學立論。此外，還有大量有關丘東平具體作品的文本分析。

　　由上可見，丘東平的文學寫作，迄今為止並沒有因為他在戰爭題材上的非同尋常的密集度而獲得關注，而是被迅速納入了既有的作家論和作品論的研究格局中，因此其藝術特質和文學史貢獻一直沒有得

---

52 許翼心、揭英麗主編：《丘東平研究資料》，上海市：復旦大學出版社，2011年。

到更好的認知。事實上，作為作家的丘東平，其特質正是其特異的、高密度的戰爭書寫，以及其充盈著戰火氣息的戰爭經驗傳達。不僅如此，丘東平樸素戰爭情感的全面抒寫、「奇詭獰美」[53]的戰爭敘事風格、模糊的戰事處理模式，不僅突顯出現代戰爭中的人欲之力、人身之蠻、人居之野、人性之美，也真實記錄下了現代戰爭與現代東亞歷史、現代人之間的血水交纏與白刃戰般的搏擊，更從戰爭與人的關聯之處──工業現代性與審美現代性的接合部──呈現出另外一個現代性的審視角度，在人性與文明的高度有著獨到省思。

二

　　現代戰爭是文明社會的產物，但現代戰爭同樣是野蠻的，其野蠻程度較之從前甚至有過之而無不及。和其他許多戰爭文學作家一樣，丘東平筆下的戰爭書寫，有民族國家的立場，也有政治意識形態的立場，但這不是他探究的著力點，他的目標「顯然高於一般的愛國宣傳」[54]。丘東平是主動沉入戰爭當中的寫作者，正如林崗所言：「革命對他們而言是一種日常生活⋯⋯革命不是一種有待深入的『生活』，而是生活本身。」[55]倘若把「革命」換成「戰爭」，基本上可以概括丘東平與戰爭和戰爭文學的特殊關係。

　　除了「主動地選擇戰爭，並以士兵的身份進入戰爭」[56]的獨特姿態外，丘東平戰爭敘述的維度也與眾不同──他特別敏銳地看到了戰

53　金欽俊：《丘東平：現代戰爭文學的推動者與傑出代表》，載許翼心、揭英麗主編：《丘東平研究資料》（上海市：復旦大學出版社，2011年），頁281。

54　舒允中：〈內線號手：七月派的戰時文學活動〉（上海市：上海三聯書店，2010年），頁67。

55　林崗：〈論丘東平〉，《學術研究》2011年第12期。

56　姜建：〈士兵・戰爭・人──論丘東平作品的特質與文學史意義〉，《中國現代文學研究叢刊》2011年第7期。

爭本身的野蠻和反人類、反文明的荒誕，也看到了抗日戰爭中「正面
戰場的陽光與陰影」[57]。而關於戰爭的野蠻和反文明、反人類的一
面，此前並非沒有人發現，但在開掘現代中國戰爭的蠻性方面，在同
代的中國作家中，丘東平實在是少見，甚至是僅見的一個。

　　現代中國戰爭的蠻性，體現為其爆發頻仍，密度大、數量多、場
域廣。這自然是因為現代中國社會變革與政權更迭迅速。而另一方
面，現代中國的變遷則又異常沉滯與緩慢，循環往復。從地方軍閥的
成王敗寇，到抗日戰爭的義旗輾轉，從中國軍隊內部的自我傾軋，到
異族鐵蹄的滅絕摧殘，其間所發生的形形色色、大大小小的戰事，年
輕的丘東平大都親身經歷過。在《沉鬱的梅冷城》裡，克林堡與華特
洛夫斯基親兄弟之間的手足相殘，導致了一百七十二個無辜的生命轉
瞬即逝；《麻六甲和神甫》中，地痞麻六甲和保衛隊一樣，肆意掠奪
教堂和神甫的財產，甚至以掠奪和殺戮為人生之樂。許許多多的生命
在戲弄、嘲弄和戲耍中變得毫無尊嚴和意義，盲目而且麻木。正如小
說裡寫的：「人們傳說著失蹤的神甫已經死了，教堂裡的神甫變換了
一個，是中國人，不是外國人了，大概他們以為失蹤的事對於中國人
和外國人的區別上也有點兒關係的。」[58]敘述類似的慘劇連環，丘東
平的筆調平穩沉鬱，乃至陰冷短促，無論句式還是詞句，都呈現出對
戰爭之蠻的直截了當、深入骨髓的把握和感知。《沉鬱的梅冷城》
裡，面對一百七十二個鮮活人命隕滅的瞬間，丘東平卻僅僅用了兩句
話敘述，外加一句「獨語」便戛然而止：

　　　　華特洛夫斯基是有著他的過人之處的，他命令保衛隊驅散了群
　　　　眾之後，隨即把克林堡捆縛了，給五個保衛隊送回家裡去。
　　　　因為，他說：

---

57 秦弓：〈丘東平對抗戰文學的獨特貢獻〉，《東岳論叢》2011年第2期。
58 丘東平：《丘東平作品全集》（上海市：復旦大學出版社，2011年），頁24。

「克林堡今日得了瘋狂的病症了！」

大約過了二十分鐘，保衛隊便槍決了那一百七十二個。[59]

類似場景描寫一再出現在丘東平小說當中。《紅花地之守禦》也有這種虐殺俘虜的片段，死亡場面堪比奧威爾集中營：

這驚人的場面是終於痛楚地展開了！

我們，一百四十三人一齊地發射了一陣最猛烈的排槍，這排槍有著令人身心顫動的威力，黃色的俘虜崩陷的山阜似的一角一角地倒下了，——隨著那數百具屍體笨重地顛仆的聲音，整個底森林顫抖了似的起著搖撼，黃葉和殘枝悚悚地落了下來，而我們底第二輪排槍正又發出在這當兒。

回顧我們自己底隊伍，是在森林裡的叢密的大樹幹的參合中，彎彎地展開著，作著對那黃紅交映的屍堆包圍的形勢，像一條弧形底牆，……[60]

此類對戰爭蠻性的敘述，無一例外，丘東平都是在僅用幾個連詞的情況下，把一齣齣酷烈悲劇，寫得像一陣風似的。殺人者和被殺者一樣，麻木不仁。這一切都呈現在敘述者刻意裝出來的冷漠中。熱鐵與熱血，剎那間凝聚在生冷的死水中，令人感到寂滅與痛楚。想必這就是丘東平戰爭蠻性寫作的魅力與張力之所在。倘若拋開諸多因素，就戰爭本身而言，無非就是你死我活的生命搏擊、野蠻廝殺。其手段和慘烈程度，並不會因為戰爭雙方是文明國家就變得文明起來。丘東平的戰爭書寫，敢於直視戰爭樸素的緣起與本質，不迴避也不止步於

---

59 丘東平：《丘東平作品全集》（上海市：復旦大學出版社，2011年），頁13。

60 丘東平：《丘東平作品全集》（上海市：復旦大學出版社，2011年），頁63。

此，這就是他對戰爭之「蠻」的體味與傳達，也正是他戰爭書寫的平實有力、震撼人心的地方。

此外，丘東平對戰爭的蠻性體味，還在於他對戰雲逼迫下脆弱人性的揭示。這不僅表現為作品中大量出現神經質式的人物、語言和故事，也呈現為一種猙獰可怖的、抑鬱陰冷的文本敘述風格。茲舉一例：《十支手槍的故事》中，瞎子趙媽的女兒小瑪利，偶然瞥見紳士藏在放香糖的木盒裡的十支手槍，從此就被編織進了一張不可擺脫的死亡之網。而紳士掩藏十支手槍，也是出於一次偶然的接待，原因是他「一向便喜歡接待這一類的人物，有權威，有勢力，只要他們肯在他的門口出入」[61]。最後，紳士扼死了小瑪利，紳士殺人逃逸又被夜巡的哨兵抓住了。十支手槍也陰差陽錯地由紳士的妻子繳到法庭，儘管紳士並沒有供出關於手槍的秘密，一切不過是因為他的妻——「她是希望著能夠減輕她的丈夫的罪狀」[62]而已。類似弔詭的悲劇，與《一個孩子的教養》如出一轍。當然，就陰冷酷烈的戰爭蠻性書寫而言，《通訊員》更為出色。戰友紛紛戰死，通訊員林吉必須時時面對回憶的刺激和他人的不信任。最終，他陷入生不如死的困境，在鄰人詰問下憤而開槍自殺。

發掘並大量書寫著戰爭的「蠻」，這不是丘東平寫作的獨到開拓。可放眼中國現代文學的戰爭敘述，卻極少有像他這樣深入骨髓地瞭解、體驗著戰爭的蠻性的。這自然是因為他是親身經歷過戰爭的、敢於正視戰爭的小說家。更重要的是，他是從戰爭起點開始體驗、觀察和書寫戰爭的，是一個眼睛向下和向前的參戰者、觀察者，而不是單靠著想像和文字閱讀的後設小說家。

---

61 丘東平：《丘東平作品全集》（上海市：復旦大學出版社，2011年），頁27。
62 丘東平：《丘東平作品全集》（上海市：復旦大學出版社，2011年），頁38。

三

　　戰爭，無論是何種戰爭，總是群雄逐鹿，是角力爭勝的行為。正如毛澤東所說：「革命不是請客吃飯，不是做文章，不是繪畫繡花，不能那樣雅致，那樣從容不迫，文質彬彬，那樣溫良恭儉讓。革命是暴動，是一個階級推翻一個階級的暴烈的行動。」[63]

　　革命也是戰爭，使用「革命」的稱呼是為強調其正義的特點，以此獲得自信和力量。戰爭是野蠻的，但「革命」卻不僅僅靠「蠻」，還必須講「理」。光有蠻力而蠻幹，那是一介武夫，實際上也不能叫戰爭，只是烏合之眾的混戰。現代意義上的戰爭，除卻不能磨滅的蠻性，更要緊的是它的集約化、科技化和規模化。從冷兵器時代到熱兵器時代，再到高科技武器時代，戰爭已經不再是以往的人海戰術。箇中緩慢而無法遏止的戰爭漸變，從「蠻」的呈現到「力」的考量，一切都駁雜地呈現在丘東平的觀察與書寫中。如石懷池所論，「從『底層』爬出來的作家，他們往往是『力』的化身，給溫文爾雅的文學圈子帶來一顆粗獷的靈魂，一股逼人的銳氣的」。[64]看《紅花地之守禦》裡的集體虐殺俘虜片段，情形固然殘酷，究其原因，其實就是現代戰爭和冷兵器時代戰爭的區別。按理說，一百四十三個人僅僅憑著排槍來看押三百多個俘虜，如不是盲目自信，雙方都應該知道時刻存在著局勢逆轉的可能性。面對這種難言的精神危機和情勢緊張，唯一的辦法，只有將其轉變為數量絕對優勢——大規模剿滅俘虜，自然就是極端的選擇。戰爭的角力本質便是如此。

　　量的消長是戰爭「力」的源泉。更令人心驚膽寒的，則是戰爭中

63　毛澤東：《湖南農民運動考察報告》，載《毛澤東選集》第1卷（北京市：人民出版社，1991年），頁17。

64　石懷池：《東平小論》，載許翼心、揭英麗主編：《丘東平研究資料》（上海市：復旦大學出版社，2011年），頁180。

由「智」生發、而又與蠻性交纏在一起的「力」的角逐。古往今來的
戰爭書寫，精彩之處大多在這方面的發掘。武裝鬥爭固然血腥殘忍，
但畢竟是戰爭的本色使然，對戰爭文學來說，不過是理應如此而已；
文化鬥爭隱蔽曲折，卻是現代戰爭的文明表徵。尤其是兩種鬥爭同時
進行的駁雜，足以令人掩卷沉思。因此，丘東平戰爭書寫的另一特異
之處，就是能夠「集現代性與左翼傾向於一體」[65]，在大大小小、形
色各異的現代戰爭場域中，戳破久遠的人性惡疾，刻畫現代的文明變
態。例如《兔子》一篇。一個兵因為無意中發現排長貪污埋葬費，又
在「排長的旁邊有一位體面的客人在坐著」的時候，冒冒失失地報告
了這件事，結果惹來了排長精心設計的「摟草打兔子」式的殺身之禍：

> 他望見排長正對他招著手。
> 他翻了起來，傾斜著身子，一步步跟蹌地向著排長那邊走，一
> 條長長的脖子在空間裡苦苦地掙扎著，彷彿給一條麻繩縛著狠
> 狠的往前拉。
> 他沒有忘掉那立正的姿勢。
> 〔…………〕
> 他的眼睛發射著異樣的光，呆呆地直視著前頭，雙手撥開樹
> 枝，腳底踏上了那有著凹陷的地上時，那彎彎的背脊就在左右
> 的擺動著，並且張開雙手，竭力防備著自己的傾跌，……
> 但是，在他的前頭，聳著高枝的那邊，突然發出槍聲。
> 〔…………〕
> 那捉兔子的蠢貨在第一下槍響的時候就倒下了。一下子結果了
> 兩個。[66]

---

65 劉東玲：〈論丘東平的文學創作〉，載許翼心、揭英麗主編：《丘東平研究資料》（上
　海市：復旦大學出版社，2011年），頁211。

66 丘東平：《丘東平作品全集》（上海市：復旦大學出版社，2011年），頁179-180。

　　這個兵的死，不難讓我們迅速聯想到阿 Q 等的同類死亡。不同的只有死亡的情景和場域。這是丘東平眼睛裡看到的現代戰爭之「力」引發的死亡——樸素生命的被構陷和隕落。引發人精警之感的，其實還有丘東平對人性心機與貪婪的控辯。這一切，都在丘東平式的短促動作性短句裡產生著別樣的悲哀。

　　而在文本內外嵌入流轉不已的、莊諧互現的情感，卻是丘東平喜歡的。即便在戰事膠著的敘述之際，丘東平也會抽出筆致，從容插入一大段他頗為得意的「車大炮」[67]。事實上，這也正是丘東平對戰爭之「力」的本色觀察和樸素發掘。戰爭並非單色體，它光怪陸離而且駁雜，譬如在《多嘴的賽娥》中，情報員賽娥到達了一個「梭飛岩的工作人員」和「從梅冷方面開出的保衛隊」都在活動的村莊，當故事情節進入令人揪心的時候，丘東平突然在小說文本中闌入了一大段極具戲謔性的、針對這個地點本身的調侃——

> 　　下午，賽娥到達了另外的一個神秘的村子。梭飛岩的工作人員的活動，和從梅冷方面開出的保衛隊的巡邏，這兩種不同的勢力的混合，像拙劣的油漆匠所愛用的由淺入深，或者由深出淺，那麼又平淡又卑俗的彩色一樣，不鮮明，糊塗而且混蛋……這樣的一個村子。但是從梅冷到海隆，或者從海隆到梅冷的各式各樣的通訊員們卻把她當作誰都有份的婊子一樣，深深地寵愛著，珍貴著。[68]

　　丘東平筆尖熱辣，把戰爭用人類最原始的性事比擬，狠狠地嘲弄

---

67 「車大炮」就是吹牛之意。不僅丘東平在小說中喜歡用這個詞，郭沫若在《東平的眉目》裡也用這個詞來調侃丘東平。參見郭沫若：〈東平的眉目〉，載許翼心、揭英麗主編：《丘東平研究資料》（上海市：復旦大學出版社，2011年），頁176。

68 丘東平：《丘東平作品全集》（上海市：復旦大學出版社，2011年），頁45。

了許多戰爭的「宏大意義」。多嘴的賽娥，其實在整個革命情報輸送
過程中並沒有多嘴，始終表現堅決。革命大業最終崩解，是因為那個
誰也沒想到的老太婆的「多嘴」。而老太婆的「多嘴」，只不過是因為
「激烈的失眠症」而發出喃喃自語。於是，關於革命堅貞的神話，迅
速消解在一系列毫無來由的偶然失誤中。至此，我們似乎又聽到丘東
平特有的調侃──人猶如此，戰爭的滾滾煙塵又該情何以堪？

四

　　丘東平的戰爭敘述的特別，還在於它的「野」。語言上有海陸豐
地區（今屬汕尾市）的方言夾雜，戰爭體驗則新鮮迅變、常有時地差
異，還有那些在戰爭中人的神經質的反應，以及他們時時刻刻處於生
死關頭的幻覺，加上對新文學語言的運用不夠熟練造成的陌生化效
果，一切都足以令丘東平的小說顯得面目別致，「野性」十足。

　　平心而論，閱讀丘東平的小說，那些非常個人化的戰爭觀察和體
驗，那些極具現場神經質感的緊張，總是在不斷地打斷純粹的文學欣
賞。疙疙瘩瘩的文本，神經兮兮的體驗，倏忽即逝的情緒轉換，變化
無常的生與死，灼目的粗暴，硬朗的愛憎，自嘲的勇毅，陰冷的抒
情……一切都顯得與眾不同，確實「野」得可以。[69]正因為如此，對
戰爭感受特殊性的留意和對其複雜性的聚焦，已是研究者對丘東平戰
爭敘述特徵的基本認同。有論者因此認為，這恰恰是丘東平小說在戰
爭敘事中「注意防備『單純化』」的特殊追求，「其作品主題不是鮮明

---

69 草明說丘東平有「多方面的豐富的生活」、「閃灼的才華與豪放的熱情」和「愛炫的
　癖好」。于逢則說丘東平「充滿活力，彷彿沒有一刻安靜」。草明和于逢的回憶，頗
　可從人的角度映襯其文的風格。參見草明：〈憶東平〉，載許翼心、揭英麗主編：《丘
　東平研究資料》（上海市：復旦大學出版社，2011年），頁49；于逢：〈憶東平同
　志〉，載許翼心、揭英麗主編：《丘東平研究資料》（上海市：復旦大學出版社，2011
　年），頁51。

的而是含混的，其人物形象不是單面的而是多面的，其修辭色彩不是純潔的而是曖昧的」。[70]

　　然而，一旦論及戰爭敘述的純與不純，就必然會生發「什麼是戰爭文學」的討論，也就必然要涉及思考革命文學的同質化問題。[71]事實上，戰爭文學也好，革命文學也罷，不過都是文學大觀園的一部分，充其量只是題材和文學體驗書寫的差異，並不存在審美標準上的隔閡。豐富、生動、細膩、深入應該是文學的普遍追求。丘東平對此亦有著先見之明，他說：「戰爭使我們的生活單純了，彷彿再沒有多餘的東西了，我不時的有一種奇異的感覺，以為最標本的戰士應該是赤條條的一絲不掛，所謂戰士就是意志與鐵的堅凝的結合體。這顯然是一種畸形的有缺憾的感覺，而我自己正在防備著這生命的單純化，這過分的單純化無疑的是從戰爭中傳染到的疾病。」[72]可見，「純」與「不純」的問題，就丘東平而言，是對戰爭必然導致的簡約劃一與文學感受的多元複雜之間的張力與矛盾的警惕。以後設視野來看，就是對丘東平的戰爭敘述（更廣泛說，就是革命文學敘述）方式正當與否的判斷。對丘東平的戰爭體驗是否同質化的思考，其實也就是對他的戰爭文學敘述的野味道、野路子、野風格如何評價的問題。的確，戰爭和革命都是足以洗刷一切的洪流，對澈底性與集約化的要求是共同的。但並不等於戰爭文學必然是同質化和單一的——因為人是複雜的，更何況是戰爭情境中的人呢？

　　丘東平是個很好的革命戰士，也是勇敢積極的直面擁抱戰爭的戰士，但他更是一個堅持真切細膩地觀察人、體察人與戰爭的糾葛的作

---

70 劉衛國：〈丘東平「戰爭敘事」特徵新論〉，《文學評論》2013年第3期。

71 參見楊義、嚴家炎、王富仁、黃修己、吳福輝、劉增傑和秦弓等人關於「抗日戰爭的歷史記憶與文學」專題討論的系列論文，《河北學刊》2005年第5期。

72 丘東平致胡風的信，載丘東平：《丘東平作品全集》（上海市：復旦大學出版社，2011年），頁707。

家。他始終立足於以「復眼」來敘述表面上似乎整齊劃一的戰爭，甚至強制自己以近乎熱得發冷的激情來審視戰爭中的人情世態。丘東平這一點，與張愛玲在《傾城之戀》中對戰爭與愛情之間蒼涼而荒誕的體驗的敘述，就「直追人物的心理性格」[73]的力度和寬廣度上頗有異曲同工之妙。人世悲涼並非只有張愛玲式的揮手，還有丘東平這種貼著戰爭世態娓娓道來的滄桑。舉例而言，他人寫戰爭都強調正義之別，立場鮮明，但丘東平不少小說偏偏看不出明晰劃分，反而模糊處理，更多是反思戰爭本身。[74]比如在《中校副官》中就出現了對內戰與抗戰之間多線糾葛的思考。在寓言性的〈騾子〉一篇中，又有對「中國軍」、「日本軍」以及戰爭本身的樸素而深刻的思考。《白馬的騎者》重心在於鋪敘馬夫謝金星人不如馬的經歷，足以盡顯亂世涼薄。小說所表現的繁華落盡、循環往復，使人不由得感嘆：幸虧謝金星他就是一個馬夫。至於《運轉所小景》裡「百姓的無知和卑怯」與「兵隊的殘暴」；《正確》的連長刻意用殺死「受處分的兵士」來證明自己的「正確」；《尊貴的行為》寫驕橫的旅長讓馬夫去街上搶奪商家的豆子餵馬，事後卻又以槍斃馬夫的行為給自己增添「行高德厚」的美名……如此這些，都切切實實把庸眾、弱者的「凶頑」鏤刻得入木三分。

相對於許多戰爭文學書寫中四處洋溢著的令人乏味的政治正確的標舉而言，丘東平「野」得別有滋味。之所以如此，是因為他的寫作都是從戰爭情勢中起步。他的體驗和觀察，大多源於親身所歷和所見的戰爭情態。現場觀感和親歷體驗，與其新文學寫作實踐一起成長，

---

73 楊義：《中國現代小說史》下冊（北京市：人民出版社，1998年），頁160。

74 古遠清先生理解為「和當時白色恐怖環境有關」和「情節的不確定性」。古遠清：
〈得模糊處且模糊──〈沉鬱的梅冷城〉小識〉，載許翼心、揭英麗主編：《丘東平研究資料》（上海市：復旦大學出版社，2011年），頁238。筆者認為「模糊」還有助於丘東平避開了政治意識形態的戰爭立場選擇，可以將更多筆力置於對戰爭本身的哲學思考和審美開掘。

共同生成別有風味的丘東平式的、原生態的「野」味十足的戰爭文學
文本。《寂寞的兵站》為了表現兵士們「毫無意義的狂暴而放任的性
格」，「毫無憑藉的空虛」，[75]丘東平隨興就大膽納入了一首鄙俚的「酸
曲」：

> 蓮角開花
> 滿天青──囉，
> 妹你生好（美）
> 兼後生（年輕）──囉；
> 春水人情
> 你要做──囉，
> 唔比春草
> 年年有──囉！
> 蓮角開花
> 滿天青──囉，
> 妹你偷睇
> 假唔知──囉；
> 我要睇妹
> 你個屎──囉，
> 假在路上
> 拾個錢──囉！[76]

　　丘東平的「防備『單純化』」，實際上並非僅僅因為他對「單純
化」的有意識的防備和理論明晰，而且源於他對駁雜、複色的戰爭現

---

75 丘東平：《丘東平作品全集》（上海市：復旦大學出版社，2011年），頁606。
76 丘東平：《丘東平作品全集》（上海市：復旦大學出版社，2011年），頁605-606。

實、生活情境與個人體驗的深刻感受，也源於他有限的新文學表達語彙、文字能力與充沛的戰爭實感傳達之間的矛盾。「如萬斛泉源，不擇地而出」，於蘇軾是一種氣勢如虹的文才自信，在丘東平則更多是表達的焦灼與憋悶。有鑑於此，當讀到丘東平戰爭小說文本中的被認為「頗多不大修潔」[77]的粗話糙話[78]、方言俚語，除了說只有這樣才能傳達出人物身份與情感處境的生動一致，亦即丘東平所說的「沒辦法，不像這樣，不過癮，他媽的，簡直不過癮」[79]之外，也反映出丘東平的某種不得已而為之的「野」路子和歪打正著。他自己說：「我最初寫文章是用土話構思好了，再翻成普通話的。」[80]

顯然，無論是書寫戰爭的「蠻」，還是鏤刻「力」與「野」，對於戰爭的文學書寫，丘東平都是有著自己的「格調」（丘東平語）追求的。他也是矢志追求這個境界的。丘東平曾說：「我的作品中應包含著尼采的強者，馬克思的辯證，托爾斯泰和《聖經》的宗教，高爾基的正確沉著的描寫，鮑德萊爾的曖昧，而最重要的是巴比塞的又正確、又英勇的格調。」[81]較之郭沫若對丘東平這些自我期許的記憶猶新，胡風也注意到了丘東平的戰爭敘述「格調」的重要意義。不過，急於求其友聲的胡風，迅速把丘東平的「格調」定格在「革命文學運

---

77 茅盾：〈給予者〉，載許翼心、揭英麗主編：《丘東平研究資料》（上海市：復旦大學出版社，2011年），頁215。

78 張全之先生把「語言粗糙淩屬」特徵解釋為「不避污穢」，並認為這「使小說在感情基調上顯得異常蕪雜」。參見張全之：〈丘東平：以五四精神之火燭照軍人世界〉（節選），載許翼心、揭英麗主編：《丘東平研究資料》（上海市：復旦大學出版社，2011年），頁272。

79 聶紺弩：〈東平瑣記〉，載許翼心、揭英麗主編：《丘東平研究資料》（上海市：復旦大學出版社，2011年），頁6-7。

80 聶紺弩：〈東平瑣記〉，載許翼心、揭英麗主編：《丘東平研究資料》（上海市：復旦大學出版社，2011年），頁5。

81 郭沫若：〈東平的眉目〉，載許翼心、揭英麗主編：《丘東平研究資料》（上海市：復旦大學出版社，2011年），頁177。

動」。胡風說：「在革命文學運動裡面，只有很少的人理解到我們的思想要求最終地要歸結到內容的力學的表現，也就是整個藝術構成的美學特質上面。東平是理解得最深的一個，也是成就最大的一個，他是把他的要求、他的努力用『格調』這個說法來表現的。」[82]

可是，事實並非如胡風所說的那樣簡單和直接。丘東平不僅僅是革命文學運動裡的作家，他的戰爭書寫「格調」的真正所在，是對中國現代文學裡開掘得非常有限的戰爭題材的探索，即人性在戰爭的極端情境下的文學呈現。作為那個時代屈指可數的本色軍旅作家，丘東平的戰爭書寫特質是高密度、原生態的戰爭經驗傳達。他那樸素戰爭情感的全面抒寫、他的「奇詭獰美」的戰爭敘事風格、他基於人類立場的戰爭反思，不僅突顯出現代戰爭中的人欲與人情，也曝出人性的凶頑與愚陋。丘東平以自己的勇敢和執著，以戰爭親歷者的真實和鮮活，以新文學習作者的坦誠與樸素，真切鏤刻出了中國大地浸泡於現代戰爭中的苦難酸楚與悲歡離合。

五

一個人的生與死，在中國現代漫長而駁雜的戰爭視域中，的確是稀鬆平常的事。周揚認為丘東平「為革命犧牲是值得尊重的」，是基於革命本身的立場判斷，也就是對丘東平參加戰爭的左翼立場的肯定，即革命與否的認定；但周揚斷定丘東平「當作作家來看」則是「死了也並沒有什麼可惜」[83]，顯然是對其文學價值和才華的蔑視。

無疑，丘東平的寫作才華主要呈現在大量的戰爭書寫上。鑒於上述討論，我們也可以明瞭，丘東平戰爭書寫的價值和意義，不在於對

---

82 胡風：〈憶東平〉，載許翼心、揭英麗主編：《丘東平研究資料》（上海市：復旦大學出版社，2011年），頁42。

83 羅飛編：《丘東平文存》（銀川市：寧夏人民出版社，2009年），頁381。

戰爭立場的選擇和明晰，而在於對戰爭與人、戰爭與文明之類關係的反思，對戰爭本身的殘酷野蠻的反思。道理很簡單，丘東平不僅親身經歷了太多的戰爭，而且他往往是沉浸於戰爭自身又能跳脫出戰爭來反思。這樣一個戰爭的文學書寫者，在講究和率先關注立場和動機的意識形態氛圍中，能被施之以「人」與「文」的區別對待，從另一種意義上說，無論如何都還算得上是丘東平的幸運，當然也是周揚在文學批評上的厚道和辯證之處。這也足以表明，周揚在文藝與政治之間，在評判丘東平上面，的確充分表露了他的非凡之處。

周揚相關判斷的合理與有分寸，並不表示這些判斷本身在文學價值上的批評正確。周揚的判斷固然表露其作為黨的文藝批評家的持重，但也說明他對丘東平文學價值評定的「束手無策」。周揚可以敏銳感知作家在革命與文藝方面的「立場」，但他卻沒有辦法判斷丘東平在戰爭書寫上的探索價值。換言之，周揚也許正是因為丘東平在戰爭文學上不夠鮮明的寫作立場和革命姿態，進而否定了其文學藝術上的成就和價值。這種先入為主的「盲視」與「洞見」，或許就是周揚這一評說的「經典」意義所在。

正如前面所論，長期以來，對丘東平文學的評價也好，對其人的判斷也罷，基本上都以周揚的「話中話」為前提。至於說那部以丘東平自殺為題材的小說〈東平之死〉的發表引發的再討論，根本原因就在於，這篇小說不僅否定了丘東平文學上的價值，而且還否定了其本人在實際戰爭中的「革命」立場，也等於澈底否認了丘東平的「人」與「文」。這顯然是歷史虛無主義的態度，比周揚的判斷更為決絕。

事實上，周揚對丘東平的戰爭書寫並非毫無瞭解。但就是立場（政治標準）第一的文學批評前提，阻礙了他對丘東平文學藝術成就的深入探討。也就是說，周揚根本就沒有（也許是不能）用慣常的文學批評標准來討論丘東平的戰爭文學。如何判斷戰爭文學的價值？對於周揚這一類的批評家而言，只要是戰爭，立場是第一位的。因此，

戰爭文學對於周揚，首先必須是戰爭的定性問題，其次才是文學。我們無法，也無意苛求周揚他們跳出歷史局限，但隨著時間流逝，或許可以提出更為豐富的看待人類戰爭的角度，可以有更開闊更深入的視野。畢竟，當戰爭的成敗快感煙消雲散之後，留下的是更漫長的人類文明自身的悖論與悲哀。而此時此刻，關注人的精神世界，關注人類文明的困境，往往就是文學的長處。

就此而言，丘東平戰爭敘述的「力、蠻、野」，從戰爭與人的關聯之處——工業現代性與審美現代性的接合部——中呈現出另一現代性的審視角度：「從戰士、戰爭和戰爭中的人這個真實而堅固的鐵三角的視角進入戰爭」[84]。這也是林崗先生所論的，丘東平「不僅寫得有真情實感，而且有很深刻的觀察，有的還有哲學思考在裡面。這一層對左翼作家來說更加難得」[85]。是故，丘東平在戰爭書寫中「對於現實的拼命的肉搏」[86]，時刻「醉心於『不全則無』者所共同的苦痛」[87]的思考，才因此超越了一般的獵奇炫幻的戰爭寫作，在人性與文明的高度上開啟了一扇對戰爭進行文學開掘的「黑暗的閘門」[88]。丘東平是親歷並曾經書寫過現代中國多「類」戰爭的作家，而且是不

---

84 揭英麗、許翼心：〈《血潮匯刊》述略〉，載許翼心、揭英麗主編：《丘東平研究資料》（上海市：復旦大學出版社，2011年），頁225。

85 林崗：〈論丘東平〉，《學術研究》2011年第12期。

86 胡風、端木蕻良、鹿地亙等：〈現時文藝活動與〈七月〉〉（摘錄），載許翼心、揭英麗主編：《丘東平研究資料》（上海市：復旦大學出版社，2011年），頁178。

87 郭沫若：〈東平的眉目〉，載許翼心、揭英麗主編：《丘東平研究資料》（上海市：復旦大學出版社，2011年），頁178。

88 據樂黛雲先生所論，「黑暗的閘門」典出《說唐》，後因魯迅《我們現在怎樣做父親》中「自己背著因襲的重擔，肩住了黑暗的閘門，放他們到寬闊光明的地方，此後幸福的度日，合理的做人！」而廣為人知。參見樂黛雲：《肩起黑暗的閘門——紀念魯迅〈我們現在怎樣做父親〉發表90周年》，《新京報》2009年4月28日。後來，夏濟安的《黑暗的閘門》(*The Gate of Darkness*, University of Washington Press, 1968) 也為此說增色不少。

折不扣的左翼作家。丘東平戰爭書寫的特質，不在於左翼立場本身，而在於其高密度的戰爭經驗傳達。「最討厭庸俗的大眾化論者」[89]的丘東平，是一個活躍在現代中國複雜戰爭語境下的革命作家。他用「自己的那種鋼一樣的筆鋒」書寫著「內容總是被戰鬥道德的莊嚴的意識貫串著」的戰爭文學。[90]對丘東平來說，對戰爭的文學關注和心靈發掘，比立場本身重要得多。丘東平的意義更在於他是中國現代戰爭文學的力行者和先行者，他不僅是「知道到自己的作品裡頭去玩耍」[91]的「中國左翼文學的新血液」[92]，更是「一個新的世代的先影」[93]。

第三節　左翼文學抒情傳統的當代出發：〈我們夫婦之間〉新論

〈我們夫婦之間〉是一九四九年後現代中國第一篇引發全國性關注的小說，也是當代文學史第一篇被批判的小說。它承接「革命＋戀愛」題材小說的遺風流韻，開啟了左翼文學抒情傳統從現代轉入當代的新篇章。

〈我們夫婦之間〉表面上寫一對夫婦的情感風波、思想風波，這似乎是夫婦間私事、家庭事，閨闈事……文學史上這種家庭情感風波

---

89 轟紺弩：〈東平瑣記〉，載許翼心、揭英麗主編：《丘東平研究資料》（上海市：復旦大學出版社，2011年），頁5。

90 胡風：〈憶東平〉，載許翼心、揭英麗主編：《丘東平研究資料》（上海市：復旦大學出版社，2011年），頁45。

91 轟紺弩：〈東平瑣記〉，載許翼心、揭英麗主編：《丘東平研究資料》（上海市：復旦大學出版社，2011年），頁5。

92 胡從經：〈東平小論〉，載許翼心、揭英麗主編：《丘東平研究資料》（上海市：復旦大學出版社，2011年），頁196。

93 郭沫若：〈東平的眉目〉，載許翼心、揭英麗主編：《丘東平研究資料》（上海市：復旦大學出版社，2011年），頁176。

的題材在在多有。然而，該小說寫作、發表於一九四九年新中國成立初期，這也是作者從革命戰爭邁入當代新中國建設的振奮時期。小說顯然不可能是著眼於家庭趣味、異性情感的探索，而是演繹一對革命夫婦在新歷史語境下的各種認同之間的再思考、再認同。這也使得它與《青春之歌》一樣，多少有點成長小說意味。

〈我們夫婦之間〉這種與時俱進的認同風波的假設和演繹，並非基於私人情感、小家庭的認知，而是基於共同體的情感、事業、未來的認同。作者有意將如此重大敏感的題材，建立在歷史悠久的、眾人皆知的家庭夫妻關係書寫之上，一方面是因為夫妻關係與家庭風波，使它與傳統文學趣味得以兼容，人們很容易在這一題材脈絡上獲得傳統的理解與日常興味，另一方面，人們也願意看到傳統題材書寫如何在新語境中獲得新因素，呈現新的張力。

更深層的原因，當然是在現代革命邁入當代歷史語境的前提下，蕭也牧找到了「夫婦之間」與「我們之間」，此二者在「結合」意義上的相似性、共通性，儘管作者初心更強調他們的相異性和時代性。如此一來，這篇小說的趣味就不再是私人的事情。「夫婦之間」、「我們之間」、「我們」和「夫婦」的「之間」，事實上每一個語詞都是充滿著象徵意味的語彙，「結合」更是如此。其間的諸多結合與組合，以及結合的過程與結果的邏輯關係，以及對這種邏輯關係的認同與維護鞏固，每一個環節都令人深思、意味深長。更何況，結合本質上就是一種認同。認同與結合，形而上與形而下，私人領域與公共空間，主義與問題，可謂深衷淺貌，語短情長。更何況，在新的處境下必然遭遇再認同，但未必那麼容易進行再結合。正是在這種「必然」與「未必然」的錯位與矛盾中，〈我們夫婦之間〉引發了我們更多的文學思想史頓挫。

一　寫出作品就是一種行動[94]

〈我們夫婦之間〉寫於一九四九年秋，一九五○年一月刊登在《人民文學》第一卷第三期，是蕭也牧作者向新中國獻禮邁出的第一步，是「建國後第一篇產生熱烈反響的短篇小說，很快在年輕人中間不脛而走，口碑載道」[95]，「在不少文藝工作者中間也獲得了共鳴」[96]，被認為這是一篇「『真實』的，『典型』的，有『代表』性的，很生動而能說明問題的好作品」[97]，「很獲得一些稱讚，很多青年人都很喜歡」[98]。評論界對其文學寫作方式表達了認同，〈我們夫婦之間〉的成功不僅促進了其它作品的發表，也促進了蕭也牧的生產熱情。[99]

〈我們夫婦之間〉的文學影響主要是讀者和社會層面的。康濯曾聽蕭也牧講起「〈我們夫婦之間〉和〈海河邊上〉，合起來總有一二十個報紙轉載，其中包括一些地方黨報和團報，〈海河邊上〉並有被地方青年團組織定為團員課本或必讀書的。」[100]共青團中央出版的《青年的戀愛與婚姻問題》收錄〈我們夫婦之間〉。該書初版達萬冊，且「由於團組織系統閱讀的需要，全國各地加印此書，其印刷量已經無

94　羅蘭・巴爾特認為，在政治革命語境裡「寫出作品就是一種行動」。見〔法〕羅蘭・巴爾特著，李幼蒸譯：《符號學原理：結構主義文學理論文選》（三聯書店，1988年），頁76。

95　李國文：〈不竭的河──五十年短篇小說巡禮〉，1999年，石灣：〈紅火與悲涼：蕭也牧和他的同事們〉（上海市：錦繡文章出版社，2010年），頁15。

96　康濯：〈我對蕭也牧創作思想的看法〉，《文藝報》1951年10月25日，第5卷第1期。

97　蕭人：〈文藝批評使我的思想認識提高了一步〉，《文藝報》1951年9月10日。

98　丁玲：〈作為一種傾向來看──給蕭也牧同志的一封信〉，《文藝報》1951年8月10日，第4卷第8期

99　中華全國文學工作者協會編輯部：〈一九五○年文學工作者創作計劃完成情況調查（一）〉，《人民文學》1951年3月1日，第3卷第5期。

100　康濯：〈我對蕭也牧創作思想的看法〉，《文藝報》1951年10月25日，第5卷第1期。

法真正統計，但其總量肯定很大。」[101]至於其它藝術形式的〈我們夫婦之間〉，如唱本文學、通俗劇本、連環畫、小人書……這些改編行為使小說普及程度更加廣泛，尤其是上海電影界的編演起到了更大推廣作用，「電影放映後，很受觀眾的歡迎。」[102]但畢竟是電影版，二者不能混為一談。

　　一九五一年五月二十日，毛澤東發動《武訓傳》批判。六月始，李定中（馮雪峰）、葉秀夫、樂黛雲、丁玲相繼對蕭也牧展開合力批判，原因從小說文本批評往外滿溢，擴展到「小資產階級寫作」「進城問題」「城市題材書寫」「日常生活題材寫作」「真實性問題」「敘事手法」等諸多方面。自此，關於〈我們夫婦之間〉以及其引發的系列評論、批判和研究，以至於後來釀就的「蕭也牧事件」，合併成為重要的中國當代文學史現象。然而，據統計，「至今共出版了有近一百種的『當代文學史』……其中僅有不足五分之一的『當代文學史』書寫了『蕭也牧事件』。」[103]顯然，如果當初是因為一篇小說引發的歷史風雲，如今一旦忽略了那段歷史風雲後面的社會政治、思想語境，那麼人們還有什麼通道進入其中的文學史觀察呢？

　　蕭楓於一九五〇年七月十二日在《光明日報》發表〈談談〈我們夫婦之間〉〉，他一方面認為是「一個比較有感染力的短篇」，另一方面談及作品「對於李克，作者的態度，就有些模糊不清了」、「作者忽略了十二年革命工作對一個人應有的作用，這是不真實的，因而說是不典型的」、「作者實在也沒有給李克以明確的批判」，同時指出「知識分子與工農結合這個主題，用夫妻關係來表現，一般地說是不很合

101　袁洪權：〈〈我們夫婦之間〉批判的文史探考〉，《中國現代文學研究叢刊》2018年第11期。

102　夏衍：《懶尋舊夢錄》（增訂本）（北京市：中華書局，2016年），頁455。

103　張小霞：〈「蕭也牧事件」考辨〉（天津市：天津師範大學2020年碩士學位論文），頁1。

適的。」[104]作家如何表達某一個主題，當然屬於創作自由。蕭也牧試圖創作小說來表達自己對新政權的認同與熱愛，固然也是他的認知與選擇。為此，他選擇一對戰時夫妻和新政權節節勝利的同步成長，來完成其與時俱進的思想情感表達，應該說這也算得上是一個巧妙而自然的結果。知識分子與工農結合，當然也是一種結合，是階級感情和政治同盟上的結合。張同志和李克的結合，也是兩性感情和家庭倫理關係的結盟。事實上，只要是所謂結合，都存在這種類比。譬如說軍民關係的「魚水情深」表述，也是以夫妻男女關係進行的一種類比。《百合花》、《荷花澱》就是如此。原因很樸素，任何結合的最終理想層面，二者都以互動、穩固、牢靠和生死不渝為美好。這是自然而然、符合人情物理的一方面。另一方面，正所謂「任何比喻都是跛腳的」，這種擬夫婦人倫於社會政治的書寫，往往自帶誘惑與危險。畢竟夫婦人倫的結合關係有牢靠穩固的理想一面，但也有人性欲望與獸性破壞的天然屬性。

任何結合的理想之美好，其魅力恰恰來自對這些欲望與破壞的把控張力。蕭楓指出的「知識分子與工農結合這個主題，用夫妻關係來表現，一般地說是不很合適的」，想必是下意識感覺到這裡的比擬不倫的敏感與風險。既然如此，無論是哪一個作家，無論是何種情節模式、敘事方式，既然選擇了夫妻關係、男女關係來比擬認同敘事，其實都天然地無法置身事外，也無法跳出這一生活邏輯和藝術邏輯。因為起點和終點之間的連線，決定了這一敘事波瀾的邏輯與藝術張力的生成軌跡。唯一可以削弱其邏輯風險的規避，就是儘量弱化人物的私人生活元素與男女個性、性別差異，抹平故事的現實象徵效力，儘量推遠甚至切斷小說與現實生活的對應關係，加強全過程敘事的理想氛圍，增強放大小說人物與故事內容的群體共性和象徵意味。這一點，

---

104 蕭楓：〈談談〈我們夫婦之間〉〉，《光明日報》1950年7月12日，第3版。

在「十七年文學」的「紅色經典」中比比皆是。

　　寫什麼往往也決定了怎麼寫。這種套版效應當然不是天生的，既有文化傳統的一面，如對於魚水情深的理解；也有現實社會政治的宣傳與認同的一面，如對於軍民關係、領導與群眾的關係、社會各階層與政黨的關係，乃至與對政權性質的關係。這都是影響這種套版效應生成機制的一個方面。作家選擇寫什麼，本身也並非是完全主動的選擇。既然如此，作家如何來寫什麼，怎麼寫，同樣也並非是完全獨立自主的事情。不僅如此，作家的選擇事實上也並非是他的自主行為，一定程度上是作家不由自主代人立言的社會行為。作家大概多少都有不自覺的「為生民請命」的喉舌、發言人等的崇高動機，這種使命感固然令人肅然起敬，但同時也每每帶來一廂情願、未經授權的隱憂。尤其是當接受者、讀者並不領情的時候。這種不領情的波動和可能性，經常又是因現實利害而轉移。

　　既然如此，對蕭也牧的批評，對小說〈我們夫婦之間〉的批評，自然就包括了對作者和作品的所有涉及上述元素的批評，同時也包括對作家與作品、作家與「代言人」關係的合理性、合法性的批評。〈我們夫婦之間〉看起來很美的主題、題材，貌似巧妙的現實取材，作家自然而然的美好預設和期待，置身於接納、參與和歡呼新政權的寬容語境下，無疑是錦上添花的敘事。然而一旦思揣其中的細節，聚焦到文本事物中信息符號和象徵意味，其實往往經不起邏輯的追問。正是因為作家的一系列選擇，在寫什麼問題上忽略了夫婦人倫的結合與其它的關係結合，在私情、欲望與破壞上的天然屬性上對後者、對他者的不兼容。這種不兼容在夫妻人倫裡面是靠感情、親情、理性、傳統諸多力量共同完成超克，甚至可以說是現實的駁雜，成就了日常夫妻人倫結合的聖潔，夫婦之道不過是從現實朝向理想的修行。但對於其它關係的結合，顯然，人們並不會這樣去包容和超克，更多是選擇了規訓和懲罰，因為這種擬人倫關係，要求的是從純潔到聖潔，從

奉獻到奉獻，從理想到理想。

　　蕭也牧和〈我們夫婦之間〉，顯而易見，作者、寫作與故事本身，一開始就過於被這種比擬關係的敘事理想所吸引，他們都預見到了這種關係比擬遇合的天然美好的一面，卻把私情的危險與風險忘記了。[105] 更甚的是，為了書寫結合的美好，他們仍舊按照夫婦生活普遍的邏輯，大書特書其結合的波折、轉折、過渡、矛盾、轉變。尤其令人感慨的是，在安放這些對立元素和轉折、過渡的地方，作家和作品並沒有牢牢記住其中已經被規定好的對應關係和象徵位置，這就更是放大了這種私人、私情、欲望、破壞的解讀風險。這一切，無疑都構成小說被指責的小資產階級的惡趣味。藝術趣味是作品生成的，但同時也指向了作者和作者所在的那個群體（階級）。這也是一種關聯與結合。這也正是馮雪峰批評意見的核心：「我不滿意作者對於女主人公的那種不誠實的態度。……不滿意作者的那種輕浮的賣弄的態度。老實說，我反感這個作者。我心裡想，假如俗語說得『文如其人』這句話是真的，那麼我甚至要懷疑作者這個人恐怕也是不誠實的」、「假如作者蕭也牧同志真的也是一個小資產階級分子，那麼，他還是一個最壞的小資產階級分子！」、「這樣低級趣味並不是人民生活，也不是藝術，而只是你自己的趣味。陳湧同志以為這是知識分子的趣味，……這種不加區別的概論，我以為欠公平，難道我們知識分子的陳湧同志也有這種趣味麼？」、「作者這個人恐怕也是不大誠實的」、「作者的那種輕浮賣弄的態度」、「他是一個最壞的小資產階級分子」、

105　陳荒煤說：「一方面，主要是用私生活裡種種非原則的問題，來解釋和解決現實裡若干原則問題的這一意圖，使得題材與主題嚴重地不相稱，而且是分裂的。另一方面，特別是從人物的形象方面所表現的，則是被歪曲，被損害。在這一作品裡，處處流露了小資產階級思想感情中極灰暗極有害的一面，它說明了作者歪曲了現實，和追求新的低級趣味的一種不良傾向。這，是迫切需要徹底糾正的。」（陳荒煤：〈為創造新的英雄典型而努力〉，《文藝報》1951年4月25日。）陳荒煤是根據電影〈我們夫婦之間〉而言的，但這一識見，對小說而論同樣如此。

「我們仍舊要在懸崖的邊沿，豎一塊牌子，上面畫一個骷髏，請玩世主義者留心……」、「低級趣味……有點像癩皮狗……我就要踢它一腳！」[106]

　　馮雪峰介入蕭也牧小說〈我們夫婦之間〉的批判，固然有諸多角度的考察和理解。[107]但歸根結底，寫什麼的問題，是蕭也牧〈我們夫婦之間〉的批判之源。如此源頭，如上面所述，當然並非就一定導向必然的危險。這固然還得益於作者和作品的怎麼寫。這第二步的選擇取捨，可以規避風險發生或擴大化，也可能進一步釋放風險、乃至於造成更大的危險。蕭也牧後來應該是對此有所認識，他對作品進行修改。一九五○年七月，知識書店出版的蕭也牧短篇小說集〈海河邊上〉收入了〈我們夫婦之間〉。一九五○年十二月此書推出第二版，透露出明顯修訂痕跡。「第一、去除『知識分子與工農結合』的宏大命題；第二、刪除李克身上所表現出來的小資產階級趣味；第三、去掉對工農兵『不雅』言貌的描寫。」[108]一九五一年三月，青年出版社出版蕭也牧小說集《母親的意志》，將修改後的〈我們夫婦之間〉再次列入並添加附記說明情況：「收在這集子裡的〈我們夫婦之間〉一篇，曾在我的另一本短篇小說集——〈海河邊上〉裡印過。後來不斷接到讀者的來信，對這篇東西，提出了不少有益的意見。我根據了這些意見，修改了一次，就成了現在的樣子。覺得需要重印一次，所以又收在這集子裡。」[109]然而，蕭也牧主動服膺的姿態並沒有讓他逃過

106　李定中：〈反對玩弄人民的態度，反對新的低級趣味〉，《文藝報》1951年6月25日，第4卷第5期。

107　「他（馮雪峰）看不慣有些人一進城就丟掉了『糟糠』之妻，換上洋學生老婆。他認為這類現象至少不符合黨中央七屆二中全會號召的要保持艱苦奮鬥的作風這一精神。」（涂光群：〈雪峰〉，《五十年文壇親歷記》〔瀋陽市：遼寧教育出版社2005年〕，頁314。）

108　張小霞：《「蕭也牧事件」考辨》（天津市：天津師範大學2020年碩士學位論文），頁22。

109　蕭也牧：《母親的意志》（北京市：青年出版社，1951年），「附記」，頁84。

被批判的劫數，後續批判者依據的仍是《人民文學》刊載的初刊本。
遲到的覺悟於事無補，批判者們仍舊根據初刊本，對作者修改的意圖
選擇了盲視。這當然也是選擇性的，對於批評者而言，一定程度上，
作者的覺悟只不過恰恰坐實了他們此前的正確，如此而已。他們並不
需要作者的後見之明來證明自己的手握真理的先見之明。

　　小說初刊本之所以如此呈現，並非因為蕭也牧不知道其間的選擇
可能及其解讀後果，而是蕭也牧作為一個藝術家，他第一位次的選擇
是藝術張力的邏輯，[110]而不是首先考量和注意到生活邏輯和政治規約
的威力。這也許是作為小說家的蕭也牧的才情，但也不排除他有他作
為一個新中國禮讚者和工作者的工作熱情、乃至豪情——從《1950年
文學工作者創作計劃完成情況調查》可以看出，蕭也牧的創作成績最
佳。[111]

　　事情不僅僅如此。蕭也牧對這一題材的運思，也的確是打蛇取七
寸的精准，他選擇了我們夫婦之「間」來著眼。間，隔也，隔即隔
膜。「我們」既然已成「夫婦」，按理說，著眼點應該在合而不在隔，
應該是追求和，而不是放大其不同。「我們」與「夫婦」是二而一的
關係，不應有「間」，更無論「之間」。蕭也牧卻偏偏看取了「我們」
和「夫婦」的「之間」，因為他是作家，他在寫小說，他在製造和尋
找波瀾與藝術張力。在這個意義上，蕭也牧的「寫什麼」既是題材的

---

110 有論者認為，小說「故事繼續前行，分出兩條敘事小徑。其一，兩線分離，文章
　　以夫婦關係的破裂結束；其二，兩線合攏，夫婦之間重歸於好。蕭也牧選擇了第
　　二條敘事路徑講述故事。然而卻錯選了兩線合攏的方式。……因此，在意識形態
　　的規約下，李克應該向張同志靠攏，才能保證政治正確。可是，蕭也牧卻在生活
　　慣性的推力下做了錯誤的選擇。」（張小霞：《「蕭也牧事件」考辨》〔天津市：天
　　津師範大學2020年碩士學位論文〕，頁12-13。）蕭也牧的選擇當然不是生活慣性的
　　推動，而是藝術慣性使然。

111 中華全國文學工作者協會編輯部：《一九五〇年文學工作者創作計劃完成情況調查
　　（一）》，《人民文學》1951年3月1日，第3卷第5期。

選擇問題，也是如何看待題材本身的眼光問題，既關乎寫作藝術本身，但又不僅僅是寫作和寫作者能籠罩得了的事情。故而，基於學術辨析與求真的旨趣，即便是最低限度的思考、聯想與追問，那也應該是對作者「怎麼寫」的揣摩，自然也就包括了對作者這樣寫、為什麼要這樣寫的讀者迴響反思、文本解讀推理與本質主義闡釋的邏輯追問。

二　「怎麼寫」的藝術與政治

　　一九五〇年一月一日，《人民文學》刊登了蕭也牧的〈我們夫婦之間〉。秦兆陽時任刊物小說組組長，在回憶發表過程時，他說收到這樣的稿子「自然喜出望外，所以就一字不動，立即選送主編審查，在《人民文學》上發表出來了。」[112]白村曾專門著文讚揚這是「真實的，典型的，有代表性的，是一篇很生動而能說明問題的好作品。」[113]甚至連批判者也承認這篇小說「有一些寫得真實、令人感動的地方。」[114]

　　〈我們夫婦之間〉的真實、令人感動、典型和有代表性，首先並非出於某種創作流派和團體的現實針對性[115]，而是源於小說人物的歷史真實與生活真實、小說情節的現實聚焦、小說細節的生動具體。總而言之，恰恰是這一題材所包含的夫妻人倫關係中的私人空間表現、個人欲望的魅力。不僅如此，連參與構建這些私人空間的公共事物，

---

112 石灣：《紅火與悲涼：蕭也牧和他的同事們》（上海市：上海錦繡文章出版社，2010年），頁3。

113 蕭人：〈文藝批評是我的思想認識提高了一步〉，《文藝報》1951年9月10日，第4卷第10期。

114 陳湧：〈蕭也牧創作的一些傾向〉，《人民日報》1951年6月10日，第5版。

115 蕭也牧談及了自己從事文學活動的經過，講述了錯誤的形成。其起源於「聽信了一種議論『據說城市裡的讀者不大喜歡讀老解放區的小說。原因是很枯燥，沒趣味，沒人情味』。」談到此處，蕭也牧添加了一句話：「至於什麼人的趣味，什麼人的人情，則說得很模糊，我也沒有想這個問題。」（蕭也牧：〈我一定要切實地改正錯誤〉，《文藝報》第5卷第1期。）

在小說中也被連帶染上私人色彩，畢竟日常化生活的書寫，天然中包含著濃厚的私人性色彩。[116]公共與私人的相對而言，轉而成為帶上天然階級對立的兩廂存在。如此一來，本來應該強調公共的、無欲望的、光明俊朗聖潔的層面，在活潑生動的私人敘述與描寫面前，反而成為一種抽象的存在。相形之下，〈我們夫婦之間〉對生活的藝術真實性追求的結果，不僅僅造成讀者閱讀取向選擇的失衡，更從選擇和效果對比本身引申出了對寫作者藝術選擇的思想傾向與動機的純度拷問。

　　為什麼要這樣寫，為什麼寫這些——這也正是後續批判的邏輯所在，也是相關環節參與者的正義感和力量所本。[117]如此，我們自然也

---

116 在「蕭也牧事件」之後，「許多作家因為日常化書寫最易招致惡溢，害怕言多必失，招來麻煩，所以選擇了能夠證明新政權合法性以及社會主義制度優越性的題材進行書寫。但是，日常化書寫作為生活常態並沒有就此消亡。大多數作家進行了寫作改道，選擇了與蕭也牧不同的寫作路徑表現日常生活。他們以從日常生活洞悉政治思想問題為模式，將日常性中的私人生活領域歸之於社會「公共性」的敵人。日常生活內容被認定為『物質』、『欲望』、『身體』、『享樂』，被賦予了階級性，貼上了資產階級的標籤。」（張小霞：《「蕭也牧事件」考辨》〔天津市：天津師範大學2020年碩士學位論文〕，頁49-50。）

117 丁玲說「解放區的文藝太枯燥，沒有感情，沒有趣味，沒有技術」的批評，並且在一九五〇年專門就這一問題發表了《跨到新的時代來——談知識分子的舊興趣與工農兵文藝》作為回應：「這些書是否主題狹窄、單調，使人不耐呢？以我來看，我是不能同意這種說法的。」（丁玲：《跨到新的時代來——談知識分子的舊興趣與工農兵文藝》，張炯主編：《丁玲全集》第8卷，石家莊市：河北人民出版社2001年，頁202。）有論者據此認為，是蕭也牧的〈我們夫婦之間〉的成功，對比之下導致解放區文藝的黯然失色，從而引起丁玲等人的派別門戶之見和打壓、矛盾。這種引申之論只能說是後續的猜測式論述，可備一說。「蕭的受歡迎無疑是對於丁玲寫作理念的很大質疑，於是丁玲為了捍衛自己的榮譽發動了猛烈地進攻。於公，是為了彰顯文藝批評話語的政治意識形態化趨向；於私，是在為自己爭奪寫作話語權。從這一點看來，批蕭運動的產生也是因為蕭也牧在藝術上刺激了老一輩作家敏銳的神經。除此之外，不容忽視的一點是丁玲身上的女性意識。」（張小霞：《「蕭也牧事件」考辨》（天津市：天津師範大學2020年碩士論文，頁42。）袁洪權的論文〈〈我們夫婦之間〉批判的文史探考——紀念蕭也牧誕辰一百周年〉，《中國現代文學研究叢刊》2018年第11期）、程光煒先生的講座〈1970回望1951——蕭也牧人生兩個不尋常的年頭〉（2023年4月28日下午15:00-17:00，北京大學中文系主辦）也是如此。

就可以理解馮雪峰的義憤填膺的社會批評激情，也可以反觀丁玲帶著女性主義的批評反抗。丁玲稱男主人公李克是個「很討厭的知識分子。他最使人討厭的地方，倒不是他有一些知識分子愛吃點好的，好抽煙，或喜歡聽爵士音樂的壞習氣，或是其他一般知識分子的缺點。最使人討厭的是：他高高在上地欣賞他的老婆的優點哪，缺點哪，或者假裝出來的什麼誠懇地流淚了哪，感動了啦，或者硬著脖子，吊著嗓門向老婆歌頌幾句在政治上我還是不如你哪，或者就又像一個高貴的人兒一樣，在諷刺完了以後，又俯下頭去，吻著她的臉啦……李克最使人討厭的地方，就是他假裝出一個高明的樣子，嬉皮笑臉來玩弄他的老婆──一個工農出身的革命幹部。」[118]

　　和馮雪峰不一樣，丁玲對蕭也牧的批評有著很生動而嚴謹的過程感，或者說融合著公與私無縫對接的程序正義與結果正義的結合意味。在批判升級和介入程度深化之前，丁玲曾給蕭也牧寫信說：「那時還以為你的作品影響並大，……可是後來，慢慢地覺得情形不同了。你的作品，不止在青年讀者中有影響，……在某些地方有了更大的市場，在上海被搬上了銀幕，一個又一個。你的作品，已經被一部分人當做旗幟，來擁護一些東西，和反對一些東西了。他們反對什麼呢？那就是去年曾經聽到一陣子的，說解放區的文藝太枯燥，沒有感情，沒有趣味，沒有技術等的呼聲中所反對的那些東西。至於擁護什麼呢？那就是屬於你的小說中所表現的和還不能完全包括在你的這篇小說之內的，一切屬於你的作品的趣味，和更多的原來留在小市民，留在小資產階級中的一些不好的趣味」、「小資產階級出身的人們總是經過種種方法，也經過文學藝術的方法頑強地表現他們自己，宣傳他們自己的主張，要求人們按照小資產階級知識分子的面貌來改造黨，

---

118 丁玲：〈作為一種傾向來看──給蕭也牧同志的一封信〉，《文藝報》1951年8月10日，第4卷第8期。

改造世界」、「要站在黨的立場，人民的立場，寫出好作品來。」[119]直到一九七八年，當談到這封公開信的時候，丁玲始終堅「我覺得這封信是很有感情的，對蕭也牧是愛護的。」[120]

可以說，〈我們夫婦之間〉的「怎麼寫」問題，終歸導致一系列批判接踵而來。一九五一年八月二十五日，蕭也牧所在單位的《中國青年》雜誌社發專號批判蕭也牧的「創作傾向」。這份僅僅三十三頁的報刊，用了十個碼的版面談蕭也牧的錯誤傾向，從思想根源到具體作品，指出問題所在並提出整改措施——「區分自己的思想、情感、行動那些是無產階級的東西，那些是小資產階級的東西，認真地改造自己，才能避免發生錯誤，而做出一些真正有益於人民大眾的事情。」[121]一九五一年九月十日，《文藝報》第四卷第十期的「文藝動態」欄，刊登《中國青年》討論蕭也牧作品的消息。同時開闢專欄「讀者中來」刊出《對批評蕭也牧作品的反應》，由五篇文章組成。賈華含以工人身份批判蕭也牧，聲稱「這種違背毛澤東文藝方針的創作思想，不顧生活的真實，而且追求低級趣味，損害勞動人民的形象的小資產階級作家傾向，侵蝕到我們工人作者中間來了。因此，進一步展開對蕭也牧的創作傾向作嚴肅的鬥爭，與肅清它在作者讀者中的不良影響，這是目前我們的重要的工作。」[122]一九五一年九月二十五日，《新華月報》也於第四卷第五期上發表〈對蕭也牧作品的批評〉。原來表示讚賞和肯定的評論者也紛紛轉向，如畢東昌發表〈我們偏愛蕭也牧的作品？〉認為：「現在我們應該從近些日子的報紙、刊物上

119　丁玲：〈作為一種傾向來看——給蕭也牧同志的一封信〉，《文藝報》1951年8月10日，第4卷第8期。

120　丁玲：〈談寫作〉，張炯主編：《丁玲全集》第8卷（石家莊市：河北人民出版社，2001年），頁267。

121　張念嘉：〈認真改造自己〉，《中國青年》1951年8月25日，第73期。

122　賈華含：〈不良傾向侵蝕工人讀者〉，《文藝報》1951年9月10日，第4卷第8期。畢東昌：〈我們偏愛蕭也牧的作品？〉，《文藝報》1951年9月10日，第4卷第8期。

對蕭也牧作品的批評文章中，結合自己以前不應該有的不對的看法，仔細檢討一下，使我們思想上提高一步。」[123]。一九五一年十月二十五日出版的《文藝報》第五卷第一期，蕭也牧發表〈我一定要切實地改正錯誤〉[124]（文後注「1951年秋天，在北京」）。同期發表了康濯的《我對蕭也牧創作思想的看法》（文後注「1951年10月9日夜於北京」），此文成為蕭也牧批判的一個重要節點。

　　一九五一年十一月京津地區文藝界開展思想改造運動，此時此刻，蕭也牧已經坐實成為反面典型。周揚點名批評蕭也牧：「城市小資產階級思想嘛，我們在小說和電影〈我們夫婦之間〉中也領教過了，它以知識分子的眼光和趣味歪曲勞動人民的形象，玩味著從舊社會帶來的壞思想和壞習慣，把政治庸俗化。這難道和我們在創作上所提倡的，要正確地表現人民中的新的人物和新的思想，要嚴肅地表現政治主題的要求是能夠相容的嗎？」[125]

　　接下來，眾多的批評意見，更是直觀呈現出對〈我們夫婦之間〉「怎麼寫」的讀者理解。陳炳然的〈〈我們夫婦之間〉讀後〉是〈我們夫婦之間〉的第一篇評論，他認為反映了「進城幹部的思想意識」，也指出了「作者對李克的批評是不夠的。」[126]接下來，大量的意見開始集中在現實主義維度上的針對性，如「這讓人們以為這就是我們幹部中間普遍存在的現象，客觀上歪曲了現實。」[127]、「蕭也牧的作品的致命傷就是不符合於生活的真實性。越是拿出生活來對照，那麼，這些作品就越是顯得破綻百出。這種對生活的違反，老實說來，

123　畢東昌：〈我們偏愛蕭也牧的作品？〉，《文藝報》1951年9月10日，4卷第8期。

124　蕭也牧：〈我一定要切實地改正錯誤〉，《人民日報》1951年10月26日。先後刊登於《中國青年》1951第77期、《新華月報》1951第11期、《新建設》1951年第3期、《文藝報》1951年5卷第1期（1951年10月25日出版）。

125　周揚：〈整頓文藝思想，改進領導工作〉，《文藝報》1951年12月10日，第5卷第4期。

126　陳炳然：〈〈我們夫婦之間〉讀後〉，《文藝學習》第1卷第3期，1950年4月1日。

127　陳湧：〈蕭也牧創作的一些傾向〉，《人民日報》1951年6月10日，第5版。

竟到了粗暴的地步！」、「誇大地片面描寫了我們生活中所殘餘的消極的一面。」[128]陳湧也認為該作品「客觀上是歪曲了現實的」、「就算她身上還帶著一些農村的狹隘保守的觀念」，怎麼可能成為「一個經常為了一些非原則的日常生活的瑣事而爭吵的人？」[129]丁玲質問道，工農出身的女幹部「哪裡會是像你所描寫的那麼一個雌老虎似的潑婦樣子呢。你怎麼能把當著典型來寫的一個工農出身的女幹部，寫成是偷了丈夫的稿費往家中去寄錢的呢?」[130]

　　上述這些對〈我們夫婦之間〉現實主義的真實性的質疑，當然是源於中國式的現實主義理解，如「一篇作品是否真實，不在於它『如實地』描寫了事實或現象，關鍵在於它是否通過了事物的現象透視到事物的本質，是否通過生活現象的描寫反映了生活的真實面貌（本質面貌），是否反映了一般的邏輯的真實」[131]、「判斷一個作品是否社會主義現實主義，主要不在於它們描寫的內容是否社會主義的現實生活，而是在於以社會主義的觀點、立場來表現革命發展中的生活真實。」[132]貌似紛紜的各種邏輯要害，簡而言之，寫什麼固然是一方面，更重要的是「在於以社會主義的觀點、立場來表現革命發展中的生活真實」。現實可以改造和表現，其合理性和合法性源於這種「觀點、立場」。

　　無論如何羅列，這些小說情節元素上「生活真實」，無疑只是構

---

128 葉秀夫：〈蕭也牧的作品怎樣違反了生活的真實〉，《文藝報》1951年7月25日，第4卷第7期。

129 陳湧：〈蕭也牧創作的一些傾向〉，《人民日報》1951年6月10日，第5版。

130 丁玲：〈作為一種傾向來看——給蕭也牧同志的一封信〉，《文藝報》1951年8月10日，第4卷第8期。

131 蕭殷：〈論藝術的真實〉，《論生活、藝術和真實》（北京市：人民文學出版社，1980年），頁12。蕭殷此時已經是《文藝報》三位主編之一（丁玲、陳企霞、蕭殷），他的現實主義理解很有普遍意義和代表性。

132 周揚：〈社會主義現實主義——中國文學前進的道路〉，《人民日報》1953年1月11日。

成怎麼寫的一部分，另一部分則是小說情節展開本身，它直接比擬著現實生活流向的必然性。在這個意義上，故事情節似乎成為生活面相的小說文本面相。小說尚且如此，現實一定更加不堪。藝術虛構竟然造成對生活未來的預設焦慮，這或許是特定語境下對現實主義藝術的一種別有趣味的再造。有論者認為，張同志「最終表現出了對於城市文明的認同，向著李克這個小資產階級知識分子的方向趨近。李克作為小資產階級知識分子，深受資產階級意識形態和文化的影響、教育，傳染了資產階級的『壞的現代性』，是屬於階級根性的變質。而張同志作為典型的工農兵幹部，在進城後向小資的『趨同』，表現了革命基礎的動搖。這違背了中國共產黨『進城』的初衷，也是毛澤東最擔心的。」[133]這種來自跨越幾代人的新一代研究者的認識，在深刻之餘，似乎在另一個時空呼應著同樣本質主義的闡釋思維，洞見之中更充滿著令人震撼的不安。

蕭也牧「怎麼寫」的問題，最終仍呈現為形形色色的、對〈我們夫婦之間〉文本讀解的見仁見智。文本中大量的感嘆號，第一人稱的敘事，敘述者的虛實，文本結構的三段論式……可以說，從「怎麼寫」的層面，〈我們夫婦之間〉實在充滿著太多可供再解讀的文本症候。新舊時代轉換的張力、歷史總結者與展望者的激情、城鄉空間與文明的切換、歷史與現實的對接、個人與集體對新生活的熱望……諸如此類的豐富理念與情感，都可以在這篇幅並不長、文字並不精煉、敘述並不複雜、結構仍顯稚拙的文本中找到對應。從「知識分子和工農兵結合」到「真是知識分子和工農兵結合」，二者的遞進關係及其情節見證，是〈我們夫婦之間〉的內在故事邏輯。這本來就是一個宏大的政治主題，更是一個關於階級、政治、國家的公共主題，強調的

---

133 張小霞：《「蕭也牧事件」考辨》（天津市：天津師範大學2020年碩士學位論文），頁12-13。

是知識分子與工農兵在實現新民主革命的道路上的漸進式徹底結盟，用小說原話來說就是「真是知識分子和工農結合的典型！」除了結合的順序是以「知識分子」打頭以示主動之外，「真是」兩個字同樣意義別致。誰去結合誰，結合是真是假，這兩個問題的重要性，在革命語境中不言而喻。與此一宏大主題相對應的，小說設計了具體的一名男性知識分子與一個女性工農來結合。且不說這種大小與公私的對應設計本身的不倫不類，多少存在傳統悠久的鄙俗化趣味。單從男女主人公的匹配設計，作者的濃墨重彩與費盡心思，反而越加呈現出這些用心之處的言外之意。例如，為了呈現生動與真實的生活色彩，作者在故事設計還加上一系列對立的元素：有名有姓的男主人公李克，他是理工男、純情男、趣味男、城市男、愛娃男、理論男、文弱男；有姓無名的女主人公「張同志」，則為文盲女（後來自學到一定文化水平）、再婚女（革命之前為童養媳）、粗豪女（滿口髒話）、鄉下女、無情女（結婚多年才送一件毛衣、丟小孩）、自私女（偷丈夫稿費給自己家裡寄錢）、感性女（見義勇為）、勇猛女（與老闆直接對抗）。

　　蕭也牧選取夫妻兩性關係的家庭結合，來實現宏大敘事意義上的社會政治聯盟——知識分子與工農兵的結合——的文學敘述，這種比擬雖然不太合適，然也終歸言之有據。這既是中國文化上香草美人的古老傳統，也是現代革命敘敘事上允許的同類譬喻。然而，以日常生活過日子意義上的夫妻磨合，來比擬革命政治意義上毫無懸念、幹脆利落的結合，不得不說存在相當的誤差。夫妻組合家庭後，情感、思想和生活習慣上需要一定時間的磨合，這是人之常情。但知識分子與工農的結合，這是政治任務和階級使命所向，容不得半點猶疑和回旋。在生活上雖然是「我們」，雖然已成「夫婦」，雖然理想狀況下應該親密無間，一家人不說兩家話，但還是允許「有間」。極端情況下，所謂同床異夢，此之謂也。然而在革命政治與階級聯盟的意義上，「我們」不過都是另一個更宏大主體的一份子，「夫婦」男女含義

上的理解並不是主要的，只要有需要，甚至應該完全服從和服務於那個更大的「我們」，根本不可能也不應該「有間」。

　　蕭也牧大概忽略了這種比擬不周導致的巨大闡釋裂痕。或者可以說，如果兩性結合的比擬，已經將私情與欲望侵染了純潔的革命友誼組合，那麼，日常生活的瑣碎磨合引發的一系列聯想，已經致命傷害了革命政治聯盟應有的聖潔、堅決和果敢。蕭也牧的「怎麼寫」的文本呈現，從文字細節到語言技法，從文本元素到情節架構，從小說敘事到意義旨歸，在一定程度上生成了〈我們夫婦之間〉自帶解構色彩的豐富藝術張力。這也正是引發人們後續批判的緣由。而一旦小說改編成電影，上述這些引發聯想的、諸多虛虛實實的因素完全在屏幕上得以具象化呈現之後，情況必然更加失控：一來接受者並不會去辨析小說與電影的藝術差異，二來接受者從具象化的電影屏幕得到的信息，恰恰與小說文本元素產生完全的對應和補充。此時此刻，小說的思想藝術張力轉化為特定語境下的政治焦慮，就是自然而然的事情。由是，〈我們夫婦之間〉純粹從文學寫作的「一種傾向」和「趣味」，進入到現實社會政治生活中關於「小資產階級」[134]的切實指責與批判。從文本到生活，從小說故事到現實參照，一旦引發了特定語境下的群體焦慮與共同體共鳴之後，由小說〈我們夫婦之間〉的文本，在電影改編的再次激活之後，演繹為「蕭也牧事件」便是必然的、一發不可收拾的藝術悲劇、文學史悲劇、人生悲劇。

三　影響的焦慮：政治政策作為寫作的前理解

　　〈我們夫婦之間〉的發表和被批判，「一定程度上，這場批判導

---

134 毛澤東在中國當代文藝思想的綱領性文件〈在延安文藝座談會上的講話〉中，強調小資產階級「不乾淨」。具體論述參見寇鵬程：《中國小資產階級文藝的罪與罰》（上海市：上海三聯出版社，2012年），頁220。

致了蕭也牧一生的悲劇，也是幹校致死的根本原因。」[135]相對而言，我們也可以同意這種判斷——〈我們夫婦之間〉應該屬於「典型的『文學史經典』」[136]，而不是文學經典，根本原因當然是這篇小說批判運動引發的「蕭也牧事件」。關於後者的討論已經足夠多，人事相關的反思和人事環節的考據也都非常充分，深度也正在開掘，如程光煒講座中所預告的，「這場批判的三個當事人馮雪峰、丁玲和陳企霞，在批判活動中的角色、作用是本講座的中心。由此還牽連出馮、丁與周揚的歷史矛盾、一九五一年文藝界的整風運動、陳企霞在該報創刊初期連續批判若干作家作品的幾個面向。顯然，講座不是在追究當事人責任，而是把這些人物擺在歷史活動現場，來反思和討論那個事件的複雜性，藉以呈現歷史本身更豐富、駁雜和立體的面貌。」[137]

　　然而，作為引發後續悲劇事件的源頭——小說〈我們夫婦之間〉，對其文本構造、創作機制、閱讀（接受）機制、讀者與社會群體鏈接機制和互動效應本身，人們卻依然缺乏應有的關注和充分的辨析。事實上，如果這些環節沒有得到應有的反思和清理，一旦類似語境的昨日重現，蕭也牧事件的悲劇感可以說就是自動化的釋放，這才是〈我們夫婦之間〉值得再三讀之思之的要義所在。

　　文學即人學，小說文事也是人事。對人的關係網絡的理解，不僅是現實生活中的關鍵，也是讀解小說文本的要害。〈我們夫婦之間〉同樣如此。這篇小說涉及幾方面關係。一是知識分子與中國革命的關

---

135 參見程光煒的講座內容簡介，https://mp.weixin.qq.com/s/EJZTfpwC5PLWCtFV_IE3　Gg，2023年4月28日。程光煒先生的講座《1970回望1951——蕭也牧人生兩個不尋　常的年頭》（2023年4月28日下午15:00-17:00，北京大學中文系主辦）。

136 程光煒，孟繁華：《中國當代文學發展史》（修訂版）（北京市：北京大學出版社，　2011年），頁79。

137 參見程光煒的講座內容簡介，https://mp.weixin.qq.com/s/EJZTfpwC5PLWCtFV_IE3　Gg，2023年4月28日。程光煒先生的講座《1970回望1951——蕭也牧人生兩個不尋　常的年頭》（2023年4月28日下午15:00-17:00，北京大學中文系主辦）。

係、知識分子與工農的關係。毛澤東有言：「拿未曾改造的知識分子
和工人農民比較，就覺得知識分子不乾淨了，最乾淨的還是工人農
民，儘管他們手是黑的，腳上有牛屎，還是比資產階級和小資產階級
知識分子都乾淨。」[138]不僅如此，他也曾說：「人民也是有缺點的。無
產階級中還有許多人保留著小資產階級的思想，農民和城市小資產階
級都有落後的思想。我們應該長期地耐心地教育他們，使他們改造自
己。我們的文藝應該描寫他們的這個改造過程。」[139]在中國革命語境
中，人際關係網絡中並非平等的。顯而易見，知識分子與工農的結
合，作為小資產階級的知識分子實在不是優勝級別。革命是作戰，作
戰靠隊伍，隊伍自然就是有序列的。明白自己的位置，站好自己的崗
位，不僅是本分所在更是忠誠度的表現。〈我們夫婦之間〉的人物關
係網絡，據此而言，顯然存在相當的出入。而蕭也牧對錯位人機關係
的認知非但不明晰，甚至還踵事增華地強化了諸多錯位元素的色彩，
如以張同志為參照，對李克能言善辯、邏輯思維、生活情趣的渲染，
對李克出身、待人處事、女性觀等的強調。如此一來，本來就錯位的
關係——我們夫婦「有間」——的事實，就進一步加劇為我們夫婦鬧
離婚的對立甚至對抗的情節演繹，這與小說創作的初衷——「真是知
識分子與工農的結合！」，成為鮮明的反差甚至反諷。小說人物之間
的關係與形象演繹，因為與現實的比擬邏輯，加之確確實實存在的新
政權建政之初的離婚潮現象，自然引發了讀者的猜想與驗證。我們當
然不必責難蕭也牧不應該這麼寫，事實上也並非只有他一人這樣寫。
但這種根據理念貼著生活的強制闡釋，既要討好光鮮明麗的理念，又
不捨得放棄生活的細節鮮活，造成的文本耦合往往就是兩不討好，各

---

138 毛澤東：〈在延安文藝座談會上的講話〉，《毛澤東選集》第3卷（北京市：人民出
　　版社，1991年），頁851。

139 毛澤東：〈在延安文藝座談會上的講話〉，《毛澤東選集》第3卷（北京市：人民出
　　版社，1991年），頁849。

自解釋。此情此景，作為文字媒人的創作者自然就是二者撕裂的始作俑者。文本的撕裂導致了現實作者的動機拷問。的確，沒有什麼比扭曲應有的序列關係（人倫也好，革命也罷）更為難以容忍的了，馮雪峰的道德義憤之強烈之激烈，大概在此不在彼。

〈我們夫婦之間〉固然是小說。但由於「我們」這一對「夫婦」的特殊時空的代表性，一開始就自動承接了漢儒解《詩經》以來「經夫婦，成孝敬，厚人倫，美教化，移風俗」的解詩傳統，當然也對應了屈原和《楚辭》那種「香草美人」的象徵體系。一言以蔽之，人事即政事。新中國成立固然是歷史大趨勢、革命必然性的結果。但新政權作為新生事物，對長治久安、對穩定與忠誠的需求，無疑是來自天生和天然的敏感。這就包括從鄉村包圍城市中壯大起來的中國共產黨及其新政權，它的建立與確立，它與城市建設（中國現代化道路）的關係與自信心問題。毛澤東曾反覆提到郭沫若寫的《甲申三百年祭》，並且向中央幾位領導重申「我們不能像李自成進北京，一進城就變了。」[140]一九四九年三月五日，毛澤東在召開的中共七屆二中全會上向全黨敲響了警鐘，「我們必須預防它的攻擊。」[141]這一點，小說〈我們夫婦之間〉不僅未能稍以小說式的緩頰，反而用情節生動的文本敘事予以反向的演繹，實在令人感慨。如一論者所言：「在他的筆下，張同志慢慢接受了城市女人『擦粉抹口紅』『燙髮』的做派；服裝上也變得整潔起來了；逐漸地改掉了說髒話的習慣，變得禮貌了；而且自己也買了一雙舊皮鞋，最終表現出了對於城市文明的認同，向著李克這個小資產階級知識分子的方向趨近。李克作為小資產階級知識分子，深受資產階級意識形態和文化的影響、教育，傳染了資產階

140　薄一波：《若干重大決策與事件的回顧》（上卷）（中共中央黨校出版社，1991年），頁5。

141　毛澤東：〈在中國共產黨第七屆中央委員會第二次全體會議上的報告〉，《毛澤東選集》第4卷（北京市：人民出版社，1991年），頁1438。

級的『壞的現代性』，是屬於階級根性的變質。而張同志作為典型的
工農兵幹部，在進城後向小資的『趨同』，表現了革命基礎的動搖。
這違背了中國共產黨『進城』的初衷，也是毛澤東最擔心的。」[142]

　　知識分子對新政權的認同與思想情感改造問題，具象化體現為日
常生活的諸多選擇。例如知識分子對農村與城市的態度與選擇，知識
分子對工農的態度（敘事的語氣、語態等），一定程度上就是知識分
子對中國革命歷史與未來的接受問題、忠誠問題。例如丁玲在解放城
市後進城的感受，「我走在柏油馬路上，我想到：這是我們的了，我
是第一次走在自己的柏油路上；我看見那些工廠的煙筒（我一定要趕
快都去參觀），我想，這是我們的工廠，它們要把我們的張家口好好
地裝扮起來的。」[143]城市不僅僅是革命環境變化，也是知識分子對原
來屬於自己的舊環境的審視與認知，對自己的過往歷史的重新審視、
自我改造與選擇的問題。就此而言，小說〈我們夫婦之間〉顯然是缺
乏自覺的。作為男主人公的李克，在小說中始終佔據著對城市的闡釋
權，占據著情節進展的主導權和主動權，他是強勢的敘述者。這也許
是作者男性主義的主體本色有關，也許是男性天然的歷史敘述主導者
扮演使然。這些偏頗，在當時的確並不算得上是一個敏感的問題，我
們不能今之視昔。況且這種兩性關係的本色自覺，自然也生成比擬關
係中的宏大敘述的邏輯結果，那就是一切權威來源於「最高理念」。
這一點，蕭也牧是清楚的。因此，蕭也牧試圖在文本結尾強制性回歸
到「黨所給予我們的任務」上來，小說借李克的口「演講似地說了不
少話」，最終發出這樣的豪邁展望：「我相信：在黨的教育下加上自己
的努力，我們一定都會很快進步的！」可視，有意思的是，面對這種

---

142 張小霞：《「蕭也牧事件」考辨》（天津市：天津師範大學2020年碩士學位論文），
　　頁12-13。

143 丁玲：〈躲飛機〉，張炯主編：《丁玲全集》第5卷（石家莊市：河北人民出版社，
　　2001年），頁252。

曲終奏雅的輝煌表態,女主人公張同志的反應卻是:「今天聽得好像
很入神,並不討厭,我說一句,她點一下頭,當我說完了,她突然緊
緊地握著我的手不放。沉默了一會兒,她說:『以後,我們再見面的
時候,不要老是說些婆婆媽媽的話;像今天這樣多談些問題,該多好
啊!』」[144]知識分子李克大談「主義」,到了張同志這裡卻落實到了
「多談些問題」。對比胡適的「多談些問題,少談點主義」,相信啞然
失笑之餘,人們一定會有對「五四」以來對啟蒙與革命意猶未盡的深
遠沉思。

　　如果說革命新秩序改變了現實社會中人與人的關係,或者說是對
人的一次解放。那麼相應地,它同樣也改變了對作家與文學寫作的關
係。寫作首先不再是個人與才華之事。文學寫作不再是藝術衝動,而
是革命政治工作的具體化分工。因此,文藝創作的方向問題是文學創
作的首要問題。旗幟與方向,這是忠誠度的證明與政權人心向背的反
映邏輯,而不是生活藝術化表現與作家個人才華展現的邏輯。「毛主
席的〈文藝座談會上的講話〉規定了新中國的文藝的方向,……並以
自己的全部經驗證明了這個方向的完全正確,深信除此之外沒有第二
個方向了,如果有,那就是錯誤的方向。」[145]

　　文學寫作不再僅僅是個人的事情,當然也就不再只是文章之事
(文事),而是集體意願的正確反映,是公事,是政事。作品主題的
重要性和故事情節的政治正確,映射著現實和歷史,這是至關重要的
問題,它們成為作家對革命歷史、現實政治與當下工作認同的具像化
的衡量。進一步說,文學創作不僅僅是作家與寫作的事情,而是整個
文學藝術工作(宣傳工作)的系統、鏈條的一個環節,這是新政權嚴
密統一、系統完美的體現,是聯動與傳動的整體的一個表徵。連帶

144　蕭也牧:〈我們夫婦之間〉,《人民文學》190年第3期。
145　周揚:〈新的人民的文藝〉,《人民文學》1949年10月,第1卷第1期。最早在全國第
　　一次文代會上發表的〈新的人民的文藝〉。

性、系統性、症候性，使得文學成為對新生活管窺蠡測的一個觀察孔。或者說，生活在現實中的人們，他們與政治、政權、政策的精神鏈接層面的動態表徵，很大程度上就從文學創作、藝術創作這些最接近思想源頭的環節中得以判斷、控制，得到修正與規訓。

　　不可否認，蕭也牧和〈我們夫婦之間〉遭到批判，固然有很多文本內外、藝術內外的原因，包括人事集團的、社會政治利害的因果[146]，但特定語境下生成的從觀念到機制，從現實觀察到精神反映，從文本閱讀到意義對接的整系統、全過程的改造，這種以政治政策作為寫作的前理解生成的群體精神影響的焦慮，才是根本原因。這種群體精神影響的焦慮，已然成為內置於精神空間的警報裝置。作者與文本公開展覽其間，然而誰是觸發裝置的那一個呢？似乎一切皆有可能。

　　從作者理解之同情而言，蕭也牧的寫作心態體現出了一代作家的痛苦。這是一種共性、共時態的解釋，但並不能解釋蕭也牧和〈我們夫婦之間〉本身的文學思想史和文學史意義所在。說一千道一萬，蕭也牧的「悲慘」之處，根本還是因為作品〈我們夫婦之間〉提供了指向諸如此類的因果的切切實實的由頭。我們固然可以討論種種因果鏈接的程序與結果的正義和正當性，卻也應該思考因果本身的合理性和合法性，思考因果構成自身的思想內核、文化積澱與自動化反應（套版反應）的機制本身。只有首先回到作品本身來鏈結作家作品的文學史、文學思想史考察，打開作品在文學維度上的歷史觀察價值、思想反思意義，其意義才不會拘泥於一人一事一文本，才有可能將現象歷史化、將人物悲劇問題化，從而將其升騰為「一代知識人在新舊轉換中面對的共同問題」[147]的理解與同情。

---

146 比如袁洪權、程光煒等的討論，富有知識性與現實性的關懷，也多少忽略了藝術思想史的內涵本身。

147 黃道炫：〈鏡子裡的影子：瞿秋白和他的世界〉，《清華大學學報》（哲社版）2022年第4期。

四　〈我們夫婦之間〉：左翼文學抒情傳統的當代出發

　　蕭也牧的〈我們夫婦之間〉，選取的題材和發表的時間節點，其意圖都在於通過「革命＋戀愛」題材的小說的當代創造，來完成對革命歷史題材敘事的創新。「革命＋戀愛」的組合，可將革命事業和個人的情感事件進行豐富組合。革命是偉大壯烈的宏大敘事，革命的主角總歸是人，革命也有人道主義，革命也有人情，只要是人，因此就會必然帶來肉體和精神的相關的探索。「革命＋」的內容、對象、題材，如果選擇合適，將會對革命進行賦能和增值，儘管風險也同步存在。然如果「＋」得不合適，那就會對革命與敘事造成傷害，或削弱扭曲，或者造成二者間的緊張，如《窪地上的戰役》。[148]無論如何，探索的根本都是在「革命＋戀愛」的題材系列中進行深度的現實主義的嘗試。

　　那麼，如何在革命與情感的組合中寫出新意，既能順承這一題材的既有探索，又能綻放出新鮮的時代氣息呢？〈我們夫婦之間〉的創新就在這裡。它從另外一個角度，從「革命＋戀愛」的結果出發進行情感邏輯的繼續推演。道理非常樸素，革命也好，戀愛也罷，作為一種追求，無論事業或是感情，兩廂結合的「＋」，其理想與目的都是結合。過程可以很曲折也可以很順暢，但結合是必然的預設和期待。不僅如此，結合得越理想越完美，反過來也可以證明追求的價值的合理與重大。作為文學題材的「革命＋戀愛」其邏輯亦如此，也是〈我們夫婦之間〉的故事情節所本。〈我們夫婦之間〉甚至更進一步，它是新民主主義革命階段的因果進入社會主義改造時期的同類題材的加強版。從兩性情感的戀愛而言，自然的、正常的結果就是結婚、結為

148　「小說的革命敘事也是如此：討好革命，就要犧牲小說敘事的『深』；追求小說藝術，便要還原革命洪流的『雜』。」（傅修海：〈趙樹理的革命敘事與鄉土經驗——以〈小二黑結婚〉的再解讀為中心〉，《文學評論》2012年第2期。）

夫婦，這是日常生活的邏輯，也是革命倫理中對革命男女所期待的瓜熟蒂落的美好結局——革命的戀愛導致革命的結合。從革命理想追求本身來說，其應有的結果，當然也應該是「知識分子與工農的結合」階級的大聯合。只不過，進入社會主義改造時期，此前的聯合與結合必須再次經受新環境、新語境的考驗，所謂「真是知識分子與工農的結合！」的「真是」與「！」，細微之處盡顯歷史精神。

　　蕭也牧作為一個從現代邁入當代新生活的作家，他所找到的和他所理解的現代文學邁入當代文學的角度和方式，自然是革命題材小說。這並不令人意外。然最有意思的是，他找到了革命題材小說、革命文學中久負盛名的「革命＋戀愛」小說的絕佳組合，進而在現代小說左翼抒情的脈絡上開啟了當代征程。

　　何為左翼抒情的當代化？本質上就是如何進入當代展開對革命歷史的當下理解。蕭也牧的理解使得左翼抒情的「革命＋戀愛」，在當代語境翻開了新篇章，因為革命進入了「真的是知識分子與工農的結合」的新歷史階段。按小說文本所擬定的邏輯和敘述，〈我們夫婦之間〉的主人公的夫婦結合，非常革命，非常歷史，也非常當代，非常的宏大也非常的具體。既為「我們」也是「夫婦」，這不正是「革命加兄弟」的另一演繹嗎？況且，異性革命主體的組合與結合，遠比「革命加兄弟」更為動人和傳奇。這不僅是革命自然成熟的結果，也是革命事業所期待的結果，更是革命事業的昨天邁入今天、走向明天的最好邏輯與新生活開啟。

　　「新的政府和法令，如同救世主一般應聲而到。道路是自動打開的。」[149]。小說〈我們夫婦之間〉的寫作，自然就成為革命組合新願景開端之後必然有的更加美好的過程和結果。小說正是這麼構思的，

---

149 〔日〕洲之內徹：〈趙樹理文學的特色〉，見黃修己：《趙樹理研究資料》（北京市：知識產權出版社，2010年），頁406。

通過主人公之間一系列的誤解、曲折之後，達到更高的結合與認同，成就一種更加緊密的結合。患難見真情，不再是停留在夫婦之間的小家庭、小我們的考驗，更是對這對革命伴侶在新的歷史階段的革命再造。小說〈我們夫婦之間〉以這種過程曲折的敘事，達到對「革命＋戀愛」小說的當代突圍與超越。這不僅是革命的成功，也是戀愛的成功，也是我們夫婦的再成功。如果說「革命＋戀愛」屬於革命初創期的初步敘事、青春敘事，那麼，〈我們夫婦之間〉就屬於革命成功的再敘事，也是革命者成長的中年敘事，是一種革命敘事史的當代延展：從戀愛史進入家庭史，從生長史進入生活史，從革命組合史進入革命改造史。這無疑是一種宏大敘事的現代結束，也是開當代啟。

故而，〈我們夫婦之間〉是「革命＋戀愛」敘事的當代突圍，是現代文學在革命與戀愛兩條線上的自然而然的敘事結合。相較於《青春之歌》的成長回顧，〈我們夫婦之間〉的成長是面向未來，它是站在革命成功的起點去書寫社會主義改造時期的革命者的未來，是對革命者的當下與日常的自覺參與和理解，屬於後革命時期的敘事。正如〈我們夫婦之間〉所探問的，在革命成功之後，革命者、革命的戀愛者、戀愛的革命者……他們應該過上什麼生活，這是哪種模式的幸福，這種當代語境與和平建設時期的家庭生活如何展開、何以可能？這一切，無疑都值得人們暢想和嚮往。

革命的流血犧牲，革命的艱難困苦，在在都是為了革命之後的幸福與成長，都是為了革命以後的一代又一代的人能夠分享革命的果實，能夠將革命繼續推向前進，邁入建設。革命的當下與未來就這樣開始展開，無縫銜接。而這一切，都是以革命的艱難困苦終結為收束，以平靜美好的日常生活開啟為開端。有鑑於此，〈我們夫婦之間〉並列著另一情節框架，即革命者進城，革命者從農村到城市，從艱難困苦的農鄉村生活進入到城市改造的日常生活，從前現代鄉村的封閉保守落後，進入現代城市的日常開放與自由文明，這當然也是革

命前行應然的自然軌跡。這也就是〈我們夫婦之間〉存在兩條線的敘事的緣由：一條線是革命加戀愛，發展到革命結合，強調革命夫婦結合之後應當有的夫妻家庭生活以及各種磨合。另一條線是革命者進城，從原來的戰鬥生活轉入城市改造，突出期間所發生的對立與融合。當然，革命者進城題材，在當代文學所在多有，如《霓虹燈下的哨兵》《同志，你走錯了路》等等，都在思考革命者進城後的變化和境遇，尤其是思想挑戰與生活誘惑。

尤其有意思的是，小說〈我們夫婦之間〉還出現了一個特異之處：對結合之百合花後生下來的小孩的討論。革命夫婦結合之後有了小孩，這個小孩當然擁有著革命果實的寓意。然而當男女主人公因為思想分歧與感情變動而發生矛盾，甚至要分開的時候，女主人公卻拋出了很重要的問題──小孩誰來接手。小說觀點非常清楚，小孩一人一半，都有責任。而讓男主人公對女主人公一再容忍、遷就包容的，很重要的原因或者說感情砝碼也恰恰是小孩。這一文本事實和書寫，潛在意味讓人深思。小孩是維繫夫婦之間關係的重要扭結，也是革命事業的結晶。小孩的存在甚至可以彌合我們夫婦之間的各種分歧和裂痕，即便是已經發展到要分開的程度，然一旦想到小孩，強勢男主人公李克也寧願選擇退讓和容忍。這不僅是人之常情、日常生活的常態，更意味著雙方對革命的結晶和成果的最高認同和最低底線。這也是〈我們夫婦之間〉對左翼抒情傳統的當代發生的另一症候，即私人家庭情感（兒女之情）進入了左翼抒情視野。

作為當代文學開篇之一，〈我們夫婦之間〉的典型性是顯而易見的。它不僅涉及到革命者進城這一與革命歷史同行的重要題材，也涉及到了「革命＋戀愛」小說、革命戀愛題材小說藝術的當代發展。更重要的是，蕭也牧從這些題材的藝術探究中，從左翼文學抒情傳統上進行對接和主動生長，將「革命＋戀愛」的邏輯從文學到現實、從私人空間上升到革命政治，將其現實化、歷史化和當下化，完成了左翼

文學抒情傳統的當代發生。〈我們夫婦之間〉既是一篇承前啟後的革命歷史題材小說，也是對革命事業承前啟後的想像與小說敘事。正是在這個意義上，〈我們夫婦之間〉算得上是左翼文學抒情傳統的當代出發，一直到《百合花》迎來了「左翼文學抒情的當代轉折」[150]。

---

150 傅修海：〈現代左翼抒情傳統的當代演繹與變遷──〈百合花〉文學史意義新論〉，《文學評論》2016年第6期。

第三章
中國左翼文學的批評現場研究

第一節　革命與私誼：翻譯論戰中的瞿秋白與魯迅

　　二十世紀中國文學（尤其是左翼文學）發展過程中，團體革命政治與文藝私趣之間的關係始終相互糾纏。而在以往的相關研究中，人們往往過多強調了群體政治意識形態對個人文藝趣味選擇的規約。實際上，當左翼政治還只是一種社會氣氛和邊緣團體的時候，私誼交往與革命政治的互動與糾纏卻顯得更為突出和主流。二十世紀三十年代的翻譯論戰中，瞿秋白與魯迅之間的友誼即是如此。

　　瞿秋白和魯迅之間的文學交往，集時代情勢、政治革命功利和私人之間的友誼溫情於一體。對此歷史性的私誼進行歷史還原和意義討論，不僅可以呈現中國現代文學史在日常活動層面上文學和政治關係的經典化歷程，推進中國現代文藝思想史上的文藝統戰研究，也可深入理解中國現代學術發展的邏輯轉折與變異。

　　眾所周知，瞿秋白在左聯時期的文學交往活動並非都是單純的文藝活動或個人日常行為。不僅參與的諸多文藝論戰如此，他與魯迅和茅盾等的交誼往來也是這樣。乃至於對泰戈爾和蕭伯納訪華的時事的回應，仍是瞿秋白「構築世界無產階級革命文化體系中的一個有機環節」[1]。在瞿秋白頻密的文學交往中，瞿秋白與魯迅之間的私誼對中國現代文學史和文學翻譯史的影響都甚為深刻。

1　王文強：〈瞿秋白文化思想的發展歷程〉，載瞿秋白紀念館編：《瞿秋白研究》第12輯（上海市：學林出版社，2002年），頁224。

一

　　瞿秋白、魯迅與左聯是因三十年代上海左翼文化界的「文化反圍
剿」工作而緊密結合起來的。瞿秋白和魯迅的交誼究竟是如何開始的
呢？一九三一年五月初，瞿秋白在茅盾家初次見到左聯黨團書記馮雪
峰。幾天後，瞿秋白托馮雪峰找個能比較長時間居住的地方，準備翻
譯蘇聯文學作品。不久瞿秋白夫婦就遷到謝澹如家，從此與左聯發生
關係，間接領導左聯。當時馮雪峰「大概三四天到他那裡去一次，至
少一個星期去一次，主要是去和他談左聯與革命文學運動的情況，討
論問題，和拿他寫的稿子」。但多年後馮雪峰卻堅持認為：「秋白同志
來參加領導左聯的工作，並非黨所決定，只由於他個人的熱情；同時
他和左聯的關係成為那麼密切，是和當時的白色恐怖以及他的不好的
身體有關係的。」[2]錢雲錦也認為瞿秋白是通過馮雪峰和謝澹如瞭解
左聯和文化界動向。[3]可見，瞿秋白大約在一九三一年五月後才主動
融入左聯，而且更多是出乎個人不得不然的革命熱情。

　　當時的左聯與毛澤東同志批評的「第二黨式的所謂赤色群眾團
體」[4]有很多相似之處。一九三一年上半年，由於過度「左」傾，「左
聯的陣容已經非常零落」[5]。初次見到馮雪峰時，瞿秋白讀到魯迅寫
的《中國無產階級革命文學和前驅的血》，連聲讚嘆「寫得好，究竟
是魯迅」[6]。瞿秋白讚賞魯迅的思路顯然是因文及人，此時他還尚未

2　馮雪峰：《回憶魯迅》（北京市：人民文學出版社，1957年），頁50-52。

3　錢雲錦：〈憶謝旦如掩護黨的秘密工作的片斷〉，載《黨史資料叢刊》1983年第3輯
　　（上海市：上海人民出版社，1983年），頁66。

4　毛澤東：〈關於若干歷史問題的決議〉，載《毛澤東選集》第3卷（北京市：人民出版
　　社，1991年），頁981。

5　茅盾：〈關於「左聯」〉，載中國社會科學院文學研究所《左聯回憶錄》編輯組編：
　　《左聯回憶錄》上冊（北京市：中國社會科學出版社，1982年），頁151。

6　馮雪峰：《回憶魯迅》（北京市：人民文學出版社，1957年），頁50-51。

直接和魯迅聯繫。據馮雪峰回憶，「兩人還沒有見面以前，秋白同志
也是一看到我，就是『魯迅，魯迅』的談著魯迅先生，對他流露著很
高的熱情和抱著赤誠的同志的態度的」。[7]由此推定，瞿秋白這時對魯
迅的讚賞還停留在單邊的熱情階段。

　　瞿魯關係的轉折，「開始於秋白同志住進謝家的這個時候」[8]。馮
雪峰說：「兩人的接近開始於一九三一年下半年，在這以前他們沒有
見過面。他們的相互認識和接近，是因為有一個左聯。」[9]因為共同
的左聯，瞿秋白和魯迅因革命而發生關聯。左聯因此成為瞿秋白和魯
迅、文學和政治都能互動和雙贏的平臺。在左聯的群體氛圍裡，瞿秋
白既有政治威望又有一定文學造詣，而魯迅則僅有文學威望。瞿魯結
合，可謂文學與政治的合則雙美。

　　瞿秋白入住謝澹如家後，最初寫有〈鬼門關以外的戰爭〉、〈學閥
萬歲！〉等論文，開始倡導文藝大眾化理論。此後，左翼文壇爆發了
由瞿秋白擔任論戰主力的三次文藝論戰（民族主義文藝運動批判、文
藝自由論辯和翻譯問題論戰）。這三次論戰魯迅都參加了，主要原因
仍是共同的左聯。論戰中瞿魯兩人不斷相互瞭解和接近，瞿魯友誼也
漸漸有所質變。其中思想感情的催化劑，便是瞿魯兩人因文學翻譯問
題而開始的通信，瞿魯從一般戰友變成了「親愛的同志」（二人在信
中互稱）。可見，瞿秋白介入魯迅和梁實秋之間的翻譯論戰是瞿魯友
誼質變的重要環節。因為這次論爭，瞿魯二人親密地走到一起，既成
為「左翼文臺兩領導」的鐵哥們，又是「人生知己」加「斯世同懷」
的好兄弟。在翻譯問題論爭中，瞿秋白也由此進行大量翻譯實踐，並
且從俄文直接譯介和編撰馬克思主義文論著述。正是這項工作改變了
中國左翼文藝從日本轉譯蘇俄文論的單一資源取向，部分糾正了左翼

7　馮雪峰：《回憶魯迅》（北京市：人民文學出版社，1957年），頁53-54。

8　馮雪峰：《回憶魯迅》（北京市：人民文學出版社，1957年），頁52。

9　馮雪峰：《回憶魯迅》（北京市：人民文學出版社，1957年），頁50。

文藝戰線關門主義的發展傾向，對中國現代文藝思想和左翼文藝理論
的發展產生了深遠影響。

二

　　瞿魯友誼發生質變，源於魯迅與梁實秋之間的翻譯論戰。魯迅與
梁實秋之間的文學翻譯論戰，前後持續八年之久。該次論戰相當複
雜，從一開始就滲進政治鬥爭的敏感因素，所謂「戰辭之激烈，戰文
之繁密，實為中國文史所罕見」[10]。在當時，實際上曾發生多起翻譯
爭論。除魯迅和梁實秋外，茅盾與鄭振鐸、陳西瀅與曾虛白、巴金與
王力、張友松與徐志摩，甚至魯迅與瞿秋白、穆木天、林語堂等都曾
因翻譯而有過爭論。但為何偏偏是魯迅與梁實秋，最終成了難解難分
的譯壇論敵？而介入論戰的瞿秋白又究竟充當了什麼角色？

　　梁實秋與魯迅交惡，始於梁實秋發表〈北京文藝界之分門別
戶〉——「這可能是梁實秋一生中寫過的唯一的一篇播弄是非的文
章」[11]。由於這篇文章，梁實秋與魯迅開始了關於翻譯藝術質量的論
戰。《新月》第二卷第六、七期合刊（1929年9月10日）同時刊載梁實
秋的〈文學是有階級性的嗎？〉、〈論魯迅先生的「硬譯」〉，而《萌芽
月刊》第一卷第三期（1930年3月1日）則發表魯迅的〈「硬譯」與「文
學的階級性」〉。直到《新月》第二卷第九期[12]發表梁實秋的〈答魯迅

10　劉全福：〈魯迅梁實秋翻譯論戰研究〉，載張柏然、許鈞主編：《面向21世紀的譯學研
　　究》（北京市：商務印書館，2002年），頁590。

11　高旭東：《梁實秋在古典與浪漫之間》（臺北市：文津出版社，2005年），頁45。

12　《新月》第二卷第九期封面上印刷的發刊時間為一九二九年十一月十日，版權頁記
　　錄為一九二九年十月初版，均有誤。梁實秋在這一期的《答魯迅先生》一文提到
　　「一九三〇年二月十四日下午七時」魯迅發起自由運動大同盟的事件，文章開篇又
　　提到魯迅在《萌芽月刊》第一卷第三期（1930年3月1日）的回應文章，這說明實際
　　的發刊時間應不早於一九三〇年三月。

先生）後，梁實秋和魯迅關於翻譯藝術的論戰才暫告一段落。但事實
上梁實秋和魯迅間的論戰仍在繼續，只不過翻譯藝術問題的爭論暫時
退隱到次要位置，論戰焦點轉向了翻譯和文學的階級性、普遍人性以
及批評態度等問題。

　　平心而論，當年魯迅翻譯的日式馬克思主義文論的確不夠通俗曉
暢，甚至有點難以卒讀。這一點魯迅本人實有自知之明。而梁實秋的
文章激起魯迅帶有意氣的反批評，主要是因為梁實秋對魯迅從事翻譯
這項工作本身不夠尊重和體諒。而且對於魯迅從事翻譯工作的態度和
熱情，梁實秋一開始也沒有正確對待和認識。對於魯迅翻譯文本的選
擇導向，梁實秋更是帶著政治偏見。魯迅和梁實秋的文學翻譯論爭，
後來竟會游移到文學翻譯背後的政治立場和文學階級性之爭，正緣於
這一內在邏輯。因此，高旭東認為：「梁實秋與魯迅的論爭，百分之
六十以上要怪梁實秋。當他從美國學了一種保守的人文主義與古典主
義文學批評之後，他那種橫空出世的姿態，以及對魯迅缺少起碼的作
為有成就的作家和學術長者的尊重，導致了論爭的逐步升級。」[13]這
算是部分體貼人情的論解。而恰恰在翻譯之爭轉變為政治立場較量的
背景下，瞿秋白主動介入了魯迅和梁實秋之間此刻已變味了的文學翻
譯論戰。

　　一九三一年十二月五日，瞿秋白給魯迅去了一封長達七千多字的
信。十二月二十八日，魯迅回信答覆瞿秋白。這兩封信後來分別以
〈論翻譯〉（署名「J.K.」）、〈論翻譯 —— 答 J.K. 論翻譯〉發表。接
著，瞿秋白再次給魯迅去信（即〈再論翻譯答魯迅〉）。而前兩封信的
發表，成了魯迅和梁實秋之間的翻譯論戰再起高潮的導火線。於是，
一九三三年成為梁實秋攻擊魯迅「硬譯」最激烈的年頭。實際上，對
於自己和梁實秋在翻譯問題上的分歧，魯迅心裡非常清楚。魯迅在

13　高旭東：《梁實秋在古典與浪漫之間》（臺北市：文津出版社，2005年），頁67-68。

《文藝與批評》的譯者附記中寫道：

> 從譯本看來，盧那卡爾斯基的論說就已經很夠明白，痛快了。
> 但因為譯者的能力不夠和中國文本來的缺點，譯完一看，晦
> 澀，甚而至於難解之處也真多；倘將仂句拆下來呢，又失了原
> 來的精悍的語氣。在我，是除了還是這樣的硬譯之外，只有
> 「束手」這一條路——就是所謂「沒有出路」——了，所餘的
> 惟一的希望，只在讀者還肯硬著頭皮看下去而已。[14]

　　魯迅的這段話有三層意思：第一，本書不是直接從俄語翻譯的，
這是關於重譯的問題；第二，自謙翻譯能力不夠，並說「中國文本來
的缺點」也是翻譯不好的原因，這是翻譯與漢語的發展問題；第三，
重申堅持「硬譯」法，只能讓讀者來改變閱讀習慣和適應，這是翻譯
標準問題。以上三個層面，不僅是梁實秋和魯迅翻譯論戰的核心，也
是瞿秋白和魯迅通信討論的核心。但有一點——雖然不是翻譯學問
題，卻是問題的要害——那就是梁實秋首先缺乏對前輩魯迅的尊重。
而這一點，恰恰是瞿秋白為人行事比梁實秋練達的地方。瞿秋白不僅
相當尊重魯迅，而且率先肯定的就是魯迅從事翻譯工作的認真態度和
熱情。因此，儘管瞿秋白和魯迅翻譯觀點不同（相反，瞿秋白和梁實
秋的翻譯觀在一定程度上倒是相近），但最終瞿秋白和魯迅卻因翻譯
問題成為戰友和知己同懷，而梁實秋則與魯迅成為終身譯敵。箇中人
事的錯位著實令人慨嘆。
　　論及翻譯觀念，梁實秋批評了魯迅「硬譯」，言下之意即是「死
譯」——毫無藝術生命力的翻譯。可是，「硬譯」的概念對魯迅和梁

---

14 魯迅：《文藝與批評》譯者附記，載《魯迅全集》第10卷（北京市：人民文學出版
　社，2005年），頁329-330。

實秋卻具有不同含義。[15]魯迅稱「硬譯」顯然沒任何貶義，只是「直譯」的替說。「硬」，一方面是就語言翻譯而言；另一方面也體現了魯迅對翻譯事業的真誠態度——所謂「硬要做某事」，「一定要做成某事」的知難而上的倔強精神。況且，提倡「硬譯」還包括更加忠實原文的意思。正如魯迅後來提「寧信而不順」也不過是針對「寧順而不信」的意氣語。因為魯迅的「不順」並非指訛譯誤譯，而是說譯文由於強調準確傳神而導致同步艱澀，即「不像吃茶淘飯一樣幾口可以咽完，卻必須費牙來嚼一嚼」。[16]

　　的確，對於翻譯策略，魯迅很有自己的一套考慮：譯者面對的讀者要分為不同的層次，甲是受過良好教育的，乙是略能識字的，丙是識字無幾的，其中丙被排除在譯文讀者的範圍之外。給乙類讀者的譯文要用一種特殊的白話，至於甲類讀者，則不妨運用直譯，或者說不妨容忍譯文中出現「多少的不順」。[17]

　　但如果認為「儘管梁實秋批判魯迅的硬譯，他自己卻沒有明確提出過自己的翻譯標準」[18]，那也不盡正確。其實梁實秋從一開始就主張翻譯首先要讓人看懂，即「順」、「爽快」。所以，若從瞿秋白文藝大眾化的思想看，梁實秋和瞿秋白的翻譯標準倒有些相同。而瞿秋白和魯迅的共同點則是對重譯的態度、對翻譯和漢語發展關係的看法。然而魯迅後來力薦瞿秋白從俄文原著翻譯俄文作品，可見他對重譯的看法實質上轉而朝著梁實秋靠近。箇中邏輯似乎有點荒唐，其實不然。因為魯迅和瞿秋白的重譯觀的爭論，本來也只是出於改變現實的迫切，並非原則差異。

15　詳見劉全福：〈梁實秋翻譯論戰研究〉，載張柏然、許鈞主編：《面向21世紀的譯學研究》（北京市：商務印書館，2002年），頁597-600。以下簡述部分內容。

16　魯迅：〈論翻譯——答J.K.論翻譯〉，《文學月報》第1卷第1號，1932年6月10日。

17　魯迅：〈論翻譯——答J.K.論翻譯〉，《文學月報》第1卷第1號，1932年6月10日。

18　劉全福：〈魯迅梁實秋翻譯論戰研究〉，載張柏然、許鈞主編：《面向21世紀的譯學研究》（北京市：商務印書館，2002年），頁600。

可見，瞿秋白和魯迅的最大共同點是對翻譯和漢語發展關係的認識。瞿秋白努力從事漢語拉丁化，希望通過語言大眾化達到文藝大眾化，從而完成群眾革命啟蒙和戰爭動員宣傳任務。魯迅則從日語翻譯中不斷添加新表現法而臻於完美的事實得到啟發，對翻譯和漢語發展的關係有新的考量。如何通過翻譯來發展漢民族語言？魯迅認為「寧信而不順」也是一種譯本，而「這樣的譯本，不但在輸入新的內容，也在輸入新的表現法」。要克服中國文缺點，「只好陸續吃一點苦，裝進異樣的句法去，古的，外省外府的，外國的，後來便可以據為己有」。魯迅繼而認為，可以「一面盡量的輸入，一面盡量的消化，吸收，可用的傳下去了，渣滓就聽他剩落在過去裡」，所以現在可容忍譯文中出現「多少的不順」。「其中的一部分，將從『不順』而成為『順』，有一部分，則因到底『不順』而被淘汰，被踢開。這最要緊的是我們自己的批判。」[19]

在翻譯與漢語發展關係問題上，梁實秋和魯迅、瞿秋白的看法差異很大。梁實秋歷來反對把翻譯和語言發展問題混淆，認為「翻譯的目的是要把一件作品用另一種文字忠實表現出來，給不懂原文的人看」[20]。此外，梁實秋對漢語的認識也和魯迅、瞿秋白相反。梁實秋認為「中國文是如此之圓潤含渾」，「許多歐洲文的繁雜的規律在中文裡都不成問題」，「翻譯家的職責即在於盡力使譯文不失原意而又成為通順之中文而已」。[21]他認為，中文文法受歐洲語言影響而發生變化是不可避免的事，但應該認識到這一過程的循序漸進性，翻譯家雖不妨做種種嘗試，卻不可操之過急，否則只能會欲速則不達，其結果連翻

---

19 魯迅：〈論翻譯──答J.K.論翻譯〉，《文學月報》第1卷第1號，1932年6月10日。

20 轉引自劉全福：〈梁實秋翻譯論戰研究〉，載張柏然、許鈞主編：《面向21世紀的譯學研究》，（北京市：商務印書館，2002年），頁601。

21 轉引自劉全福：〈梁實秋翻譯論戰研究〉，載張柏然、許鈞主編：《面向21世紀的譯學研究》，（北京市：商務印書館，2002年），頁601。

譯本身的職責也丟了。[22]梁實秋還說：「魯迅先生如以為中國文法不足以達意，則應於寫雜感或短篇小說時試作歐化文。」[23]梁實秋以我為主的、改良式的現代漢語發展觀，其實頗為穩健。但魯迅和瞿秋白認為翻譯可促進民族語言發展的觀點也是對的。只不過瞿魯低估，甚至錯誤貶斥了漢語活力，這顯得過於草率和激進。但若從急於改變民族文化面貌、盡快取得革命成功的心態考慮，魯迅和瞿秋白的觀點也可以體諒，畢竟那是「大夜彌天」的年代。

　　梁實秋和魯迅的翻譯論戰，在一九三四年後進入僵持階段，後來又斷斷續續在一些老問題上有所反覆。魯迅逝世後，這場拉鋸戰式論戰不了了之。但是，梁實秋和魯迅、瞿秋白的翻譯論爭，對中國翻譯事業產生重大影響。從此，文學翻譯的藝術質量的要求後置於從事翻譯工作的態度、動機和立場。而後者在革命政治語境裡也最容易被無限拔高和放大，翻譯的立場和翻譯的質量從此開始就不是對等的二元，而是一前一後的等級序列。這種思路邏輯，不僅意味著文學翻譯的發展歧路，也整個扭轉了中國現代學術思路的現代進程。現代性中的審美與革命開始成為一種政治意識形態的建構，而並非藝術獨立和學術獨立的現代進程本身。就瞿魯交誼和瞿秋白文藝思想來說，這場論爭也相當重要，因為它意味著共產主義革命現實的需要已深入到對文化事業的規約。在革命語境裡，選擇了革命政治的任何個人，嚴格來說已經不存在很純粹的私人交誼了，他首先要考量並最終服從於政治群體工作的利益。

---

22 劉全福：〈梁實秋翻譯論戰研究〉，載張柏然、許鈞主編：《面向21世紀的譯學研究》（北京市：商務印書館，2002年），頁602。

23 梁實秋：《偏見集》（上海市：上海書店，1988年），頁303。

三

　　瞿秋白不自覺地介入魯迅和梁實秋之間的文學翻譯論戰，此事正是在革命統戰層面具備了文藝思想史的獨特意義。

　　瞿秋白在看了魯迅翻譯的《毀滅》後，高度讚揚魯迅翻譯的認真精神，而且批評了「二十世紀的才子和歐化名士」（暗指梁實秋等人），並指出馬克思主義文藝論著翻譯中存在一些問題。而此時，魯迅和梁實秋翻譯論戰才剛剛告一段落。同時，梁實秋對魯迅「硬譯」批評也著實揭出了魯迅的短處。恰好在此刻，身為翻譯家和革命家的瞿秋白及時地以「親愛的同志」「親密的人」的身份給魯迅譯作以高度的讚揚，率先肯定了魯迅對待翻譯事業的熱情和認真。更關鍵的是，瞿秋白還迅速對魯迅和梁實秋的翻譯論戰進行了政治定性，率先斷言魯迅從事的是革命文學翻譯事業。瞿秋白鮮明的政治表態和論戰立場選擇，無疑在革命道義和革命態度上對魯迅從事翻譯事業進行了雙重肯定。而在實際上，因為自己翻譯能力有限而一再受到梁實秋在專業能力上貶損之苦的魯迅，現在突然得到瞿秋白富有革命道義的支持和專業水準的推崇，無疑深受感動。

　　於是，魯迅寫了一封同樣長度的覆信給瞿秋白表示自己對箇中深情厚誼的心領神會。在文學翻譯問題上的往復通信中，瞿秋白和魯迅開始坦誠討論翻譯標準、翻譯和漢語發展關係等問題，並進而達成了論戰同盟式的共識。此後，瞿秋白和魯迅不僅聯手對梁實秋及其弟子趙景深提出尖銳批判，而且對漢民族語言的生命力進行大膽貶斥。瞿秋白和魯迅的〈論翻譯〉〈論翻譯——答 J.K.論翻譯〉這兩封信不僅迅速被魯迅公開發表，最後還被魯迅合併收入了《二心集》，可見魯迅對這次通信的珍視程度。但魯迅為何又將這兩封私人論學書信公開發表呢？劉全福推測是「魯迅想必認為兩人之間的討論有益於中國文

學翻譯事業的發展」[24]。其實，除了翻譯事業上的考慮外，魯迅更多是以此舉再次表明「吾道不孤」。

實事求是地說，瞿秋白對翻譯問題的理論思考並不算多，更沒有材料表明他對魯迅和梁實秋的翻譯論戰此前有過多少關注。但在〈論翻譯〉中瞿秋白卻一再強調翻譯問題革命立場的重要性。因此，與其說瞿魯結盟是緣於翻譯論戰，倒不如說是因為共同的左聯。正是在接觸左聯和參加左翼文學戰線系列鬥爭中，瞿秋白才和魯迅產生了相關的信息交流。一九三一年十月，瞿秋白再度接受魯迅的委託，重譯〈解放了的董・吉訶德〉。後來，又受魯迅委託翻譯《鐵流》序言。交付譯稿時，瞿秋白曾附短簡說《鐵流》序言「簡直是一篇很好的論普洛創作的論文」[25]。可翻譯《鐵流》序言的時候，瞿魯兩人「不但還沒有見過面，並且也沒有什麼通信」[26]。而瞿魯兩人的最初見面，還是在《毀滅》譯本出版之後。所以，瞿秋白是讀完《毀滅》後才就小說出版意義和翻譯問題寫信給魯迅的。可見，瞿秋白從來都以革命立場看待文學翻譯事業。瞿秋白給魯迅寫信談翻譯問題，同樣出於這一立場。儘管寫這封論翻譯問題的信，瞿秋白開始並沒有介入魯迅和梁實秋翻譯論戰的考慮。但是，瞿秋白談翻譯的去信和魯迅覆信的發表，卻事實上成為梁魯翻譯論戰再起高潮的導火線。故瞿秋白寫這封信，一方面不自覺介入並且再次激發了梁、魯翻譯論戰，另一方面也在關鍵時候給魯迅以莫大的來自左翼革命陣營的支持。魯迅此前看重瞿秋白更多是出於對瞿秋白中俄文翻譯才能的欣賞，但瞿秋白這封關鍵時候寫的翻譯討論來信，卻讓魯迅獲得了革命同志和戰友般的支援。儘管瞿魯翻譯觀同中有異，但因論戰而趨同的策略，反而使魯迅

---

24 劉全福：〈魯迅梁實秋翻譯論戰研究〉，載張柏然、許鈞主編：《面向21世紀的譯學研究》（北京市：商務印書館，2002年），頁595。

25 瞿秋白：〈給魯迅和馮雪峰的短簡〉，《新文學史料》1982年第4期。

26 馮雪峰：《回憶魯迅》（北京市：人民文學出版社，1957年），頁54。

對瞿秋白的翻譯才能和立場有了更大程度的認同和更高力度的讚賞。至此,「戰友」不再僅僅是瞿秋白單方面對魯迅的認同性稱呼,而且也是瞿魯之間完成統戰的同盟共識。而瞿秋白和魯迅之間異乎尋常的親密友誼也基本形成。

四

　　通過翻譯問題論戰,瞿秋白在不經意間完成了思想上統戰魯迅的第一步。這是魯迅靠近革命陣營的一小步,卻是瞿秋白「在文藝界上革命統一戰線的執行」[27]的一大步。儘管其間也體現了左翼在文藝統戰中少有的「更多的細心,忍耐,解釋,甚至『謙恭』與『禮貌』」[28]。

　　對瞿秋白而言,翻譯論戰本身並不是革命者看重的事情。但考慮到瞿秋白當時正急遽滑向中國共產主義革命領導層邊緣的處境,他如果想要繼續主持革命鬥爭,除了憑藉自己著書作文的專長參與文藝圈的政治立場論戰,並以自己的文藝優長爭奪各種論戰的政治權威之外,也實在沒有其他更自然而順當的通道了。出於這種對待文藝論戰的手段而非目的的參與意識,瞿秋白比任何人都要清楚各種文藝論戰所蘊含的政治契機。因此,在論戰中瞿秋白總是能極為理性地認識到翻譯論戰整個過程的演變玄機,也相當成功地利用了翻譯論戰從文藝論戰滑向政治立場較量這一轉折的勢能,並主動推進了翻譯論戰與左翼革命政治在文化戰線上的迅速結合。

　　而在魯迅看來,他未嘗不清楚翻譯論戰與政治論戰的邊界所在。然而當寫出〈「硬譯」與「文學的階級性」〉的時候,無疑也表明將翻譯論戰轉變為政治立場規約已經是魯迅自己的主動選擇。其中問題的

27　張聞天:〈文藝戰線上的關門主義〉,《鬥爭》第30期,1932年11月3日,署名「歌特」。

28　張聞天:〈文藝戰線上的關門主義〉,《鬥爭》第30期,1932年11月3日。

關鍵不在於這一選擇能夠給魯迅帶來多少政治威權，因為這在當時幾乎不可能。但主動選擇時人趨避的階級性作為自己翻譯主張的論說基點，則表明魯迅在學理論爭層面的無奈和左翼政治選擇在道義上能夠帶來的論戰優勢，也表明魯迅在主流政治情態上的弱勢。然而當時勢更易之後，曾經的道義同情與政治弱勢已經結合為主流意識形態的強勢，於是歷史敘事便自然遮蔽了翻譯論戰最初作為文藝論戰的學術真相，正如翻譯論戰本來只是源於對翻譯文藝質量的追求本身。

　　如前所論，關於翻譯問題的論戰其實在二十世紀三十年代頻頻爆發。但只有瞿秋白介入的魯迅和梁實秋之間的翻譯論戰，不僅對中國的文學翻譯思想影響深遠，而且對中國現代文學（尤其是左翼文學）影響甚巨。這場以翻譯藝術質量為發端的論戰，本該發展為關涉中國現代文藝轉折路向、翻譯藝術進向與現代漢語的發展方向等問題的學術爭鳴和學理反思；然而在瞿秋白再三強調政治立場規約和論戰導向的前提下，論戰被簡化為階級性之爭，重心詞也從「文藝」位移為「論戰」。這一方面迅速助長了左翼文藝作為政治機體組織的意識，另一方面也大大損傷了左翼文藝的藝術審美價值和現代文藝論戰本身的學理色彩。因此，中國現代文藝論戰往往禁不起形式邏輯的推敲，更禁不起現代學術的追問。瞿秋白和魯迅以私人友誼為基礎在翻譯問題的論戰中結盟，其本來旨趣不是學術共識，更不是翻譯思想的趨同，更多是革命道義的同情和對左翼政治氛圍的契同與理解。「人生得一知己足矣，斯世當以同懷視之」——這句魯迅書贈給瞿秋白的共勉語，字裡行間沒有絲毫與政治和學術相關，言說的只是亂世相逢裡惺惺相惜的滄桑和感慨。與其說是心神契合，倒不如說是兩個同樣孤獨的人訴說永世的憂傷。

　　由此可見，翻譯論戰中瞿秋白和魯迅之間的友誼交往是一次左翼革命史上文藝與政治之間美麗而雙贏的邂逅，它「促進」了左翼革命在文學戰線上的獨闖蹊徑與意外成功，也「促退」了翻譯論戰本身良

性發展的學術進程和學理價值。當然，在革命歷史洪流中，學術是非與政治抉擇本身就不是平衡的兩極。同理，在這次翻譯論戰中，儘管在私人友誼交往中瞿秋白和魯迅才情契合，但在革命政治層面和學術共識層面上，瞿秋白和魯迅卻有點不夠知己。因此，翻譯論戰最終仍不可阻遏地遠離翻譯質量問題而走向了政治立場爭奪。這就表明：瞿秋白和魯迅的私誼交往，的確微妙地左右和催化了魯迅和梁實秋之間的翻譯論戰。魯迅和梁實秋的爭論本來與政治立場無關，卻因瞿秋白的私誼的介入而對文藝論戰進行主動的政治轉化。這種情形在現代文學史上其實並不罕見。而在學術共識和革命政治進程的交錯中，私誼的介入、意氣的促使、道義情感以及政治功利的趨避，各種因素彼此互動與糾纏，都曾經細微地影響了許多在後世看來是那麼純粹的論戰和真理。

第二節　《百合花》：
現代左翼抒情傳統的當代演繹與變遷

《百合花》發表六十多年了，以茅盾「清新、俊逸」[29]的讚賞辭為發端，可謂論者眾多，好評如潮。然而它究竟有什麼好，迄今為止似乎仍是一個說不清楚的問題。我認為，《百合花》的好，相當程度上是因為它的文學史意義，因為它典型地呈現了現代左翼文學寫作置身當代史情勢中的抒情難題與作家對此的創作突圍。茹志鵑背負著經典的左翼抒情傳統進入「十七年」時期革命戰爭史建構的文學敘述洪流，卻終能以女作家清新的筆法構建大歷史主題，將戰爭英雄的宏大敘事與人際日常精神慰藉追求相互融合，把現代左翼文學「革命＋戀愛」的敘事演繹替換為戰爭時期軍民魚水情敘事的頌歌，使左翼文學

---

29 茅盾：〈談最近的短篇小說〉，《人民文學》1958年第6期。

裡「革命＋戀愛」的抒情回向當代和平建設時期的日常溫情，從而開闢了左翼文學抒情傳統在當代語境裡的新天地、新常態。

一

　　眾所周知，一九四九年之後，左翼作家往往以戰士和作家的雙重身份進入新時代，這裡面不僅有何其芳、孫犁等老資格的前輩，也包括一大批茹志鵑式的年輕文藝工作者。在建政立國的新時代裡，不僅左翼作家與革命文藝工作者本人需要自我更新，現代左翼小說固化的敘述模式和抒情傳統，也面臨著新語境下的自我調適與轉型。於是乎，在「十七年」時期，這批革命作家、文藝工作者紛紛投入革命戰爭英雄史的宏大敘事洪流。彼時作為小字輩的茹志鵑，當然也不例外。

　　事實也是如此。從《百合花》的文本解讀出發，無論從故事情節、題材，還是從寫作初衷來看，它都屬於當代「十七年」時期文學中的戰爭文學，小說本意就在於敘述戰爭的某一側面。

　　小說一開頭就寫道：

　　　　一九四六年的中秋。
　　　　這天打海岸的部隊決定晚上總攻。我們文工團創作室的幾個同
　　　　志，就由主攻團的團長分派到各個戰鬥連去幫助工作。[30]

　　「一九四六年的中秋」「打海岸」「總攻」「文工團創作室」「主攻團」「戰鬥連」……一系列時代色彩明顯的關鍵詞，都足以調動和激發讀者的想像力，並很容易就可以喚起某些指涉著特定時期的歷史記憶。有了這些限定的關鍵詞，讀者自然就明白小說主人公的「我」從

30　茹志鵑：〈百合花〉，《人民文學》1958年第6期。

事的「幫助工作」的性質和目的。當然，大家都明白，如此具體的戰爭年份，已經很明確告訴讀者，這是抗戰結束後的某一次解放戰爭。

不經意間，作家潛意識裡明確設置了小說題材的接續性──《百合花》裡的戰爭與左翼文學裡的革命，其實是前後聯結的，屬同一歷史序列。因此，與其說《百合花》屬於泛戰爭文學，不如說它更屬於現代左翼文學寫作序列裡的戰爭版。正是在這一點上，開篇就點明進行戰爭敘事的《百合花》，事實上與一九五八年出版的《青春之歌》一樣，都屬於左翼文學式的戰爭敘事，它們接續的都是現代左翼文學所開創的知識分子的革命抒情傳統。不同的是，《百合花》在篇首簡單限定了小說的戰爭題材性質後，隨即轉入了非戰爭過程的情感敘事。

但是，《百合花》在戰爭文學冠帽下所做的敘事轉換，並非僅僅是出於延續左翼文學敘事內容和情節模式上步調一致的目的，它更牽絆著左翼文學抒情傳統在當代建政立國的新語境下的演繹與變遷。畢竟現代左翼文學敘事中的革命與戀愛，一旦進入新中國建立後的大背景與新語境，既有的抒情模式也必須同步轉換與演繹。此時此刻，革命與戀愛都應該有，而且也確實有了勝利的果實與結晶。正如《百合花》開頭所寫，原來基於地下或半地下工作性質的左翼革命，而今已變成光明正大地奔向勝利的「總攻」。

深諳左翼文學情感變遷的茅盾，率先敏銳發現了《百合花》在敘事題材和情感邏輯上的新動向。茅盾認為《百合花》「故事很簡單」，「但是，這樣簡單的故事和人物卻反映了解放軍的崇高品質（通過那位可愛可敬的通訊員），和人民愛護解放軍的真誠（通過那位在包紮所服務的少婦）。這是許多作家曾經付出了心血的主題，《百合花》的作者用這樣一個短篇來參加這長長的行列，有它獨特的風格」。[31]茅盾顯然對這種新時代、新社會情勢下的人物關係倍感興致，特別強調

31　茅盾：〈談最近的短篇小說〉，《人民文學》1958年第6期。

說：「（《百合花》——引者注）寫出了一個普通農家少婦對於解放軍的真摯的骨肉般的熱愛；而且，這種表達熱情的方式——為死者縫好衣服上的破洞——正表現了農民的純樸的思想感情，而不是知識分子的思想感情。」[32]不僅如此，在舉例分析《百合花》在細節與人物描寫上的筆法優點後，茅盾還意猶未盡地說：「對於《百合花》的介紹，已經講得太多了，可實在還可以講許多；不過還是暫且收住罷。」[33]

遺憾的是，茅盾對《百合花》裡人物情感關係的性質變化的聚焦與敏感，在六十多年內並未得到研究者們充分的注意。茅盾為何要一再強調「表現了農民的純樸的思想感情，而不是知識分子的思想感情」呢？

樸素而言，年輕媳婦為小通訊員縫衣服的感情性質究竟如何判斷，倘若從人物角色來說，無非是軍民關係基礎上的感情，這應該是吻合當時乃至迄今為止的主流話語定性標準的。要是再抽象一些，無非就是軍民男女之間的朦朧情愫，但這在文本裡僅僅有些似是而非的暗示。茅盾認為這「正表現了農民的純樸的思想感情，而不是知識分子的思想感情」，茅盾矚目的卻是「農民的純樸的思想感情」，並特意把「知識分子的思想感情」滌除出去，儘管他著眼的是感情性質和表述方式的差異。可見，有一點很明確，這裡有著茅盾對「知識分子」（主要指資產階級知識分子、小資產階級知識分子）的避忌和對「農民」身份的刻意強調。茅盾對「農民的純樸的思想感情」的強調，顯然是為了突顯他對小說主題內容的基本定性，即《百合花》頌揚的是軍民關係而非知識分子視閾中的男女關係。

茅盾一再聲明《百合花》的主旋律是軍民關係，而且強調這個「民」乃「非知識分子」，這個問題究竟有多重要？顯然是為了在文

---

32 茅盾：〈談最近的短篇小說〉，《人民文學》1958年第6期。
33 茅盾：〈談最近的短篇小說〉，《人民文學》1958年第6期。

學史序列裡突顯《百合花》題材與思想的時代性。有意思的是，現代
左翼文學的抒情傳統，大量敘述的不正是「小知識分子」的革命情感
麼？鑒往知來，茅盾是資深的左翼小說家，在他眼中《百合花》的情
感新變，令他眼前一亮並且念念不忘、強調再三，這難道是無緣無故
的事情嗎？當然，茅盾的強調既是一種發現的欣喜和重視的姿態，但
也未必沒有一種內心的顧慮與緊張。

　　茅盾對《百合花》的緊張與謹慎，並非偶然。在這篇評論文字的
結尾，茅盾再次警覺地發現自己在全文中「講作品的藝術性的部分比
較多」[34]。的確，藝術方面的多說，很容易引起他人的「誤解」，即有
意對思想內容部分的輕視或「盲視」。茅盾只好迅疾補充一句──「這
不等於是，今天的短篇小說的思想內容方面沒有可以討論的了」[35]。
這個補筆，無論對於茅盾還是被評述的小說《百合花》都意味深長。
茅盾既然如此重視《百合花》的軍民關係頌歌的新質，為何又說自己
對小說的思想內容討論不足呢？難道歌頌軍民關係不算思想內容嗎？
顯然不是。問題恰恰在於茅盾講得較多的《百合花》的「藝術性的部
分」。

　　細讀文本即可發現，《百合花》的大部分篇幅都在敘寫小通訊員
與「我」、小通訊員與年輕媳婦的情感互動。以茅盾特殊的政治素養
和身份，憑著自己對革命政治與文學創作之間的微妙關聯的瞭解，茅
盾不會不明白，他所強調的《百合花》敘事新質素──軍民關係，實
際上內裡卻暗蘊著「清新、俊逸」的男女之間的樸素溫暖的情感因
素。峰迴路轉，事實上，「革命＋戀愛」的敘述模式在《百合花》裡
依然還有留存。茅盾的緊張和顧慮，內在的玄機恰恰在此。一方面，
茅盾發現了《百合花》故事題材與小說人物身份、感情性質的細微變

---

34 茅盾：〈談最近的短篇小說〉，《人民文學》1958年第6期。
35 茅盾：〈談最近的短篇小說〉，《人民文學》1958年第6期。

化，當年左翼革命文學中的「戀人」而今已經確實成為解放戰爭背景下的「軍民」，因此他對《百合花》的情感模式的新時代動向倍感欣喜；另一方面，他又對這篇頌揚新時代大歷史的戰爭敘事新篇竟然承繼固有的左翼敘事抒情傳統而深感疑慮。眾所周知，革命與戀愛的糾結，即便在現代左翼文學敘事裡，尚且涉及革命純潔性與覺悟力的衝突。而今置身當代左翼戰爭敘事，在關係著統戰大局的軍民關係範疇裡，《百合花》居然還如此大力著墨於男女情愫，作為一個從左翼革命政治激流中走過來的批評家，如何周全地解釋《百合花》的這種藝術取捨，茅盾面臨的闡釋難度可想而知。毫無疑問，在有著題材要求和內容提純要求的時代氛圍裡，茅盾的緊張顯然不是庸人自擾。為此，茅盾的《百合花》評價採取了文學統戰的政治處理模式，他將《百合花》裡的情感定義為「一個普通農家少婦對於解放軍的真摯的骨肉般的熱愛」，「而且，這種表達熱情的方式——為死者縫好衣服上的破洞——正表現了農民的純樸的思想感情，而不是知識分子的思想感情」。[36]

　　茅盾強調這不是「知識分子的思想感情」。那麼，哪一份感情是屬「知識分子的思想感情」呢？當然是指「我」對於通訊員的那份感情。茅盾顯然並不讚賞這種知識分子的扭扭捏捏的小資情緒，也不喜歡自命清高的矯情，他欣賞的是年輕媳婦深沉而略有含蓄的傳統人情（當然也包括男女之情）。茅盾的這一評價充滿著時代感和歷史感。不僅如此，為了迴避小知識分子的思想感情，為了避開對作為文工團女戰士的「我」與通訊員關係和細節描寫的評述，茅盾甚至顯得有些為難和左支右絀。而為了突出「軍民關係」，茅盾除了認為《百合花》「寫兩個人物（而且是差不多不分主次的兩個人物）」，還特意強調這兩個人物就是通訊員和新媳婦，甚至把寫新媳婦的那部分文本也試圖

---

36 茅盾：〈談最近的短篇小說〉，《人民文學》1958年第6期。

納入通訊員的份額。茅盾也許意識到了個中的牽強，因為該文「可
是」、「也可以說」等諸如此類的言辭論斷中的轉折和勉強是明顯的。
其實，茅盾無非是想提純《百合花》的軍民關係。茅盾顯然意識到小
說實質上的男女情愫抒情模式與彼時歷史語境之間的不兼容。這種來
自批評家的內心緊張，當然也凝結著茅盾作為風格化小說家的清醒和
偏好：在藝術上，茅盾非常明白對男女情愫的書寫在藝術表達上的重
要性；在政治上，茅盾也清楚藝術性的分量相較於思想與政治而言，
再重也不過是一種藝術之「輕」。

　　有意思的是，在茅盾之後，關於《百合花》在故事模式和情感性
質上的微妙變化，後人多以人性美和人情美一言以概之，模糊化處理。
不僅如此，鑒於茅盾對《百合花》創作技巧方面的讚賞，人們也多從
藝術完美性的角度展開這篇小說的文學史評價和經典化過程。《百合
花》的探索和茅盾的敏感，一起被淹沒在紛紜的如潮好評之中。

二

　　可是，對於《百合花》抒情關係問題進行模糊化處理，並不代表
問題被真正解決。在六十多年的評論史裡，人們仍舊一再困惑於《百
合花》好在何處。無論如何，大凡對此過於遙遠的追溯或者是源於古
典層面影響的焦慮（the anxiety of influence）[37]，和過於坐實的性敘
述概括一樣，都不具有強說服力，如有的學者所說：「費盡周折講過
之後，仍舊有人在搖頭質疑。」[38]

　　質疑也許是追問和發現的開始。作為一篇寫作、發表於當代「十
七年」間的小說，《百合花》並非橫空出世，於是衍生出了《百合

---

37 李建軍：〈《百合花》的來路〉，《小說評論》2009年第1期；李建軍：〈再論《百合
　花》──關於《紅樓夢》對茹志鵑寫作的影響〉，《文學評論》2009年第4期。
38 張清華：〈探查「潛結構」：三個紅色文本的精神分析〉，《上海文化》2011年第5期。

花》的原創性問題，並且在二〇〇九年引起了有關論者的辯駁，並由此牽涉到了孫犁的小說《紅棉襖》。爭論的雙方中，有研究者認為，茹志鵑「將《紅棉襖》的故事素材，巧妙地移植到了她自己所熟悉的時空背景，這才使《百合花》以其歷史事件的『真實性』，產生了震撼讀者心靈的轟動效應」，這是「十七年」文學以「模仿」代替「創新」的表現之一。[39]而有研究者則認為，「寫作《百合花》的茹志鵑是從《紅樓夢》裡獲得了文學的真傳，領悟了小說的神髓」，「茹志鵑的《百合花》遠比孫犁的《紅棉襖》寫得好」。[40]《紅樓夢》的影響姑且不說，但《百合花》與《紅棉襖》的差別是明顯的。

　　孫犁的《紅棉襖》寫的是一個小姑娘脫下貼身紅棉襖給病後初癒的小戰士禦寒的故事。比較兩篇小說，除了人物身份在外在符號方面大體相當外（如都是小戰士，都是女性，都寫了軍民感情），二者差異很明顯。除了故事豐富性和人物關係差異（《紅棉襖》是兩男一女，《百合花》是兩女一男），最重要的是兩個故事意象內涵相差顯著：紅棉襖當然是重要的意象，但紅棉襖本身並沒有多少文化內涵和傳統審美上的固定意蘊。儘管為了突出「紅棉襖」與小姑娘在性別上的聯繫，孫犁在有限的篇幅裡，特意補充了小姑娘脫下紅棉襖後到暗角處整理貼身小衣的細節。然即便如此，那也屬於人之常情。這與「百合花」在小說《百合花》裡面，乃至在中西文化傳統的內涵和獨特意味，有著天差地別。更何況，「百合花」還是新媳婦「棗紅底」被子上「灑滿」的「百合花」呢。

　　除了原創性問題外，近年來人們對《百合花》的重讀中，性敘述與獨特處置也成為焦點。事實上《百合花》文本敘述裡的「性」多是暗示、朦朧、隱喻化的表述。但重讀這一脈的研究者，卻越來越傾向

39　宋劍華：〈經典的模仿：《百合花》與《紅棉襖》之對比分析〉，《南方文壇》2009年第1期。

40　李建軍：〈模仿、獨創及其他——為《百合花》辯護〉，《南方文壇》2009年第2期。

於將其坐實和明確化。早期的研究者還只是傾向於理解為「較為混沌
的情緒心理呈示角度、日常化敘述的深度模式」[41]。近年來，有的研
究者就趨向於坐實理解為性：「關於其中一個比較隱秘的角度，確令
我有點難以出口，要很『書面化』地回答才得體。所以我常不得不規
避在課堂以外的環境來談到它。」[42]甚至把《百合花》作為「身體隱
喻的獻祭儀式」來讀，認為「這篇小說之所以有如此深遠和長久的生
命力、感染力，確是因為它的內部有一個關於『身體和性』的隱
喻」。[43]有研究者明確從性（隱秘的性心理、性的吸引）角度闡釋《百
合花》：「他們之間深層的潛意識的關係，是性的吸引，而這正是這篇
小說人物描寫的重點。」[44]不僅如此明確地加以指出，甚至不無武斷
地認為「茅盾就像我今天一樣看出來了，一九五八年，小說發表的當
時茅盾就看出來了」[45]。

　　然而，無論是原創性問題的爭論還是性吸引說的明確化，近年來
對《百合花》的重讀和再探索，都只是在討論《百合花》寫什麼的問
題，而沒能從「寫什麼」上升到「為什麼寫什麼」的討論上來。在這
個意義上，茅盾當年的緊張、欣喜和顧慮，顯然並未被充分注意，甚
至根本就沒人注意。近期的研究者們，無非是在當下欲望橫流的世風
影響下，從人性欲望的日常化、平庸化角度出發重讀《百合花》，認
為《百合花》是用對革命性（具體為軍民友愛關係）的頌揚主題作為
保護傘，掩護對性吸引的故事敘述。這種研究結論固然有當下性的洞
見成分，但拘泥於從性的欲望屬性重讀作品，卻也同時遮蔽了對《百

41 施戰軍：〈茹志鵑小說與中國當代文學〉，《南方文壇》2001年第1期。

42 張清華：〈探查「潛結構」：三個紅色文本的精神分析〉，《上海文化》2011年第5期。

43 張清華：〈探查「潛結構」：三個紅色文本的精神分析〉，《上海文化》2011年第5期。

44 朱棟霖：〈人的發現和中國文學的發展〉，載陸挺、徐宏主編：《人文通識講演錄‧文
　 學卷（二）》（北京市：文化藝術出版社，2007年），頁202-203。

45 朱棟霖：〈人的發現和中國文學的發展〉，載陸挺、徐宏主編：《人文通識講演錄‧文
　 學卷（二）》（北京市：文化藝術出版社，2007年），頁203。

合花》在「十七年」文學裡的新變、新質素的發現，乃至消磨了對歷
史現場中的新作品的文學史意義的應有理解與理性評估。

三

　　事實上，因為倘若把《百合花》置於現代左翼文學傳統朝向當代
的演繹與變遷的鏈條上，茅盾當年評論中論及的《百合花》的新質
素，近年來的原創說爭議和性吸引說的洞見與盲視，都可以得到較好
的解釋和融合。這正如文本中的核心意象「百合花」一樣，《百合
花》的敘事本身就是多元的。作家正是以此為基點，從技巧、情節、
結構、觀念、內容、敘述等諸方面對故事展開描繪，以女作家小清新
的筆法構建大歷史主題，將戰爭宏大敘事與日常情感倫理融合，其間
既有革命政治，也有人性人情，既有現代的光澤與智慧，更有傳統的
光輝與溫暖。

　　毋庸諱言，革命中的戀愛與戰爭中的愛戀，無論是軍民之間，還
是左翼革命同志之間，在性別意味上都包含了男女關係。因此，無論
是茅盾當初的「軍民關係說」，以及近年來的「性心理敘述說」，二者
完全可以並存於對小說內容的解釋。《百合花》妙處之一，也就在於
其內容喻指的豐富性，即軍民之間、男女之間在相互融洽和相互依存
的關係比喻上的有機統一。而正是這種立足於男女情愫上的人物觀照
和抒情微調，才使得《百合花》的當代戰爭敘述探究與現代左翼文學
抒情傳統接上了頭，延續並變化著。當然，男女情感的確賦予了《百
合花》豐富的敘事延展性，但這顯然並非僅僅是「性」的豐富，更是
一種歷史性的豐富，它包容了從左翼革命時代到解放戰爭時期的人性
變動與人情更迭。

　　細讀文本，可以發現《百合花》的敘事正呼應著左翼抒情傳統的
當代演繹與變遷：從戀愛到愛戀，從革命到戰爭，從左翼革命的非正

規軍到解放戰爭的正規軍，從左翼革命敘述的「潛民」到解放戰爭中的軍民。一言以蔽之，從紅色戀人到魚水軍民，一個置身於邊緣的前革命時期的左翼文學天地，一個則處於主流戰爭英雄史的回顧與建構時期（後革命時期）的當代寫作新語境。為此，與現代左翼文學注重的革命夫妻或者紅色戀人模式不同，《百合花》的敘事在戰爭環境下、在隨時都可能全民皆兵的情況下，其人物關係也依據歷史新語境迅速被簡化整合成軍軍（軍民）關係。換而言之，小說《百合花》既然本意要寫戰爭，自然突出的應該是軍民關係。

　　按理說，小說《百合花》裡的「我」（女文工團員）、年輕媳婦和通訊員、團長等都是軍民關係。男女關係不是重點，也不能成為重點。可是，一方面，軍民有界限，但戰爭時期的政治需要的卻是模糊界限，因為這有利於戰爭動員和政治思想上的統戰。另一方面，左翼戰爭敘事繼承的是左翼革命文學的抒情傳統，軍民關係如果按職業或社會角色看待，二者又的確並無交集，不會有太多的抒情關聯。那麼，如何既能敘寫好政治統戰性質的軍民關係，又能繼續保有左翼小說光榮的抒情傳統，這就成為當代作家試圖繼續在新時期進行左翼化抒情時遭遇的寫作難題。

　　顯然，無論從政治思維上還是藝術邏輯上，軍民關係的融通都是當務之急。而把軍與民的社會角色界限模糊化的最好辦法，自然就是上升為比喻意義。而在比喻意義上的軍民共存，甚至還可以帶來更高層面的比喻匯通——男女相依。茹志鵑顯然從軍民魚水情深的中國式比喻中，覓到了當代戰爭敘事接通現代左翼抒情傳統的關鍵。於是，《百合花》在文本表面上是結構軍民關係的故事，內在感情上則在訴說著軍民之間朦朧美好的情愫。表裡的錯位和有機統一，使得《百合花》既可以敘寫好政治統戰性質的軍民關係，又能繼續保有左翼小說光榮的抒情傳統，所謂合則雙美。「百合花」因此成了這篇小說裡一切情感勾連與故事匯通的鄉土中國情感意象。

四

　　有著軍民關係與男女關係的互相融通，現代左翼抒情傳統進入當代語境裡繼續生長便是順理成章的事情。《百合花》終於可以別有筆致地講述左翼小說的當代戰爭版、戰場版。因此，無論是小通訊員肩上的步槍筒和掛包裡兩個饅頭，還是小通訊員衣肩上的破洞和那床有百合花圖案的被子，通篇文本的宏大敘事和支撐情節骨架的細節之間，無不呈現出有機錯位與內在融通的和諧之美，故事精彩的細節也都一一落腳在人物之間的交往中，其間一舉一動亦無不納入人物情愫的微妙傳達中。茲舉三例：

　　其一，「我」和團長，無疑是上下級關係。團長是軍事指揮長官，「我」是戰士。面對一個因戰鬥需要而下派到自己隊伍裡的女創作員，團長竟然頓時方寸大亂，置緊急的戰爭情勢於不顧，反而因其性別而大苦其惱，如小說中描寫的：「對我抓了半天後腦勺，最後才叫一個通訊員送我到前沿包紮所去。」「抓了半天後腦勺」、「最後才」，言語之中可謂滋味萬千。顯然，團長苦惱的是性別問題和護送的人選。琢磨之下，除了安置這位女戰士之難處外，似乎團長還有是否需要護送的心理考量。區區一個女戰士的到崗安排的小事情，竟然讓團長如此手足無措，這應該不是作者的政治覺悟夠不夠的問題，而是人物角色和故事情節壓倒性地占據了小說行文時的感情和邏輯。

　　其二，「我」（文工團女戰士）和通訊員，都是普通戰士，都是該團的普通一員。按理說，既然護送該女戰士下連隊是團長下達的戰時任務，那二者就應當屬是軍務在身的革命同志關係。然而，姑且不說故事時間的「中秋節」設定的意蘊，小說開頭那些賭氣性的女性心理和歡快的環境情景描寫，都已經不自覺地淡化了軍事氛圍和革命同志行軍的色彩。而接下來的「我」對通訊員的體態觀察——「高挑挑的個子」、「厚實實的肩膀」（後面又出現一次「寬寬的兩肩」）……乃至

於當分別時看到通訊員被掛破的衣服時,「我真後悔沒給他縫上再走」。不用多說,誰都明白這是「我」(文工團女戰士)的日常情愫,起碼其中已經潛滋暗長一種異性好感。明確的革命同志關係當中,來自異性視角的敘述,陡然間讓單調的兩人戰時行軍之旅洋溢著人間煙火氣息。

其三,年輕媳婦和通訊員,二者的關係純粹是革命工作程序,屬於規定內的動作,用萍水相逢來形容都有過於曖昧的危險。可是,恰恰在這個本該是毫無懸念和故事的地方,作者偏偏植入了一個天大的情感包袱。從小媳婦看到通訊員的一笑再笑,到故意氣通訊員,再到幫通訊員縫破衣服,都起碼暗蘊著一種樸素的、美好的情感。小說《百合花》為了醞釀這一情感漩渦,乃至於不惜讓這位年輕小媳婦的情感世界的格局頗顯古怪,因為文本裡始終沒有提及她的新郎官去哪了[46]。也許作者想當然地認為,故事的天然歷史語境和固定想像模式,自動暗示了讀者關於新郎官的使命問題。其實這也許是小說家的難言之隱。因為小通訊員與年輕小媳婦的這份樸素美好的情感倘若再往前走一步,年輕媳婦的性情之舉的倫理問題就被坐實了。在革命倫理與人情人性的常態與溫情之間,《百合花》意欲二者兼得,只能不說。

因此,《百合花》的最大感情糾結,表面上是小通訊員和「我」、年輕媳婦三者之間的小我之情、人之常情的糾結,實質上更有革命倫理與感情正常如何兩全的為難。要想保全革命倫理,即必須屏蔽人之常情的兩性歡愉與男女好感;而要想小說寫得好看,沒有這些人情戲份,《百合花》也就不成為耐人尋味的藝術之「花」了。那麼,如何才能彌合二者思想上的距離與情感上的縫隙?於是,軍民關係與男女樸素美好情愫互為表裡的交替敘述,彷彿成了一條綴合小說思想政治

---

46 雷金慶著,劉婷譯:《男性特質論——中國的社會與性別》(南京市:江蘇人民出版社,2012年),頁151。雷金慶的猜測是,年輕小媳婦的丈夫「多半正在部隊裡保衛他們的新家園」。

與故事需求的感情「拉鍊」。而這種敘事和抒情上的拉鍊感，在一定程度上甚至構成了《百合花》鮮明的抒情節奏感[47]。

五

由此看來，現代左翼文學敘事轉入當代文學語境後，最大的挑戰便是如何繼續保有其抒情傳統，同時又能保持新時期的革命倫理。左翼革命時期的戀愛，多少還算是革命需要。然而到了戰爭時期乃至戰爭後期，任何與性別和私人相關的感情因素都可能會陷戰爭於窪地。因此，戰爭時期的左翼抒情傳統的發揚與轉換，成為作家們進入當代後的首要難題。

然人孰能無情，作家更是如此。一般來說，人世間的感情無非僅有有無濃淡之分，但在宗教信仰和類宗教信仰的革命政治高度上，感情不僅有有無濃淡之分，更有純粹駁雜之別。因此，無論是左翼革命抒情還是戰爭洪流敘事，考量感情的首要標準都是政治。《百合花》也不例外。革命較之於宗教而言，對感情純潔度有著更多的要求。革命無止境，則感情提純無限度。不管如何，感情一旦與革命相關，純潔便是最好的頌揚，「純潔」的定性本身也成為任何革命敘事裡的最好的「護情符」。

另一方面，男女關係，在革命大業進程中固然無法避免，但可以因純潔而轉化，這個淬煉的關節便是革命本身。一旦革命，男女雙方既可以是「軍軍關係」的革命同志，也可以是軍民關係的夫婦、男

---

47 樂黛雲曾說：「羅蘭・巴特自己就曾把巴爾札克的一部短篇小說打散成五百六十一個閱讀單位來進行分析，以說明各單位的不同形式以及其間的相互關係。夏威夷會議上也有學者用類似的方法來分析茹志鵑的《百合花》，把這個短篇分解為十四個不同的形象系列，找出各系列的特點和相互關係以說明《百合花》的抒情特點與節奏感的來源。」參見樂黛雲：〈「批評方法與中國現代小說研討會」述評〉，《讀書》1983年第4期。

女，這些都算是革命對男女關係的一種淬煉。在這個層面上，《百合花》的寫作，無意中暗合了左翼文學抒情傳統在當代中國語境裡的變化邏輯。可以說，從左翼革命同志之間的「革命＋戀愛」，到軍民關係裡面的「戰鬥＋愛戀」，從《麗莎的哀怨》、《青春之歌》到《窪地上的戰役》、《荷花澱》、《百合花》，鮮明地勾勒出一條從注重革命男女戀愛關係的左翼抒情到探索軍民關係倫理謳歌的演變軌跡。

有意思的是，隨著歷史進入後革命時期，左翼革命的戀愛男女也翕然一變，成為戰爭英雄裡的軍民夫妻。而左翼革命時期的小知識分子感情，一旦變身為「十七年」時期的英雄男女倫理，不僅身份角色變化了，連感情都日常化了。前者多是戀愛中的浪漫糾結，後者多為日常的溫情暖意。《百合花》如此，孫犁的《荷花澱》更是典型。《荷花澱》裡既有戰鬥的緊張，也有夫妻夜話的舒緩，「民兵」的身份角色，賦予了作家訴說軍民關係其樂融融的敘事便利，可謂別有風情雅致在焉。那一群民兵夫婦的抗日鬥爭寫得風光旖旎、如詩如畫，除卻荷花澱那裡的優美景色和孫犁的特色筆致之外，「民兵」這個獨特群體和稱謂保護下的男女人情敘寫，無疑功莫大焉。所謂民兵，顧名思義，亦民亦兵。於抗日戰爭而言，他們都是革命兵士；於人情世態來說，他們則皆為人間、民間男女。既然革命與戀愛不衝突，軍民關係當然包含民間男女的日常情愫。從丁玲、蔣光慈乃至茅盾等人筆下的革命男女，再到孫犁、茹志鵑筆下的戰爭軍民，其間的思路變遷多有輾轉，然以男女關係的形態調適來建構革命歷史，卻無疑成為作家茹志鵑所做的有效而且有益的獨具特色的嘗試。

但我們更應該看到的一點是，儘管表面上《百合花》的情節模式與諸多現代左翼文學如出一轍，但它畢竟已經悄悄地將革命置換成了戰爭，把情人間的戀愛變成了人情味十足的朦朧愛戀；這顯然不僅僅是時代呼喚與小說題材的轉換需要，更是與時俱進的左翼抒情邏輯的歷史與政治演進。革命與戀愛的抒情是革命政治籠罩下的緊張形態，

但軍民魚水情深的頌揚卻旨在回歸日常生活的、倫理形態的人際溫情。很顯然，現代左翼抒情傳統演進到了《百合花》階段，與現代革命戰爭時期的激情燃燒已經大不相同，日常化與生活化的溫情暖意已然成為當代和平建設時期的左翼作家抒情的新質素。可以說，正是《百合花》這一抒情敘事模式的細微變動，因緣際會地應和了現代左翼文學抒情傳統轉向日常的當代調適與敘事變動的內在要求。《百合花》也因此似乎成為一個典型文本，既接續現代左翼文學主流，又開啟了當代革命戰爭文學敘事的一種有效路徑。

事實上，當歷史進入當代，左翼革命也已經從鼓動宣傳的現代時期走向戰爭史構建和英雄敘事的寫作時期。茹志鵑只不過是通過寫《百合花》，敏銳地用藝術形式呈現了這一歷史變動，尤其是相應而來的人與人之間的情感變動與精神渴望。可以說，這也正是《百合花》「清新、俊逸」的真正內涵與深度所在。當然，更耐人尋味的是，茹志鵑在一九五七年愛人被打成「右派」的情境下寫成此作，並輾轉發表於風雨飄搖的一九五八年。作家個人的精神宇宙與時代的感知內外交集，或許可以說，這也是觸動她將這一時代性的情感脈動與小我的境況深度糅合的因緣吧。總而言之，短短一篇《百合花》，「奠定了茹志鵑以細膩重現軍民魚水情見長的大作家的聲譽」[48]。它以簡約清新的筆法，將現代左翼文學抒情傳統演進為當代「十七年」文學時期的戰爭英雄敘事的新境界和新形態，即將「軍民魚水情深」頌歌下的大歷史建構與人世日常倫理的溫暖傳達相融合。因此，這篇「不無悲涼地思念起戰時的生活，和那時的同志關係」[49]而寫成的小說，儘管世事變遷、風雲變幻，但箇中內蘊的歷史脈動、英雄情結，以及潛在的對日常的幸福、人之日常情愫的追求與渴望，總能喚起人們平

---

48 雷金慶著，劉婷譯：《男性特質論──中國的社會與性別》（南京市：江蘇人民出版社，2012年），頁150。

49 茹志鵑：〈我寫《百合花》的經過〉，《青春》1980年第11期。

靜樸素的人間溫情與歷史敬意，難怪它會被譽為一九五八年中國的
「一個奇蹟」、中國當代文學「一個意外的收穫」[50]。

第三節　對影成三人：郭沫若、李白與杜甫的互文寫作——重讀郭沫若《李白與杜甫》

《李白與杜甫》是「新文化運動的主將」[51]郭沫若的最後一部著
作，一九七一年十月由人民文學出版社初版。「在那個特殊的年代，
《李白與杜甫》幾乎人手一冊。」[52]此後四十年來，它更是飽受爭
議。[53]二〇〇九年該書入選《中國圖書商報》「60年最具影響力的600本
書」的首批書目。[54]二〇一〇年此書由中國長安出版社再版重印，仍引
起爭議。

《李白與杜甫》長久引發人們熱議的關鍵，在於其應景式的「揚
李抑杜」寫作。分而論之，即為兩大問題：應景與否？為何與如何揚
李抑杜？關於前者，雖有出處然並無確證，在此姑且不論。[55]至於為

---

50 李建軍：〈《百合花》的來路〉，《小說評論》2009年第1期。

51 周恩來：〈我要說的話〉，《新華日報》1941年11月16日。

52 吳波：〈《李白與杜甫》：誰解暮年郭沫若？〉，《廣州日報》2010年6月12日。

53 楊勝寬：〈《李白與杜甫》研究綜述〉，《郭沫若學刊》2009年第2期。

54 伍旭升、島石主編：《60年中國最具影響力的600本書》（北京市：中國書籍出版社，
 2009年），頁8。

55 二十世紀八十年代，夏志清在《重會錢鍾書紀實》一文中這樣敘述：「郭沫若為什麼
 要寫貶杜揚李的書（《李白與杜甫》），我一直覺得很奇怪。錢鍾書言，毛澤東讀唐詩，
 最愛『三李』——李白、李賀、李商隱，反不喜『人民詩人』杜甫，郭沫若就寫了
 此書。」參見夏志清：《新文學的傳統》（北京市：新星出版社，2010），頁275-276。
 桑逢康說：「迄今為止，沒有任何確鑿的過硬的材料，能夠直接證明郭沫若寫《李
 白與杜甫》，是為了迎合甚至秉承毛澤東的意旨。」參見桑逢康：〈郭沫若人格
 辯〉，《文學自由談》2005年第2期。
 郭沫若的女兒郭平英說：「我認為只是一部學術著作，但偏巧他的觀點和主席相同，
 可能使這個問題複雜了。」此話多係輾轉傳抄，並無出處，如前引吳波的〈《李白與

何與如何「揚李抑杜」，書中亦有很明確的立場和極為清晰的情感判斷。然長期以來，《李白與杜甫》真正蘊含的問題反而很少被深入討論，譬如：郭沫若與彼時彼刻的李杜書寫的關係是什麼？採取李杜並論的方式對郭沫若意味著什麼？在論者與論述對象的關係空間裡，郭沫若究竟要以此來表達什麼？郭沫若為何要在人生最後的歲月裡花費如此心力來抒論此議題？退一萬步說，即便真要所謂揚李抑杜，垂垂老矣的他又為何一定要如此執著地辨析這一問題？以常情常理加之文本細讀，這一切似乎並不難解，但也並非不值得人們更求甚解。

一

郭沫若寫《李白與杜甫》，一定程度上算得上是影響的焦慮（the anxiety of infuence）之結果。因為在郭沫若寫此書前，彼時有三部關於杜甫的書影響很大，分別是馮至的《杜甫傳》、傅庚生的《杜甫詩論》、蕭滌非的《杜甫研究》。[56]這些書均可謂印量大、讀者多，影響了很多學者。因此，著名詩人廢名（馮文炳）在一九六二年發表了〈杜甫的價值和杜詩的成就〉。[57]以上三部關於杜甫的著述，尚不包括傅東華早在一九二七年由上海商務印書館出版的《李白與杜甫》。事實上，更值得一提的恰恰是傅東華的《李白與杜甫》。他在序中表明此書是以「批評的功夫」做「屬於文學的研究」，目的「在試以一種新的方法來解釋比較李杜的作品，希望讀者容易瞭解他們的性質和異

杜甫》：誰解暮年郭沫若？〉，《廣州日報》2010年6月12日。然在所見及的郭平英公開訪談報導中沒有這句話，見呂莎：〈郭沫若及其時代──關於郭沫若的對話〉，《中國社會科學報》2012年11月14日。

56　馮至：《杜甫傳》，北京市：人民文學出版社，1952年；傅庚生：《杜甫詩論》，上海市：上海文藝聯合出版社，1954年；蕭滌非：《杜甫研究》，濟南市：山東人民出版社，1956-1957年。

57　馮文炳：〈杜甫的價值和杜詩的成就〉，《人民日報》1962年3月28日。

同，並希望他們能用類此的方法去研究別的詩人」。[58]比照傅東華與郭沫若的兩本同題書，其在思路與方法上存有一定的承傳。確乎，「郭沫若一九六七年研究和評論杜甫，是有感於當時的杜甫研究現狀」[59]。而這個「當時」的「研究現狀」，指的應是早已經蔚為壯觀的李杜研究的社會與時代症候（symptom）。

　　從郭沫若的《李白與杜甫》初版目錄看，內容依次為《關於李白》《關於杜甫》、《李白杜甫年表》。李斌認為「在寫作時間上，最先寫出的是第一部分的最後一節即《李白與杜甫在詩歌上交往》，其次是完成於一九六七年三、四月的《關於杜甫》的主體部分」[60]。如此說

58　傅東華：《李白與杜甫》，上海商務印書館1927年版，屬商務印書館的「百科小叢書」第151種。全書計十章，分別是〈詩的兩條大路〉、〈自來批評家的李杜比較論〉、〈遺傳的影響與少年時代〉、〈「歸來桃花岩」與「快意八九年」〉、〈居長安的經驗不同〉、〈人生觀的根本差異〉、〈同時代的不同反映〉、〈晚年的不幸相彷彿〉、〈兩詩人的共同命運——客死〉、〈從純藝術的觀點一瞥〉。

59　李斌：〈郭沫若《李白與杜甫》著述動機發微〉，《首都師範大學學報》（社會科學版）2017年第4期。

60　李斌：〈郭沫若《李白與杜甫》著述動機發微〉，《首都師範大學學報》（社會科學版）2017年第4期。李文注明此論斷出自林甘泉、蔡震主編的《郭沫若年譜長編》待版書稿。該書現已出版，查該書並無此論斷。但關於此書創作時間的詳細情況，李斌所言「據新披露的材料來看，《李白與杜甫》中關於杜甫的主體部分在一九六七年四月十一日他聽到郭民英去世的消息前已經完成」的判斷屬實。上述相關材料，參見林甘泉、蔡震主編：《郭沫若年譜長編（1892-1978年）》第5卷（北京市：中國社會科學出版社，2017年），頁2097、2098、2100、2123、2220、2228-2230。此外，關於該書的寫作過程描述，還可見諸王錦厚和張潔宇的著作，但仍無出處。王錦厚認為：「《李白與杜甫》從一九六七年醞釀到一九六九年正式寫成，幾乎整整花了三年的時間。據瞭解：這是郭沫若一生中醞釀時間最長，寫作時間最長，修改時間最長而修改也是最多的一部學術著作。《李白與杜甫》一書的廢稿比原稿多一倍以上，這在他一生的寫作中是很少見的。」參見王錦厚：《郭沫若學術論辯》（成都市：四川文藝出版社，1996年），頁186。張潔宇在書中寫道：「據知道內情的人說，《李白與杜甫》從一九六七年醞釀到一九六九年寫成，整整用了三年的時間。這在郭沫若的寫作生涯中，是醞釀時間最長、寫作時間最長、修改時間最長並且是修改得最多的一次寫作。《李白與杜甫》一書的廢稿比定稿多一倍以上，這在他一生中也是很少見的。」參見張潔宇：《毛澤東與郭沫若》（武漢市：湖北人民出版社，2013年），頁251。

來，《李白與杜甫》大概是郭沫若研究李白與杜甫的詩歌交往並在討論杜甫之後才增值產生的最終作品。其本意是研究李白杜甫的文學關係，進而結合時勢與流俗，並萌動做反面文章的豪情而論及杜甫，又進而研究李白——這大概是郭沫若著書的思路與心路歷程。

從書的具體內容看，李白部分敘述連貫完整，更像是從側重事功成敗的角度著眼的李白人生傳記，和郭沫若許許多多的新編歷史劇的寫法、才氣都相彷彿，讀之亦令人慨嘆大有郭氏風采。杜甫部分，則顯然有些支離破碎，以「階級意識」、「門閥觀念」、「功名欲望」、「地主生活」、「宗教信仰」五大框架詮釋杜甫，鮮明呈現出特殊年代以降的人物認識模式，條條框框一塊塊硬邦邦地鑄在那裡。末了，加上杜甫的死因——「嗜酒終身」——和杜甫與嚴武、岑參、蘇渙的交往經歷。顯然，如此「解」杜甫，既不是理解，也不完全是情解，倒有點肢解的魯莽滅裂，即郭沫若自己所謂的他人對他的批評——「偏愛李白」而來的「挖空心思楊李抑杜」[61]。就文本閱讀感覺而言，李白部分的清通爽快與杜甫部分的疙疙瘩瘩，李白部分的理解同情與杜甫部分的「挖空心思」的責難戲謔，前者的文采風流、嚴謹理性與後者的捉襟見肘、強逞學問，構成了鮮明的對比。儘管二者在細部上皆有學術功力和才情在焉。

於是《李白與杜甫》分成了兩部分。一方面，文字裡面對李白與杜甫的抑揚褒貶，固然可以世俗化地理解為郭沫若對二者的情感與思想的認同與傾向，即所謂揚李抑杜之類的二元對立選擇。另一方面，李白與杜甫之間的關係是否屬二元對立，這是一回事；而李白、杜甫與郭沫若三者的關係如何，這又是另一回事。暮年郭沫若寫《李白與杜甫》的要害和重心，要之是處理後面這一種關係，而並非過多去關注和辯論前者——眾說紛紜的李白與杜甫之間的抑揚褒貶。當然，對

---

61 郭沫若：《李白與杜甫》（北京市：人民文學出版社，1971年），頁186-187。

於諸多關於郭沫若此書乃奉命寫作、揣摩他人心意的批評，在特殊年代裡，乃至在延續數千年的曲學阿私或阿公的氛圍中，人們也完全有理由展開各色聯想，甚至予以各種理解與批判。但退而思之，近八十高齡、處於人生末段、垂垂老矣的郭沫若，經歷過那麼多時代風雨洗禮的他，真的會為此目的而花費如此心力去寫一本這樣的著述嗎？箇中邏輯也頗費思量，總是義有未安。畢竟對郭沫若而言，寫一首、數首乃至數十首表態詩，遠比在人生末段花費數年寫一本書要輕鬆愉快得多吧？

筆者認為，《李白與杜甫》的寫作中，郭沫若看重的應該是如何處理「我」與李白、杜甫的「三人行」，而非其他。李杜二人事實上並非「既生瑜何生亮」的關係。李杜二者的對立或者統一，這種簡單化庸俗化的思考，對郭沫若而言，即便不是徒增煩惱，多少也算是浪拋心力。更準確的考量，郭沫若期待的應是「吾與我周旋」[62]情境下對「我」、李白與杜甫三位一體的思考。從這個意義上說，郭沫若寫作此書，更趨向於兼集李杜於一身、「舉杯邀李杜，對飲成三人」的自我精神漫遊與沉思。如果是這樣，那麼暮年郭沫若對自己與李白、與杜甫之間的間性思考，則更多是人生意味上的精神通觀與智慧達觀。如是，《李白與杜甫》就不僅僅是歷時性的時代產兒，更是共時性的郭沫若暮年鳳凰涅槃式的沉思。

從文本細讀中，我們更有理由相信，郭沫若寫杜甫時，是以學術研究的態度寫出了沒有研究水準和研究心態的文字，乃至於劉納一再感慨「我感到了切實的悲哀：我們第一流的學者竟煞有介事地打著這樣無聊的筆墨官司」[63]。全書頗多嬉笑怒罵、假作真時真亦假的質素。寫李白時，以寫傳記的態度寫出了頗有研究水準和傳記才華的文

62 錢謙益：《列朝詩集小傳》（上海市：上海古籍出版社，1959年），頁414。

63 劉納：〈重讀《李白與杜甫》〉，《郭沫若學刊》1992年第4期。

字，儘管裡面有不少莊諧互現、笑中帶淚的包袱。也就是說，這兩部分是互為參商、互相參照的。在杜甫部分寫不出來、不好寫出來的內涵，在李白部分則淋漓盡致地得到了發揮。在李白部分愛屋及烏的成分，在杜甫部分中自然就無法交相輝映了。李白與杜甫，在郭沫若的《李白與杜甫》中是與郭沫若形成參照與對話的，分別與郭沫若想像中的自己呈現出互文性質的三對矛盾，「對影成三人」、「相看兩不厭」，真有所謂歡喜冤家之感。更重要的是，這三對相輔相成的雙子星，在書中也不過是替現實中的郭沫若唱雙簧。這才是郭沫若的《李白與杜甫》，這才是郭沫若的李白與杜甫。用一句有點繞的話說，這之間的關係，應該是郭沫若與李白與杜甫的關係，是「與」而不是「和」，均非簡單的並置而論，而是帶著感情與認同判斷的選擇、理解與同情。一個「與」字，道出了暮年郭沫若撰述《李白與杜甫》的真實情緣與思想關契。

　　由此可見，暮年郭沫若寫《李白與杜甫》，既有「人生總結」和「情感寄託」的成分[64]，但又不限於此，還應有從大時代走過來的他對人生、歷史、藝術的貫通與審視，以及他對自我角色的反觀與沉思。正如書中所寫的「不僅僅在惜花，而且在借花自惜」、「語甚平淡，而意卻深遠，好像在對自己唱安眠歌了」。[65]

二

　　郭沫若的《李白與杜甫》出版後，一九七二年，茅盾和周振甫就

64　劉納：〈重讀《李白與杜甫》〉，《郭沫若學刊》1992年第4期；劉海洲：〈時代的反諷　人生的反思──論郭沫若的《李白與杜甫》〉，《文藝評論》2011年第12期；王琰：〈《李白與杜甫》：悼己、悼子、悼李杜的三重變奏〉，《福州大學學報》（哲學社會科學版）2013年第4期；謝保成：〈寫《李白與杜甫》的苦心孤詣〉，《郭沫若學刊》2012年第2期。

65　郭沫若：《李白與杜甫》（北京市：人民文學出版社，1971年），頁131-132。

在往來書信中論及此書。茅盾認為「郭老《李白與杜甫》自必勝於《柳文指要》，對青年有用。論杜稍苛，對李有偏愛之處。論李杜思想甚多創見」，周振甫「深以公（指茅盾——引者注）論為然。郭書確實勝於章書遠甚，確有偏愛」。[66]惲逸群認為此書「一掃從來因襲皮相之論」[67]，蕭滌非則指出其「曲解杜詩」「誤解杜詩」[68]。可以見出，移步換景與移形換影，無論正反意見，都承認了郭沫若此書關於李杜的相關識見的「新異」，其差別只是認可或不認可這種「新異」：認可則為「創見」，不認可則為「曲解」、「誤解」。

因此，即便從最低限度來看，暮年郭沫若寫《李白與杜甫》，其目的也應該是有所見、有所識。參酌其文史修為，郭沫若當然有這種自信、能力和底氣。故而郭沫若才會在答覆讀者對此書的疑問時說：「杜甫應該肯定，我不反對，我所反對的是把杜甫當為『聖人』，當為『它布』（圖騰），神聖不可侵犯。千家注杜，太求甚解。李白，我肯定了他，但也不是全面肯定。一家注李，太不求甚解。」[69]言下之意，郭沫若認為自己對李白和杜甫都有自己的看法，有自己反「太不求甚解」的獨到之解，也有自己反「太求甚解」的為學知止。也許是強作解人，也許是以他人酒杯澆自己塊壘，但都不妨是隔代同音，乃至於曲徑通幽，都算是「求甚解」。既然是求解，則既可解人，也可能是自解。既然是將李白、杜甫這兩大詩人和自己「與」在一起，郭沫若顯然是在求解覓知音。

好誰惡誰，揚誰抑誰，本來就不應當是暮年郭沫若寫《李白與杜

---

66 上海圖書館中國文化名人手稿館編：《塵封的記憶——茅盾友朋手札》（上海市：文匯出版社，2004年），頁29。

67 惲逸群：〈惲逸群遺作選——關於《李白與杜甫》致郭沫若書〉，《社會科學》1981年第2期。

68 蕭滌非：〈關於《李白與杜甫》〉，《文史哲》1979年第3期。

69 郭沫若：〈郭沫若同志就《李白與杜甫》一書給胡曾偉同志的覆信〉，《東岳論叢》1981年第6期。

甫》的根本動機，起碼不必是唯一動機，那終歸不是「與」。對哪個
具體詩人的好惡，對暮年郭沫若而言，已經算不上是一件多麼有價值
和意義的事情。況且，通過這種表態來附和某種或某個人對李杜的愛
好與意見，遠沒有郭沫若以其他方式的讚美來得直接爽快。暮年郭沫
若並不糊塗，素來亦非忸怩之人，他也沒有必要那麼曲折地再以此增
加自己的什麼分量。郭沫若要寫一本能將李白、杜甫和自己「與」在
一起的書，無疑是有寄託的，不過所寄託之物，主要不是在別處和高
處，而是在他自己的靈魂和精神深處的幽思與寂寞。

　　郭沫若曾說：「唐詩中我喜歡王維、孟浩然，喜歡李白、柳宗
元，而不甚喜歡杜甫，更有點痛恨韓退之。」[70]郭沫若又說：「把杜甫
看成人，覺得更親切一些。如果一定要把他看成『神』，看成『聖』，
那倒是把杜甫疏遠了。」[71]郭沫若喜歡李白，不甚喜歡杜甫，喜歡杜
甫的詩和人，不喜歡被尊為「神」和「聖」的杜甫，這與《李白與杜
甫》不矛盾。對作為詩人的杜甫和李白，郭沫若有喜好揀擇，但這並
不影響郭沫若在藝術時空的沉思和人世存在的叩問維度裡，將李白、
杜甫和自己「與」在一起對話、遊目騁懷。

　　論唐詩必然關涉李杜，但論李杜則未必一定要牽扯唐詩。拘泥於
前者，便有抑揚褒貶、區分彼此的分別心和偏執出位之思。豁通後
者，則更多是古今同一的會通與當下之思。「和」還是「與」，是為人
之學還是為己之思，在我看來，這才是理解暮年郭沫若的《李白與杜
甫》寫什麼的關鍵。誠然，對於李白和杜甫，郭沫若各有所欲，也各
有所「與」。例如，在「關於李白」這一部分裡，郭沫若對於李白
「世人皆欲殺」的「人生污點」，頗有慨而嘆之的寥寥數語：

70　郭沫若：《少年時代・我的童年》，載《郭沫若全集》（文學編）第11卷（北京市：人
　　民文學出版社，1992年），頁41。
71　郭沫若：《讀〈隨園詩話〉札記》（北京市：作家出版社，1962年），頁92。

受人譏評，在李白是理有應得。但陸游的譏評，說得並不中肯。李白那兩句詩是在譏刺趨炎附勢者流，何以譏刺了趨炎附勢者便應當「終身坎壈」？[72]

趨炎附勢固然不是美德，但縱覽人世滄桑，那又何嘗不是普遍人性與世態呢！李白自己也有趨炎附勢之舉，但偏偏有時又犯點傻氣和癡氣，居然弱弱地去譏刺趨炎附勢者流，這不過恰恰說明了他始終是個詩人，而非庸人。而更加趨炎附勢的人，反而振振有詞地去苛求不那麼趨炎附勢的人，去譏刺那偶爾不得已而趨炎附勢的人，這是否有點「以百步笑五十步」呢？郭沫若話中有話的代為說項，雖有逆時俗翻新語的味道，其實不過是堅持了一點點詩人的赤子之心和樸素的勇氣罷了。而正是在此類有些擰巴的話語邏輯中，我們才隱隱約約看到了不被時代和俗流完全淹沒的郭沫若，那個舉世滔滔之下有點懦弱而自知理屈的郭沫若。但他始終是那個敢於在時代激流中傲立潮頭的、寫出〈女神〉和〈天狗〉、寫出〈屈原〉和〈試看今日之蔣介石〉的郭沫若。或許在這個意義上，郭沫若想說的其實是「李白就是我」。以至於在寫完〈李白在長流夜郎前後〉之後，即辯說李白的人生軌跡之後，郭沫若心有戚戚，非常感慨而自信地說：「實際上如果仲尼還在，未必肯為他『出涕』；而『後人』是沒有辜負他的。他的詩歌被保留了一千多首，被傳誦了一千多年，『後人』是沒有辜負他的。」[73]

對詩人的偏愛，是郭沫若論李杜的本質與初衷。哪怕在刻意抑杜的筆墨裡，郭沫若也清醒保有這一底線。他憤憤於杜甫的「功名心很強，連虛榮心都發展到了可笑的程度」[74]，但仍舊說「杜甫畢竟只是詩人而不是政治家。作為政治家雖然沒有成功，但作為詩人他自己是

---

72 郭沫若：《李白與杜甫》（北京市：人民文學出版社，1971年），頁58。

73 郭沫若：《李白與杜甫》（北京市：人民文學出版社，1971年），頁133。

74 郭沫若：《李白與杜甫》（北京市：人民文學出版社，1971年），頁255。

感到滿足的」[75]。當然，差別也是明顯的。郭沫若說杜甫作為詩人是「自己感到滿足的」，而李白則是「『後人』是沒有辜負他的」。

俗世中，一時一事的公平固然很重要。但更久遠的是歷史和人世評說的公正。郭沫若對李白的俗與不俗，顯然有自己諸多的哀其不幸與怒其不爭，甚至有愛屋及烏的掩耳盜鈴、曲為之辭與強為之辭。譬如對〈為宋中丞自薦表〉的那一番七彎八繞的考證，以及對李白與永王李璘的關係疏證，等等。郭沫若的一番苦心、滿腔幽緒，既是為了那個因為「又庸俗而又瀟脫」而「之所以為李白」[76]的李白，當然也是為了自己。

為「飄然思不群」的李白「洗白」，固然是有著郭沫若「與」李白的一腔幽情在焉。不僅如此，郭沫若在《關於杜甫》的部分，同樣也為挖掘杜子美的「不美」部分而搜腸刮肚。這難道不也正是一腔幽情在焉的另一種呈現麼？精神分析所謂「反向形成」的精神防禦機制，大概也就是這種。此類例子數不勝數。郭沫若對杜甫「三重茅」的考證與責難固然不必再說，郭沫若論及杜甫與陶淵明的選擇性接受同樣耐人尋味。甚至在一定程度上說，這一部分與郭沫若「另類」論李白的趨炎附勢一節，堪稱前後呼應、相映成趣。

郭沫若從杜甫詩文中鉤稽杜甫對陶淵明的態度，他認為「杜甫對於陶淵明卻有微辭。雖然他也肯定陶的詩」，「儘管杜甫對自己的二子宗文、宗武，比起陶淵明對其五子還要更加關懷，但他卻坦然對於陶淵明加以譏刺」，「看來杜甫不承認陶侃的一族真正是陶唐氏的後人……據此，可見陶淵明自稱為堯皇帝的後人是出於假冒，這也暴露了陶淵明的庸俗的一面。……杜甫雖然沒有明說陶淵明假冒，而在實際上沒有承認他們是同族。這可從反面來證明杜甫的門閥觀念是怎樣

75　郭沫若：《李白與杜甫》（北京市：人民文學出版社，1971年），頁258。
76　郭沫若：《李白與杜甫》（北京市：人民文學出版社，1971年），頁24。

頑強，並也同樣證明杜甫的庸俗更遠遠在陶淵明之上」。[77]郭沫若的邏輯很有意思，他論列杜甫庸俗，原因就是他發現比陶淵明更庸俗的杜甫居然「坦然對於陶淵明加以譏刺」，譏刺難得庸俗一下的陶淵明的「庸俗」。

　　艱難時勢，特殊的詩人，特殊的話頭，綿密心曲如此，這件事本身就足以令人喟然嘆息。正如郭沫若在敘說李白時所表達的——「只是把地上的舞臺移到了天上或者把今時的人物換為了古時，在現實的描繪上，加蓋了一層薄薄的紗幕而已」[78]。所以，當我們讀到郭沫若的「杜甫比陶淵明更庸俗論」以及「李白實際上沒那麼趨炎附勢論」時，能感知到二者真可謂異曲同工。這一齣類似雙簧的左右手寫作，六手聯彈，道出了近八十高齡的他對世道人心的感慨與喟嘆，真是「賦到滄桑句便工」。於是郭沫若才會在寫到李白暮年以及〈下途歸石門舊居〉時慨然長嘆：

　　　　「雲遊雨散從此辭」，最後告別了，這不僅是對吳筠的訣別，而是對於神仙迷信的訣別。想到李白就在這同一年的冬天與世長辭了，更可以說是對於爾虞我詐、勾心鬥角的整個市儈社會的訣別。李白真像是「了然識所在」了。

　　　　⋯⋯⋯⋯⋯⋯

　　　　這首詩，我認為是李白最好的詩之一，是他六十二年生活的總結。這裡既解除了迷信，也不是醉中的豪語。人是清醒的，詩也是清醒的。天色「向暮」了，他在向吳筠訣別；生命也「向暮」了，他也在向塵世訣別。[79]

77　郭沫若：《李白與杜甫》（北京市：人民文學出版社，1971年），頁236-238。
78　郭沫若：《李白與杜甫》（北京市：人民文學出版社，1971年），頁84。
79　郭沫若：《李白與杜甫》（北京市：人民文學出版社，1971年），頁154-155。

　　傅庚生不同意郭沫若對這首詩的判斷和解釋，但卻非常明瞭郭沫若解詩的邏輯與意圖，他說：「李白的好詩盡多，似乎不宜評此詩為李白最好的詩之一。只為過分地強調了『覺醒』，又把此詩做為表現覺醒的典型，才說成『總結』，譽為『最好』。」[80]

三

　　已然暮年的郭沫若，偏偏要寫一本《李白與杜甫》的書，既要力挽流俗、抗拒定見，又要力避過猶不及。這樣的李白和杜甫，該怎麼寫才能有「與」的相輔相成，而不是「或」的非此即彼、厚此薄彼呢？郭沫若在書中早已明確說，自己不在意李杜優劣論，而且哪怕是對於「新型的李杜優劣論」也要「順便加以批評」。[81]乃至全書出版時，慮及李杜二者的均衡，郭沫若甚至特意交代「『與』字可用小號字」[82]。

　　從文本結構安排上看，郭沫若也做了非常精心的通盤考量。《李白與杜甫》，包含兩大部分《關於李白》與《關於杜甫》，篇幅相當，表述也很平實——「關於」，而不是論、評或其他。所謂「關於」，即與此相關。究竟是什麼與此相關，哪些內容與此相關，如何看待和闡釋這些相關，這裡面的選擇和斟酌，正是體現出郭沫若的識見與用心。

　　在郭沫若看來，他眼中的李白主要與政治活動相關。李白的政治活動，在古代讀書人的世界與人生軌範裡，不過是極為經典而稀鬆平常的日常生活，所謂「學成文武藝，貨與帝王家」[83]。劉納將該書中

---

80 傅庚生：〈李白〈下途歸石門舊居〉散繹〉，《唐代文學》第1期，1981年4月。

81 郭沫若：《李白與杜甫》（北京市：人民文學出版社，1971年），頁182。

82 林甘泉、蔡震主編：《郭沫若年譜長編》第5卷（北京市：中國社會科學出版社，2017年），頁2220。

83 元代無名氏雜劇《龐涓夜走馬陵道》的「楔子」：「自古道：學成文武藝，貨與帝王家。」見張純道選注：《無名氏雜劇選》（合肥市：安徽文藝出版社，1988年），頁53。

李白部分看作郭沫若寫的李白人生傳記，也許正是因為有此內蘊連通在焉。郭沫若眼中的杜甫，他認為與其緊密相關的，則是杜甫的出身與思想。於是，郭沫若用了一系列彼時代裡認識和分析人物最經典的標籤、符號與模式來定位杜甫——「階級意識」、「門閥觀念」、「功名欲望」、「地主生活」、「宗教信仰」。不僅如此，郭沫若還由此及彼，連帶勾勒了「杜甫集團」的核心人物——嚴武、岑參和蘇渙，從「一個」到「一群」，從「杜甫」到「杜甫集團」。

　　從文本結構上看，李白與杜甫這兩部分，是花開兩朵，各表一枝。李白部分詩情飽酣，頗多人生況味上的理解與同情。杜甫部分則強詞奪理，險中求勝，更著意於策略上劍走偏鋒的新異奪目。

　　從行文思路事實上，《關於李白》與《關於杜甫》兩部分其實並不對等，風格差異不說，思路更是迥異。寫李白，一通行雲流水的敘述，最終落腳於李白的「覺醒」。研杜甫，則用時代色彩鮮明的符號裂解拼貼，另加上杜甫與嚴武、岑參和蘇渙的交往來湊數，最終來了個「嗜酒終身」的「死」。郭沫若以這種對比鮮明的章節標目的形式，呈現自己對李白與杜甫的理解，也表明了他對李白與杜甫的人生風采差異的判斷——詩歌李白與杜甫詩歌。而由詩歌而解李白人生，李白體現的是詩人與政治，是文人與政治的糾葛；由杜甫人生而解詩歌，杜甫牽涉的是詩歌與政治，是文藝與政治的互滲。此二者理解進路的差異，恰恰是郭沫若、李白、杜甫三者的「與」和「不與」的關節處和纏繞所在。

　　這樣的《李白與杜甫》當然是郭沫若的，也是郭沫若式「新編歷史劇」的一貫風采。然如果就此完篇，此書就不叫《李白與杜甫》，而是《郭沫若論李白與杜甫》了。這當然不是郭沫若的全部構想。於是郭沫若在《關於李白》部分的最後一節，寫了〈李白與杜甫在詩歌上的交往〉。事實上，「詩歌上的交往」才是李白與杜甫之所以能「與」和長期得以並置而論的關鍵，也是郭沫若試圖和李杜相「與」

並論的心有戚戚之所在。如果沒有這一點，李白和杜甫的聯繫不過就
是歷史時空而已。也正因為有詩歌交往，李白與杜甫的聯繫就是詩歌
的，郭沫若的《李白與杜甫》就更是文學的而非歷史的。進一步說，
這件事本身就是詩，這正如羅蘭·巴爾特所言：「當政治的和社會的
現象伸展入文學意識領域後，就產生了一種介於戰鬥者和作家之間的
新型作者，他從前者取得了道義承擔者的理想形象，又從後者取得了
這樣的認識，即寫出作品就是一種行動。」[84]郭沫若寫《李白與杜
甫》，也正因為這點聯繫所生成的精神脈絡和精神空間，可以極為寬
容而妥帖地安放著郭沫若自己的人生況味與精神旨歸。暮年郭沫若很
清楚這裡的關節和纏繞，因為他自己正是兼有李白情境和杜甫情結的
時代詩人、摩羅詩人。李白與杜甫的詩歌交往的歷史、藝術事實，讓
他在《李白與杜甫》的寫作中，找到了在現實和歷史、現實與浪漫、
政治與詩歌、超邁與庸俗中並存兼容的節點。

　　郭沫若既有才子的豪情狂妄與意氣，也有叛逆時代的斗膽與不
羈；既有李白式的逸興紛飛的天縱英才，也有杜甫咀嚼低回式的後天
苦習而來的才華；既有李白式的天生我材必有用的期待與自信，也有
杜甫式的憂黎庶官僚的努力、堅忍與執著。可以說，郭沫若是兼備李
白與杜甫兩種情懷、才華與際遇的當代詩人。對郭沫若而言，李白與
杜甫都是他不可分割的一部分，無所謂高下之分。為此，郭沫若的
《李白與杜甫》特別在乎對李杜的等量齊觀。這也是郭沫若的最大心
結——他享受的是「我」在李白與杜甫的關係中共榮共存，而非有所
側重與揀擇。書中有一個細節尤其可以見出郭沫若對李白、杜甫的平
視之意，那就是在《李白與杜甫在詩歌上的交往》一節所寫到的：

　　　　李白雖然年長十一歲，他對於杜甫也有同樣深厚的感情。但他

---

84 羅蘭·巴爾特著，李幼燕譯：《符號學原理》（北京市：生活·讀書·新知三聯書店
　　1988年），頁76。

有關杜甫的詩不多，只剩下四首……前人愛以現存詩歌的數量來衡量李杜感情的厚薄，說杜厚於李，而李薄於杜。那真是皮相的見解。[85]

此類對李白杜甫等量齊觀的強調，郭沫若在論及李白的《戲贈杜甫》時又再次拈出，並說這首詩長期被認為是李白「戲杜甫」的證據——「這真是活天冤枉」[86]。在《李白與杜甫》裡，「活天冤枉」大概算是郭沫若最強烈的憤懣了。也許正是前人乃至近時專家一直在、仍舊在抑李揚杜，郭沫若偏要平視通觀二者，於是造成了一種《李白與杜甫》在「揚李抑杜」的感覺。事實上，人們注意到了郭沫若對李白的揄揚，卻沒有注意到他對李白與杜甫二者均衡性的強調、聲明和重視。而大量關於此書此事的研究、闡釋和評價，恰恰是只關注到了李白與杜甫二者的非此即彼、厚此薄彼。

郭沫若只有一個，李白式的、杜甫式的，都是郭沫若。人的一生的理想境界，應該是完成了自己，而非撕裂了自己。倘若強作解人，非要在一個完整的人中揀擇出各人所需要的郭沫若，那正如非得在李白與杜甫之間站隊列，真是「活天冤枉」——「未免冤枉了李白，也唐突了杜甫！」[87]，當然也誤解了郭沫若。

一言以蔽之，暮年郭沫若的《李白與杜甫》，寫的是李杜兩大類詩歌、兩種人生與兩種接受史裡面諸多的「與」和「不與」，更抒發了郭沫若充滿張力的自我反思、理解與認同的暮年情懷。小而言之，後人不管如何臧否這部書，平心而論，都應該承認它是一部特別的書，如張煒所說：「年近八旬的郭沫若先生出版了這部著作，雖然引起了諸多爭執，但直到今天來看也是別有價值的。因為它裡面沒有堆積永遠

---

85 郭沫若：《李白與杜甫》（北京市：人民文學出版社，1971年），頁159。
86 郭沫若：《李白與杜甫》（北京市：人民文學出版社，1971年），頁162。
87 郭沫若：《李白與杜甫》（北京市：人民文學出版社，1972年），頁163。

不錯的套話，而是多有創見和發現。」[88]大而言之，此書傳達了郭沫若「曾經滄海難為水」之幽思、幽情，更有一種「吾與我周旋，久自成一家」[89]、自我完成的絢爛之平淡的情懷心境。《李白與杜甫》，不僅是郭沫若的李白觀與杜甫觀，更是他暮年借此表達的自我通觀與反思、確證，是「一場有關自己輝煌和淒涼人生的潛對話」[90]。郭沫若用這種奇崛而平實的寫作方式，不動聲色地呈現了一個時代，更完成了自己。這是他戎馬倥傯而又狂傲卑微一生的總結、回望與暢想，卻也成就了一次在中國現當代文學史上都罕見的人與文、學術與文學、古與今貫注融通的互文性寫作。

---

88 張煒：《也說李白與杜甫》（北京市：作家出版社，2014年），頁228。
89 錢謙益：《列朝詩集小傳》（上海市：上海古籍出版社，1959年），頁414。
90 張煒：《也說李白與杜甫》（北京市：作家出版社，2014年），頁232。

第四章
中國左翼文學的傳播現場研究

第一節　魯迅的經典化進程研究
　　　　——以《魯迅雜感選集》的編選為中心[*]

　　在重構中國現代革命文學史的實踐中，瞿秋白最重要的成績便是編定《魯迅雜感選集》並寫了長篇序言。這一舉措，不僅為中國現代文學史樹立了堪稱經典作家的魯迅，更塑造了一位革命文藝戰線上的紅色旗手，從而開啟了魯迅經典化建構的進程。

一

　　「左聯」時期，魯迅在上海靠寫作為生，日益傾向左翼文藝思想。魯迅剛經受完來自太陽社、創造社等團體的圍攻，又陷入與梁實秋漫長的翻譯論戰。在翻譯論戰裡，較之梁實秋，魯迅顯然不夠當行本色。正在其最艱難的時刻，瞿秋白因緣際會支援了他。而在三次文藝論戰裡，魯迅也曾以「左聯」盟員的身份發出「戰叫」[1]。於是，在共同戰鬥與互相欣賞中，瞿秋白與魯迅逐漸形成知己與同懷、戰友加兄弟的友誼關係。[2]瞿魯之間的文學合作，更是罕見地從合作寫十四篇

---

[*]　本節初發表時陳華積同志為第二作者。
[1]　魯迅文中常用「戰叫」表明其獨特的人生與社會態度，最早出於《野草・這樣的戰士》。參見魯迅：《這樣的戰士》，載《魯迅全集》第2卷（北京市：人民文學出版社，2005年），頁220。
[2]　瞿秋白到中央蘇區後，不僅魯迅的學生馮雪峰成了「和他談得來的人」，而且「談魯迅」也是他和馮雪峰閒談時的主要話題。可見瞿秋白和魯迅的交誼之深。參見莊

表4-1　一九三三年瞿秋白與魯迅合作雜文情況

題名	發表情況	寫作時間	收錄該篇的魯迅文集（如有）
〈王道詩話〉	《申報‧自由談》3月6日，署名「干」	3月5日	《偽自由書》
《伸冤》（原題為〈苦悶的答覆〉）	《申報‧自由談》3月9日，無署名	3月7日	
〈曲的解放〉	《申報‧自由談》3月12日，署名「何家干」	3月9日	
〈迎頭經〉	《申報‧自由談》3月19日，署名「何家干」	3月14日	
〈出賣靈魂的秘訣〉	《申報‧自由談》3月26日，署名「何家干」	3月22日	
〈最藝術的國家〉	《申報‧自由談》4月2日，署名「何家干」	3月30日	
《《子夜》和國貨年〉	《申報‧自由談》4月2日、4月3日，署名「樂雯」	不詳[3]	
〈內外〉	《申報‧自由談》4月17日，署名「何家干」	4月11日	《偽自由書》
〈透底〉	《申報‧自由談》4月19日，署名「干」	4月24日	

東曉：《瞿秋白同志在中央蘇區》，載《憶秋白》編輯小組編：《憶秋白》（北京市：人民文學出版社，1981年），頁337；馮雪峰：〈關於魯迅和瞿秋白同志的友誼〉，載《憶秋白》編輯小組編：《憶秋白》（北京市：人民文學出版社，1981年），頁270。

3　《瞿秋白文集》未注明本篇寫作時間。丁景唐、王保林認為本文作於三月十日，參見丁景唐、王保林：《魯迅和瞿秋白合作的雜文及其它》（西安市：陝西人民出版社，1986年），頁59。

題名	發表情況	寫作時間	收錄該篇的魯迅文集（如有）
〈大觀園的人才〉（原題為〈人才易得〉）	《申報・自由談》4月26日，署名「干」	4月24日	
〈關於女人〉	《申報月刊》第2卷第6號（6月15日），署名「洛文」	4月11日	《南腔北調集》
〈真假堂・吉軻德〉（原題為《真假董吉軻德》）		不詳[4]	
〈中國文與中國人〉	《申報・自由談》10月28日，署名「余銘」	10月25日	《准風月談》
〈「兒時」〉	《申報・自由談》12月15日，署名「子明」	9月28日	

注：1. 表中題名與發表情況依照原刊填寫，題名按發表時間排序，「原題」為其在
　　　《瞿秋白文集》中的標題。
　　2. 表中十四篇文章皆見於《瞿秋白文集》，寫作時間（如有）也從此處引得，原
　　　係魯迅所加。

雜文[5]開始。（見瞿秋白和魯迅合寫雜文，據許廣平回憶：「大抵是秋

4　《瞿秋白文集》記錄為四月十一日。文後注釋指出該日期有誤：該文曾引用四月十
　　二日《申報》上的材料，寫作時間應在此之後。

5　關於瞿秋白與魯迅合作的雜文數目曾有多種說法，現擇其要者分列如下：
　　《魯迅回憶錄》記錄了瞿秋白、魯迅合作的雜文十篇，係二人交流後寫出，用魯迅
　　的筆名發表，分別為《伸冤》、《曲的解放》、《迎頭經》、《出賣靈魂的秘訣》、《最藝
　　術的國家》、《關於女人》、《真假堂・吉訶德》、《內外》、《透底》、《大觀園的人
　　才》。參見許廣平：《魯迅回憶錄》（北京市：作家出版社，1961年），頁127-128。
　　《魯迅全集》認為共十二篇，在上述十篇以外補充了《王道詩話》和《中國文與中
　　國人》。參見《魯迅全集》第5卷（北京市：人民文學出版社，2005年），頁51-52頁
　　注釋。
　　唐弢在魯迅的文集外發現，〈「兒時」〉與《〈子夜〉和國貨年〉也是瞿秋白用魯迅的
　　筆名發表的雜文，曾依據魯迅日記將〈「兒時」〉收入《魯迅全集補遺》，後參照瞿
　　秋白遺稿，認為〈「兒時」〉與〈《子夜》和國貨年〉「僅僅是借用魯迅的筆名，在
　　〈自由談〉上公開發表而已」。參見上海魯迅紀念館編：《〈申報・自由談〉目錄》
　　（1981年），唐弢序頁7。
　　丁景唐、王保林有專著詳細分析了上述十四篇文章，認為《「兒時」》與《〈子夜》

白同志這樣創作的：在他和魯迅見面的時候，就把他想到的腹稿講出來，經過兩人交換意見，有時修改補充或變換內容，然後由他執筆寫出。」[6]現在看來，從這些雜文的篇目、內容到寫作經過，可以肯定瞿魯合寫雜文是成功的。瞿魯合作的雜文，基本寫於一九三三年三月五日到四月二十四日。此時，瞿秋白和魯迅的關係無論在居住空間上，還是情感程度上都相當密切，可謂天時、地利與人和。由於是在共同思想探討之後，再由瞿秋白單獨執筆寫作，這些雜感表現出強烈的戰鬥色彩和堅定一致的革命立場，顯然符合瞿秋白文藝思想傾向。在語言文字風格和表現手法上，這些雜文也因魯迅介入修改和參與討論，而顯得蘊藉內斂一些。[7]

　　瞿魯合作寫雜文的行為，不僅是文壇佳話，也體現二者在文藝思想上的日益親近。就瞿秋白而言，這是革命向文學的轉移；對魯迅來說，則是文學朝革命的邁進。從這次互相靠攏而最終團結在一起的文學與革命會合的歷程中，可以見出，瞿魯的交誼不僅是私人友誼，更是瞿秋白成功的革命統戰實踐和文學戰線歸化。由於此時的左翼文藝仍然是秘密政治，瞿魯的雜文合作不至於顯露出生硬的政治剛性，儘

和國貨年》應視為二人合作，只是魯迅對瞿秋白原稿的改動幅度有大小之別。參見丁景唐、王保林：《魯迅和瞿秋白合作的雜文及其它》，西安市：陝西人民出版社，1986年。

葉楠認為有十五篇：《瞿秋白文集》中的〈《大晚報》的不凡和難堪〉與魯迅〈偽自由書〉中的〈頌蕭〉相吻合，也是二人合作的文章。參見葉楠：《論秋白與魯迅合作的雜文》，載瞿秋白紀念館編：《瞿秋白研究》第3輯（上海市：學林出版社，1991年），頁153-154。

本書採用十四篇的說法。一九三三年瞿秋白和魯迅合作在《申報‧自由談》等刊物發表的系列雜文，不僅「出色地表現了他們兩人之間不分爾我，一體戰鬥的千古不滅的友誼——這是革命的戰鬥的友誼」（《〈申報‧自由談〉目錄》，唐弢序頁6），而且也是瞿秋白在文藝戰線上重要的文藝思想實踐。

6　許廣平：《魯迅回憶錄》（北京市：作家出版社，1961年），頁128。

7　關於瞿秋白和魯迅合作的雜文修改前後文體風格差異比較，參見李國濤：《Stylist——魯迅研究的新課題》（西安市：陝西人民出版社，1986年），頁135-147。

管滲透著革命和文學在現實鬥爭中生成的互相召喚，但仍舊充滿著文人在亂世裡惺惺相惜的人間溫情。

因此可以說，瞿秋白「左聯」時期的文藝思想實踐，是從瞿魯雜文寫作的文學合作開始的，並在鬥爭和建設兩方面同時展開。這稱得上是一個漂亮完美的文藝戰線方略。其鬥爭的一面，是瞿魯共同參與「左聯」組織的三大文藝論戰，甚至合作寫雜文對論敵展開文藝思想戰線鬥爭；至於建設的一面，則除了瞿秋白的馬克思主義文藝理論譯介、傳播和闡釋體系本土化和系統化工作外，還包括瞿秋白對魯迅和高爾基兩位中蘇革命文學創作榜樣的確立和闡釋。當中，瞿秋白對魯迅作品的紅色闡釋和革命經典地位的確立，即《魯迅雜感選集》編選和長篇序言撰寫，既是該文藝戰略的重中之重，也是其文藝思想實踐上的空前勝利。瞿秋白由是成為「黨內最早認識和高度評價魯迅在中國思想文化界的傑出作用的領導人」[8]。

其實，瞿秋白對魯迅的認識邏輯始終一致，一直立足於反封建的思想革命價值上的肯定。一九二三年底，瞿秋白對當年的文壇進行掃描，第一次對周氏兄弟進行評價。瞿秋白把周氏兄弟當作當年中國文壇的代表人物，分別以其代表作的書名——《吶喊》和《自己的園地》，評價他們在小說和散文創作上的文學成績。瞿秋白指出，魯迅思想超前孤獨，「雖然獨自『吶喊』著」而「只有空闊裡的回音」[9]。瞿秋白再次提到魯迅，則是在〈學閥萬歲！〉一文裡。為了倡導「革命的大眾文藝」，瞿秋白把魯迅列進「懂得歐化文的『新人』」的「第三個城池」裡[10]。一九三二年五月，瞿秋白寫〈「五四」和新的文化革

8　楊尚昆：〈在瞿秋白同志就義五十周年紀念會上的講話〉，《人民日報》1985年6月19日。

9　瞿秋白：《荒漠裡——一九二三年之中國文學》，載《瞿秋白文集》（文學編）第1卷（北京市：人民文學出版社，1985年），頁311。

10　瞿秋白：〈學閥萬歲！〉，載《瞿秋白文集》（文學編）第3卷（北京市：人民文學出版社，1989年），頁200。

命〉，又提及自己對《狂人日記》的看法，雖然他對其藝術評價不高，但仍然高度讚賞道：「不管它是多麼幼稚，多麼情感主義，——可的確充滿著痛恨封建殘餘的火焰。」[11]在《狗樣的英雄》一文中，瞿秋白再次提到《狂人日記》反抗吃人禮教的進步意義。[12]

由上可見，瞿秋白對魯迅的認識，一開始就不是純粹藝術上的價值判斷，而是始終把他定位在反封建革命意義上來評價和讚賞。但即便如此，這些也只是對魯迅小說在內容題材上的肯定，根本沒有涉及魯迅雜文的意義。

二

瞿秋白轉向關注魯迅的雜文，是在他們合作寫雜文之後。在轉向對魯迅雜文的關注後，瞿秋白對魯迅的評價突變。這種突變與他們交誼的飛躍和革命情勢的緊迫度密切關聯。

據魯迅書信記載，一九三三年三月二十日，魯迅主動向北新書局李小峰推薦由瞿秋白編選的自己的雜感選集。[13]同年四月八日，瞿秋白編就《魯迅雜感選集》[14]並「花了四夜功夫」[15]寫成長篇序言〈《魯迅雜感選集》‧序言〉。為迷惑敵人，瞿秋白化名「何凝」並故意在序

---

11 瞿秋白：〈「五四」和新的文化革命〉，載《瞿秋白文集》（文學編）第3卷（北京市：人民文學出版社，1989年），頁24。

12 瞿秋白：《狗樣的英雄》，載《瞿秋白文集》（文學編）第1卷（北京市：人民文學出版社，1985年），頁371。

13 初始，魯迅信中明確說「我們有幾個人在選我的隨筆」。後來才漸漸明確說是「編者」、「選者」，是單數的「他」。參見魯迅：《致李小峰》，載《魯迅全集》第12卷（北京市：人民文學出版社，2005年），頁383、387。

14 據楊之華說瞿秋白編選《魯迅雜感選集》目的有二：一是秋白自愧將魯迅贈予的書籍散失零落，一是為「要有系統地閱讀他的書，並且為他的書留下一個永久的紀念」。參見楊之華：〈《魯迅雜感選集》序言是怎樣產生的〉，《語文學習》1958年第1期。

15 楊之華：《回憶秋白》（北京市：人民出版社，1984年），頁136。

言末署「一九三三・四・八・北平」的字樣。而為了《魯迅雜感選集》的出版，魯迅親自批劃了該書的編排格式：與《毀滅》、《兩地書》相同，二十三開、橫排、天地寬大、毛邊本。[16]扉頁上，還選用了魯迅喜歡的司徒喬為其作的炭畫像。不僅如此，魯迅還親任該書的校對，親自為瞿秋白支付了編輯費。

可見，《魯迅雜感選集》的出版，不僅「可以說是魯迅和瞿秋白合作的產物，是他們友誼的結晶」[17]，也是魯迅研究史和瞿秋白文藝思想發展史上的光輝起點。而〈《魯迅雜感選集》序言〉，此後則成為用馬克思主義文藝理論解釋魯迅的範式文本。[18]尤其是由於在「研究態度和方法論，被認為具有示範的意義」[19]，此序文更因此而成為魯迅紅色經典化進程的開端。與此同時，這篇長篇序言也是瞿秋白構建馬克思主義文藝理論體系並將其本土化的重大突破，是其文藝思想實踐成就的重大體現。

《魯迅雜感選集》首先體現的是瞿秋白作為「選家」的眼光。由

16　魯迅自印的《毀滅》和北新書局（化名「青光書局」）出版的《兩地書》為二十三開橫排毛邊本。在一九三三年四月二十日給李小峰的信中，魯迅曾提議《魯迅雜感選集》「格式全照《兩地書》」，但據上海魯迅紀念館資料，實際印刷的為二十五開橫排毛邊本。參見上海魯迅紀念館編：《上海魯迅紀念館藏品選》，上海市：上海辭書出版社，2018年），頁151。

17　丁景唐：〈魯迅和瞿秋白友誼的豐碑──魯迅幫助出版瞿秋白著譯的經過〉，《中南民族學院學報》（哲學社會科學版）1982年第1期。

18　曹靖華於一九四一年和周恩來說：「我所看過的論魯迅先生的文章，在思想性和藝術性上，能趕上瞿秋白同志寫的〈《魯迅雜感選集》序言〉的，還沒有。」周恩來說：「我有同感。」參見曹靖華：〈往事漫憶──魯迅與秋白〉，原載《光明日報》1980年3月26日。引自《魯迅研究年刊》1980年號。一九四一年十一月十六日，周恩來在慶祝郭沫若五十生辰暨創作生活二十五周年而發表的講演〈我要說的話〉裡三次引用〈《魯迅雜感選集》序言〉，包括瞿秋白對魯迅著名的「四點概括」。參見周恩來：〈我要說的話〉，《新華日報》1941年11月16日。

19　王鐵仙：〈關於科學評價魯迅的若干思考──重讀瞿秋白的〈《魯迅雜感選集》序言〉，載瞿秋白紀念館編：《瞿秋白研究》第11輯（上海市：學林出版社，2000年），頁209-210。

於瞿秋白與魯迅在人生經歷上的相似因素，所以選本的編纂和序言寫作，也部分出於瞿秋白的夫子自道。[20]瞿秋白的編選範圍，是魯迅已親自編輯出版的雜文集[21]。納入瞿秋白編選範圍的雜文，基本涵蓋魯迅自一九一八年至一九三一年底這十四年間創作的雜文，總量大約占魯迅自編雜文集的三分之一。當中對魯迅雜文寫作年份的注重情況也各不相同。[22]從入選雜文思想內容看，瞿秋白主要以強調魯迅反封建、反國民黨政府和趨向無產階級革命的思想進程（包括與反動文藝思潮論戰[23]）為編選標準。[24]對於那些文學性和學術性較強的雜文則

---

20 瞿秋白和魯迅的相似，參見劉福勤：《瞿秋白與魯迅文學傳統》，載瞿秋白紀念館編：《瞿秋白研究》第11輯（上海市：學林出版社，2000年），頁223-237。對瞿秋白與魯迅文學思想上的承續討論，韓斌生先生有較好的討論。參見韓斌生：《世紀之交論秋白——瞿秋白與中國現代文化發展及其當代啟示》，載瞿秋白紀念館編：《瞿秋白研究》第8輯（上海市：學林出版社，1996年），頁397-409；韓斌生：《世紀之交論秋白（二）——瞿秋白與20世紀中國文學的魯迅傳統》，載瞿秋白紀念館編：《瞿秋白研究》第10輯（上海市：學林出版社，1998年），頁94-106。

21 一九三三年四月八日前，魯迅出版了七部雜文集，分別是《熱風》（1925）、《華蓋集》（1926）、《墳》（1927）、《華蓋集續編》（1927）、《而已集》（1928）、《三閑集》（1932）、《二心集》（1932）。

22 按選入文章比重降序排列：1921年（100%）、1927年（40.5%）、1925年（36%）、1928年（35.7%）、1926年（33.3%）、1918年（33.3%）、1929年（30.8%）、1930年（27.8%）、1931年（22.2%）、1919年（20%）、1924年（18.2%）、1922年（9.0%）。

23 例如瞿秋白對《二心集》篇目的編選，入選（除了〈《二心集》序言〉外）的九篇雜感中：〈非革命的急進革命論者〉〈對於左翼作家聯盟的意見〉、〈中國無產階級革命文學和前驅的血〉是魯迅對左翼文學的意見，其中〈對於左翼作家聯盟的意見〉是在左聯成立大會上的演講詞，〈中國無產階級革命文學和前驅的血〉刊於左聯機關刊物《前哨》創刊號（此文還是瞿秋白剛從政治鬥爭轉向文藝戰線時異常賞識魯迅的媒介）；〈「喪家的」「資本家的乏走狗」〉是和梁實秋的論戰；〈黑暗中國的文藝界的現狀〉〈上海文藝之一瞥〉〈「民族主義文學」的任務和運命〉〈中華民國的新「堂‧吉訶德」們〉批判民族主義文藝運動；〈「友邦驚詫」論〉則駁斥對「九一八」事變後學生運動的侮蔑。

24 這一點在那些截取的篇目上體現非常明顯，例如：魯迅自編雜文集《華蓋集》之第三篇〈忽然想到〉（一至四），瞿秋白編入時只保留了第三、四節，因為這兩節是感慨國民革命失敗的，而前兩節則是諷刺中國人糊塗陋習。由此可見瞿秋白編選的標準。

一般不收入。[25]對魯迅反擊太陽社和創造社圍攻的文章，也多採取規避或淡化論戰色彩的處理方式。[26]

　　在整部選集的正文部分，更是明顯貫穿著瞿秋白注重無產階級革命鬥爭的文藝思想。《魯迅雜感選集》以選家瞿秋白長篇序言為開篇，以被選者魯迅的〈《二心集》的序言〉為收束，將選家評述和被選者自評完美統一了起來。可見，在編選時，瞿秋白先入為主地對魯迅雜感的歷史發展確立了認識標準──現實主義文藝思想的革命生長。瞿秋白繼而以此為編選的思想準繩，裁定、刪削和截取入選篇目的範圍和內容。因此，瞿秋白特別看重魯迅在一九二一年《新青年》分化時期的雜感，也尤其關注魯迅在一九二五～一九二八年大革命轉折時期的雜感。至於瞿秋白選擇魯迅〈《二心集》序言〉為選集收束的重要原因，則是它展現了魯迅思想無產階級化的發展進程。因為魯迅自己曾寫道：

> 只是原先是憎惡這熟識的本階級，毫不可惜它的潰滅。後來又由於事實的教訓，以為惟新興的無產者才有將來，卻是的確的。[27]

　　與此同時，在編選《魯迅雜感選集》過程中，瞿秋白一方面按歷史時序、根據魯迅雜感文字本身來擇取篇目，從而對魯迅進行革命化敘事和整理；另一方面，瞿秋白也根據魯迅本人皈依革命進程的自我

25　例如，《而已集》中的名篇〈魏晉風度及文章與藥及酒之關係〉就沒有收入。

26　瞿秋白選入的魯迅論革命文學的文章有：《而已集》中的〈革命時代的文學〉〈革命文學〉〈文藝和革命〉，《三閒集》中的〈文藝與革命〉、〈扁〉、〈路〉。但卻沒有收入《三閒集》中的反擊名篇，如〈「醉眼」中的朦朧〉、〈我的態度氣量和年紀〉、〈「革命軍馬前卒」與「落伍者」〉等。

27　魯迅：〈《二心集》序言〉，載《魯迅全集》第4卷（北京市：人民文學出版社，2005年），頁195。

梳理來塑造其經典形象。於是，在編選過程中，作為選家的瞿秋白，
以編選《魯迅雜感選集》的方式，不僅完成魯迅和自己在革命文藝統
一戰線上的會師，也促成魯迅以雜感寫作方式進行革命的思想上的轉
變。這既是瞿秋白編選工作上的革命行動，也是瞿秋白文藝思想在編
輯工作上的體現。

　　而當編選工作和革命策略完美會師後，瞿秋白接下來便要對全書
的編輯工作進行總結，做一場關於魯迅雜文選編的革命經驗總結報告
和文學戰線上的革命總動員。相對於瞿秋白譯介、編撰馬克思主義文
藝理論著述的成功而言，瞿秋白編選《魯迅雜感選集》的意義更為重
大。因為這項工作，瞿秋白不僅在中國本土革命語境內成功樹立了馬
克思主義文藝理論與中國革命文學創作實踐結合的典範，而且還打造
出一個紅色魯迅的形象，塑造了一個革命文藝上的紅色經典。

三

　　歷史的因緣際會，使得瞿秋白注定成為魯迅評價史上的關鍵人
物。因為在回顧與創造社、太陽社論爭時，魯迅曾說：「我那時就等
待有一個能操馬克思主義批評的槍法的人來狙擊我的，然而他終於沒
有出現。」[28]近三年過去了，魯迅終於等到這個「狙擊手」，正是瞿秋
白。瞿秋白對魯迅的評價可謂一擊而中、應聲而立。在讀〈《魯迅雜
感選集》序言〉時，魯迅竟然「看了很久，顯露出感動和滿意的神
情，香菸頭快燒著他的手指頭了，他也沒有感覺到」[29]。因此，在魯
迅評價和研究史上，〈《魯迅雜感選集》序言〉本身也成為經典，它既
是紅色魯迅隆重推出的宣言，更是空前絕後的能打動魯迅本人的魯迅
研究論作。

28　魯迅：〈對於左翼作家聯盟的意見〉，《萌芽月刊》第1卷第4期，1930年4月1日。
29　楊之華：《回憶秋白》（北京市：人民出版社，1984年），頁137。

　　〈《魯迅雜感選集》序言〉洋洋一萬五千餘言，瞿秋白將全文共分
為八個部分。第一部分是總論。開篇引用魯迅在雜文集《墳》裡《我
們現在怎樣做父親》的名言，把魯迅當成革命殉道者的象徵。接著，
瞿秋白引用盧那察爾斯基〈《高爾基作品選集》序〉的表述，構成中
蘇文藝對稱結構[30]：

　　俄蘇　　盧那察爾斯基——高爾基——〈《高爾基作品選集》序〉
　　中國　　　　　瞿秋白——魯　迅——〈《魯迅雜感選集》序言〉

　　瞿秋白的序言仿照盧那察爾斯基對高爾基的評價，並進而指出魯
迅和高爾基的共同之處，即「革命的作家總是公開地表示他們和社會
鬥爭的聯繫」[31]。瞿秋白把魯迅類此為中國的高爾基：

　　　　高爾基在小說戲劇之外，寫了很多的公開書信和「社會論文」
　　　　（publicist articles），尤其在最近幾年——社會的政治的鬥爭十
　　　　分緊張的時期。也有人笑他做不成藝術家了，因為「他只會寫
　　　　些社會論文」。但是，誰都知道這些譏笑高爾基的，是些什麼
　　　　樣的蚊子和蒼蠅！

30　瞿秋白不僅類比盧那察爾斯基評價高爾基的論說思路，據K.B.舍維廖夫考察，瞿秋
　　白在〈《魯迅雜感選集》序言〉中「不僅引用了列寧的文藝思想，而且還採用了列寧
　　〈紀念赫爾岑〉一文的寫法」。參見K.B.舍維廖夫：《中國人民的優秀兒子——瞿秋
　　白》，馬貴凡譯，載瞿秋白紀念館編：《瞿秋白研究》第6輯（上海市：學林出版社，
　　1994年），頁252。瞿秋白對盧那察爾斯基是熟悉的，《赤都心史·兵燹與弦歌》中記
　　載了他採訪時任蘇俄人民教育委員會主席的盧那察爾斯基的經歷。「盧那察爾斯基的
　　著作是魯迅的首選內容並因此而上溯到了普列漢諾夫對於馬克思主義文藝的經典認
　　識。一九三一年瞿秋白被中共六屆四中全會整肅而『回歸（文藝）家園』後，對於
　　盧氏文藝理論和創作顯然也是與魯迅熱議的內容。」參見王觀泉：〈兵燹與弦歌〉，
　　載江蘇省瞿秋白研究會編：《瞿秋白研究文叢》第1輯（北京市：中央文獻出版社，
　　2007年），頁143。
31　魯迅：《魯迅雜感選集》（上海市：青光書局，1933年），序言頁1。

　　魯迅在最近十五年來，斷斷續續的寫過許多論文和雜感，尤其
是雜感來得多。於是有人給他起了一個綽號，叫做「雜感專
家」。「專」在「雜」裡者，顯然含有鄙視的意思。可是，正因
為一些蚊子蒼蠅討厭他的雜感，這種文體就證明了自己的戰鬥
的意義。魯迅的雜感其實是一種「社會論文」——戰鬥的「阜
利通」（feuilleton）。[32]

　　在汲取蘇俄革命話語權威完成對魯迅「中國的高爾基」定性與定
位後，瞿秋白繼續對魯迅和其雜感文體的「中國的高爾基」身份，進
行本土化因果定性與定位：

　　誰要是想一想這將近二十年的情形，他就可以懂得這種文體發
生的原因。急遽的劇烈的社會鬥爭，使作家不能夠從容的把他
的思想和情感鎔鑄到創作裡去，表現在具體的形象和典型裡；
同時，殘酷的強暴的壓力，又不容許作家的言論採取通常的形
式。作家的幽默才能，就幫助他用藝術的形式來表現他的政治
立場，他的深刻的對於社會的觀察，他的熱烈的對於民眾鬥爭
的同情。不但這樣，這裡反映著五四以來中國的思想鬥爭的歷
史。雜感這種文體，將要因為魯迅而變成文藝性的論文（阜利
通——feuilleton）的代名詞。自然，這不能夠代替創作，然而
它的特點是更直接的更迅速的反應社會上的日常事變。[33]

　　系列類比和因果分析後，瞿秋白迅捷地給魯迅、雜感文體和魯迅
雜感編選三者都打上鮮明的紅色革命色彩，將魯迅雜感寫作史與中國
社會鬥爭史、中國思想鬥爭史密切對應和聯繫了起來，簡明扼要地勾

---

32 魯迅：《魯迅雜感選集》（上海市：青光書局，1933年），序言頁1-2。
33 魯迅：《魯迅雜感選集》（上海市：青光書局，1933年），序言頁2。

勒出了「紅色」魯迅，完成了對魯迅進行革命經典化塑造的主體工程。在〈《魯迅雜感選集》序言〉中，瞿秋白明確指出編選魯迅雜感工作的革命思想底蘊──「現在選集魯迅的雜感，不但因為這裡有中國思想鬥爭史上的寶貴的成績，而且也為著現時的戰鬥」[34]。

　　第二部分是過渡部分。瞿秋白以「亞爾霸‧龍迦的公主萊亞‧西爾維亞被戰神馬爾斯強姦了，生下一胎雙生兒子：一個是羅謨魯斯，一個是萊謨斯」的一通神話比喻式論述，把魯迅「革命」思想的邏輯起點確定為魯迅的家庭出身，從而自然過渡到以階級論闡釋魯迅的基本思路。「是的，魯迅是萊謨斯，是野獸的奶汁所餵養大的，是封建宗法社會的逆子，是紳士階級的貳臣，而同時也是一些浪漫諦克的革命家的諍友！他從他自己的道路回到了狼的懷抱。」[35]

　　樹立了魯迅的國際身份和國內身份後，瞿秋白更鮮明地確立了闡釋魯迅的「階級論」革命思路。從第三部分到第七部分，瞿秋白嫻熟地根據革命進化論邏輯，在歷史性敘述中按照「辛亥革命──五四前──五四時期──大革命時期──革命文學論爭時期」的進程，對魯迅從進化論到階級論的革命思想生長進行梳理和總結。

　　第八部分是瞿秋白的結論歸納，根據「階級論」敘述模式，魯迅雜感寫作史於是自然而然成為「從進化論進到階級論」[36]的歷史。而在此過程中，魯迅社會身份發生相應變化──「從紳士階級的逆子貳臣進到無產階級和勞動群眾的真正的友人，以至於戰士，他是經歷了辛亥革命以前直到現在的四分之一世紀的戰鬥，從痛苦的經驗和深刻的觀察之中，帶著寶貴的革命傳統到新的陣營裡來的」[37]。因此，「最近期間，九一八以後的雜感」，瞿秋白認定魯迅已「站在戰鬥的前線，站

34　魯迅：《魯迅雜感選集》（上海市：青光書局，1933年），序言頁2。

35　魯迅：《魯迅雜感選集》（上海市：青光書局，1933年），序言頁2-3。

36　魯迅：《魯迅雜感選集》（上海市：青光書局，1933年），序言頁20。

37　魯迅：《魯迅雜感選集》（上海市：青光書局，1933年），序言頁20-21。

在自己的哨位上」。[38]瞿秋白回顧魯迅雜感裡戰鬥的光輝歷程，目的在於總結魯迅革命傳統，他說：「然而魯迅雜感的價值決不止此。……歷年的戰鬥和劇烈的轉變給他許多經驗和感覺，經過精煉和融化之後，流露在他的筆端。這些革命傳統（revolutionary traditions）對於我們是非常之寶貴的，尤其是在集體主義的照耀之下。」[39]可見，瞿秋白以階級論完成對魯迅雜感寫作的革命史梳理，「是以一個黨內著名的理論家和政治家的氣魄和眼光來評價魯迅的」[40]。

在「集體主義的照耀之下」，瞿秋白堅信自己發現了魯迅的「革命傳統」[41]。在紅光照耀下，魯迅自然也被證明的確有紅色革命的傳統。瞿秋白以編選《魯迅雜感選集》的方式，編輯出了自己想塑造的、革命也需要的紅色魯迅。魯迅的革命經典化塑造已完成，從此，魯迅成為革命前驅和「聽將令」的代表者。瞿秋白再次重申：

> 自然，魯迅的雜感的意義，不是這些簡單的敘述所能夠完全包括得了的。我們不過為著文藝戰線的新的任務，特別指出雜感的價值和魯迅在思想鬥爭史上的重要地位，我們應當向他學習，我們應當同著他前進。[42]

一切為了現實革命與鬥爭需要。在革命鬥爭異常緊張和激烈的年代，作為無產階級革命文藝戰線的領導者，瞿秋白的所作所為，無疑是歷史必然和個人本然、應然的統一。因此，當選家和作長序，都是

---

38 魯迅：《魯迅雜感選集》（上海市：青光書局，1933年），序言頁21。

39 魯迅：《魯迅雜感選集》（上海市：青光書局，1933年），序言頁21-22。

40 丁言模：〈瞿秋白等人評價魯迅的現實主義標準——兼論馮雪峰、周揚、巴人的魯迅觀〉，載瞿秋白紀念館編：《瞿秋白研究》第3輯（上海市：學林出版社，1991年），頁137。

41 魯迅：《魯迅雜感選集》（上海市：青光書局，1933年），序言頁22。

42 魯迅：《魯迅雜感選集》（上海市：青光書局，1933年），序言頁25。

瞿秋白服從於革命鬥爭需要的實踐。儘管行動中也不排除有瞿秋白對魯迅的感恩心理[43]和經濟利益因素[44]的驅動，但這應該以並不與革命功利需要相矛盾為前提。況且，瞿秋白無論在編選標準確立還是序言論述思想上，也都與其現實主義文藝思想相融合。因此，瞿秋白編選《魯迅雜感選集》並作序這一文學史的事實，無疑也是瞿秋白文藝思想一次成功的實踐。

　　然而，必須指出，瞿秋白在《魯迅雜感選集》編選和《〈魯迅雜感選集〉序言》中體現出的魯迅觀，並不完全等同於瞿秋白個人的魯迅觀。因為瞿秋白不僅沒有否定錢杏邨等對魯迅的批評攻擊，而且在《多餘的話》中提及的「可以再讀一讀」的文藝著作中，也只有「魯迅的《阿Q正傳》」[45]，並沒提及魯迅的雜感。這似乎也能說明，瞿秋白編選和序論魯迅雜感的真正意圖和思想內核，其實並不在於文學價值，而在於革命思想價值。那麼，難道瞿秋白和魯迅的確是處於隔膜和相知並存的複雜狀態麼？[46]

---

43 楊之華說瞿秋白編《魯迅雜感選集》目的是為給魯迅的書「留下一個永久的紀念」。參見楊之華：〈《魯迅雜感選集》序言〉是怎樣產生的〉，《語文學習》1958年第1期。

44 魯迅說：「我的選集，實係出於它兄之手，序也是他作，因為那時他寓滬缺錢用，弄出來賣幾個錢的。」參見魯迅：《致曹靖華》，載《魯迅全集》第14卷（北京市：人民文學出版社，2005年），頁99。

45 瞿秋白：《多餘的話》，載《瞿秋白文集》（政治理論編）第7卷（北京市：人民出版社，1991年），頁723。關於《阿Q正傳》，楊之華說瞿秋白「經常讀它，重複讀它，也經常介紹給當時青年。他說讀一次二次是不夠的，要細讀，要重複的讀」。參見陳夢熊：〈瞿秋白對魯迅創作長篇小說的關注和期待——楊之華兩封遺札所示的一段史實〉，《新文學史料》1982年第4期。唐天然曾披露瞿秋白用大小十個「Q」字組成阿Q像漫畫。參見唐天然：〈戰友情深——有關瞿秋白和魯迅的三件新史料〉，《新文學史料》1982年第4期。

46 黎活仁先生在〈鹿地亙與瞿秋白《〈魯迅雜感選集〉序言》的日譯〉（香港《抖擻》第33期，1979年5月）中對「文革」時以質疑《〈魯迅雜感選集〉序言》等來離間瞿魯關係的論點進行討論。原因是魯研專家陳漱渝在《魯迅與女師大學生運動》附錄〈攜手共艱危〉中寫道：「據周海嬰先生回憶，……在逝世前的一個星期，許廣平同志完成了一萬多字的論文，揭發批判瞿秋白貶低魯迅的種種謬論。」參見陳漱渝：《魯迅與女師大學生運動》（北京市：人民出版社，1978年），頁137。

　　這一切，也許是因為立場的不同產生的不同的闡釋結果。與
〈《魯迅雜感選集》序言〉同年問世的錢基博《現代中國文學史》，認
為「樹人頹廢，不適於奮鬥」，而且把魯迅和徐志摩混在一起判為
「新文藝之右傾者」。[47]但瞿秋白在無產階級革命立場上做出的魯迅闡
釋，卻實實在在地為中國無產階級革命的文藝思想戰線樹立起一面紅
色旗幟。

　　此後，〈《魯迅雜感選集》序言〉不僅成為革命陣營研究和評說魯
迅雜感和思想的範式，還被確立為中國現代文學批評史上作家作品研
究的基本範式。而當初瞿秋白針對魯迅雜感做出的評說結論，甚至被
放大為此後魯迅研究的基本前提。瞿秋白的魯迅闡釋，在一定意義上
甚至可以說是中國新文學研究的出發點，也是中國現代文藝思想史革
命化敘述的起點。與此同時，在魯迅被塑造成「中國的高爾基」的同
時，瞿秋白也同步奠定了他自己作為「中國的盧那察爾斯基」[48]的歷
史角色。

　　當然，除了開啟魯迅經典化的歷史進程外，瞿秋白還曾對五四文
學革命史進行梳理，並以革命領導權爭奪為主線重新進行敘述。這既
為中國現代文學史革命構建確立了光輝起點，又奠定了現代革命文學
史的思想界碑。因此，重塑魯迅和整理五四文學革命史這兩項意識形
態構建的重大工程，不僅足以讓瞿秋白在中國文藝思想史有一席之
地，也給後來的中國文學史留下寶貴的革命書寫傳統：一是文學的社
會歷史批評傳統，一是文學史按革命思維整理的傳統。於是，許多文

47　錢基博：《現代中國文學史》（上海市：世界書局，1933年），頁448。

48　郭紹棠，路遠譯：《回憶瞿秋白》，載瞿秋白紀念館編：《瞿秋白研究》第6輯（上海
　　市：學林出版社，1994年），頁258。把瞿秋白評價為「中國的盧那察爾斯基」的說
　　法不僅來自蘇聯研究者，美國的保羅・皮科威茲也持這觀點。把瞿秋白類比成盧那
　　察爾斯基，我的理解是指二者在各自國家裡對馬克思主義文藝發展的作用和思路的
　　相似。Paul Pickowicz, *Marxist Literary Thought and China: A Conceptual Framework*
　　(Berkeley, CA: Center for Chinese Studies, Institute of East Asian Studies, University of
　　California, 1980), pp.47-54.

學史的重寫，是社會歷史發展的必然。[49]

第二節　紙墨壽於金石：《海上述林》的傳播研究
──以魯迅為觀察點

　　《海上述林》是一部以魯迅為核心、由幾個人捐資付印以紀念亡友的文學譯文集。書的編者，是彼時士林領袖之一的魯迅；書的著譯者，則是中國共產主義革命的早期領導人瞿秋白。可以說，這部書從最初籌劃到成書出版、傳播流布，已然成為民國出版史上的靚麗風景。

　　《海上述林》也是一部有特殊意味的、生成於民國文學現場裡的禮品書。它是魯迅對瞿秋白的另一種委婉而自信的定位與判斷，更是魯迅對民國文學現場的一幀久遠而永恆的紀念。它不僅體現著魯迅、瞿秋白等人留存的文人風骨，也映照著一個大變革時代的人間正道與滄桑。

一　《海上述林》的「誕生」

　　眾所周知，魯迅與瞿秋白之間有著深厚的友誼。

　　一九三五年二月，瞿秋白於在福建長汀被捕，不久後壯烈犧牲。對此，魯迅悲痛不已。為紀念瞿秋白，慮及於公於私的兩種情緣，魯迅、茅盾和一些瞿秋白的其他友人決定，搜集瞿秋白的遺稿和已發表的文章結集出版。一九三六年十月十五日，魯迅在給曹白的信中寫道：「《述林》是紀念的意義居多，所以竭力保存原樣。」[50]由是之

49　現代意義上的文學史幾乎都是重寫，只不過重寫時各自所本的主義、思想不同而已。參見宇文所安：〈過去的終結：民國初年對文學史的重寫〉，載劉東主編：《中國學術》總第5輯（北京市：商務印書館，2001年），頁180-202。

50　魯迅：《魯迅全集》第14卷（北京市：人民文學出版社，2005年），頁169。

故，世乃有《海上述林》——這部「在中國出版界中，當時曾被認為是從來未有的最漂亮的版本」[51]的書。

關於《海上述林》出版緣起，正如魯迅對馮雪峰所說：「我把他的作品出版，是一個紀念，也是一個抗議，一個示威！……人給殺掉了，作品是不能給殺掉的，也是殺不掉的！」[52]一九三六年十月六日，魯迅致信曹白說「這是我們的亡友的紀念」[53]，一九三六年十月十五日，魯迅致信臺靜農說「今年由數人集資印亡友遺著，以為紀念」[54]。上述的紀念之意，也就是魯迅在〈《海上述林》下卷序言〉中所說的——「有些所謂『懸劍空壟』的意思」[55]。

為了籌劃編印《海上述林》，魯迅首先廓清的是文稿的版權歸屬問題。一九三五年六月二十四日，魯迅致信曹靖華說：「現代有他的兩部，須贖回，因為是豫支過版稅的，此事我在單獨進行。」這裡說到的「現代」的「兩部」，就是瞿秋白譯的蘇聯文藝論文集《「現實」》和《高爾基論文選集》兩部譯稿。當初曾交給現代書局，並預支版稅二百元。現在要編《海上述林》，需贖回譯稿，並需歸還現代書局預支的版稅。[56]

為此，「急於換幾個錢」的魯迅於一九三五年七月三十日、八月九日兩次致信黃源，想讓黃源盡快編發從而「速得一點稿費」，目的是向現代書局贖回瞿秋白的兩部譯作。[57]八月十二日，黃源代魯迅從

51 唐弢：〈革命的感情〉，載《晦庵書話》（北京市：生活・讀書・新知三聯書店，2007年），頁85。據唐弢所論，魯迅編定的書有兩部最為精美考究：一是《海上述林》，紀念瞿秋白的；一是《凱綏・珂勒惠支版畫選集》，紀念柔石的，也是魯迅印行的畫冊中最精美的一種。

52 馮雪峰：《回憶魯迅》（北京市：人民文學出版社，1952年），頁158。

53 魯迅：《魯迅全集》第14卷（北京市：人民文學出版社，2005年），頁163。

54 魯迅：《魯迅全集》第14卷（北京市：人民文學出版社，2005年），頁170。

55 魯迅：〈《海上述林》下卷序言〉，載《魯迅全集》第6卷（北京市：人民文學出版社，2005年），頁605。

56 魯迅：《魯迅全集》第13卷（北京市：人民文學出版社，2005年），頁485-486。

57 魯迅：《魯迅全集》第13卷（北京市：人民文學出版社，2005年），頁514、517。

現代書局取回「瞿君譯作稿二種」,「還以泉二百」。[58]九月八日,魯迅致黃源信中說:「陳節譯的各種,如頁數已夠,我看不必排進去了,因為已經並不急於要錢。」[59]九月十六日,魯迅又致信黃源說:「如來得及,則《第十三篇關於 L. 的小說》,可以登在最後,因為此稿已經可以無須稿費。」[60]當然,收集並出版瞿秋白文稿以示紀念,並不是魯迅一人的想法,而是「很有幾個人」的共識。一九三五年六月二十四日,魯迅致信曹靖華:「它兄文稿,很有幾個人要把它集起來,但我們尚未商量。」[61]從魯迅給鄭振鐸寫的信來看,主事者起碼還有茅盾和鄭振鐸,但魯迅是當中最用心力的人,而鄭振鐸是捐資較多的一個。[62]

　　一九三六年七月十七日,魯迅致信楊之華,確定「先印翻譯」[63]。到這個時候為止,《海上述林》的編輯工作不僅資金基本到位,稿件也大致集攏完畢。更重要的是,《海上述林》紀念瞿秋白這位一代譯才的出版定位,從此正式確定了。

二　《海上述林》的出版傳播史

　　《海上述林》分上下兩卷,上卷《辨林》,下卷《藻林》,每卷前都有魯迅親自撰寫的序言。書名和分卷書名都為魯迅先生親自擬定,並親筆書寫。

　　「林」想必是魯迅對瞿秋白「瞿」姓的拆字解——上有雙「目」,「雙木」為「林」,即「瞿秋白」。事實上,瞿秋白自己在革命年代也

58　魯迅:《魯迅全集》第13卷（北京市:人民文學出版社,2005年）,頁546。
59　魯迅:《魯迅全集》第13卷（北京市:人民文學出版社,2005年）,頁536。
60　魯迅:《魯迅全集》第16卷（北京市:人民文學出版社,2005年）,頁548。
61　魯迅:《魯迅全集》第13卷（北京市:人民文學出版社,2005年）,頁485。
62　劉小中、丁言模編著:《瞿秋白年譜詳編》,中央文獻出版社,2008年）,頁464-465。
63　魯迅:《魯迅全集》第14卷（北京市:人民文學出版社,2005年）,頁117。

曾化名為「林復」，被捕後化名為「林祺祥」[64]。所謂「海上述林」，意為魯迅先生在上海編撰一部懷念瞿秋白的書。不僅如此，以魯迅的文字趣味和教養，此書名還可以讀為「林述上海」，意思是瞿秋白在上海時期的著述文集。一部文集的命名，包含著魯迅對友人的沉痛哀思，可見兩人的友誼深厚。

上卷《辨林》「幾乎全是關於文學的論說」[65]，下卷《藻林》收的都是瞿秋白「文學的作品……也都是翻譯」[66]。瞿秋白的「辨」與「藻」，恰恰就是魯迅對瞿秋白最為讚賞的兩點——現代文藝理論修養和文學才情。譬如，魯迅就曾認為瞿秋白的俄文中譯「信而且達，並世無兩」[67]，文風「明白暢曉」，在中國尚無第二人：「真是皇皇大論！在國內文藝界，能夠寫這樣論文的，現在還沒有第二個人！」[68]

《海上述林》初版本每卷各印五百部，也即共印五百套，尺寸為22.7cm×15.3cm，三十二開本，重磅道林紙印，配有玻璃版插圖。其中，一百部為亞麻布封面，以皮革鑲書脊，書名燙金，書口刷金，美輪美奂；另外四百部為藍色天鵝絨封面，書口刷靛藍，書名燙金。

1　上卷《辨林》的編輯出版

據《魯迅日記》可知，魯迅於一九三五年十月二十二日「下午編瞿氏《述林》起」[69]。自此，魯迅開始著手編瞿秋白的遺著《海上述

---

64 瞿秋白被捕後的化名，不同文獻中的記載不盡相同，主要有「林祺祥」、「林其祥」、「何其祥」幾種。

65 魯迅：〈《海上述林》上卷序言〉，載《魯迅全集》第6卷（北京市：人民文學出版社，2005年），頁593。

66 魯迅：〈《海上述林》上卷序言〉，載《魯迅全集》第6卷（北京市：人民文學出版社，2005年），頁605。

67 魯迅：《魯迅全集》第7卷（北京市：人民文學出版社，2005年），頁489。

68 馮雪峰：〈關於魯迅和瞿秋白同志的友誼〉，載《憶秋白》編輯小組編：《憶秋白》（北京市：人民文學出版社，1981年），頁262-263。

69 魯迅：《魯迅全集》第16卷（北京市：人民文學出版社，2005年），頁557。

林》上卷。一九三五年十二月六日，魯迅「校《海上述林》（第一部：
《辨林》）起」[70]。一九三六年四月二十二日，魯迅「夜校《海上述
林》上卷訖，共六百八十一頁」[71]。一九三六年五月二十二日「下午以
《述林》上卷托內山君寄東京付印」[72]。

　　魯迅在一九三五年九月十一日給鄭振鐸的信中說明已與茅盾商定，
先印譯文，並擬好篇目，等原稿看一遍後，與鄭振鐸約定時間，同去
印刷廠發稿付排。十月二十二日，日記寫明是日下午正式開始編輯《海
上述林》，到十一月四日已將稿件編好，正式約鄭振鐸同去印刷廠發
稿，洽商校對辦法（見魯迅當日寫給鄭振鐸的信）。

　　〈《海上述林》上卷序言〉寫於一九三六年三月下旬，可知編定此
書持續了將近一個半月時間，校訂花費近五個月。上卷《辨林》的版
權頁署「一九三六年五月出版」，可見從編定到出版又花了一個多月。

　　一九三六年十月二日，「下午《海上述林》上卷印成寄至，即開始
分送諸相關者」[73]。一九三六年十月六日「復曹白信並《述林》一
本」[74]。一九三六年十月十六日「復曹白信並贈《述林》上。復靜農信
並贈《述林》。寄季市《述林》一」[75]。一九三六年十月九日魯迅「夜
寄烈文及河清信，托登廣告」[76]。此即〈《海上述林》上卷出版〉[77]，
最初刊載於一九三六年十一月二十日《中流》第一卷第六期。魯迅拿
到上卷的成書，再三校讀後，又發現三點疏漏。於是，乘下卷出版之

70　魯迅：《魯迅全集》第16卷（北京市：人民文學出版社，2005年），頁565。
71　魯迅：《魯迅全集》第16卷（北京市：人民文學出版社，2005年），頁602。
72　魯迅：《魯迅全集》第16卷（北京市：人民文學出版社，2005年），頁608。
73　魯迅：《魯迅全集》第16卷（北京市：人民文學出版社，2005年），頁625。
74　魯迅：《魯迅全集》第16卷（北京市：人民文學出版社，2005年），頁625。
75　魯迅：《魯迅全集》第16卷（北京市：人民文學出版社，2005年），頁627。
76　魯迅：《魯迅全集》第16卷（北京市：人民文學出版社，2005年），頁626。
77　魯迅：〈紹介《海上述林》上卷〉，載《魯迅全集》第7卷（北京市：人民文學出版
　　社，2005年），頁489。

便，補上〈《海上述林》上卷插圖正誤〉[78]。

　　由上可見，為了這部紀念瞿秋白的書，魯迅可謂將對文字的完美追求發揮到了極致。魯迅的這些作為當然不僅僅是形式，而已經是「有意味的形式」[79]了，甚至可以說這些作為本身就是一種行為藝術。一九三六年十月十六日，《譯文》新二卷第二期刊出魯迅親擬的《海上述林》廣告，時值魯迅辭世前幾天。

2　下卷《藻林》的編輯出版

　　一九三六年三月下旬，魯迅寫完〈《海上述林》上卷序言〉。一九三六年四月十七日，魯迅便「夜編《述林》下卷」[80]，其間還要完成上卷的校訂。一九三六年五月十三日「校《述林》下卷起」[81]。一九三六年八月十一日「午後寄雪村信並《海上述林》剩稿」[82]。一九三六年九月三十日「上午校《海上述林》下卷畢」[83]。

　　《海上述林》下卷《藻林》，其版權頁署「一九三六年十月出版」。可見，下卷從編定到出版花費魯迅五、六個月時間。一九三六年八月二十七日，魯迅致曹靖華信中說《海上述林》上卷已在裝訂，「不久可成，曾見樣本，頗好，倘其生存，見之當亦高興，而今竟已歸土，哀哉」，並對下卷進度太慢而深表不滿。[84]

　　為了加快下卷的出版進度，魯迅函告開明書店經理章錫琛，請他催促排字局，但章並未回信表態，也看不出排版加緊，行動上毫不迅

78　魯迅：《魯迅全集》第8卷（北京市：人民文學出版社，2005年），頁525。
79　克萊夫・貝爾著，周金環、馬鍾元譯：《藝術》（北京市：中國文藝聯合出版公司，1984年），頁4。
80　魯迅：《魯迅全集》第16卷（北京市：人民文學出版社，2005年），頁602。
81　魯迅：《魯迅全集》第16卷（北京市：人民文學出版社，2005年），頁607。
82　魯迅：《魯迅全集》第16卷（北京市：人民文學出版社，2005年），頁616。
83　魯迅：《魯迅全集》第16卷（北京市：人民文學出版社，2005年），頁623。
84　魯迅：《魯迅全集》第14卷（北京市：人民文學出版社，2005年），頁136。

捷。魯迅據此認為「在我病中，亦仍由密斯許趕校，毫不耽擱，而至今已八月底，約還差百餘頁。……這真不大像在做生意」，並委託茅盾催促，「從速結束，我也算了卻一事，比較的覺得輕鬆也」。[85]

一九三六年八月三十一日，魯迅給茅盾的信中說他看到《海上述林》兩種裝訂樣本時的喜悅心情：「那第一本的裝釘樣子已送來，重磅紙；皮脊太『古典的』一點，平裝是天鵝絨面，殊漂亮也。」[86]然而，真正等到此書下卷印裝成時，已是一九三六年十月二日，魯迅此刻已病重。據許廣平回憶，魯迅看到寄到的《海上述林》（當時僅印出上卷）成書後欣慰不已。在病榻上看著編輯精良、裝幀優美的《海上述林》，魯迅寬慰地對許廣平說：「這一本書，中國沒有這樣的講究的出過，雖則是紀念『何苦』——瞿氏別名——其實也是紀念我。」[87]

的確，這部書的出版，不僅是對瞿秋白的紀念，也是對魯迅的最後紀念。十月七日《譯文》主編黃源來探望，魯迅便把一本精裝的《海上述林》送給他，並微笑著說：「總算出版了……這書不能多送，有熟人託你買，可打個八折」，又說能否在《譯文》上登廣告。魯迅告訴黃源，書的下卷也已校好，年內可出版。[88]

一九三六年十月九日和十月十日，魯迅在給黃源和黎烈文的信中，還念念不忘為《海上述林》刊登廣告。[89]此時，距離魯迅逝世不到十天。一九三六年十月十九日淩晨魯迅逝世，此書成了其生前編輯的最後一部書。

---

85 魯迅：《魯迅全集》第14卷（北京市：人民文學出版社，2005年），頁139-140。

86 魯迅：《魯迅全集》第14卷（北京市：人民文學出版社，2005年），頁140。

87 許廣平：〈關於魯迅先生的病中日記和宋慶齡先生的來信〉，《宇宙風》第50期，1937年11月1日。

88 黃源：《黃源文集》第1卷（上海市：上海文藝出版社，2005年），頁14。

89 魯迅：《魯迅全集》第14卷（北京市：人民文學出版社，2005年），頁165。

3 　《海上述林》的再版

《海上述林》這樣一部獨特的書，無論其再版或不再版，無疑都是「風起於青萍之末」，發展為文化史上的一件的大事情。

事情的確如此。一九四九年前後有關瞿秋白的著述出版就是重要的風向標。陸定一說：「一九六六年之前，只出版了秋白的關於文藝方面的著作和譯作，這樣做是他的主意，目的在於當時要出版毛澤東選集，不要引起某種不一致的可能。」[90]從維護最高領袖權威的角度看，文藝思想當然也屬於應該避嫌的「不一致」的範疇。陸定一的考量，想必和魯迅當年編《海上述林》時的「印一譯述文字的集子」[91]、「先印翻譯」[92]的意思有異曲同工之處。

《海上述林》是魯迅編纂出版的、由瞿秋白翻譯的蘇聯和歐洲的文藝理論文章以及一些文學作品，屬於允許且應當出版的範疇。檢閱一過，可以發現：一九四一年七月，上海文藝流通社再版過《海上述林》；一九四九年東北書店、一九四九年東北新華書店遼東分店，也曾出版過《海上述林》（現可見的為一卷本，其實就是《海上述林》的上卷《辯林》）。

不僅如此，就在一九四九年十月，生活·讀書·新知三聯書店在上海出版發行了《海上述林》足本（以下簡稱「三聯版」），此書的意義和內涵可想而知。三聯版的《海上述林》，在短短四個月後隨即再版，據版權頁顯示，兩版總印數為七千部，足可見其發行量之大。

可偏偏也是在一九五〇年二月三聯版《海上述林》再版時傳達出了別樣的緊張氣息。三聯版再版印刷時，臨時得到瞿秋白的夫人楊之華的通知，要求抽去原本有的四篇文章。

---

90 孫克悠：〈聆聽陸老談瞿秋白──訪陸定一同志〉，載瞿秋白紀念館編：《瞿秋白研究》第4輯（上海市：學林出版社，1992年），頁252-253。

91 魯迅：《魯迅全集》第14卷（北京市：人民文學出版社，2005年），頁1。

92 魯迅：《魯迅全集》第14卷（北京市：人民文學出版社，2005年），頁117。

　　《海上述林》是魯迅親手編定的，現仍可見初版本[93]。無論是從魯迅這位編者的權威角度出發，還是就這部書及其作者的歷史意義而言，任何變動都必須權衡再三，而且變動本身無疑都會有耐人尋味的地方。一九五〇年二月，在三聯書店再版的《海上述林》上卷《辨林》目錄頁的後面，出版者特地刊載了一則小啟：

　　　　本版付印後，得瞿夫人楊之華同志通知，應抽去四篇文章，故本書上卷缺549-592，又621-634，下卷缺299-316等頁。[94]

　　前後比較，可知楊之華通知三聯書店「抽去」的文章，是有關歌德、蕭伯納、高爾基的四篇文章：上卷549-592頁是《譯論輯存》裡的〈L. 卡美尼夫：歌德和我們〉〈M. 列維它夫：伯納・蕭的戲劇〉，621-634頁是〈A.S. 布勒諾夫：高爾基的文化論〉；下卷299-316頁是《高爾基創作選集》中的〈馬克西謨・高爾基〉。解讀其特意刊載的小啟，對於三聯版《海上述林》再版的這一變動，人們首先要問的當然是，楊之華為什麼要臨時抽掉原本編入的四篇文章呢？

　　楊之華抽去初版本那部分內容的原因，有兩個說法：一說是根據當時的政治形勢需要，因為「當時蘇聯已經在反布哈林」[95]。另一說則是當事者的說法，該書當時的編輯謝駿說：「魯迅生前編輯出版的瞿秋白遺著《海上述林》，後因一九三七年，蘇聯把布哈林槍決了，一九五〇年我們再版該書時，就抽去了四篇涉及到布哈林的文章。」[96]

93　筆者所見的初版本為藍絨布面本，現藏中山大學南校區圖書館。

94　瞿秋白譯，魯迅編：《海上述林》，上海市：生活・讀書・新知三聯書店，1950年。

95　陳福康、丁言模：《楊之華評傳》（上海市：上海社會科學院出版社，2005年），頁394-395。

96　謝駿：〈論瞿秋白評價的合理性〉，《暨南學報》（哲學社會科學）1993年第2期。

三　《海上述林》的思想史意義

《海上述林》這部書，從最初籌劃到成書出版、傳播流布，處處滲透著歷史劇烈變動時期難得的人間溫情，可謂一部有意味的民國文學現場裡的禮品書，其人其文其書，其情義其思想其影響，都足以使它成為民國出版業一道獨特的風景。

尤其耐人尋味的是，《海上述林》編成出版後，遠在「內地」——延安——的毛澤東收到了魯迅從上海送來的《海上述林》皮脊本（精裝本）。於是，從《海上述林》到〈在延安文藝座談會上的講話〉，從上海到延安，從瞿秋白到毛澤東，歷史與傳統在這裡賡續綿延。作為紅色經典和「紅色收藏」的經典，《海上述林》儼然成為左翼文藝思想史上的一塊界碑。

1　民國出版業的「風景」：一部有意味的禮品書

寶劍贈英雄。《海上述林》是一部因紀念亡友瞿秋白而由幾個人捐資付印的文學譯文集。這樣的一部書，從最初的籌劃出版到書的上部出版成書，公開發行、獲取經濟回報的考慮顯然並不是主要的。

一九三六年十月十七日，魯迅致信曹靖華說：「它兄譯作，下卷亦已校完，準備付印，此卷皆曾經印過的作品，為詩，戲曲，小說等，預計本年必可印成，作一結束。此次所印，本係紀念本，俟賣去大半後，便擬將紙版付與別的書店，用報紙印普及本，而刪去上卷字樣；因為下卷中物，有些係賣了稿子，不能印普及本的。」[97]

因為「本係紀念本」，加之「下卷中物，有些係賣了稿子，不能印普及本的」，才有一九三六年九月二十六日魯迅在致信茅盾時所說的，「《述林》初擬計款分書」[98]。既然是「計款分書」，那就是按照捐

97　魯迅：《魯迅全集》第14卷（北京市：人民文學出版社，2005年），頁171。
98　魯迅：《魯迅全集》第14卷（北京市：人民文學出版社，2005年），頁156。

資的比例多少，獲取對應的得書數量。但如此一來，魯迅似乎很為難，認為「但如抽去三分之一交 C.T.（即鄭振鐸——原注），則內山老闆經售者只三百餘本，跡近令他做難事而又克扣其好處，故付與 C.T.者，只能是贈送本也」。[99]

查魯迅後來的分配明細，給鄭振鐸的是「革脊五本、絨面五本」[100]。讓人納悶的是，不「計款分書」，而是要首先顧及內山書店老闆的利益，對於一向很重視合約精神、對經濟賬並不糊塗的魯迅而言，他所持的考量標準究竟是什麼？

可供解釋此事的，當是許廣平的事後的回憶。

許廣平回憶說：「關於從排字到打制紙版，歸某幾個人出資托開明書店辦理，其餘從編輯、校對、設計封面，裝幀、題簽、擬定廣告及購買紙張、印刷、裝訂等項工作，則都由魯迅經辦，以便使書籍更臻於完美。出書後照捐款多少作比例贈書一或二部作紀念。」[101]友人為《海上述林》出版認捐的資金，可能是用作「排字到打制紙版」的費用。因此，在整部《海上述林》的出版過程中，所耗費的精力和財力，遠遠超出了捐資的部分。這超出的部分，有相當多的比例是魯迅獨自承擔，還有一部分則計入了書籍的代印和代售方——內山書店的老闆內山完造。為此，魯迅才決定不按當初擬定的計款分書，而是重新做出分配方案。

全書印成後，魯迅不僅致信鄭振鐸和章錫琛，商量分書事宜，而且還親筆寫過一份贈書名單，把書分贈給為出版《海上述林》出過力的朋友。[102]這張分送名單上面，用簡姓（名、代號）寫明，其中包括許廣平在《瞿秋白和魯迅》中所說的集資出書的幾位好友。鑒於

99　魯迅：《魯迅全集》第14卷（北京市：人民文學出版社，2005年），頁156。
100　魯迅：《魯迅全集》第14卷（北京市：人民文學出版社，2005年），頁160。
101　許廣平：《魯迅回憶錄》（北京市：作家出版社，1961年），頁132。
102　魯迅：《魯迅全集》第14卷（北京市：人民文學出版社，2005年），頁160-161。

「下卷出書時，魯迅已看不到了」，所以是許廣平「依照上卷分送出去的」[103]。

　　根據魯迅書信中所涉信息、魯迅親筆寫的一份贈書名單以及他人的回憶，結合鄭振鐸寫的捐資名單，魯迅彼時編定和初版的《海上述林》，作為民國出版業的獨特的「風景」——一部有意味的禮品書，其去處基本上可考。綜合迄今為止所知的《海上述林》初版本流布情況推算，初版五百部《海上述林》的分配如下：約一百部由魯迅分贈友人和分配給捐資人，大概有四百部歸內山書店代售。五百部中，皮脊本一百部，實價3.5元；藍絨面四百部，實價2.5元。可見，全書如售罄，總碼洋為1350元。即便比照今日的經濟情形，《海上述林》這部書的出版，也基本上算是禮品書的運作模式，因為魯迅和諸多捐資人的出版初衷只是紀念亡友。

　　毫無疑問，禮品書的形態，在一九四九年以前的中國文人和知識分子裡面，並非稀罕事。但一部精美絕倫的禮品書的出版，偏偏又關涉著彼時的士林領袖之一魯迅和中國共產主義革命的早期領導人瞿秋白。如此一來，此事即便在民國以前的歷史上，也足以熠熠生輝。因為它不僅折射著魯迅等人留存的古典文人的風骨，也映照著瞿秋白與他們的深厚友誼。

　　《海上述林》初版印數不算太多，扣除捐資人的獲書和贈送用書，需要售賣的數量不算太多。但為了更好地向世人推薦這部好書，盡量擴大書和書中人的影響和紀念效果，魯迅做出了比所編的其他任何書籍都要多的努力去推廣《海上述林》。魯迅親擬廣告詞不說，連登廣告的刊物據揚志華考證也至少有四家，數量和密度上都是前所未有的。這四家刊物按廣告刊出時間先後順序排列如下：

103　許廣平：《魯迅回憶錄》（北京市：作家出版社，1961年），頁132。

一、《譯文》最早，刊一九三六年十月十六新二卷二號；

二、其次《中流》，刊十月二十日一卷四期，第五、六期續登；

三、再次《作家》，刊十一月十五日二卷二期；

四、還有《文學》，刊十二月一日七卷六號。[104]

　　從發起編書以志紀念的動議，到親自落實此書的編纂實務；從校對印刷的奔波董理，到用紙裝幀的躬身審訂；從資金籌措的人事牽合，到書籍贈售的流布推廣……魯迅之於《海上述林》，顯然不僅僅是單純人與書的關聯，其間涉及了多少人、多少事，乃至於這部書的出版已經成為一個關乎信念與情結的事業。正如許廣平所回憶的：

　　　　（魯迅——引者注）很寬懷的說：「這一本書，中國沒有這樣的講究的出過，雖則是紀念『何苦』——瞿氏別名——其實也是紀念我。」我覺得這句話總似乎不大悅耳，雖然我並不迷信什麼徵兆之類，但我終於表示了一句：「為什麼？」大約我說話的神氣不大寧靜之故罷，他立刻解釋地說：「一面給逝者紀念，同時也紀念我的許多精神用在這裡。」[105]

　　事實上就是這樣。明乎此，才能理解魯迅所說的「其實也是紀念我」是什麼意思。誠然，一部書的編纂工作進展到如此精緻系統的程度，這早已不是簡單的具體的對哪個人的紀念了，而是魯迅所說的——「同時也紀念我的許多精神用在這裡」。魯迅對於《海上述林》的編纂情懷和思想，大概只有里爾克的《沉重的時刻》、海子的

---

104 楊志華：〈紹介《海上述林》廣告考〉，載上海魯迅紀念館編：《紀念與研究》第4輯（上海市：上海魯迅紀念館，1982年），頁171。

105 許廣平：〈關於魯迅先生的病中日記和宋慶齡先生的來信〉，《宇宙風》第50期，1937年11月1日。

《春天，十個海子》庶幾近之。當然，魯迅自己不也恰恰說過「無窮的遠方，無數的人們，都和我有關」[106]嗎！

2　民國魯迅眼中的瞿秋白

《海上述林》的編纂出版，當然不僅僅是出版一套書那麼簡單，因為編纂者是魯迅，而著譯者是一位中國共產黨的早期革命領袖——瞿秋白。更令人肅然起敬的是，彼時瞿秋白可是被國民黨軍隊捕獲並處以槍決極刑的「匪首」。

置身於彼時的情境，考察魯迅與一群人倡議並出版《海上述林》這件事，那麼，此事就不僅涉及魯迅對革命、對中國共產黨以及對那段歷史的態度，而且體現出了魯迅對瞿秋白的基本判斷與評價。

換而言之，編纂與否與何時著手編纂這兩個問題，能看出魯迅對革命、對中國共產黨的態度；但是，相較於這兩個大是大非的行為判斷，編纂瞿秋白的什麼內容，反而更能看出魯迅對瞿秋白的情感與判斷，更能體現魯迅對瞿秋白這位「同懷」與「知己」的基本理解。

瞿秋白的才華是多方面的，文稿種類也錯雜紛繁，有編有述，有作有譯，有詩文有政論……面對可謂令人浩嘆的瞿秋白文稿，魯迅編的《海上述林》會收入哪些、編入哪類，都必然是耐人尋味的事情。上述一切，也都不約而同地指向一個基本問題——民國時期魯迅眼中的瞿秋白。

眾所周知，魯迅對瞿秋白的評價多散見於序跋、書信日記等，例如：認為瞿秋白由俄文翻譯馬克思主義文藝理論著作「確是最適宜的」，已取得「信而且達，並世無兩」、「足以益人，足以傳世」[107]的俄

---

106 魯迅：〈「這也是生活」……〉，載《魯迅全集》第6卷（北京市：人民文學出版社，2005年），頁624。

107 魯迅：〈紹介《海上述林》上卷〉，載《魯迅全集》第7卷（北京市：人民文學出版社，2005年），頁489。

文學翻譯成就，文風「明白暢曉」，在「中國尚無第二人」等。事實
上，除了高度稱羨瞿秋白的俄文文學翻譯外，魯迅更看重秋白同志
的論文，尤其是以馬克思主義文論為經緯的批評論述，認為「真是
皇皇大論！在國內文藝界，能夠寫這樣論文的，現在還沒有第二個
人！」[108]。這一方面，最有代表性和說服力的就是瞿秋白寫的〈《魯
迅雜感選集》序言〉。據說連魯迅看了都心折，認為「分析的是對的。
以前就沒有人這樣批評過」[109]。

　　這些珍貴的三言兩語式的記錄，大部分也是出於魯迅身邊戰友或
親友的回憶，最多也就算是單方面的證據。不過，即便如此，魯迅對
瞿秋白的俄文中譯的譯才，尤其是俄文理論著述的中譯的才華是相當
肯定的。這裡面，當然也包含了對瞿秋白中文修養和現代理論才華的
欣賞。事實上，《海上述林》分為《辨林》和《藻林》，不就恰恰體現
出魯迅對瞿秋白上述兩方面才華的高度肯定和惋惜嗎？！

　　魯迅對瞿秋白才華的判斷和把握，是高度凝練而且相當自信的。
為此，魯迅甚至委婉地拒絕了楊之華在《海上述林》編纂內容上的主
張，所收錄的文稿絕大部分是譯文。一九三五年九月十一日，魯迅致
信鄭振鐸：「關於集印遺文事，前曾與沈先生商定，先印譯文。現集
稿大旨就緒，約已有六十至六十五萬字，擬分二冊，上冊論文，除一
二短篇外，均未發表過；下冊則為詩，劇，小說之類，大多數已曾發
表。草目附呈。」魯迅在這一封信中，特別談到了楊之華對此事的不
同意見。魯迅說：「密斯楊之意，又與我們有些不同。她以為寫作要
緊，翻譯倒在其次。但他的寫作，編集較難，而且單是翻譯，字數已
有這許多，再加一本，既拖時日，又加經費，實不易辦。我想仍不如

108　馮雪峰：〈關於魯迅和瞿秋白同志的友誼〉，載《憶秋白》編輯小組編：《憶秋白》
　　　（北京市：人民文學出版社，1981年），頁262-263。

109　馮雪峰：〈關於魯迅和瞿秋白同志的友誼〉，載《憶秋白》編輯小組編：《憶秋白》
　　　（北京市：人民文學出版社，1981年），頁263。

先將翻譯出版，一面漸漸收集作品，俟譯集售去若干，經濟可以周
轉，再圖其它可耳。」[110]

　　楊之華的「以為寫作要緊」，或許是指瞿秋白自己創作的東西。
楊之華的想法，當然也是從事寫作者的常態觀點——對於寫作者而
言，獨創的文字相較於翻譯他人的作品無疑更有價值。但魯迅認為瞿
秋白的寫作「編集較難」，一方面，大概是顧及瞿秋白自己創作的作
品並不多，而且因為當時革命理論工作的需要，許多文字都有編譯和
撰述的意味，獨創成分不好離析；另一方面，瞿秋白文字中政治理論
文字居多，文藝創作的少，這或許也是一個考量。平心而論，瞿秋白
的現代文學創作並不太出色，反而是他的古典詩文創作（尤其是集句
類的詩詞）受到的讚許較多。此外，經濟因素也是魯迅的重要考量。

　　有鑑於此，毋庸諱言，以魯迅的文學標準來看，瞿秋白翻譯的文
學論文，相較於瞿秋白自己的詩文創作而言，是更打動魯迅的文字。
正如魯迅曾說：「《現實》中的論文，有些已較舊，有些是公謨學院中
的人員所作，因此不免有學者架子，原是屬於『難懂』這一類的。但
譯這類文章，能如史鐵兒之清楚者，中國尚無第二人，單是為此，就
覺得他死得可惜。」[111]

　　編纂的事實也證明了這一點。魯迅本人就更看重收錄了瞿秋白翻
譯的文學論文的《海上述林》上部《辨林》。一九三六年十月十七
日，魯迅致信曹靖華說：「這樣，或者就以上卷算是《述林》全部，
而事實，也惟上卷較為重要，下卷就較『雜』了。」[112]當然，我們也
可以說，魯迅對瞿秋白譯文的青睞有加，除了瞿秋白自身在俄文中譯
方面的語言才華（尤其是理論文字的翻譯）的確大放異彩外，想必也

110　魯迅：《致鄭振鐸》，載《魯迅全集》第13卷（北京市：人民文學出版社，2005年），
　　　頁541-542。

111　魯迅：《魯迅全集》第14卷（北京市：人民文學出版社，2005年），頁168。

112　魯迅：《魯迅全集》第14卷（北京市：人民文學出版社，2005年），頁171。

和魯迅自己在這一方面曾經受到創造社諸君的排擠和梁實秋等人的嘲諷造成的相關創傷記憶有關。

　　一九三五年十一月四日，魯迅致信鄭振鐸說：「擬印之稿件已編好，第一部純為關於文學之論文。」[113]一九三六年一月五日，魯迅致信曹靖華說：「我們正在為它兄印一譯述文字的集子。」[114]一九三六年五月十五日，魯迅致信曹靖華說：「皆譯論。」[115]一九三六年七月十七日，魯迅明確致信楊之華說「先印翻譯」[116]。諸如此類的對瞿秋白翻譯文字的別具隻眼和寶愛，一而再、再而三地傳達出了魯迅眼中的瞿秋白印象——天才的翻譯家。當然，魯迅一再強調「先印翻譯」，固然是沒有明確說瞿秋白其他的文字就不好或打算不印了；但在魯迅的有生之年，這一次的「先印」，對他本人來說，事實上就是「只印」。

　　對於魯迅而言，民國文學現場的瞿秋白，已經活在他精心編纂的《海上述林》裡面，這也就是魯迅表達的「所謂『懸劍空壟』的意思」[117]。《海上述林》無論是「海上述林」還是「林述上海」，知己與同懷，作品與作者都在互相流傳、互相敘述。因此，無論是盲視還是洞見，這都是魯迅對瞿秋白的另一種委婉而自信的定位與判斷，更是魯迅對於民國文學現場的一幀久遠而永恆的紀念。

3　左翼文學思想史的「界碑」

　　魯迅編纂《海上述林》，本意無疑是紀念瞿秋白。當然，魯迅也明白瞿秋白與「公謨學院」（共產主義學院）的關聯。對於這一點，魯迅沒有避嫌，也毫無遮掩，更沒有如他人有後見之明的踵事增華之想。

113　魯迅：《魯迅全集》第13卷（北京市：人民文學出版社，2005年），頁575。
114　魯迅：《魯迅全集》第14卷（北京市：人民文學出版社，2005年），頁1。
115　魯迅：《魯迅全集》第14卷（北京市：人民文學出版社，2005年），頁98。
116　魯迅：《魯迅全集》第14卷（北京市：人民文學出版社，2005年），頁117。
117　魯迅：〈《海上述林》下卷序言〉，載《魯迅全集》第6卷（北京市：人民文學出版社，2005年），頁605。

　　然而，《海上述林》編成出版後，在魯迅親擬的首批贈書人名單中有「內地絨三」一說。周國偉說「這是一個代號，可能是指解放區的中央首長」，「在名單上，『內地』列在首位，表明魯迅首先想到黨，表示了對黨的尊敬」。[118]據馮雪峰回憶：「《海上述林》上卷剛裝好，魯迅拿了兩本給我，說皮脊的是送 M（毛主席）的，另外一本藍絨面的送周總理。」[119]無疑，魯迅的確對延安方面有贈書之舉，但送給誰，魯迅的指向和馮雪峰等執行者之間，或許存在模糊與具體的差異。

　　無論如何，可以明確的是，魯迅送《海上述林》給「內地」，體現了他的一個基本判斷──瞿秋白與中國共產革命在思想、歷史和現實之間存在密切的關聯。

　　送往「內地」的《海上述林》給了誰其實並不重要。重要的是哪些人讀了並真正產生了影響。正是在這一點上，歷史耐人尋味地再次發生了關聯，從而讓這部魯迅原本僅僅預設於紀念民國文學現場的瞿秋白的書，再次發生了驚人的歷史綿延。

　　這件事，如今已是眾所周知。那就是遠在延安的毛澤東收到了魯迅送來的珍貴的《海上述林》。這部書具有從形式到內容到思想的厚重，加上譯者身份的特殊性，編者身份的社會影響力，可謂種種光芒集於一書。彼時身在延安的毛澤東收到、讀到這部被譽為「在中國出版界中，當時曾被認為是從來未有的最漂亮的版本」[120]的書時，其內心的震撼和沉思可想而知。

　　對於一生酷愛讀書的毛澤東來說，《海上述林》最直接的迴響和輻射，就是毛澤東的〈在延安文藝座談會上的講話〉。據回憶，在公開發表被視為延安新文學傳統開端的〈在延安文藝座談會上的講話〉

---

118 周國偉：〈魯迅與《海上述林》〉，載上海魯迅紀念館編：《紀念與研究》第4輯（上海市：上海魯迅紀念館1982年），頁151。

119 瞿秋白等：《紅色光環下的魯迅》（石家莊市：河北教育出版社，2000年），頁264。

120 唐弢：《革命的感情》，載《晦庵書話》（生活‧讀書‧新知三聯書店，2007年），頁85。

講稿之前，毛澤東就曾閱讀瞿秋白文藝論著集大成之作——《海上述林》[121]。也許，毛澤東所讀的《海上述林》，恰恰就是魯迅送往「內地」的若干部之一。

從《海上述林》到〈在延安文藝座談會上的講話〉，從上海到延安，從瞿秋白到毛澤東，歷史與傳統在這裡賡續綿延，《海上述林》作為紅色經典和「紅色收藏」的經典，儼然成為左翼文藝思想史上的一塊界碑。

耐人尋味的是，繼一九四九年的三聯版之後，《海上述林》在此後還分別有四川人民出版社一九八三年版、外文出版社二〇一三年版、中央編譯出版社二〇一四年版等版本。值得一提的是，外文出版社二〇一三年版和中央編譯出版社二〇一四年版，都力圖追求魯迅當年的版本旨趣。尤其是中央編譯出版社二〇一四年版，不僅以皮脊本的形式「復原」《海上述林》的歷史韻味，更以當下禮品書的品位、格調，加之以中央編譯出版社背後的紅色經典意味，接續放射了這部書的歷史光芒。

這一切，足以證明瞿秋白文藝思想作為中國左翼文藝資源的原初意味，也一再見證了魯迅編纂《海上述林》的努力、心血與紀念意味的經典化、提純化與凝固化。在這個意義上說，「述」，既非余華所言的「一種」，也並非李洱的「花腔」，它本身就是故事，就是行動，更是一種歷史現場。

第三節　趙樹理的革命敘事與鄉土經驗
——以《小二黑結婚》的再解讀為中心

在趙樹理研究史上，《小二黑結婚》與趙樹理研究可謂如影隨形。關於《小二黑結婚》，有兩塊歷史界碑異常重要：一是彭德懷於

---

121 李又然：〈毛主席——回憶錄之一〉，《新文學史料》1982年第2期。

一九四三年的題詞，事關軍政大事；一是周揚於一九四六年的長篇評論，係乎文藝春秋。[122]此後，《小二黑結婚》成為「文藝與政治兩方面的，具有現代歷史意義的大事」[123]，趙樹理更被認為是二十世紀中國文學史上的重要作家。

　　《小二黑結婚》為什麼會有這些意義？其身後的歷史語境和話語邏輯充當著哪些角色？以此發端的趙樹理寫作，對於五四文學、左翼文學與延安文學之間的藝術模式轉折有什麼意義？它為當代文學創闢出了哪些寫作契機和文學空間？……把這一切置於思想史背景下討論，將會有新的發現。

一

　　《小二黑結婚》不是趙樹理最早的作品，亦非最後的作品，甚至不算最成熟的作品，卻是他最重要和最有代表性的作品[124]。歷史洪流浩浩蕩蕩，趙樹理何以在二十世紀中國文學史上深刻地烙上一筆呢？這顯然並不是非如此不可的事情。

　　事實也是這樣。趙樹理成為獨特的「那一個」，在相當意義上是因為《小二黑結婚》。這篇小說不但奠定了趙樹理的文學史地位，也以革命敘事與鄉土經驗的耦合書寫，為當代文學史掀開了濃墨重彩的新篇章。

　　眾所周知，〈在延安文藝座談會上的講話〉（以下也稱〈講話〉）是當代官方文藝思想資源的起點。任何思想資源在文學史上的地位，

---

122 詳喻曉薇：《永不凋謝的山花──〈小二黑結婚〉創作、影響史話》，載樊星主編：《永遠的紅色經典》（武漢市：長江文藝出版社，2008年），頁1-41。

123 黃修己編：《趙樹理研究資料》（北京市：知識產權出版社，2010年），頁467。

124 《小二黑結婚》不僅在國內備受關注，而且被譯為多國文字，多次在海外出版。詳黃修己編：《趙樹理研究資料》（北京市：知識產權出版社，2010年），頁655-662。

不僅要求思想資源要有歷史、政治意義上的合理性，還需要文學史的
合理性支撐和闡釋。在政治權威上，〈講話〉的歷史開端意義因為有
政權依托，不存在任何質疑。但〈講話〉能在文學史上統領江山，更
重要的是有作家因此寫出了有說服力的作品。因為就在〈講話〉隆重
出爐、並期待文藝作品加以證實的節骨眼上，《小二黑結婚》在彭德
懷等軍政領導高調、強硬的推介下出版了，並且在解放區一紙風行。
在政治追認邏輯和因緣際會中，頃刻間趙樹理便成為〈講話〉難得的
歷史呼應者。

　　趙樹理寫《小二黑結婚》，有意之中，成了革命敘事的探索者、
領頭羊；又在無意之中，成了革命敘事的匆匆過客。此過渡意味和歷
史鑲嵌式的角色，也讓趙樹理曾成為新文藝的一時方向。隨著歷史的
曲折反覆，有朝一日它難免還會被重新「方向」和「偉大」起來。可
是，如此翻烙餅式折騰趙樹理及作品，不但表明這段歷史的荒誕，也
證明了趙樹理創作的搖擺及其作品的不成熟。

　　趙樹理是革命歷史敘述的自覺開創者。這一點，在有關《小二黑
結婚》的創作緣起裡說得很清楚[125]。趙樹理對該使命的擔當是相當理
性的。作為一名作家，對新時代的自覺和敏感，他足以和郭沫若相媲
美。不同的是，趙樹理的自覺和敏感，純粹來自他在農村摸爬滾打練
就的農民式的樸素體認，或曰底層生存智慧。

　　與他人的革命歷史宏大敘事不同，趙樹理的書寫入口不是簡單的
歌頌，而是反映問題、提出問題和解決問題。由於他認定解決小說中
相關問題的力量源於現實，因此，對現實力量源泉的歌頌、對呈現該
力量的反作用力的批判，一切在無形中都成為潛藏在趙樹理式的「問
題小說」背後的言說機制。既然現實的威權在小說內外已力透紙背，

---

125 參見戴光中：《趙樹理傳》，北京市：北京十月文藝出版社，1987年；董大中：《趙
　　樹理評傳》，天津市：百花文藝出版社，1986年；黃修己：《趙樹理評傳》，杭州市：
　　江蘇人民出版社，1981年。

作家自然就沒必要為此另外再花費筆墨。這便是趙樹理所理解的寫作
與現實的邏輯關係。所以趙樹理寫《小二黑結婚》的開創意義，首先
便在於他對五四「問題小說」在解決問題的文學機制上的大膽革命。

　　五四時期的「問題小說」大多停留在問題呈現階段。那個時代沒
有任何外力足以解決這些問題，時人也沒有明確找到解決這些問題的
思想或理論資源。當時青年們思想紛亂，個性解放和思想自由的時代
狂潮又一下子將所有的時代苦悶和社會弊病悉數暴露無遺，不但「問
題小說」的大量出現和問題的無法解決是必然的，而且小說整體情緒
上也吻合那個時代鬱悶的精神氛圍。

　　趙樹理曾坦陳自己受到過五四新文學影響，並承認自己是由此而
開始嘗試寫新小說。可是，鄉村世界對五四新文學的反應，使他感到
「新文藝雖然是進步的，但它還停留在少數知識分子中間；廣大群眾，
特別是農民，和新文藝是絕緣的」[126]。由此說來，如果說五四「問題
小說」讓很多人發現了當時中國社會存在諸多問題，那麼，趙樹理則
認為新文學自身與現實的隔膜正是問題小說本身存在的問題。甚至可
以說，與中國社會現實的隔膜是五四「問題小說」藝術局限的總根源，
以致大量的五四「問題小說」最終只留在青春期的病態獨語中[127]。

　　趙樹理受到五四新文學影響，也目睹了五四新文學在鄉土中國經
驗世界裡遭遇的解釋困境。中國人幾千年來的鄉土政治經驗，總是強
調人的幸福首先緣於外在社會環境。所謂穩定壓倒一切，正基於這種
根深蒂固的前理解。至於內中偏頗、是否為專制極權所僭越等，人們
則往往習焉不察。其中自然也包括趙樹理，乃至於當趙樹理感覺到五
四新文學與現實的隔膜後，他沒有、也不會像同輩人一樣到海外異域
尋求思想資源。此中邏輯關鍵，除了其現實境遇和個人經濟社會條件

---

126 黃修己編：《趙樹理研究資料》（北京市：知識產權出版社，2010年），頁15。

127 袁國興：〈中國現代文學初期女性作家「自敘傳」小說的「少女情懷」和「病情敘
　　事」〉，《首都師範大學學報》（社會科學版）2006年第3期。

之外，似乎當歸因於趙樹理的思想視野本身。因為在他看來，中國問題的思考只有依托自足的中國鄉土經驗。故而這種近乎勇的自信，使得他大膽拋棄五四「問題小說」的病態氣質，也讓其在不自覺中迅速自我屏蔽了五四新文學的思想質疑品格，決絕地返回中國鄉土生活世界中，去開闢解決問題的本土途徑。在這一點上，趙樹理的嘗試無形中吻合了二十世紀中國的變革軌跡。就此而言，如果說五四「問題小說」體現的是思想情感苦悶，那麼《小二黑結婚》聯結的卻是包蘊於個人的現實工作困境和社會政治苦悶[128]。

二

　　出於對本土化呼喚的敏銳，當太行山的新文藝同行還沒有充分認識到〈講話〉意義時，趙樹理其實已先走一步。〈講話〉的精神實質，恰恰在於要求文藝工作者入「鄉」隨「俗」，入「革」隨「革」，要把寫作融入革命工作之中，要把個人的苦悶轉化為社會和政治的苦悶。寫作本身只是千千萬萬革命工作的一種，不再是個人的事情，不能有特殊性，更不能有私人性。寫作中的問題也不再是藝術世界的問題，而是革命現實世界中的問題。為此，《小二黑結婚》正是以其對「問題小說」的歷史發展，充分體現出了它的時代意義。自此，五四「青春期病態」的問題小說、左翼「圖解革命」式的問題小說，紛紛一變而為延安之後的「小說問題」。這就是趙樹理從中開創的革命敘

---

128 趙樹理說：「我寫的小說，都是我下鄉工作時在工作中所碰到的問題。感到那個問題不解決會妨礙我們工作的進展，應該把它提出來。」參見趙樹理：〈當前創作中的幾個問題〉，《火花》1959年第6期。而《小二黑結婚》出版伊始，有些太行山新文藝的同行對此無動於衷，有人甚至認為趙樹理是「海派」。然時隔不久，趙樹理卻被確立為延安新文藝的方向作家。趨於雅俗兩端的評價，說明他當年曾不入時流。參見楊獻珍：〈從太行文化人座談會到趙樹理的《小二黑結婚》出版〉，《新文學史料》1982年第3期。

事模式──從「問題式的小說」到「小說式地解決問題」，也是他對
自五四文學、左翼文學到延安文學以來的藝術入思模式的重大變革。

　　小說中的問題從哪裡來？趙樹理的回答是：從調查實踐中來[129]。
在這種思路邏輯下，小說中的問題搖身一變而為革命現實問題，二者
幾乎是等同的。既然是革命現實問題，那麼仰仗革命政治的偉力解決
問題就是必然的[130]。一系列的循環論證，最終將小說的藝術創作轉變
成如何通過故事敘述完成革命合理性、合法性的藝術論證問題。五四
新文學的個人思想啟蒙傳統，迅速被趙樹理置換成著眼於社會變革的
政治啟蒙。個人自由、全面、合理的生活信仰，隨即被革命對社會、
對人的改造所替換。至此，五四新文學的精神已經蕩然無存，作家被
抽空成新政治意識形態符號，五四新文學、左翼文學一變而為延安新
文學。被認為俗不可耐的鄉土經驗，因趙樹理對五四「問題小說」的
反觀借照，汲取「第三次的文學革命」[131]、「新的文化革命」[132]等激
進革命視域中超越「五四」文學思想視域的合理性，迅速生成「現實
版」的「無產階級的『五四』」[133]──延安新文學的敘事經驗和寫作
資源，為當代文學創闢出了驚人的寫作契機、介入生活的力度與文學
延展的現實空間。

---

129 彭德懷為《小二黑結婚》的出版題詞，不僅是對趙樹理的革命歷史敘述理念和寫作
　　信念的精當概括，更是他對毛澤東〈在延安文藝座談會上的講話〉的精神共振。
　　事後趙樹理被追認為〈講話〉文藝方向的實踐者，邏輯奧秘即在於此。
130 駒田信二認為：「在趙樹理的作品裡，解決問題的人幾乎都是人民政府的代表。」
　　轉引自林千野：《趙樹理作品在日本》，載中國現代文學研究會、中國現代文學館
　　合編：《中國現代文學研究叢刊》1985年第1期（北京市：作家出版社，1985年），
　　頁289。
131 瞿秋白：《瞿秋白文集》（文學編）第3卷（北京市：人民文學出版社，1989年），頁
　　147。
132 瞿秋白：《瞿秋白文集》（文學編）第3卷（北京市：人民文學出版社，1989年），頁
　　22。
133 瞿秋白：《瞿秋白文集》（文學編）第3卷（北京市：人民文學出版社，1989年），頁
　　13。

　　倘若說當初梁啟超的小說新民說是書生的某種意氣粗豪，那麼，《小二黑結婚》所蘊含的小說問題論，無疑就是一次革命者的激情奔放。既然如此，趙樹理看到〈講話〉後心有靈犀，進而湧動喜悅和知遇之感就是必然的。

　　也許是昧於人與世界關係的傳統鄉土中國式理解，趙樹理很難想到：一旦新的政治或社會制度產生了一連串的舊問題，那麼所有基於此建立的宏大敘述的樸素信仰必然成為虛空的樂觀。洲之內徹說：

> 但是，讀了趙樹理的幸福的故事，我不知道為什麼有一種虛無之感。然而，這僅僅是我一個人的感受嗎？受到祝福的年輕戀人們，形影不離、無憂無慮地生活著。他們之所以受到祝福，是因為歷史的必然性，是因為他們是屬於進步勢力方面的人。他們之所以受到祝福，是因為他們的社會立場正確。除此而外，別無他因。趙樹理創造的人物，只不過具有社會意義、歷史價值的影子而已，實際上他們連反對社會權威的戰鬥都沒參加過。新的政府和法令，如同救世主一般應聲而到。道路是自動打開的。[134]

　　重塑救世主，重新樹立救世主的力量，這正是《小二黑結婚》對革命歷史敘述的前所未有的開創。由此，趙樹理用極為本土的革命敘事邏輯，打通了生活與藝術的神話。趙樹理的小說革命之路，思路清晰，軌轍分明──在革命生活的實踐經歷中發現了現實問題，進而結合革命政策和文件精神，把生活悲劇改寫成因革命偉力而轉變的藝術喜劇。悲喜實虛的交叉錯位，不僅符合革命思想宣傳與動員需求的精髓，也能在藝術幻覺層面上滿足廣大底層民眾超越苦難現實的美好寄

---

134 黃修己編：《趙樹理研究資料》（北京市：知識產權出版社，2010年），頁406。

託。這顯然達到了中國現代革命和鄉土中國民眾嚮往的勝境,「和正在跨入勝利和建設時代的中國人民的情緒,達到了令人拍案叫絕的和諧」[135]。

上述一切,更是因為這篇小說的創作前提——生活的「調查研究」而魅力倍增。彭德懷當年為《小二黑結婚》出版題詞:「像這樣從群眾調查研究中寫出來的通俗故事還不多見。」有研究者認為,這句題詞要害在於「通俗故事」[136]。果真如此嗎?作為置身革命根據地的一方軍政大員彭德懷,文體形式不太可能是他彼時的關注焦點。結合彭德懷的政治悲劇與性格底色,加之歷史語境的理解,他對《小二黑結婚》的關切,當最為著眼於其生產方式上的「調查研究」。正因為它宣稱來自調查研究,這篇小說才獲得遠遠超越一般小說的事實公信力和生活等價意義,導致當年那麼多的農村底層民眾,乃至眾多善良的讀者大眾都對其真實性深信不疑。因為「信」而帶來希望和動力,這便是藝術、革命和宗教的交集。諸多革命浪漫主義的「現存」化,也無非是打著藝術旗號的、對生活真實幻覺的製造。這一光榮的革命敘事傳統,在《白毛女》歌劇中再次發揚光大[137]。通過藝術神話真真假假的曲徑通幽,革命散發出了迷人光量,展示出其堅不可摧的偉力,甚至是類乎宗教般的神奇力量。革命此刻幾乎是一種擬宗教。不同之處是,藝術和宗教最終要求必須回望人的自身,其可貴之處是對人自身的審視、悲憫、懺悔和精神清潔。革命則完全相反,它強調主義的仰望與抹滅自我的思想閹割。

以此觀之,趙樹理在中國新時代作家中的確有著特別的意味。在

---

135 黃修己編:《趙樹理研究資料》(北京市:知識產權出版社,2010年),頁396。

136 謝泳:〈百年中國文學中的「趙樹理悲劇」——從《小二黑結婚》的一個細節說起〉,《開放時代》2008年第6期。

137 這種事情不是絕無僅有,《白毛女》的創作和傳播也是如此,乃至多年後還有白毛女原型人物去世的假新聞。參見陳新平:〈她是喜兒原型嗎〉,《新聞戰線》2003年第4期。

以「調查研究」方式解決革命現實問題的途中，憑著對農村生活的當下體驗和有限感受，趙樹理自發參與了新歷史的宏大敘述，一次又一次「趕任務」[138]。對趙樹理來說，「為什麼人」和「怎麼寫」都已是自明的寫作前提[139]。可一旦有追趕，落伍就在所難免了。其間最重要的爭論，就是趙樹理寫作的「形式與內容」不一致的問題。對此，謝泳認為：「『趙樹理創作方向』中存在形式重於內容的現象……當趙樹理文學創作的內容與當時意識形態發生衝突的時候，『趙樹理方向』本身的意義也會消失，形式上再通俗，再大眾化也沒有意義。」[140]事情並非如此簡單，把趙樹理的追求裂解為形式與內容本身的張力也未必恰切。原因是趙樹理小說創作雖然出現內容與形式的衝突，但二者的矛盾並非來自內容的不合時宜，而在於內容進入寫作機制的方式方法。因為在相當長的一段時間內，鑒於寫作題材的單一和規定性，作品被認可的前提其實已經與內容無關。作品生產的危險環節，只是題材進入寫作機制和程序的「合法性」問題。可是趙樹理不按輿情出牌[141]，依舊走「調查研究」的路子寫作，自然不被待見。這才是趙樹理難得的認真和可愛處。因為趙樹理恰恰是特別強調實地調查和體驗的作家，這是他對生活體驗長期以來的重視和堅守，甚至成為思想情結。可悲可嘆的是，一旦發現實地調查不過是觀盆景、看瓶花，連趙樹理自己也感到虛無[142]。當然，囿於眼見為實的鄉土經驗積累信念，也令趙樹理有不少信以為真的盲目樂觀和一本正經。讓人兩難的是，無論

---

138 黃修己編：《趙樹理研究資料》（北京市：知識產權出版社，2010年），頁507-508。

139 黃修己編：《趙樹理研究資料》（北京市：知識產權出版社，2010年），頁403。

140 謝泳：〈百年中國文學中的「趙樹理悲劇」——從《小二黑結婚》的一個細節說起〉，《開放時代》2008年第6期。

141 按輿情寫作對新文學作家影響深遠。路遙創作《平凡的世界》就依託《人民日報》和《參考消息》。參見路遙：《早晨從中午開始》（西安市：西北大學出版社，1992年），頁54。

142 黃修己編：《趙樹理研究資料》（北京市：知識產權出版社，2010年），頁523。

趙樹理如何堅信實地調查研究是創作的前提，一旦遭遇解釋語境的變化，他仍舊難免落伍之譏。

　　儘管趙樹理的寫作在表現形態上存在著「被預先策劃」的無力感，但將其完全歸為「一種政治意識形態意味著一個抽象原則，或一套抽象原則」[143]卻不盡周全。趙樹理雖是基於發現和解決現實社會政治問題而寫作，但他畢竟真誠希望自己能拯民於困厄，其解決問題的基礎是現實生活。為此，他甚至進行了大量艱苦卓絕的社會調查和實踐體驗。而一旦被批判為革命敘事的落伍者，趙樹理自己也始料不及。他不會也不敢想到，其實當中的不少問題恰恰是新制度自身所導致的。可新制度對他來說，那是一種「信仰」。基於信仰的忠誠與迷思，趙樹理的落伍很大程度上便源於他對自己開創的革命歷史敘事邏輯和藝術模式的執著理解。《小二黑結婚》接受史上的波折及日後遭受的起伏，乃至《李有才板話》、《鍛煉鍛煉》等被批判，都證實了他對革命歷史敘事深度探索的局限，更表明他對《小二黑結婚》的複雜性缺乏充分思考。

　　革命是發動機，而不是永動機。革命歷史敘述的不定性與確定性，天然存在悖論。錢鍾書說：「革命在事實上的成功便是革命在理論上的失敗。」[144]小說的革命敘事也是如此：討好革命，就要犧牲小說敘事的「深」；追求小說藝術，便要還原革命洪流的「雜」。此兩難情境，同樣適用於趙樹理。

---

143 歐克肖特著，張汝倫譯：《政治中的理性主義》（上海市：上海譯文出版社，2004年），頁41。

144 錢鍾書：〈評周作人的新文學源流〉，《新月》第4卷第4期，1932年11月1日，署名「中書君」。

三

　　不管趙樹理的五四經驗與革命敘事存在著多少糾結，有意味的是，這一問題糾結的焦點，《小二黑結婚》，卻機巧地在這兩個悖論點——革命敘事與鄉土經驗的耦合書寫——上取得了和諧。

　　《小二黑結婚》有什麼好？當然不僅僅是因為忠實實踐了毛澤東的文藝運動方針而獲得成功[145]。因為即便拋開故事題材的時代背景和情節結局的政治先在預設，也應該承認《小二黑結婚》是一篇至今膾炙人口、很有中國民族鄉土風味的現代小說，「農民們歡迎它的那種激動情緒，就像一個女人在電視中看到了自己的丈夫一樣……他們被帶進對他們來說全都很熟悉的情節中」[146]、它「用質樸的描述，成為一篇令人滿意的坦率的小說」[147]。

　　其實，上述理由都不重要。《小二黑結婚》的「有什麼好」[148]，根本上在於其虛無曖昧的現代追求與迷離的傳統趣味關懷之間生成的藝術張力。這不僅使它成為經典小說並保存了諸多藝術生命力，更留下並非僅僅事關小說的思考空間。

　　回溯《小二黑結婚》接受史，它的暴得大名似乎是傳播學和信息學角度的政治文化霸權式的結果。從傳播學的角度看，信息流通的前提是被允許；從接受美學的角度看，信息被接收並繼續傳播的前提是接收者有再傳播的衝動或渴望。基於這兩點，《小二黑結婚》可謂獲得了三方面優勢的集合：「天時」，即抗戰敵後根據地的婚姻法宣傳；「地利」，即故事的真人真事版的背景、語言形式與故事講述方式的地域化；「人和」，即彭德懷等高級軍政要員的支持、趙樹理的鄉村

---

145 黃修己編：《趙樹理研究資料》（北京市：知識產權出版社，2010年），頁392。

146 黃修己編：《趙樹理研究資料》（北京市：知識產權出版社，2010年），頁467。

147 黃修己編：《趙樹理研究資料》（北京市：知識產權出版社，2010年），頁469。

148 關於小說應該「有什麼好」，參見楊絳：〈有什麼好？——讀小說漫論之三〉，《文學評論》1982年第3期。

代言人社會身份的被認同。擁有天時地利人和的條件，在封閉的軍事
地域環境下，由於作為媒介的人是完全可控的，那麼傳播與接受對於
《小二黑結婚》也是完全可控的。這樣一來，似乎確能解釋其歷史性
的成功。

可是，縱觀一九四九年至今的中國歷史，除個別階段有市場消費
因素大力介入外，當下中國的可控程度可謂前所未有，但六十多年來
並沒有再次出現相類似的作品。所以，單純把《小二黑結婚》的經典
魅力歸於時代、歷史乃至政治推手，並沒有足夠的說服力。因為按此
雙面膠邏輯，人們不但可解釋它為什麼好，也能解釋它為何不好。

既然如此，不妨先做寬泛些的追問：趙樹理小說有什麼好？關於
這一點，日本的兩位研究者倒是曾以旁觀者姿態說出了些許端倪。洲
之內徹說：

> 或許是趙樹理證明了中國還缺少現代的個人主義等等。對於這
> 類有礙於革命的東西不能不有所打擊。而所謂新文學的文學概
> 念之所以曖昧，其原因就在於此。即：一方面想從封建制度下
> 追求人的解放，同時另一方面又企圖否定個人主義。如此而已，
> 豈有他哉！
> ⋯⋯⋯⋯⋯⋯
> 他是不覺得受約束的。他沒有機會感受到人和社會的對立，這
> 對他來說是缺少的。但是，這是現代人面臨的巨大苦惱之一。
> 這種情況說明他的文學是正數還是負數呢？這恐怕因論者的立
> 場不同而不同吧！而且，他的樂觀主義中潛在著他不曾意識到
> 的虛無主義。這對他來說，包含著一個是否有自知之明的覺悟
> 問題。[149]

---

149 黃修己編：《趙樹理研究資料》（北京市：知識產權出版社，2010年），頁405-406。

　　另一位是竹內好。他對趙樹理小說為何能同樣能吸引日本青年的疑問解釋，亦殊堪玩味：

> 要找出其共同之點（中國政治與文學的共同點——引者注），也未必容易，勉強地說，這一共同點是：整體中個人的自由問題。……如果不用某種方法來調和與整體的關係的話，就很難完成自我。這一問題確實是存在的。
>
> 由此，一方面產生了虛無主義和存在主義的傾向。……虛無主義和存在主義是西歐個性解放過程中的產物，所以，在以表面的現代化還未成熟的個體為條件建立起來的日本社會裡，想要誠實地生存下去、誠實地思考的人，是不能長期停留在虛無主義和存在主義之上的，這是不言而喻的。[150]

　　基於這種判斷，竹內好斷定中國現代「人民文學」對應的代表作家是趙樹理，甚至認為「趙樹理以中世紀文學為媒介，但並未返回到現代之前，只是利用了中世紀從西歐的現代中超脫出來這一點。趙樹理文學之新穎，並非是異教的標新立異，而在於他的文學觀本身是新穎的」[151]。

　　上述二者皆以趙樹理的酒杯澆自己塊壘，但他們畢竟深刻地打開了問題的可能思路——以趙樹理為端緒的延安新文學，賦予了中國現代文學前所未有的「現代性」。這也就是竹內好所說的：「在趙樹理的文學中，既包含了現代文學，同時又超越了現代文學。至少是有這種可能性。這也就是趙樹理的新穎性。」[152]換言之，趙樹理寫作的現代意味，並非單一的革命政治思想的啟蒙，而在於其寫出了身處於「夾

---

150 黃修己編：《趙樹理研究資料》（北京市：知識產權出版社，2010年），頁427-428。
151 黃修己編：《趙樹理研究資料》（北京市：知識產權出版社，2010年），頁431。
152 黃修己編：《趙樹理研究資料》（北京市：知識產權出版社，2010年），頁428。

生」的現代社會中的個人思想悲劇，以及此中個體難免走向虛無的沒落與哀婉結局。

　　然而，倘若結合形式要求的考察，趙樹理小說的「現代性」結論卻存在疑義。為此，今村與志雄再次生發出新一層的「現代」拷問：「趙樹理文學果真就是這種僅僅是過渡性的文學嗎？」[153]有意思的是，他最後還是在形式的現代意味上肯定了趙樹理對「板話」等文體形式運用的思想內涵，認為「他的語言極其生活化、形象化，同時又簡單化、純粹化，達到了非常富於思想性的語言高度」，「文體通俗化的任務終於由趙樹理完成了」[154]。這顯然有些曲為之辭，不如董之林先生具體而微的討論令人信服[155]。但如今村與志雄所言，大眾化問題的確是中國革命的重要一環，革命是現代，那麼大眾化的形式自然就是革命的，也是現代的[156]。

　　可是，趙樹理小說的「現代」並不必然等於《小二黑結婚》的「現代」。當然，如果把革命宏大敘事當成現代的一種，《小二黑結

---

153 黃修己編：《趙樹理研究資料》（北京市：知識產權出版社，2010年），頁413。

154 黃修己編：《趙樹理研究資料》（北京市：知識產權出版社，2010年），頁421-422。

155 董之林先生說：「趙樹理熱衷於對傳統戲劇，以及傳統評書、鼓詞等曲藝形式加以利用和改造，努力在自己小說中實現傳統因素和啟蒙精神結合。這種體現了五四傳統、以平等自由態度對待小說藝術的作家情懷，卻往往遭到新文化人的誤解和打擊。但在激進、專斷、容不得不同藝術見解的時代潮流中，趙樹理韌性的堅守，卻是對啟蒙精神能夠在本土獲得接受最有力的證明。」參見董之林：〈韌性堅守與「小調」介入──趙樹理小說再分析〉，《甘肅社會科學》2011年第1期。

156 今村與志雄將「大眾化問題」理解為「文體通俗化」，說：「文學大眾化的歷史，也就是中國革命的歷史。因而，它構成了中國革命的一環，同時在每個時期，中國文學也都獲得了新的生命。」同時，他將《李有才板話》的快板與莎士比亞的悲劇《合唱團》說唱比照論述，認為是文本表達了「集體的感情」。參見黃修己編：《趙樹理研究資料》（北京市：知識產權出版社，2010年），頁409、416。
關於民族形式問題的政治實質，李廣田先生說：「《李有才板話》中的快板部分，其地位，其作用，適如希臘悲劇中的『歌隊』（Chorus），快板中所說的，和歌隊所唱的，都是人民群眾的意見。」參見李廣田：〈一種劇〉，《文訊》第9卷第5期，1948年12月5日。

婚》的「現代性」和「人民性」就是必然的。可是，除了以革命的神聖獲得現代內涵外，《小二黑結婚》還可能有哪些現代性呢？顯然，洲之內徹認為的個體與現代社會的關係困境的思考，對趙樹理本人或有粘連，對《小二黑結婚》則幾乎毫不相關，因為《小二黑結婚》的文學世界是中國農村。中國農村在整個二十世紀面臨的最大困境，恰恰不是人與現代社會的關係的困境，而是與古代社會的關係的困境。對於北方農村的農民來說，尤其如此。因為圍繞他們日常生活的壓迫，恰恰不是現代社會的逼仄緊張和異化，而是古代社會的停滯、凝重、崩壞和掙扎。這和茅盾的《春蠶》裡受到小火輪和洋布洋紗衝擊的江浙農村大不相同。《小二黑結婚》的「現代」當別有懷抱。

　　小二黑的生活原型是岳冬至，據趙樹理瞭解，他被村幹部和民兵連長打死。當現實案情大白後，村民們的真實反應卻是：岳冬至本不應該有了童養媳又去追求別的姑娘，教訓教訓他是應該的。村幹部和民兵連長把人打死是過火了點，但出發點並沒有錯。趙樹理創作正是基於對這一點的震撼，同時也是為了改變當地人對舊婚姻制度的觀念，配合彼時婚姻法的宣傳。其實，根據地的婚姻法宣傳其實也並非如今天所理解的全是為了婚姻自由，還有政治軍事動員和戰鬥力解放之目的[157]。這裡姑且不論。但就此而言，趙樹理把一起刑事案件，寫成了革命宣傳動員和現代思想啟蒙「雙肩挑」的小說，其所呈現的人與社會的關係則顯然不那麼現代。反封建的社會關係、社會意識和社會制度，在革命看來是一回事。但在農民看來，包含在社會關係的一部分的，如日常道德觀念與生活方式，又絕非「封建」一詞那麼簡單。在女性資源極度不均衡的北方農村，岳冬至的「反封建」已經不再是純粹的個人思想感情和觀念追求，它同時也挑戰了區域性別資源

---

157 蘇區婚姻自由和婦女解放往往與「擴紅」緊密相關。參見江西省婦女聯合會編：《女英自述》，南昌市：江西人民出版社，1988年；朱曉東：〈通過婚姻的治理〉，載《北大法律評論》第4卷第2輯（北京市：法律出版社，2002年），頁383-401。

的平衡體系。合理和不合理、合法與不合法，共時性地被交織進了中國農民的日常生活世界和感情中。這件事情的內部糾葛，甚至讓費德林認為「作者探討了最敏感的問題之一——婦女問題。趙樹理選擇這個題材是不難解釋的，這是由現實生活決定的。封建宗法傳統遺毒在婦女婚姻問題上表現得特別強烈」[158]。

　　毫無疑問，能夠這麼寫小說，起碼表明趙樹理深刻瞭解北方的鄉村世界在這方面的難言之隱。常年扎根、混跡於中國北方農村下層社會的趙樹理，對那個世界「食」與「色」的貧乏與無奈，及由此衍生而來的中國底層民眾的精神情感、日常生活、思想趣味，瞭如指掌。譬如《小二黑結婚》中對三仙姑風流韻事的敘述，雖筆墨簡單卻富有韻味，這恐怕也只有趙樹理筆下的那些農民朋友才能意會；二諸葛這個人物，儘管飽受讀者的訕笑，但只要有點中國農村底層生活體驗，誰都會對他抱以理解的同情。「恩典恩典」不是封建、懦弱就能一言蔽之，裡面蘊藏了太多中國普通民眾生存的艱辛和苦難深重的歷史體驗。也恰恰是二諸葛，比誰都瞭解中國民眾幾千年來的生存狀態和民間疾苦。至於小二黑，他是受新思想、新啟蒙滋養成長的農村新一代。與趙樹理一樣，其遭遇的不再是以往封建時代循環的改朝換代的歷史，而是現代民族國家崛起的時代，是有現代思想體系支撐、有現代政黨組織、現代政治軍事動員的大革命時代。小二黑的思想情感、行事為人，不光在小說中生硬抽象，而且簡直就是小說內外的中國鄉土世界的「空降兵」和「方外來客」，一如那場紅光滿面的革命在當初與中國鄉村世界的相遇。

　　《小二黑結婚》的耐人尋味，恰恰是它生動彰顯了現代與前現代中國的兩代人在對待人生命運的抗爭與對時代大流在迎拒方面的差異。時至今日，一個因簡單的自由愛情追求而引發的血案，已經很難引發如此多重面向的思考。可如果考慮到故事所處的歷史語境，一切

---

158 黃修己編：《趙樹理研究資料》（北京市：知識產權出版社，2010年），頁438。

都理所當然。這就是鄉土中國。理解《小二黑結婚》的小說內外，才能真正理解趙樹理，才能真正理解其心嚮往之的延安理想，也才能真正理解從鄉土中國與俄共革命組織形態共同孳乳出來的當代中國。為此，西里爾‧貝契評價趙樹理說：「他的大量的素材取自舊時代。他永恆的主題是譴責舊制度。」[159]舊時代和舊制度，既是趙樹理藝術寫作的始基，更是他呼吸與共的情感生命、書寫世界。

遺憾的是，《小二黑結婚》之後，趙樹理習慣成自然，「給自己的作品提出了崇高的教育使命，處處用中國農村及其變革中發生的真實而常常又很複雜的問題，來努力教育讀者」[160]。以寫小說來教育人的熱望，這一悠久的本土文學大傳統在趙樹理心中是如此堅定、僵硬而執著，甚而成為他現代革命政治熱情的釋放路徑。由此看來，寫作理念和文體實驗的偏執，不僅讓趙樹理一度得以被追認性地進入了歷史風雲[161]，也使他迅速在現代小說的藝術勘探中陷於自我迷失與現代虛無。

四

在討論趙樹理小說現代意味的同時，幾乎所有研究者也都承認，

---

159 黃修己編：《趙樹理研究資料》（北京市：知識產權出版社，2010年），頁473。
160 黃修己編：《趙樹理研究資料》（北京市：知識產權出版社，2010年），頁458。
161 王瑤先生回憶：「五十年代初，我講趙樹理的作品和大家一樣，毛主席的〈講話〉開闢了新時代，趙樹理就是傑出的代表。當時北大有許多留學生，他們一下課就去訪問趙樹理，問他的經歷，問他是怎樣貫徹〈講話〉的。趙樹理說，他寫小說根本還沒有看到〈講話〉，以後才看到。留學生們便吵了起來，說我簡直是條條。當時留學生有意見一般不直接向老師提，而是先給大使館提，大使館給外交部，外交部給教育部，教育部給北大黨委，最後再捅到我身上，結果弄得我很狼狽。」（轉引自張香琪：〈現代文學史研究中趙樹理研究的誤區〉，《太原師範學院學報》社會科學版2005年第2期）事實也是如此。趙樹理於一九四三年底回機關參加整風運動時才看到〈講話〉，這時《小二黑結婚》已完成。當然，沒看到〈講話〉也並非就能說明他沒受到相關思想的影響。

趙樹理對中國民間文藝的熟悉與運用無人比肩。的確，民間趣味是趙
樹理的文學立場，《小二黑結婚》也不例外[162]。而一般說來，持這種
文化教養和文化趣味立場者的寫作，都必須服膺民間信息交流的本
質：投其所好，沁人心脾。趙樹理對此洞若觀火：

> 我寫的東西，大部分是想寫給農村中的識字人讀，並且想通過
> 他們介紹給不識字人聽的，所以在寫法上對傳統的那一套照顧
> 得多一些。但是照顧傳統的目的仍是為了使我所希望的讀者層
> 樂於讀我寫的東西，並非要繼承傳統上哪一種形式。……我究
> 竟繼承了什麼呢？我以為我都照顧到了，什麼也繼承了，但也可
> 以說什麼也沒有繼承，而只是和他們一道兒在這種自在的文藝
> 生活中活慣了，知道他們的嗜好，也知道這種自在文藝的優缺
> 點，然後根據這種瞭解，造成一種什麼形式的成分對我也有點
> 感染、但什麼傳統也不是的寫法來給他們寫東西。同時我這種
> 寫法也並不能和大多數作家的寫法截然分開，因為我雖出身於
> 農村，但究竟還不是農業生產者而是知識分子，我在文藝方面
> 所學習和繼承的也還有非中國民間傳統而屬於世界進步文學影
> 響的一面，而且使我能夠成為職業寫作者的條件主要還得自這
> 一面──中國民間傳統文藝的缺陷是要靠這一面來補充的。[163]

此番邏輯嚴密、轉折甚多的大段「談藝錄」，在趙樹理的文字中
實屬罕見，更因為充滿著特定時代氛圍下的緊張氣息而尤其意味深
長。這段話表明，趙樹理對民間文化趣味和舊傳統的熱心，其實並非

---

162 《小二黑結婚》出版伊始，太行文藝界有人認為是「低級的通俗故事」，有人認為
　　是「海派」。這兩種意見乍看風馬牛不相及，卻都點出趙樹理文學的民間趣味本質。
　　在民間趣味的意義上，宣傳和消費未嘗不是一回事。
163 趙樹理：〈《三里灣》寫作前後〉，《文藝報》1955年第19期。

為了復古，而是為了收納迷離於舊傳統的人們，進而為其寫作理念和文體實驗撐腰張本。克里夫佐夫說「趙樹理並不熱心於舊傳統，而是一位創新者」[164]，有深意在焉。

在正常經濟秩序下，製造吸引無非為了得到關注，繼而轉為名利。對於早早從事革命工作的趙樹理而言，這絕非主要考慮，「文攤說」[165]就是證據。「文壇」與「文攤」一字之差，區別所在是各自要影響的人。趙樹理諳熟「興觀群怨」，並在群體動員機制層面上達到了中國文學「群」傳統與現代革命呼告、群眾動員機制的奇特契合[166]。這也正是其文學觀的現代獨創性和新穎性所在之一。《小二黑結婚》不過是趙樹理在無意識中進行兩結合創作的經典文本而已。為此，它不僅被最頻繁地改編成各類地方通俗曲藝，也最為各類文學史著述看好。

可是，對於文化水平低下的革命根據地民眾而言，現代小說何以能繼承和發揚「群」傳統呢？必須靠趣味民間化，這就是趙樹理方向對民眾的實質意義，也是《小二黑結婚》會被改編成大量地方民間曲藝作品的奧秘。誠然，趣味民間化絕不等同於文藝大眾化。因為無論是哪一種大眾化，實際上都與真正的大眾沒多少必然關係[167]。所謂趣味民間化，在中國底層民眾看來，一是要包含他們對中國俗世經驗和感情的基本傳統理解，二是能激發他們對俗世經驗的現世感知。

對於俗世經驗和感情的基本傳統理解，中國老百姓常常靠將心比心式的體驗來領悟普世情懷。以「大團圓問題」為例。對於物質貧乏、資訊封閉的中國農村來說，「大團圓」無非是溫飽和傳承問題，即「食色」之「性」。這兩項如能同時滿足，常常就可稱為「大團

---

164 黃修己編：《趙樹理研究資料》（北京市：知識產權出版社，2010年），頁454。

165 黃修己編：《趙樹理研究資料》（北京市：知識產權出版社，2010年），頁15。

166 參見古斯塔夫‧勒龐著，佟德志、劉訓練譯：《革命心理學》，長春市：吉林人民出版社，2004年；埃利亞斯‧卡內提，馮文光、劉敏、張毅譯：《群眾與權力》，北京市：中央編譯出版社，2003年。

167 何其芳：《何其芳文集》第4卷（北京市：人民文學出版社，1983年），頁41-54。

圓」。趙樹理對此有入木三分的辯護：「有人說中國人不懂悲劇，我說中國人也許是不懂悲劇，可是外國人也不懂得團圓，假如團圓是中國的規律的話，為什麼外國人不來懂懂團圓？我們應該懂得悲劇，我們也應該懂得團圓。」[168]周揚也曾就此發有宏論：「五四時代反對過中國舊小說戲劇中的團圓主義，那是正確的，因為舊小說戲劇中的團圓不過是解脫不合理的，建立在封建制度和秩序之上的社會的一個幻想的出路，它是粉飾現實的。在新的社會制度下，團圓就是實際和可能的事情了，它是生活中的矛盾的合理圓滿的解決。」[169]儘管周揚傾向於強調「新的社會制度」之於大團圓的意義，趙樹理則注重大團圓是「中國的規律」，但兩人都高度認同了經驗性的「大團圓」對中國民眾審美的根基意味。

因於此，《小二黑結婚》大團圓模式是顯而易見的，故事模式也極為古典。任何一個稍有文學修養的中國人都會發覺，《孔雀東南飛》、《西廂記》、《紅樓夢》的趣味不時在裡頭頻頻再現。三仙姑與老夫人、紅娘與村長（區委書記）……故事情境與人物雖說有時代差異，但基本故事功能皆異曲同工。故事情境與人物形象的時代感產生了故事現實感，基本故事功能則激發出故事的歷史感。在現實與歷史的纏繞中，《小二黑結婚》成為「深通世故的老農講故事」，是「使農民自己不能不對自身的事情發生興趣的作品」[170]。鹿地亘更是把它理解為趙樹理「獨特風趣」與「民間故事風格」的「天衣無縫的結合」，「再現的是最典型的中國的現實生活，是現實生活的活生生的再現」[171]。儘管鹿地亘的判斷有他者眼光，但這並不妨礙他瞬間敏銳地看到趙樹理小說中最富有中國傳統民間文學趣味特質的基因：以「食

---

168 趙樹理：〈從曲藝中吸取養料〉，《人民文學》1958年第10期。
169 周揚：〈表現新的群眾的時代〉，《解放日報》1944年3月21日。
170 黃修己編：《趙樹理研究資料》（北京市：知識產權出版社，2010年），頁397。
171 黃修己編：《趙樹理研究資料》（北京市：知識產權出版社，2010年），頁397-398。

色」之「性」為始基的大團圓。真理往往是樸素的，事實就是這樣：有史以來的中國民眾對自身發生興趣和投入熱血的理由，無非都是因為他們最原始的生存成了渴望，遭受了壓迫。無論是多麼摩登的自由、啟蒙、革命和幸福，都務必以此為起點。

如何才能激發底層者對俗世經驗的現世感知呢？對鄉民而言，他們接受訊息的主通道並非紙本閱讀，而是依賴「看」和「聽」：看得懂，是指看懂相關圖符；聽得懂，是指聽懂他人言語。早在二十世紀三十年代，瞿秋白就強調「聽得懂」的重要性[172]，堪稱現代革命領袖之洞見。趙樹理曾長期出入鄉野，「聽得懂」的力量於他更是念茲在茲：他不僅有五四新文學無法進入農村民眾生活的親身經歷，更有浸淫於地方曲藝表演多年的體驗。故而竹內好認為：「趙樹理周圍的環境中不存在作者與讀者隔離的條件。因此，使他能夠不斷加深對現代文學的懷疑。他有意識地試圖從現代文學中超脫出來。這種方法就是以回到中世紀文學作為媒介。」[173]此論相當尖銳地點出了趙樹理小說與傳統趣味的對接與接榫之處。

竹內好進而指出：「就作者與讀者的關係而言，中世紀文學是處於未分化的狀態。由於這種未分化的狀態是有意識地造成的，所以，他就能以此為媒介，成功地超越了現代文學。」[174]那麼，趙樹理沉湎於「中世紀」的「未分化」的「作者與讀者的關係」，究竟又是為什麼呢？難不成正是「有意識地造成」的「意識」在作祟？顯然，此意識亦非趙樹理的個人意識，而是他所服膺和信仰的「紅光一線」。不過，仍然需要肯定，趙樹理小說的傳統魅力，很大程度上正是緣於他執著於傳統的讀者與作者的關係。因為宗教教義的日常普及與俗世感化，正是趙樹理對此關係在中國鄉土生活經驗裡的根本理解。既然趙

---

172 瞿秋白：《瞿秋白文集》（文學編）第1卷，頁359-360。
173 黃修己編：《趙樹理研究資料》（北京市：知識產權出版社，2010年），頁430。
174 黃修己編：《趙樹理研究資料》（北京市：知識產權出版社，2010年），頁430。

樹理有這種理解，那他就能不完全算是現代思想啟蒙者的寫作，也不可能全是「振木鐸」式的采風。此曖昧的情感底蘊和迷離的身份認同，貼切而同步地傳達出了趙樹理藝術世界的思想境界追求與現實力量依託。這也正是延安〈講話〉以來中國當代文學近七十年來的光榮與夢想。

如此說來，《小二黑結婚》對於五四文學與延安文學之間的藝術模式轉折的意義之重大，它為當代文學創闢的寫作契機和文學空間之巨大，無論就文學意味還是思想史當量，都是相當驚人的。回望趙樹理纏繞於鄉土經驗與革命敘事的寫作身影，無論站在現代或傳統的哪一個立場上，都有些無間道式的悲憫與蒼涼。

綜上所述，趙樹理小說的文學思想史意味超過了文學史貢獻。《小二黑結婚》的寫作與成名，一開始就不是簡單的藝術行為，更不是單純的現代傳播與接受。這是一場交織著革命與傳統、民眾與戰鬥力、藝術與宣傳的現實事件，也是纏繞著古典與現代、封建專制與革命專政的思想史議題。作為〈講話〉倡導的新文學的開篇，《小二黑結婚》不但為後人探究趙樹理的意義留下了傳奇生動的思想史寫照，而且給中國當代文學史開啟了前所未有的意義空間。它以曖昧的傳統趣味點燃了北方農民的革命激動，更以特異的現代情緒成為革命歷史敘事的開創者。

第五章
中國左翼文學活動現場研究

第一節　瞭望與批判：從文學革命到文學史觀的「整理」——瞿秋白眼中的魯迅（之一）

　　眾所周知，瞿秋白和魯迅的私人交集主要在於上海左聯時期。瞿秋白左聯時期的活動，並非都是單純的文藝活動或個人日常行為。文藝論戰如此，他與魯迅和茅盾的交誼活動也是這樣，乃至於對泰戈爾和蕭伯納訪華的相關反應[1]，事實上也只是瞿秋白「構築世界無產階級革命文化體系中的一個有機環節」[2]。毫無疑問，在上述一系列活動當中，瞿秋白與魯迅的文學交往活動影響最大，而且意義也最為深遠，有必要細緻地加以討論。

　　一

　　瞿秋白比魯迅小十八歲，一九二〇年十月十六日，瞿秋白從北京出發到俄國任北京《晨報》和上海《時事新報》合聘的「特派專員」，「擔任調查通訊事宜」[3]。一九二二年十二月二十一日瞿秋白從俄國返回，一九二三年一月八日左右抵達哈爾濱，一月十三日回到北京。據

1　參見郝慶軍：〈《蕭伯納在上海》：一個意識形態分析的文本〉，載《詩學與政治：魯迅晚期雜文研究（1933-1936）》，文化藝術出版社，2007年），頁167-179。

2　王文強：《瞿秋白文化思想的發展歷程》，載瞿秋白紀念館編：《瞿秋白研究》第12輯（上海市：學林出版社，2002年），頁224。

3　北京《晨報》1920年11月28日首次刊載，以後一直到12月16日，除12月15日未刊載以外，都照登這則啟事。

現有的資料，瞿秋白對魯迅的關注，以公開發表的文字來看，是從他
回到北京後開始的，即一九二三年十月寫於北京的〈荒漠裡──一九
二三年之中國文學〉。自此，瞿秋白和魯迅二者有了聯繫，而且關係
越來越緊密，以至於成為魯迅研究史上無法繞開的節點。

那麼，如何看待瞿秋白在魯迅研究史上的意義呢？

周蔥秀先生認為瞿秋白是「魯迅研究重點轉移的一個過渡」，並
提出兩個「最早」的觀點：「第一，他是最早自覺地運用馬克思主義
來研究魯迅的研究者；第二，他是最早從政治思想鬥爭的角度來研究
的研究者。他在魯迅研究史上的里程碑意義也在於此。」[4]

基於對既往宏大政治視野下的魯迅研究史的把握而言，周先生的
話是大致準確地概括了的。然倘若就文學本身而言，或者兼及中國現
代文藝思想史意義的討論，那麼，瞿秋白與魯迅的關聯無論如何都是
一個值得思之再三的重大議題。

誠然，瞿秋白與魯迅的交往與友誼，無論對於瞿秋白研究還是魯
迅研究，其影響都相當重要，有私人與日常的一面，但卻絕不僅僅是
「私人的事情」[5]。不僅如此，瞿秋白是如何看待魯迅的？魯迅又是
如何看待瞿秋白的？時人又是如何看待他們以及他們的關係的？箇中
的「觀看之道」[6]，對於中國現代文學思想史和批評史的討論，例如
五四文學的評價、文學史寫作、文學翻譯、文藝大眾化、世界語與漢
字拉丁化等諸多問題，乃至對魯迅本人創作成就和思想價值的認識，
尤其是對魯迅雜文意義的判斷，都可謂至關重要。

4　北京《晨報》1920年11月28日首次刊載，以後一直到12月16日，除12月15日未刊載
　　以外，都照登這則啟事。

5　瞿秋白：《論翻譯──給魯迅的信》，載《瞿秋白文集》（文學編）第1卷，人民文學
　　出版社，1985年），頁504。

6　約翰・伯格認為：「注視是一種選擇行為。注視的結果是，將我們看見的事物納入
　　我們能及──雖然未必是伸手可及──的範圍內。觸摸事物，就是把自己置於與它
　　的關係中。」參見約翰・伯格著，戴行鉞譯：《觀看之道》（桂林市：廣西師範大學
　　出版社，2005年），頁2。

二

　　一九二三年十月，「紅光」滿面的瞿秋白，像如今許多海外遊學歸來的年輕學人一樣，充滿著域外遊歷的經歷和新思想主義影響帶來的天然自信與力量，可謂睥睨國內諸界。一九二三年十月寫於北京的〈荒漠裡——一九二三年之中國文學〉，起始三段首句都是同一句——「好個荒涼的沙漠，無邊無際的」，諸如此類的斷語和感慨，毫不客氣地對當年文壇進行極為宏觀而居高臨下的掃描，這也是目前可見的他對周氏兄弟的第一次評價：

> 好個荒涼的沙漠，無邊無際的！魯迅先生雖然獨自「吶喊」著，只有空闊裡的回音；周作人先生的「自己的園地」，也只長出幾株異卉，那裡捨得給駱駝吃？雖然，雖然，我走著不敢說疲乏，我忍著不敢說饑渴；且沉心靜氣的聽，聽荒漠裡的天籟；且凝神壹志的看，看荒漠裡的雲影。前進，前進！雲影裡的太陽，可以定我的方向；天籟裡的聲音，可以測我的行程。[7]

　　顯然，瞿秋白把周氏兄弟當作一九二三年中國文壇的代表人物，並分別以其代表作《吶喊》和《自己的園地》來評價他們在小說和散文創作上的文學成績。眾所周知，《吶喊》是魯迅於一九一八年至一九二二年所作的短篇小說的結集，一九二三年才剛剛出版。《自己的園地》則是周作人的散文集代表，於一九二三年九月由北京晨報社初版印行。瞿秋白敏銳指出魯迅思想超前的「孤獨」——「雖然獨自『吶喊』著」而「只有空闊裡的回音」。對於周作人，瞿秋白說他

7　瞿秋白：〈荒漠裡——一九二三年之中國文學〉，載《瞿秋白文集》（文學編）第1卷（北京市：人民文學出版社，1985年），頁311-312。

「也只長出幾株異卉，那裡捨得給駱駝吃？」言下之意，自然是婉諷其隱士風度，以及與世疏離的孤高。

　　一九三一年五月初，馮雪峰送四月二十五日剛出版的《前哨》創刊號給茅盾，在茅盾家中遇見瞿秋白。瞿秋白在茅盾家讀到了魯迅在《前哨》紀念戰死者專號上刊載的〈中國無產階級革命文學和前驅的血〉，連聲讚嘆「寫得好，究竟是魯迅」[8]，明確表示了自己對魯迅「往左想」寫作的讚譽。

　　馮雪峰看到瞿秋白的熱情反應，出於對曾經領導者的尊敬而就勢請教，瞿秋白趁便對左翼文化工作發表一些意見。幾天後馮雪峰再去茅盾家，瞿秋白託他找一個能較長時間居住的地方，馮雪峰找到的即瞿秋白後來入住的謝澹如家。自此，瞿秋白與左聯發生聯繫。暫時的安居、與黨的文化戰線接上關係的喜悅，使得瞿秋白順利地完成從政治革命到文學革命的戰線轉換，也讓他重新爆發出文藝天分和創造力：一是盡力改變左聯的「關門主義」錯誤傾向[9]；二是有心插柳而柳成蔭，在半年內寫了九篇非常重要的左翼文藝論戰的長篇論文（見表5-1）。

　　據馮雪峰回憶，一九三一年五月瞿秋白入住謝家後，「他最初寫的是〈鬼門關以外的戰爭〉、〈學閥萬歲！〉等論文」[10]。瞿秋白積極運用馬克思列寧主義文藝理論，連續參加左翼文壇重大論戰：第二次文藝大眾化討論，民族主義文藝運動批判，對「自由人」、「第三種人」的論戰，發起了「克服庸俗社會學和機械論文藝觀的鬥爭」[11]。這也正

8　馮雪峰：〈關於魯迅和瞿秋白同志的友誼〉，載《憶秋白》編輯小組編：《憶秋白》
　　（北京市：人民文學出版社，1981年），頁259。

9　瞿秋白在左聯糾「左」過程中的貢獻，參見戴知賢：〈左翼文化運動的引航人——
　　瞿秋白和左翼文化界策略的轉變〉，載陳鐵健等編：《瞿秋白研究文集》（北京市：
　　中共黨史資料出版社，1987年），頁206-214。

10　馮雪峰：〈關於魯迅和瞿秋白同志的友誼〉，載《憶秋白》編輯小組編：《憶秋白》
　　（北京市：人民文學出版社，1981年），頁260。

11　艾曉明：《中國左翼文學思潮探源》（長沙市：湖南文藝出版社，1991年），頁182。

表5-1　一九三一年五月至年底瞿秋白關於左翼文藝論戰的長篇論文

題名	寫作時間
鬼門關以外的戰爭	5月30日
中國文學的古物陳列館	5月[12]
學閥萬歲！	6月10日
羅馬字的中國文還是肉麻字中國文	7月24日
普通中國話的字眼的研究	7月[13]
啞巴文學	8月15日
大眾文藝和反對帝國主義的鬥爭	9月
普羅大眾文藝的現實問題	10月25日
蘇維埃的文化革命	秋天

注：表中九篇文章皆見於《瞿秋白文集》，寫作時間也多從此處引得。

如瞿秋白評論普希金時所說：「他並不忘記現實生活的黑暗，往往自覺精神上的孤寂，他懺悔他的綺年。無論怎樣黑暗，怎樣困苦，我們的詩人決不頹喪。『光明的將來』維持著他的創造力。」[14]這些話用來移評瞿秋白，似乎也同樣恰切。

一九三一年六月十日，瞿秋白寫〈學閥萬歲！〉，文中仍舊毫不客氣地掃了魯迅一筆，這次是為了倡導他所說的「革命的大眾文藝」。在革故鼎新、攻城掠地之際，儘管是文藝思想上的鬥爭，革命當先的瞿秋白，第一考量仍然是進行敵友劃分，亦即分清戰線，所謂

12　《瞿秋白文集》未注明本篇寫作時間，此據《瞿秋白年譜詳編》（〔北京市：中央文獻出版社，2008年〕，頁353）記錄為5月。該文曾引用5月23日的報刊文字，寫作時間應在此之後。

13　《瞿秋白文集》未注明本篇寫作時間，此據《瞿秋白年譜詳編》（頁355）記錄為7月。

14　瞿秋白：《俄國文學史》，載《瞿秋白文集》（文學編）第2卷（北京市：人民文學出版社，1986年），頁157。

「誰是我們的敵人？誰是我們的朋友？」這是「革命的首要問題」。[15]
魯迅理所當然地被劃入「懂得歐化文的『新人』」的「第三個城池」裡：

> 第三個城池裡面，方才有懂得歐化文的「新人」，在這裡的文
> 壇上，才有什麼魯迅等等，托爾斯泰，易卜生，莎士比亞，高
> 爾基，哥爾德等等。……現在的反動文學還只發現在第三個城
> 池裡面──他們離著下等愚民遠著呢。[16]

　　一九三一年八月二十日，瞿秋白正式展開對民族主義文藝運動的
批判。大約一年後，瞿秋白參與文藝自由論辯。有意思的是，這三次
論戰魯迅也都參加了，原因當然主要還是有共同的左聯[17]。在論戰過
程中，瞿秋白和魯迅才不斷「相互認識和接近」[18]。不過，對瞿秋白
而言，這三次論戰視野下的魯迅仍舊是符號和象徵的意義大於現實中
的兩人互動。

　　據相關回憶，瞿秋白在一九三一年十月接受魯迅委託翻譯《鐵流》
序言時，「兩人不但還沒有見過面，並且也沒有什麼通信」[19]。立足於
梳理中國革命思想發展史的瞿秋白，一九三二年五月寫了〈「五四」和
新的文化革命〉，又一次提及他對魯迅的《狂人日記》的看法：

---

15 毛澤東：《中國社會各階級的分析》，載《毛澤東選集》第1卷（北京市：人民出版
　　社，1991年），頁3。

16 瞿秋白：〈學閥萬歲！〉，載《瞿秋白文集》（文學編）第3卷（北京市：人民文學出
　　版社，1989年），頁200。

17 在瞿秋白和魯迅的交誼活動中，作為魯迅信任的學生，馮雪峰在其間起了很大的中
　　介作用。關於馮雪峰和瞿秋白的關聯，可參見張小鼎：《肝膽相照　情深誼篤──
　　馮雪峰與瞿秋白交誼述略》，載瞿秋白紀念館編：《瞿秋白研究》第5輯（上海市：
　　學林出版社，1993年），頁188-202。

18 馮雪峰：《回憶魯迅》（北京市：人民文學出版社，1957年），頁50。

19 馮雪峰：《回憶魯迅》（北京市：人民文學出版社，1957年），頁54。

中國「五四」時期的思想的代表，至少有一部分是當時的真心
的民權主義者──自然是資產階級的民權主義者。中國的文化
生活在「五四」之後，的確開闢了一條新的道路。「五四」式
的新文藝總算多少克服了所謂林琴南主義。當時最初發現的一
篇魯迅的《狂人日記》，──不管它是多麼幼稚，多麼情感主
義，──可的確充滿著痛恨封建殘餘的火焰。[20]

　　一九三二年八月二十日瞿秋白作《狗樣的英雄》，再次提到《狂
人日記》反抗吃人禮教的進步意義：

記得「五四」前一年魯迅有一篇《狂人日記》發表。那狂人為
什麼發狂？只不過為著中國的禮教吃人。足見得那時候的人神
經多麼衰弱，為這點「小事」就氣得發狂了。現在呢？[21]

　　截至此刻，瞿秋白眼中的魯迅基本上是兩個向度的「對手」，或
者說是對象吧。一方面，置身於革命文藝大眾化的宏闊鬥爭視域裡，
魯迅有著四大特徵：一是「孤獨」，二是「離著下等愚民遠著呢」，三
是「幼稚」與「情感主義」，四是「神經衰弱」。總而言之，在瞿秋白
看來，魯迅仍舊局限於從個人樸素情感出發的反抗，局限於反封建、
沒有主義的指導和提高──頂多也就是「當時的真心的民權主義
者」、「資產階級的民權主義者」。另一方面，魯迅顯然是一個有待團
結也可以團結的「民權主義者」。
　　一九三二年初夏的一天，瞿秋白由馮雪峰陪同，來到魯迅家，兩

20　瞿秋白：〈「五四」和新的文化革命〉，載《瞿秋白文集》（文學編）第3卷（北京市：
　　人民文學出版社，1989年），頁24。
21　瞿秋白：〈狗樣的英雄〉，載《瞿秋白文集》（文學編）第1卷（北京市：人民文學出
　　版社，1985年），頁371。

人第一次會面。後來，瞿秋白在魯迅的幫助下，搬到離魯迅的居所較近的地方，這更是大大方便了雙方的往來。楊之華在回憶中這樣寫道：「魯迅幾乎每天到日照裡來看我們，和秋白談論政治、時事、文藝各方面的事情，樂而忘返。……秋白一見魯迅，就立刻改變了不愛說話的性情，兩人邊說邊笑，有時哈哈大笑，衝破了像牢籠似的小亭子間裡不自由的空氣。」[22]瞿秋白曾說：「魯迅看問題實在深刻。」「和魯迅多談談，又反反覆覆地重讀了他的雜感，我可以算是瞭解了魯迅了。」[23]魯迅在談到一些問題時，也常常說：「這問題，何苦是這樣看法的，……我以為他的看法是對的。」[24]空間的靠攏，當然也促進了情感思想上的趨近。至此，瞿秋白對魯迅的瞭望和批判，從無產階級革命者對資產階級民權主義者審視，轉而變成起碼是可團結的朋友的惺惺相惜。

三

　　一九三五年五月十七日至二十二日，瞿秋白在七天之內寫了《多餘的話》，其中有一段涉及瞿秋白對魯迅早期創作的印象：

> 俄國高爾基的《四十年》、《克里摩·薩摩京的生活》、屠格涅夫的《魯定》、托爾斯泰的《安娜·卡里寧娜》、中國魯迅的《阿Q正傳》、茅盾的《動搖》、曹雪芹的《紅樓夢》，都很可以再讀一讀。[25]

22　楊之華：〈《魯迅雜感選集》序言是怎樣產生的〉，《語文學習》1958年第1期。

23　馮雪峰：《一九二八至一九三六年的魯迅·馮雪峰回憶魯迅全編》（上海市：上海文化出版社，2009年），頁140、143。

24　馮雪峰：《一九二八至一九三六年的魯迅·馮雪峰回憶魯迅全編》（上海市：上海文化出版社，2009年），頁140。

25　瞿秋白：《多餘的話》，載《瞿秋白文集》（政治理論編）第7卷（北京市：人民文學出版社，1991年），頁723。

　　瞿秋白在文中提及「可以再讀一讀」的文藝著作中，赫然有「魯迅的《阿 Q 正傳》」。在生命最後時日的文藝閱讀渴望裡，魯迅的《阿 Q 正傳》與茅盾的《動搖》，是瞿秋白想再讀一讀的僅有的兩篇中國現代小說。耐人尋味的是，瞿秋白並沒有提及魯迅的雜感，也許在他思想深處，雜感還是不太算得上是文學吧。當然，也許他想到的只是小說，而不是可以馭之用來戰鬥的雜文。

　　事實上，從瞿秋白第一次「瞭望」中國一九二三年的文壇「荒漠」算起，到瞿秋白就義為止，簡而言之，瞿秋白對魯迅文學的「觀看」焦點有四：其一是小說，其二是文學史寫作，其三是雜文，其四是翻譯。而自始至終，瞿秋白對魯迅小說的關注是尤為深刻的，也應該是入思甚深的。而瞿秋白對魯迅的雜文和翻譯的關注，則集中於某一些特定的歷史時段和現實需要的結合期。這當然是因為魯迅的小說在當時就被認為是中國文學史上無法撼動的、在現代白話小說創作方面的代表性成就了。也就是說，如何看待魯迅的小說，涉及如何判斷五四以來的中國現代文學史的成就問題，亦即如何敘述五四以來的中國文學史和思想史問題。因此，瞿秋白對魯迅小說的集中關注，顯然是因為它是魯迅文學成就的一部分。

　　此外，瞿秋白對魯迅小說的集中關注，顯然還慮及五四時期這一特殊的歷史時空參照，因為小說是魯迅在五四時期的主要文學貢獻。這首先當可從〈《魯迅雜感選集》序言〉的撰寫以及《魯迅雜感選集》的內容編選可以得到驗證，因為《魯迅雜感選集》不僅體現了瞿秋白的選家眼光，也體現了他對魯迅文學創作上的焦點轉移的變化。瞿秋白對魯迅雜文的關注，主要是從一九二四年開始。而自一九一八年到一九二三年，恰恰是魯迅以小說創作在五四時期文學史上大放異彩的時期。[26]

　　可見，關注魯迅的小說，也是把握五四時期的相關歷史解釋有效

---

26 參見本書第四章第一節。

性的基本要求。文學史當然算得上是歷史敘述的一部分，對於五四時期的歷史闡釋，文學史尤其有著獨特的分量和效應，這也正是瞿秋白後來要專門與魯迅來討論中國文學史「整理」的原因和苦心所繫。

　　瞿秋白關注魯迅在五四時期的文學創作，並由此探究其思想發展情況，其動機當然不是純文學的。文學和魯迅除了對於五四時期的文學史至關重要之外，二者對於五四時期的整段歷史也非常重要。正如上面討論的，關注魯迅在文學革命期間的思想和藝術，不過是瞿秋白關注五四時期的中國政治史、社會發展史和思想革命史的一個引子而已。隨著形勢的發展，瞿秋白的黨內地位的曲折變化、個人所處鬥爭戰線的轉移，瞿秋白對於中國革命史的寫法問題越發關注。這一心願日益緊迫，前有華崗《中國大革命史》第六章的發表，後有魯迅贈楊筠如的《九品中正與六朝門閥》一事，共同敦促著瞿秋白進行更為系統而深入的探索。

　　五四文學革命的發生和發展已經是歷史事實了，魯迅是主力的參與者和實踐者，而且是成績卓著者。瞿秋白沒有參與，時不我待，只能採取後設視角對此進行觀照和掃描。政治革命史，尤其是共產主義在中國的革命實踐史，瞿秋白則當之無愧具有發言權和理論資格。同理，也就有了革命的文學史敘述和「整理」的資格。在文學創作實踐上，瞿秋白當然無法媲美魯迅。但瞿秋白是革命家，在文學史觀的「整理」上卻有天然的資格。革命不就是以新規則開創新的秩序麼？於是，瞿秋白從對魯迅五四時期的文學實踐和藝術思想的瞭望與掃描，轉而進入對魯迅文學史觀的「整理」。這也就意味著對五四文學發展史的闡釋權和領導權的爭奪。實際上，瞿秋白不僅要取得五四文學史這一段的解釋權，他要「整理」的其實是從古代以來，尤其是自元代以降的文學史的解釋權[27]，也就是一場對文學史觀的澈底革命。

---

27 為什麼瞿秋白認為元代以降的文學史特別重要？因為他認為「從元曲時代到『五四』以前，可以說是現代的（資產階級式）文學的史前時期」。參見瞿秋白：《關於

第二節　聞名・見面・抱團：從書信問答到翻譯論戰──瞿秋白眼中的魯迅（之二）

　　瞿秋白眼中的魯迅，有時是「資產階級的民權主義者」，有時是「魯迅先生」，有時甚至已然是「親密的同志」。馮雪峰回憶說：「兩人還沒有見面以前，秋白同志也是一看到我，就是『魯迅，魯迅』的談著魯迅先生，對他流露著很高的熱情和抱著赤誠的同志的態度的。」[28]馮雪峰是魯迅非常信任的人，而且有著明確的中共文藝戰線領導人身份，他對魯迅的相關回憶，無疑是迄今為止探討魯迅與中國共產黨、左翼文學陣營的關係很重要而且很豐富的史料來源。[29]

　　當然，瞿秋白對魯迅「抱著赤誠的同志的態度」裡的「同志」，未必就一定是黨內同一革命陣營的專稱，但起碼是「知己」與「同懷」──俗稱同志加兄弟。然而，瞿秋白為何、如何才能把魯迅從早期「第三個城池」裡「懂得歐化文的『新人』」[30]、「資產階級的民權主義者」[31]變成「同志」，又是怎麼把一個「獨自『吶喊』著，只有空闊裡的迴音」[32]的名作家魯迅喊成「同志」呢？

　　整理中國文學史的問題》，載《瞿秋白文集》（文學編）第3卷（北京市：人民文學出版社，1989年），頁84。

28　馮雪峰：《回憶魯迅》（北京市：人民文學出版社，1957年），頁53-54。

29　參見人民文學出版社編輯部編：《馮雪峰與中國現代文學》，北京市：人民文學出版社，1988年。

30　瞿秋白：〈學閥萬歲！〉，載《瞿秋白文集》（文學編）第3卷（北京市：人民文學出版社，1989年），頁200。

31　瞿秋白：〈「五四」和新的文化革命〉，載《瞿秋白文集》（文學編）第3卷（北京市：人民文學出版社，1989年），頁24。

32　瞿秋白：〈荒漠裡──一九二三年之中國文學〉，載《瞿秋白文集》（文學編）第1卷（北京市：人民文學出版社，1985年），頁311。

一

　　馮雪峰說，瞿秋白與魯迅接近是從一九三一年下半年開始的，
「在這以前他們沒有見過面。他們的相互認識和接近，是因為有一個
左聯」。[33]

　　一九三一年五月初，馮雪峰將四月二十五日剛出版的《前哨》創
刊號，即《前哨》紀念戰死者專號送給茅盾，在茅盾家中遇見瞿秋
白。瞿秋白讀了魯迅在上面刊載的〈中國無產階級革命文學和前驅的
血〉一文，連聲讚嘆「寫得好，究竟是魯迅」[34]。看到瞿秋白的熱情
反應，出於對曾經的領導者的尊敬，馮雪峰就勢請教，瞿秋白也乘便
對左翼文化工作發表了一些意見。幾天後，馮雪峰再去茅盾家，瞿秋
白請馮雪峰找一個能比較長時間居住的地方，馮雪峰找到的就是瞿秋
白後來入住的謝澹如家。暫時的安居以及與黨的文化戰線接上關係的
喜悅，使瞿秋白順利完成了從政治革命戰線到文學革命戰線的轉
換——儘管是身不由己。而對魯迅「向左轉」寫作的讚譽，以及瞿秋
白完成的從政治革命戰線到文學革命的戰線的轉換，則無疑是瞿秋白
與魯迅兩人最終可以抱團的重要前提。

　　左聯與《前哨》、茅盾和馮雪峰的撮合，不過讓瞿秋白與魯迅有
抱團的可能。而真正推動魯迅與瞿秋白抱團的，當然是關於翻譯問題
的論戰。箇中奧妙，從馮雪峰的相關回憶文字中，可以看得更明白：

　　　　這個共產黨的著名人物，魯迅先生當然是早已知道的。他是文
　　　　學研究會的會員，是一個有天才的作家，魯迅先生也當然知道

---

[33] 馮雪峰：《回憶魯迅》（北京市：人民文學出版社，1957年），頁50。許廣平認為瞿
　　秋白和魯迅親近的原因是兩人「同是從舊社會士大夫階級中背叛過來的『逆子貳
　　臣』」。參見許廣平：《魯迅回憶錄》（北京市：作家出版社，1961年），頁122。
[34] 馮雪峰：《回憶魯迅》（北京市：人民文學出版社，1957年），頁50-51。

的。所以，魯迅先生從最初在我口裡知道了秋白同志從事文藝
的著譯並願意與聞和領導左聯的活動的時候，就和我們青年人
一樣，很看重秋白同志的意見，並且馬上把秋白同志當作一支
很重要的生力軍了，雖然那時他們還沒有見過面。例如，最初
我把秋白同志對於魯迅先生從日本文譯本轉譯的幾種馬克思主
義文藝理論著作的譯文的意見，轉達給魯迅先生的時候，魯迅
先生並不先回答和解釋，而是怕錯過機會似地急忙說：「我們
抓住他！要他從原文多翻譯這類作品！以他的俄文和中文，確
是最適宜的了。」魯迅先生說這話時的興奮和天真的情態，我
實在無法形容，但總之我以為這正足以說明魯迅先生的精神。
接著，又平靜地說：「馬克思主義的文藝理論，能夠譯得精確
流暢，現在是最要緊的了。」那時候，魯迅先生看重馬克思主
義的文藝理論的介紹和好的翻譯（主要的是蘇聯作品，包括理
論與創作），確實甚至超過了對於國內的創作，因為他認為只
有這樣的介紹和翻譯，才能幫助我們的創作和批評的成長。
魯迅先生當時是特別看重秋白同志的翻譯的，只要有俄文的可
介紹的或研究上有用的材料到手，我去時就交給我說：「你去
時帶給他罷。」[35]

　　魯迅對瞿秋白的欣賞和心動，是因為瞿秋白在俄文和中文方面的
語言和文學的「原文」才華。而瞿秋白之於魯迅，恰似如渴得飲，想
睡遇上枕頭，瞿秋白的才華恰好滿足了魯迅當時的文學需求，正如馮
雪峰所說的，「那時候，魯迅先生看重馬克思主義的文藝理論的介紹
和好的翻譯（主要的是蘇聯作品，包括理論與創作），確實甚至超過
了對於國內的創作」。不僅如此，魯迅還認為「馬克思主義的文藝理

---

35 馮雪峰：《回憶魯迅》（北京市：人民文學出版社，1957年），頁52-53。

論，能夠譯得精確流暢，現在是最要緊的了」。正因為如此，魯迅「當時是特別看重秋白同志的翻譯」。魯迅突出表達的是對原汁原味的渴望，無論是理論還是作品。而這一切的久遠的期待和焦灼的緊張，都因為瞿秋白的出現，而讓魯迅對瞿秋白產生了「以他的俄文和中文，確是最適宜的了」的欣慰感嘆。無獨有偶，在《多餘的話》中，讓瞿秋白頗為自得而且自信的，恰恰就是這一點。瞿秋白說：「假使能夠仔細而鄭重的，極忠實的翻譯幾部俄國文學名著，在漢字方面每字每句的斟酌著也許不會『誤人子弟』的。這一個最愉快的夢想，也比在創作和評論方面再來開始求得什麼成就，要實際得多。」[36]

由此可見，瞿秋白與魯迅實質上的思想結緣，深度契合之處在於「原文」的魅力和能力。事實上，也正是瞿秋白在「原文」上的能力，讓他在稍後的翻譯論戰上大顯神通，功莫大焉。因此，如果說魯迅與梁實秋之間關於翻譯問題的論戰已經是氣氛緊張的巴爾幹半島，那麼瞿秋白的介入，就是點燃了這個促使戰局擴大化和白熱化的火藥桶。

二

據《魯迅與梁實秋論戰文選》一書的編者璧華先生的梳理和理解，魯迅和梁實秋的一系列論戰，有其明晰的歷史和問題發展脈絡，本質問題是文藝觀的差別與對立。璧華先生認為，梁實秋和魯迅之間的論戰，按論戰文章的內容可以分為四個階段或者四組論戰，分別為：一、圍繞著〈盧梭論女子教育〉的論爭；二、圍繞著「硬譯」與「文學的階級性」的論爭；三、圍繞著「好政府主義」的論爭；四、圍繞著「資本家的走狗」的論爭。[37]

---

36 瞿秋白：《多餘的話》，載《瞿秋白文集》（政治理論編）第7卷（北京市：人民出版社，1991年），頁718。

37 璧華編：《魯迅與梁實秋論戰文選》（香港：天地圖書公司，1979年），導言頁3。

　　璧華先生的上述概括其實並不完全。在此之前，魯迅和梁實秋其實已經有糾葛了。在一九二七年六月四日的《時事新報》上，梁實秋署名「徐丹甫」發表〈北京文藝界之分門別戶〉。一九二七年二月十八日，魯迅赴香港講演，二十日回廣州。一九二七年八月十八日，魯迅的〈略談香港〉發表於《語絲》週刊第一四四期，裡面提及看到香港《循環日報》一九二七年六月十日、十一日對梁實秋署名「徐丹甫」發表的〈北京文藝界之分門別戶〉的轉載。在魯迅與他人的論戰史上，因為門戶問題而起的文字論戰其實不少。梁實秋的這篇〈北京文藝界之分門別戶〉恰恰又牽涉到魯迅所敏感的門戶之見。高旭東先生認為：「這可能是梁實秋一生中寫過的唯一的一篇播弄是非的文章。」[38]

　　為了在更長的時段觀察魯迅和梁實秋之間的論戰，我們不妨盡可能羅列一下兩人的論戰往復的文章刊發動態，當然，有些當時沒發表而直接收文入集中的文字也不錯過。大致如下：

　　一九二六年十二月十五日，梁實秋在《晨報副刊》發表了被認為是「揭開了魯迅和梁實秋論戰的序幕」[39]的〈盧梭論女子教育〉一文。一九二七年十二月二十一日魯迅寫了〈盧梭和胃口〉。此文於一九二八年一月七日發表於《語絲》週刊第四卷第四期。一九二七年十二月二十三日，魯迅又寫了〈文學和出汗〉，一九二八年一月十四日發表於《語絲》週刊第四卷第五期。一九二八年三月二十五日，梁實秋在《時事新報》發表〈關於盧騷——答郁達夫先生〉一文再次回應。一九二八年四月十日魯迅寫了〈頭〉，於四月二十三日發表於《語絲》第四卷第十七期。

　　一九二八年六月十日，在《新月》月刊第一卷第四期中，梁實秋發表了〈文學與革命〉。一九二九年九月十日（此為封面印刷的出版時

38　高旭東：《梁實秋：在古典與浪漫之間》（臺北市：文津出版社，2005年），頁45。
39　璧華編：《魯迅與梁實秋論戰文選》（香港：天地圖書公司，1979年），頁18。

間，實際出版時間應在一九三〇年一月）《新月》第二卷第六～七期（編輯者為梁實秋）同時刊載了梁實秋的兩篇文章——〈文學是有階級性的嗎？〉和〈論魯迅先生的「硬譯」〉。隨後，魯迅寫〈「硬譯」與「文學的階級性」〉，一九三〇年三月發表在《萌芽月刊》第一卷第三期。魯迅的〈文藝的大眾化〉一九三〇年三月一日發表在《大眾文藝》第二卷第三期。

　　在一九二九年十月十日（實際在一九三〇年二月）[40]出版的《新月》第二卷第八期中，梁實秋發表〈「不滿於現狀」，便怎樣呢？〉。在一九二九年十一月十日（實際應是一九三〇年三月後）出版的《新月》第二卷第九期（編輯者為梁實秋）中，梁實秋發表〈答魯迅先生〉和〈無產階級文學〉。一九三〇年一月十日（實際在五月一日後），在《新月》第二卷第十一期中，梁實秋發表〈「普羅文學」一斑〉。一九三〇年二月（實際應在一九三〇年六月中下旬）[41]的《新月》第二卷第十二期中，梁實秋發表《造謠的藝術》。

---

40 付祥喜認為：「第八期（一九二九年十月十日）登載了胡適翻譯哈特的《撲克坦趕出的人》，文末注：『十九，二，三夜。』即此文譯於一九三〇年二月三日夜，由此推斷，這一期《新月》的實際出版時間應在二月三日後。又，一九三〇年二月三日是正月初五，也就是說，二月上旬正是春節期間。根據常理，第八期不會在這段時間出版，故其出版時間在二月中旬或下旬。考慮到因為過年，《新月》的編輯出版工作受影響，在二月下旬出版的可能性較大。」參見付祥喜：《新月考論》（中山大學2009年博士學位論文），頁112-113。

41 付祥喜認為：「第十二期（1930年2月10日）卷首刊登了羅隆基的政論《我們要什麼樣的政治制度》，文末標注：『十九，六，五。』說明，這一期的實際出版日期在一九三〇年六月五日後。必須注意到，這一期的版權頁標明的出版日期，是『一九三〇年六月初版』，這個日期與扉頁標注的『民國十九年二月十日』不一致。依據羅隆基的那篇政論寫於一九三〇年六月五日，而第十一期實際在五月底出版，那麼，第十二期在六月初出版是不可能的，因此，版權頁上標明的『一九三〇年六月初版』是擬定出版日期。但，既已擬定出版日期，實際出版的時間就不會拖太久，應在一九三〇年六月中下旬。」參見付祥喜：《新月考論》（中山大學2009年博士學位論文），頁113-114。

　　一九二九年十月上海水沫書店出版魯迅翻譯的《文藝與批評》[42]。一九二九年魯迅寫〈新月批評家的任務〉，一九三〇年一月發表在《萌芽月刊》第一卷第一期。一九三〇年四月十七日魯迅寫〈「好政府主義」〉，一九三〇年五月發表在《萌芽月刊》第一卷第五期。

　　一九三〇年魯迅寫〈非革命的急進革命論者〉，發表於一九三〇年三月一日《萌芽月刊》第一卷第三期，文章寫道「《申報》的批評家對於〈小小十年〉雖然要求澈底的革命的主角，但於社會科學的翻譯，是加以刻毒的冷嘲的，所以那靈魂是後一流，而略帶一些頹廢者的對於人生的無聊，想吃些辣椒來開開胃的氣味。」

　　一九三〇年三月，梁實秋的《「資本家的走狗」》發表於《新月》第二卷第九期。一九三〇年四月十九日魯迅寫《「喪家的」「資本家的乏走狗」》，一九三〇年五月發表於《萌芽月刊》第一卷第五期。一九三〇年五月，梁實秋的《魯迅與牛》發表於《新月》第二卷第十一期。

　　一九三〇年五月八日夜，魯迅校畢〈《藝術論》譯序〉，後發表於一九三〇年六月《新地月刊》（即《萌芽月刊》第一卷第六期）。

　　一九三一年，魯迅寫〈中國無產階級革命文學和前驅的血〉。一九三一年四月二十五日刊於《前哨》，署名 L.S.。一九三一年三至四月間，魯迅寫《黑暗中國的文藝界的現狀》。該篇是作者應當時在中國的美國友人史沫特萊之約，為美國《新群眾》雜誌而作，當時未在國內刊物上發表過。

　　一九三一年三月，趙景深在《讀書月刊》第一卷第六期發表〈論翻譯〉。文中為誤譯辯解說：「我以為譯書應為讀者打算；換句話說，

42　《文藝與批評》是蘇聯盧那察爾斯基的文藝評論集，共收論文六篇。其中〈托爾斯泰之死與少年歐羅巴〉曾發表於《春潮》月刊，〈托爾斯泰與馬克思〉和〈蘇維埃國家與藝術〉曾發表於《奔流》月刊，其他三篇未在報刊上發表過。此書於一九二九年十月由上海水沫書店出版，列為「科學的藝術論叢書」之一。譯者附記最初印入《文藝與批評》單行本卷末，未在報刊上發表過。

首先我們應該注重于讀者方面。譯得錯不錯是第二個問題，最要緊的是譯得順不順。倘若譯得一點也不錯，而文字格裡格達，吉裡吉八，拖拖拉拉一長串，要折斷人家的嗓子，其害處當甚於誤譯。……所以嚴復的『信』『達』『雅』三個條件，我以為其次序應該是『達』『信』『雅』。」

一九三一年九月，楊晉豪在《社會與教育》第二卷第二十期發表〈從「翻譯論戰」說開去〉一文，攻擊當時馬列主義著作和「普羅」文學理論的譯文「生硬」，「為許多人所不滿，看了喊頭痛，嘲之為天書」。又說：「翻譯要『信』是不成為問題的，而第一要件卻是要『達』！」

一九三一年九月後，魯迅寫〈幾條「順」的翻譯〉。一九三一年十二月二十日刊於《北斗》第一卷第四期，署名「長庚」。文中指出：「在這一個多年之中，拚死命攻擊『硬譯』的名人，已經有了三代：首先是祖師梁實秋教授，其次是徒弟趙景深教授，最近就來了徒孫楊晉豪大學生。」

一九三一年十二月五日，瞿秋白給魯迅去了一封長達七千餘言的信，後以〈論翻譯〉（署名「J.K.」）為題連載於一九三一年十二月十一日《十字街頭》第1期、一九三一年十二月二十五日《十字街頭》第二期。一九三一年十二月二十八日，魯迅回信答覆瞿秋白，覆信則以〈論翻譯──答 J.K.論翻譯〉為題發表於一九三二年六月《文學月報》第一卷第一號。

一九三一年十一月後，魯迅寫〈風馬牛〉，發表於一九三一年十二月二十日《北斗》第一卷第四期，署名「長庚」。一九三二年四月二十六日，魯迅寫〈做古文和做好人的秘訣〉，此文在收入《二心集》前未在報刊上發表過。文中寫道：「自然，請高等批評家梁實秋先生來說，恐怕是不通的，但我是就世俗一般而言，所以也姑且從俗。」[43]此後，

---

43 魯迅：《魯迅全集》第4卷（北京市：人民文學出版社，2005年），頁276。

魯迅寫《再來一條「順」的翻譯》，發表於一九三二年一月二十日《北斗》第二卷第一期，署名「長庚」。

一九三二年六月二十、二十八日，瞿秋白再次去信給魯迅，後以〈再論翻譯答魯迅〉為題刊於一九三二年七月十日《文學月報》第一卷第二期。

關於翻譯的討論，在一九三三年達到頂點。除了上述文字，一九三三年前後，報刊和書籍中還出現了一系列以「論翻譯」為題的理論文章，如胡適的〈論翻譯：寄梁實秋，評張友松先生徐志摩的曼殊斐兒小說集〉、陳西瀅的〈論翻譯〉、趙景深的〈論翻譯〉、國熙的〈論翻譯〉、張伯燕的〈論翻譯〉、曾覺之的〈論翻譯〉、梁實秋的〈論翻譯的一封信〉、林語堂的〈論翻譯〉、葉公超的〈論翻譯與文字的改造──答梁實秋論翻譯的一封信〉、張夢麟的〈翻譯論〉、李子溫的〈論翻譯〉、林翼之的〈「翻譯」與「編述」〉、大聖的〈關於翻譯的話〉等。

魯迅說一九三三年是「圍剿翻譯的年頭」。一九三三年也是梁實秋攻擊魯迅「硬譯」最激烈的時候。一九三三年八月十四日魯迅仍作〈為翻譯辯護〉，一九三三年八月二十日刊於《申報・自由談》。直到一九三五年三月十六日，魯迅還寫了一篇〈非有復譯不可〉，刊於上海《文學》月刊第四卷第四號。該雜誌第四卷第一號的《文學論壇》欄載有〈今年該是什麼年〉一文，其中說：「過去的一年是『雜誌年』，這好像大家都已承認了。今年該是什麼年呢？記得也早已有人預測過──不，祝願過──該是『翻譯年』。」

回溯一下上述這些最先因論北京文藝界的門戶現象，後又因論盧梭而引發的往來論戰文字，魯迅和梁實秋的「論的」所在，其實就是對於人的普遍理解問題，連帶有對文學藝術的普遍性的理解。如何看待人的普遍性，自然也就涉及如何理解革命人、人的文學、革命人的文學、革命人的翻譯工作和翻譯觀等諸如此類的問題。璧華先生把它概括為文藝觀的分歧和對立，只是看到就文藝而論文藝。事情的真相

遠非文藝可以概括，用通俗的話來說，其實還是魯迅和梁實秋的世界
觀和人生觀的根本差異。只不過有意思的是，人與人的世界觀和人生
觀的差異，如果沒有一些具體而微的人事的介入，其實並沒有想像中
和表現出來的那麼大，彷彿判若鴻溝。最大的差異當然就是階級分別
了，不過，階級在一定程度上是可以製造並人為劃分出來的。況且，
一旦相關因素發生變化和轉移，階級的差異也是變化的。

　　歷史不能假設。梁實秋引起魯迅注意的，一開始並不是文藝觀和
翻譯觀的差別，而是梁實秋關於北京文藝界的門戶問題的私見。因為
梁實秋有了門戶之見以及關於這個門戶之見的論列，魯迅自然也就以
門戶之見待之和論之。這並非是魯迅的小氣和梁實秋的不謹慎，而是
自然之理與人之常情。聯繫梁實秋的那篇〈北京文藝界之分門別
戶〉，再聯想到一九二八年三月十日《新月》月刊上徐志摩發表的
〈「新月」的態度〉，「盧梭、翻譯、硬譯、文學與革命、大眾化、階
級性、好政府主義、資本家的走狗、造謠」等論戰中的語彙，紛紛出
現在魯迅與梁實秋的論戰之中，其實是理之必然。論題的變遷和往復
推移，其前因後果也就比較了然了。

　　而在這些形形色色的論戰關鍵詞中，關於「翻譯」的論爭最為引
人注目。原因其實也很清楚：因為翻譯問題不僅涉及政治、人事、公
私，而且還兼及學術、時尚和思想；不僅事關前面的民族主義文學論
戰，而且也與後面的文藝大眾化論戰有關；不僅關涉「新月派」和
「語絲派」的恩怨，而且也與「某地某籍」的門戶之爭有所關聯。一
九三二年魯迅編好《二心集》，同年十月初版。《二心集》收錄了魯迅
在一九三〇年至一九三一年間所寫的雜文三十七篇，其中至少有八篇
涉及翻譯論戰。翻譯論戰之於魯迅的重要性，可想而知。兼及上述所
言的翻譯論戰問題的橫生枝節的複雜性，想必這就是翻譯論戰會成為
三十年代文壇轟動一時、持續較為久遠的一次論戰的背景和原因吧。
一九三三年八月十四日，魯迅作〈為翻譯辯護〉。文中說一九三三年

是「圍剿翻譯的年頭」。魯迅用了「圍剿」二字，聯繫一九三三年的中央蘇區的戰事背景，應該可以理解魯迅身陷翻譯論戰中的憤慨心態，乃至於魯迅會說：「指摘壞翻譯，對於無拳無勇的譯者是不要緊的，倘若觸犯了別有來歷的人，他就會給你帶上一頂紅帽子，簡直要你的性命。這現象，就使批評家也不得不含糊了。」[44]翻譯與「紅帽子」相關，儘管魯迅是出於諷刺，但也點出了翻譯論戰本身的政治性、時尚性、思想性和非私人性絞纏的特殊意味。

　　一九三三年之後魯迅和梁實秋的互相攻擊少了，「大概是在國民黨政府真正對『左翼』文學家實行暴力鎮壓的時候，梁實秋沒有落井下石而是反過來替『左翼』文學說話而譴責政府的緣故，而且梁實秋的翻譯莎士比亞肯定獲得了魯迅內心的認同，因為魯迅曾勸林語堂翻譯莎士比亞，可是卻被林語堂拒絕了」[45]。

　　綜觀翻譯論戰，事實上，與梁實秋在文學翻譯觀點上究竟有多大分歧，深諳藝術的魯迅自己應該是非常清楚的。說白了，更多是因為文藝觀上的門戶分野而導致的翻譯觀上的立場差別。相反，就翻譯藝術而言，瞿秋白側重現實革命生力軍培育和政治動員的翻譯觀（不僅僅是文學翻譯），較之梁實秋側重藝術審美上的翻譯觀，反倒是與魯迅相隔一層。可是，儘管瞿秋白與魯迅的翻譯觀同中有異[46]，但由於一開始二者的互相尊重而帶來的情感與論戰立場認同，又因為論戰立場的互相認同而促使論戰觀點趨同，反而使得魯迅對瞿秋白的翻譯才能[47]和立場產生了更大認同和更高讚賞。

---

44 魯迅：《魯迅全集》第5卷（北京市：人民文學出版社，2005年），頁275。

45 高旭東：《梁實秋　在古典與浪漫之間》（臺北市：文津出版社，2005年），頁61。

46 關於瞿秋白和魯迅二者翻譯觀的異同，王薇生先生有較好的辨析。參見王薇生：〈開拓蘇俄文學翻譯園地的辛勤園丁──魯迅、瞿秋白翻譯比較觀〉，載瞿秋白紀念館編：《瞿秋白研究》第3輯（上海市：學林出版社，1991年），頁217-231。

47 參見范立祥寫的關於瞿秋白翻譯藝術的賞鑒式系列論文〈瞿秋白翻譯藝術探微〉，該論文分六次刊載於《瞿秋白研究》第3、4、5、6、8、10輯。

因此，瞿秋白和魯迅儘管翻譯觀點不同（和梁實秋倒是相近），
但最終卻因翻譯論戰成了戰友、知己與同懷，而梁實秋則與魯迅成為
終身譯敵。這當然並非是說魯迅在事關翻譯的真理探求上存在偏差，
但客觀上說，從事翻譯不僅僅是才華問題，更是一項涉及人事的功
業。於是，關於翻譯的論戰，本來不過是語言藝術的文類轉換，但就
梁實秋與魯迅、瞿秋白三人而言，卻翻轉出了一段對感情與人事交會
時旁逸斜出的思想史理解與同情。

三

瞿秋白何時介入、如何介入、為什麼要介入魯迅和梁實秋之間的
翻譯論戰呢？介入效果又如何呢？

一九三一年九月三日，瞿秋白寫了〈苦力的翻譯〉，指出了翻譯
問題上革命立場的重要性。同時期，瞿秋白接受魯迅委託，重譯俄國
盧那察爾斯基的劇作《解放了的董·吉訶德》[48]《鐵流》的序言[49]。
據相關回憶，「這時候，兩人不但還沒有見過面，並且也沒有什麼通
信」[50]。此時此刻兩人在翻譯觀上並無交流，瞿秋白對魯迅與梁實秋
已經持續了一年的翻譯論戰也沒有公開的發言。

瞿秋白和魯迅「兩人最初的見面」，根據馮雪峰的回憶是「大概
就在《毀滅》譯本出版的時候」[51]，可見，瞿秋白和魯迅的直接交
往，最早也應該在大江書鋪版的《毀滅》[52]出版之後，即一九三一年

48　第一場是魯迅從日文本轉譯，第二場開始由瞿秋白從俄文本直接譯出。

49　瞿秋白：〈給魯迅和馮雪峰的短簡〉，《新文學史料》1982年第4期。

50　馮雪峰：《回憶魯迅》（北京市：人民文學出版社，1957年），頁54。

51　馮雪峰：《回憶魯迅》（北京市：人民文學出版社，1957年），頁55。

52　魯迅翻譯的蘇聯作家法捷耶夫名著《毀滅》的兩個版本，是中國最早的兩個中文譯
　　本版本。一本是一九三一年九月三十日由上海大江書鋪出版，譯者署名「隋洛文」
　　（魯迅的一個筆名，以示對國民黨稱他為「墮落文人」的反擊）；另一本是一九三

十月前後。另有一說，是一九三二年夏末。[53]一九三一年十二月五日，瞿秋白讀完了魯迅送給他的、由魯迅親自翻譯的小說《毀滅》。瞿秋白隨即就小說出版意義和翻譯問題，給魯迅去了一封長達七千餘言的信。一九三一年十二月二十八日，魯迅回信答覆瞿秋白。瞿秋白的這封信，後來以〈論翻譯〉（署名「J.K.」）發表在《十字街頭》第一～二期（一九三一年十二月十一日、二十五日出版）。魯迅的答覆信則以〈論翻譯——答 J.K. 論翻譯〉為題，發表在《文學月報》第一卷第一期。在瞿秋白寫於一九三一年十二月五日的〈論翻譯——給魯迅的信〉中，瞿秋白說：「我們是這樣親密的人，沒有見面的時候就這樣親密的人。」據此可知，一九三一年末前兩人沒見過面。再者，一九三二年六月二十、二十八日，瞿秋白還再次去信和魯迅討論翻譯問題，並以〈再論翻譯答魯迅〉刊於《文學月報》第一卷第二期（一九三二年七月十日出版）。信中兩人的討論仍舊未表露出二人有過會面，由此推論，見面大概也就是一九三二年夏末，瞿秋白由馮雪峰陪同，與魯迅第一次見面，從此開始他們的並肩戰鬥。

可見，瞿秋白和魯迅在翻譯問題上的聯繫，最初只是緣於一些翻譯任務的委託，漸漸地瞿秋白才有機會與魯迅討論翻譯的問題。魯迅對瞿秋白中俄翻譯才華的賞識，當然使得瞿秋白有膽量和自信主動與魯迅討論翻譯問題，甚至敢於糾正魯迅的一些觀點。而且，也正因為在翻譯問題上兩人存在分歧，所以才會有此後的一論再論。顯然，瞿秋白和魯迅之間關於翻譯問題的三封通信的發表，是瞿秋白和魯迅關於翻譯問題的一次公開互動，個中有辯駁也有潛在的質疑和回應，但

一年十月由三閒書屋（魯迅自印書的託名機構）出版，譯者署名為「魯迅」。大江書鋪版只印了一版，三閒書屋版後來又再版過。參見〈魯迅譯著《毀滅》的兩個版本〉，《人民日報海外版》2005年10月27日。

53 周建人的回憶是「初秋」。丁景唐先生經過考證後認為是一九三二年的夏秋之交間。參見丁景唐：〈魯迅和瞿秋白的革命友誼〉，載丁景唐、陳鐵健、王關興等著：《瞿秋白研究文選》（天津市：天津人民出版社，1984年），頁260。

體現出來的兩人的情感趨近和思想遇合是毫無疑問的。

瞿秋白與魯迅在情感上的相互趨近，除了三封翻譯通信的發表，也存在外在因素的推動。其中，魯迅和梁實秋之間關於翻譯文學的論戰，就在這其中起著至關重要的推動的作用。當然，與其說是因為翻譯論戰讓瞿秋白和魯迅相互靠近，不如說是瞿秋白和魯迅因為翻譯任務而牽合的翻譯觀的討論，使得瞿秋白注意到了魯迅和梁實秋之間的翻譯論戰，也使得瞿秋白從更高、更嚴的要求介入了這場從藝術的翻譯觀滑入翻譯觀的立場之爭的論戰。所以事實上，正是瞿秋白與魯迅的這些翻譯通信的發表，成為魯迅和梁實秋翻譯論戰再起高潮的「導火線」[54]。

一般來說，主動介入某種糾葛，即便是學術論戰，無非兩個理由：一是與其有重大利害關係，二是相信自己可以抗衡對方。瞿秋白主動介入魯迅和梁實秋的翻譯論戰，也同樣如此。除了瞿秋白對自己的翻譯才華有著相當自信之外，還因為翻譯論戰對瞿秋白而言有著相當的利害關系，只不過這種利害源於「非私人」的考慮，因為瞿秋白首先是個政治革命家，而且是個負有領導責任的革命政治家——儘管彼時已經大不如前。

另一方面，二十世紀三十年代的左聯時期，是魯迅在上海靠寫作為生的時期，也是魯迅思想日益走向革命的階段。此刻的魯迅，剛剛經受了太陽社和創造社等團體的圍攻，又糾纏於梁實秋漫長的翻譯論戰。瞿秋白此時此刻寫的這封信，一方面，不自覺地介入了並且再次激發了梁實秋和魯迅的翻譯論戰；另一方面，也在關鍵時候給了魯迅莫大的來自革命陣營的道義支持。瞿秋白說：「我覺得對於這個問題，我們要有勇敢的自己批評的精神，我們應當開始一個新的鬥爭。

---

54 張柏然、許鈞主編：《面向21世紀的譯學研究》（北京市：商務印書館，2002年），頁594。

你以為怎麼樣？」[55]

　　「《毀滅》的出版，始終是值得紀念的。我慶祝你。希望你考慮我的意見，而對於翻譯問題，對於一般的言語革命問題，開始一個新的鬥爭。」[56]瞿秋白希望把魯迅的這種努力「變成團體的」，他明確地指出：

> 你的努力——我以及大家都希望這種努力變成團體的，——應當繼續，應當擴大，應當加深。所以我也許和你自己一樣，看著這本《毀滅》，簡直非常的激動：我愛它，像愛自己的兒女一樣。咱們的這種愛，一定能夠幫助我們，使我們的精力增加起來，使我們的小小的事業擴大起來。[57]

　　反過來，魯迅之前是出於對瞿秋白的中俄文之間的翻譯才能的欣賞，才與瞿秋白有翻譯事務上的交流。但這封關鍵時候的正兒八經的關於翻譯問題的來信，卻讓魯迅感覺獲得了「同志」和「朋友」的理論支援，儘管瞿秋白對魯迅的翻譯觀更多是出於革命立場上的贊同。但在革命角力氛圍籠罩的年代（事實上，在講求成者為王敗者寇的中國式人事與功業邏輯的語境下，大多數的學術討論都是如此），學術觀點上的正確與否，遠不如討論立場上的一致與否重要。儘管就語言翻譯才華而言，梁實秋並不遜於瞿秋白，但瞿秋白鄭重而穩健的革命化的翻譯理論支持，卻使得魯迅因此對瞿秋白的翻譯才能和翻譯立場產生了更大的認同和更高的讚賞。

55　瞿秋白：〈論翻譯——給魯迅的信〉，載《瞿秋白文集》（文學編）第1卷（北京市：人民文學出版社，1985年），頁509。

56　瞿秋白：〈論翻譯——給魯迅的信〉，載《瞿秋白文集》（文學編）第1卷（北京市：人民文學出版社，1985年），頁513。

57　瞿秋白：〈論翻譯——給魯迅的信〉，載《瞿秋白文集》（文學編）第1卷（北京市：人民文學出版社，1985年），頁505。

　　毋庸諱言，瞿秋白對自己的俄文的翻譯才華和中文的文學修養有著相當的自信，甚至是自負。如果不是因緣際會進入革命政治，瞿秋白肯定會喜歡當一個新舊兼容的過渡時代的知識分子，這也是可以想見的。實事求是地說，當一個知識分子、文人或者現代作家，一直是瞿秋白心中的夢想。因此，在與魯迅相遇的路上恰逢「翻譯問題論戰」這一盛事，瞿秋白此時此刻選擇介入翻譯問題的論戰，絕對不是一個率性的輕易之舉。

　　顯而易見的理由，起碼有三點：第一，這是一個可以讓瞿秋白找到自己與魯迅、梁實秋等學術思想知識精英們進行對話、切磋的機緣。當然，瞿秋白肯定也認為，除了文藝戰線上的政治謀劃外，這更是他為自己開闢學術政治戰線的一個大好時機。因為翻譯論戰不僅僅涉及語言文學的才華，更關係到對現代中國學術思想發展邏輯的發言權、領導權的掌控。第二，更有意思的是，瞿秋白介入翻譯論戰，並非只是純粹地幫魯迅站臺和助陣，他是左右開弓——既有在內部的對魯迅的說服，也有在外部的與梁實秋等人的鬥爭。第三，論爭雙方對瞿秋白而言的意義是不一樣的——就魯迅而言，是戰鬥中的統合；就梁實秋而言，是階級鬥爭（或言「階級性」的論爭）在翻譯場域中的開展。正是基於以上考量，瞿秋白介入這場翻譯論戰就有著多重面向，這不僅讓瞿秋白與魯迅的關係討論有了更豐富的思想空間，也使得這場翻譯論戰變得更有學術和歷史的張力。怪不得瞿秋白會說：「可是，誰能夠說：這是私人的事情？！誰？！」[58]的確，這場翻譯論戰無論對哪一方而言，都不會僅僅是「私人的事情」，但也並非與「私人的事情」無關。

　　於是，學術論戰迅速與立場結盟，二者難解難分，論辯中的人的力量的分化組合也在同步完成。在魯迅與梁實秋二者論戰最艱難的時

---

58 瞿秋白：〈論翻譯——給魯迅的信〉，載《瞿秋白文集》（文學編）第1卷（北京市：人民文學出版社，1985年），頁504。

刻，瞿秋白因緣際會地支援了魯迅；而在三次與左聯關係密切的文藝論戰裡，魯迅也以左聯盟員的身份發出了自己的「戰叫」。至此，「戰友」就不再是瞿秋白單方面的認同性稱呼，而已經是一種瞿秋白和魯迅之間的「共識」。可見，瞿秋白和魯迅之間的「異乎尋常的親密友誼」[59]，乃是在現實社會鬥爭、思想歸化與日常交往的互動中形成的。這當然是基於左聯這一個平臺，儘管魯迅在臺前，瞿秋白在幕後。現在，因翻譯論戰二者深度結緣，從論戰同音變成立場同盟，當然也形成了力量共同體。

瞿秋白和魯迅的交往，自此從思想幕後走向了現實政治角力的前臺，形成了文化政治意義上的合力與交集。隨後，事實上起碼要等到一九三一年的九月份之後，瞿秋白才開始和魯迅展開一系列的文學合作，有文學論戰的調度、編書（集子）、合寫雜文、評鑒欣賞等等。當然，文學合作而雙美的事情，綜觀歷史可謂稀少，但二人政治的文學合作卻是佳話連連，從聞名到見面，從見面到抱團，從談文學到論翻譯，從翻譯論戰到文學政治的合作。此時此刻，瞿秋白眼中的魯迅，當然不僅僅是那個孤獨吶喊的作家，也不再是單純的「資產階級的民權主義者」[60]了，他是「敬愛」、「親愛」的「同志」。對於瞿秋白而言，魯迅已經是「我們」──「我們是這樣親密的人，沒有見面的時候就這樣親密的人」[61]。

---

59 丁景唐：〈魯迅和瞿秋白友誼的豐碑──魯迅幫助出版瞿秋白著譯的經過〉，《中南民族學院學報》（哲學社會科學版）1982年第1期。
60 瞿秋白：〈「五四」和新的文化革命〉，載《瞿秋白文集》（文學編）第3卷（北京市：人民文學出版社，1989年），頁24。
61 瞿秋白：〈論翻譯──給魯迅的信〉，載《瞿秋白文集》（文學編）第1卷（北京市：人民文學出版社，1985年），頁512。

第三節　從「相得」到「懷念」：合撰、互評與「餘談」——瞿秋白眼中的魯迅（之三）

　　一九三二年十二月七日，瞿秋白重錄十五年前的舊體詩〈雪意〉書贈魯迅並加了跋語。一九三三年春，魯迅書贈瞿秋白一副字——「人生得一知己足矣，斯世當以同懷視之」。瞿秋白與魯迅的書贈酬答，無疑成就了後世人際交往的美談，何況這種美談又是發生於二十世紀三十年代的魯迅與革命者之間呢。

　　不僅如此，這也被認為是瞿秋白和魯迅交誼的頂點。然而事情並非如此簡單。

一

　　瞿秋白的七絕〈雪意〉如下：

　　　雪意淒其心惘然，江南舊夢已如煙。天寒沽酒長安市，猶折梅花伴醉眠。

　　該詩寫於一九一七年底或一九一八年初，集中了中國古典文人詩詞中關於花、酒的典型意象，鮮明呈現了瞿秋白濃重的古典文人審美情趣，傳達著對現實人生的彷徨與頹唐，是其當時低沉抑鬱心情的反映：一邊淒然作別如煙的「江南舊夢」，一邊遙想「天寒沽酒長安市，猶折梅花伴醉眠」；一方面是厭世主義，悲觀情緒瀰漫，另一方面則有理智化的自我警醒。

　　已歷經革命烈火淬煉的瞿秋白，在十五年後仍不悔少作，重錄並書贈魯迅，可見他本人對該詩藝術之自得和詩思的認可。乃至於重錄此詩時，瞿秋白坦言「今日思之，恍如隔世」，言下之意是感慨自己

變化之巨，但也可能有「陌生化」之後重新發現新我中之舊我的訝異。可以說，抄錄此詩贈給魯迅，既是瞿秋白對魯迅的一種感情認同與知己酬唱，也不乏瞿秋白以此種形式向魯迅呈現自己所自得的某種自我形象認同的意思。

　　至於魯迅書贈條幅給瞿秋白一事，也並非是禮尚往來、一來一往那麼簡單。書贈的過程本身就有著一番轉折。

　　周建人回憶：「對聯中的話，魯迅說是錄何瓦琴的話，我記得是秋白說的，而魯迅有同感，所以書錄下來，又贈送給秋白。後來有人糾正我，說何瓦琴在歷史上確有此人。可能我記錯了，也可能這句話是秋白找來的，而魯迅書寫了。總之，這句話代表兩人的共同心意。」[62]

　　何瓦琴是清代學者何溱，字方谷，號瓦琴，浙江錢塘人。工金石篆刻，著有〈益壽館吉金圖〉。清代徐時棟《烟嶼樓筆記》有這樣一段記載：「何瓦琴溱集禊帖字屬書云：人生得一知己足矣，斯世當以同懷視之。亦佳。」「禊帖」即〈蘭亭集序〉帖，也就是說，魯迅書贈的這副對聯文字，其實是何瓦琴從王羲之〈蘭亭集序〉中集字創作的。

　　平心而論，一般來說，要送人的字幅，上面所要寫的內容，情形大約有兩種：一種是贈書人胸有成竹，早已經想好要寫的內容，能表明贈書人對彼此雙方的情感判斷，也是自我形象展示，更是對受贈方的期待；另一種是在問詢受贈人的情況下臨時決定書寫內容，這或許可以表明雙方對彼此關係在當時情境下的共識，乃至只是受贈方的自我期待。而對於後一種情形下的「共識」程度的判斷，是「同感」還是「心契」，當然因人而異。瞿秋白選擇這句帶有集句性質的文字來概括自己與魯迅之間的友誼關係，確也吻合瞿秋白在情感集約與自我

---

62 周建人：〈我所知道的瞿秋白同志〉，原載《解放軍報》1980年3月16日，後改題為〈我所知道的瞿秋白和魯迅〉，引自周建人：《回憶大哥魯迅》（上海市：上海教育出版社，2001年），頁151。

表達上的一個習慣。[63]在這個意義上，我認為，魯迅書贈此條幅文字贈予瞿秋白，與其說是雙方對彼此關係在當時情境下的一種「共識」，不如說是他們對於人世交誼理想狀況的一種期許和美好想像。

魯迅與瞿秋白的關係，是否達到「人生得一知己足矣，斯世當以同懷視之」這一高度，是「同感」還是「心契」，每個人的理解和定位似乎都有偏差。這種理解的偏差，小則關乎對魯迅和瞿秋白之間的關係的理解，大則關乎魯迅與左聯、革命文學陣營的關係考量。

但不管作何解釋，這兩次贈書行為奠定了此後所有關於瞿秋白與魯迅之間的友誼討論的基礎。瞿秋白與魯迅的友誼，無論立場如何，視角如何變換，都是不容懷疑的存在。而大致說來，在兩人的友誼進程中，瞿秋白的主動性和個人情感色彩比較濃厚，魯迅則顯得持重而理性。

需要注意的是，在瞿秋白眼中「魯迅是誰」本身是在變化的，這不僅因為二者友誼進程是動態的，而且還因為瞿秋白作為革命政治家所處際遇、語境和情境的變化與需要。畢竟對瞿秋白來說，在個人與革命之間，後者是絕對占壓倒性優勢的考量。因此，和翻譯問題一樣，「魯迅是誰」這個問題對瞿秋白而言，絕對也不僅僅是「私人的事情」。瞿秋白與魯迅之間的交往與情感，瞿秋白眼中的魯迅，始終存在著多種面向。

二

　　一九三三年二月十七日，蕭伯納來華遊歷抵達上海，社會各界都

63　一九三五年五月九日瞿秋白被解到國民黨三十六師師部——汀州（今福建省長汀縣），六月十八日就義。長汀獄中一個多月，瞿秋白寫了七首舊體詩詞，除兩首依舊題而作的詞外，唐人集句詩和唐人趣旨濃厚的舊體詩是瞿秋白最喜歡的體裁。參見傅修海：《時代莫渡的豐富與痛苦——瞿秋白文藝思想研究》（北京市：中國社會科學出版社，2011年），頁401-402。

　　紛紛做出反應。這一文化界的盛事，瞿秋白與魯迅自然不會無動於衷。二月二十二日，瞿秋白與魯迅通力合作，兩人又是翻譯，又是編輯，還要考慮書籍的出版，終於以最快的速度整合成《蕭伯納在上海》[64]一書。這本小書，迄今為止引發的思考和討論不多，但其意義卻著實耐人尋味。這顯然不是一般意義上的編書、翻譯和出版行為。[65]

　　蕭伯納訪華和抵達上海的諸多反應，當然不是一般意義上的文化事件。[66]在一九三三年革命中國的語境裡，尤其是在上海那個半殖民地化的租界混雜區域裡，如何看待蕭伯納，如何化蕭伯納訪華事件及其對社會、思想、文化的輿論影響為自己所用，誠然已經是一種政治角力問題。[67]

　　在魯迅看來，對蕭伯納訪華這一社會思想文化的焦點現象的關注，具有文化批判意味的縱觀全域之意，「是作為一種社會文化現象看待的」[68]，態度也比較客觀。但在瞿秋白看來，此時此刻此地去編輯和出版一本這樣的書，說白了，就是進行專題的社會輿論、思想文

64　《蕭伯納在上海》，原版注明「樂雯剪貼翻譯並編校，魯迅序」。瞿秋白和魯迅合作編譯這本書，有著經濟收益和政治文化上的雙重考慮。郝慶軍先生在其博士論文中曾對後者有深入的「意識形態」角度切入的「文本」分析。他認為《蕭伯納在上海》是「一個遠為複雜而且有相當政治抱負的文本」，形成了「一個眾聲話語交互對話、交鋒的語言場域」，具有「廣闊的世界視野和卓越的透視功能」，通過「精心編排的結構」，運用「語言間的轉換所造成的縫隙」來實現「精彩的意識形態分析及其解構策略」。參見郝慶軍：《詩學與政治：魯迅晚期雜文研究（1933-1936）》（北京市：文化藝術出版社，2007年），頁168、173、179。

65　有論者從「媒介批評史」的角度論說此書的價值，頗有以今律往的弊病。相關討論，見胡正強：〈論《蕭伯納在上海》在中國媒介批評史上的地位〉，《當代傳播》2006年第5期；胡正強：《中國現代媒介批評研究》，北京市：中國傳媒大學出版社，2010年；胡丹：〈「《蕭伯納在上海》是媒介批評專著」觀點駁正〉，《青年記者》2011年第32期。

66　倪平編著：《蕭伯納與中國》，石家莊市：河北人民出版社，2001年。

67　關於蕭伯納訪華一事在當時引起的社會反響，參見劉濤：〈身份模糊的戲劇家──蕭伯納在現代中國〉，《西藏大學學報》（社會科學版）2012年第3期。

68　張傑：《魯迅：域外的接近與接受》（福州市：福建教育出版社，2001年），頁164。

化的材料匯編。由於蕭伯納的言論並不利於左翼革命政治，瞿秋白匯編相關報導並成書出版，其目的顯然在於呈現這些形形色色文章背後的不同政治立場和思想態度──「看看真的蕭伯納和各種人物自己的原形」[69]。

　　毫無疑問，這當然也是一種鬥爭，而且是一種反向出發的策略性鬥爭。

　　有意思的是，瞿秋白這政治鬥爭的逆向思維，與魯迅看待此事的文化批判思維，二者天然存在著潛在的邏輯匯通。他們於是想到一塊去了。《蕭伯納在上海》的編譯、校對和出版，因此成為瞿秋白與魯迅的一樁共同奮鬥佳話。畢竟逆向鬥爭思維與文化批判的思維，政治旨趣的批判鬥爭與文化角度的反思，有時候是一體兩面的事情。

---

69 瞿秋白：〈寫在前面──他並非西洋的唐伯虎〉，載《瞿秋白文集》（文學編）第2卷（北京市：人民文學出版社，1986年），頁300。

附錄
丘東平的「格調」：
作為作家與作為文學現象的探索

　　丘東平被稱為戰地文藝的開拓者。長期以來，對丘東平的相關研
究往往聚焦於戰爭文學題材寫作與藝術特色研究，對其作為「戰地文
藝」的「開拓」著墨不多、理解不夠。丘東平的格調特殊之處有二，
一是他作為戰地實際戰鬥員與戰地文藝作家組合的人與文的特殊性，
二是他作為戰爭時代從底層逐級上升的現代中國觀察者、體驗者、書
寫者的典型意義。基於上述二端的觀察與理解，將開啟對作為作家與
文學現象的丘東平再度綜合研究的學術開端，前景令人期待。

一　戰爭之子：丘東平的多元面向

　　丘東平是特殊的，縱覽丘東平研究或者回憶的相關文字，可以說
這是共識。丘東平是獨特的「一個『這個』」。[1]

　　邱東平的獨特之處之一，就在於他不是和平時期的戰爭作家，而
是戰爭時期的軍中作家。丘東平是為戰爭而生，也是戰爭之子，他與
戰爭的關係，他所看待的戰爭，戰爭和他之間的這種聯繫，都跟別的
作家和別的戰士不一樣。

　　作為戰地作家的他，有著多元的面相：他是一個戰爭中誕生和哺
育出來的作家，又是一個參加戰爭後主動融入戰爭的作家。他是群體

1　〔德〕恩格斯：〈致敏娜‧考茨基書〉，楊柄編：《馬克思‧恩格斯論文藝和美學》
　　（下）（北京市：文化藝術出版社，1982年），頁796。

戰爭中的個體，寫出了戰爭洪流中的泥沙俱下；他又是個人戰爭的主體，寫出了戰爭時期個人內心的呼嘯、痛楚與吶喊。他寫的戰爭既是群體的又是個體的戰爭，既是內在的也是外在的戰爭，既有民族之間的也有民族內部的戰爭。在他的筆下，戰爭和生活是一體化的，既有高層的運籌帷幄，也有底層的懵懵懂懂；既有戰局時事的自如舒展，也有人性莽荒愚昧的隨波逐流。

　　丘東平作為戰地作家，特殊性還在於，他還是一個有著自覺的反思精神、追問精神的作家，一個對戰時生活有著相當洞察力和感受力的作家。他寫戰爭，寫亂世時期的戰時生活，寫變革動盪年代的底層、農村、軍中內外，第一出發點不是他對戰爭的先入之見的政治站位和歷史定性，而是他發自生命本能的痛苦、困惑與不解，是源於身體本能的激變與憤懣，甚至源於肉體的生理反應。他的大量戰地題材的創作，往往是上述一些元素糾纏而成的樸素人生苦悶與人世悲歡。也正是因為這一點，丘東平的寫作與「無窮的遠方，無數的人們」。[2]

　　有關古往今來，戰爭並非稀奇事。丘東平所在歷史時段，戰爭更是日常，寫戰爭也是常態。但是他所寫的這些題材為什麼能夠留下來？為什麼他有必要寫？當然不是他一心想當作家，而是他覺得他的經驗很特殊，跟別人不一樣，他看到的東西比別人更深刻更真實，也正是因為這一點給了他很大的自信，甚至於因此發出令胡風感到「受威脅」和「狼狽」的「輕蔑人的格格格的笑聲」。[3]當然，丘東平個人性格上的那種羞怯、內向，也可能會讓別人有不同判斷。但事實上，從另外一角度說，這也許一方面是題材自信，一方面則是性格上帶來個人風格的內斂。

2　魯迅：〈且介亭雜文附集・「這也是生活」……〉，《魯迅全集》第6卷（北京市：人民文學出版社，2015年），頁624。

3　胡風：〈憶東平〉，羅飛主編：《丘東平文存》（銀川市：寧夏人民出版社，2010年），頁350-351。

人其實本身就是矛盾綜合體，外形上長得非常魁梧高大，但性格上卻有點羞怯內斂，丘東平作為作家的特殊性，表現為一系列的矛盾，甚而至於人們對此的評價往往也是矛盾的。首先是風格上的矛盾。一方面是題材的宏偉、壯闊、深刻。另一方面，是寫作的細膩。犀利的深刻、剛毅的溫柔，正是這種矛盾的錯綜的風格呈現，卻完整地融合在一起。與此同時，我們也注意到題材中國化和作品裡面人物的（比如說名字，稱謂……的歐化）[4]，往往奇怪地攪合在一起。

其次是丘東平跟戰爭的關係也很矛盾。丘東平對戰爭的理解、戰爭與他本人的融合關係是非常獨特的。他不是外在於戰爭，他也不是內在於戰爭，他就是戰爭中的一個成員，或者說是戰爭中的一個構成、一個零件，或者簡直可以說他就是戰爭。丘東平是全身心去體驗戰爭、融入戰爭，把自己當作戰場元素，在戰爭中去體驗生命的悲歡，在戰爭中體驗生活的酸甜苦辣，在戰爭中寫戰爭，在戰爭中理解戰爭，在戰爭中感受戰爭，在戰爭中反思戰爭。這跟其他人體驗戰爭的外在的、世界的和內在的視角都不一樣，與別的作家寫戰爭的他者視角也不一樣。少有人像丘東平這樣寫戰爭的，也極少有像丘東平那樣寫出了戰爭中的人生、個體、鄉村生活和戰爭生活的，更沒有人像丘東平那樣能夠超越戰爭雙方勝負、性質和立場去體驗戰爭。丘東平把戰爭當作人生、歷史和日常生活的全部，將其當成是自己對這個世界的參與、融合與互動，他對歷史的參與與擁抱。他從這個角度去寫戰爭，這就是丘東平對於戰爭，對歷史，對社會的特殊體驗通道。甚而至於，連丘東平眼中的風景，似乎都是戰爭化的擬態，例如：

在永春，在福建的山洞中蘊積著的熱氣火辣地、久久不散地在

4　對此論者有多種理解，如劉衛國、張荻荻：〈革命與宗教的糾葛──丘東平作品新解〉，《文藝爭鳴》2014年第12期；鄧姿：〈丘東平與外國文學〉，《中國文學研究》2013年第3期。

浮蕩著，使人們的靈魂脹大而沉重，彷彿在他們的身上遺留了無數的毒箭。山腰上的松樹，經不起太陽的烈焰的燃燒，慢慢地變成了焦黑，葫蘆草的綠色也變成暈濁的了，洋柿子的紅色泛著太陽的毒液。——太陽快下山了，桃溪的響聲一陣陣地顯得遼遠而沙啞，溪水峻急地、激蕩地衝擊著溪岸，震撼著沿岸用木椿搭架起來的房子，房子用背脊向著溪流，向前傾斜，看來是一個尾隨著一個背後，狼狽而恐慌，彷彿要逃開那亂暴地叫喊著的溪流的侵襲。——桃溪向著南面流去，在和永春城接觸的時候突然把面積擴大起來，峻急、激蕩的波瀾慢慢地靜止了，而響聲則顯得更加遼遠下去……[5]

於是激烈的變動開始了——

在前面約莫五公里遠的公路上，突然發出了一陣猛烈的排槍。相隔不到五秒鐘，左邊稍遠的黑色的高屋上，有連射至三千多發的機關槍在叫囂著。這是一種出人意外的突發的騷動，密集的槍聲竟象春天的蛙鼓似的到處呼應著，互相傳染著，每一陣的槍聲發出之後，總是久久不歇地在四面的樹林和房屋之間作著繚繞，而且重重地蓄集起來，使空氣變得沉重而緊張，至於疲乏地發出氣喘。有時較高的聲浪突然地掀起了洶湧的波濤，彷彿把千百隻的狼趕向空中，叫他們互相搏鬥著，齧咬著，發出激烈的咆哮。[6]

由此可見，丘東平說戰爭使我們的生活單純化，他這種純化不是說他跟戰爭沒有關係，他越是純化，就越是能夠體驗到戰爭的複雜性、殘酷性、詭異性、殘忍性。對丘東平而言，所謂的戰爭的純化，

5　丘東平：〈給予者〉，《沉鬱的梅冷城》（廣州市：花城出版社，1988年），頁206-207。
6　丘東平：〈給予者〉，《沉鬱的梅冷城》（廣州市：花城出版社，1988年），頁235。

事實上指的是對戰爭融入的飽和度，而不是丘東平「防備戰爭敘事的單純化」[7]。正是這種充分的戰爭飽和度，成了他在眾多左翼作家、戰爭題材作家中擁有相當高的識別度的原因和奧秘所在。

這也就是丘東平創作的又一個特殊性，他是反方向的、逆潮流而動的戰地作家書寫，他是戰中寫戰、以戰寫戰，呈現出戰場的原生態。他不是以複雜寫複雜，他是先單純、先從簡單化再複雜化。或者說越是簡單化，反而就越複雜化。這種逆反的、逆風而行的書寫，反常態的書寫心態、姿態和角度，使得他的戰爭敘述跟別的作家不一樣，無論是寫戰爭也好，無論是左翼文學也好，無論是寫那個時代特殊歷史題材也好，他都顯得跟別的作家不一樣，因為他不是後設視角的史家，它是即時戰爭的體驗者和觀察者、反思者，用的是平視和融入的視角。

二 文學與報告：「文學場」裡的丘東平

眾所周知，丘東平評價史上的周折，除了周揚的「話中話」[8]，另一淵源就是報告文學《東平之死》[9]。這篇報告文學的創造性想像是丘東平的「死」，即他為什麼選擇「自殺」這樣的犧牲方式。

的確，不管是想像的還是虛構的，或是根據史實回憶的，丘東平的死因和選擇赴死的方式，每個細節都可以衍生出許許多多歧義的解釋，推出的結論也大不相同。但它們又基於共同的邏輯，就是丘東平的性格是矛盾的。顯然，如果承認他是矛盾的，就是一種解釋。如果他不是矛盾的，又是另外一種解釋。這篇報告文學引發相關方面的爭

---

7 劉衛國：〈丘東平「戰爭敘事」特徵新論〉，《文學評論》，2013年第3期。
8 傅修海：〈丘東平戰爭文學「格調」的歧途〉，《中國現代文學研究叢刊》2015年第4期。
9 龐瑞垠：〈東平之死〉，《當代》1984年第5期。

議，要害其實在這個地方。因此，回到問題的原點，還是追問到底丘東平是不是一個矛盾的人。

　　而關於丘東平人的問題，就直接聯繫到他的文，他的作品。如果他是一個矛盾的人，那麼他寫的文字是否也是矛盾的？矛盾的人寫下矛盾的文字，就會有數種的基於這種邏輯聯繫的可能與猜想。這也就使得丘東平的評價和他的作品解讀，陷入了更多複雜性。如此一來，對於理解在大革命語境、土地革命、抗日戰爭、解放戰爭中的丘東平，都帶來許多絞纏不清的話題。不僅如此，如果丘東平是舉槍自殺，這種犧牲方式在相關宏大敘述話語流中，是無法歸類的。

　　我們有狼牙山五壯士跳崖，有紅軍戰士跳黃河，但都是因為強敵逼迫，而且是採取肉體撞擊、寧為玉碎不為瓦全的決絕姿態犧牲。而在沒有此類絕境逼迫的情勢下，因人物內在精神緊張而採取舉槍自殺的方式，這種模式的犧牲，無疑在新中國的戰爭史、英雄史上都極少論及。同樣是犧牲，宏大敘事都擁有一個共同的原則，那就是槍口一致對外。這才是丘東平這個戰士兼作家矛盾與否，以及他如何犧牲的歧解所帶來的最根本的難題。

　　報告文學《東平之死》對於此後的丘東平評價造成了巨大的困擾。歷史大趨勢，隨著這個新政權的建立，要求就是不斷純粹化、單純化，一體化，敘述聲音一元化。而這篇報告文學帶來的挑戰，恰恰就是丘東平的不單純，或者是他單純背後的複雜、複雜構成的單純。這種情況對於宏大敘事的單純、肅穆與偉大的需求而形成了矛盾。由此可見，不管是郭沫若也好，周揚也好，胡風也好，還是後來的羅飛與報告文學作者之間的爭論也好，始終都在糾纏著上述同一個問題。有助於理解這個爭論的，除了羅飛論爭中舉出的種種證據，[10]那就是丘東平創作文本的一些細節。

10　羅飛：〈《丘東平文存》編校後記〉，《粵海風》2008年第2期。

　　有意義的是，丘東平評價的尷尬和困境，其實是很多作家在一九四九年以後都會碰上的共性問題，因為一體化的敘述必然會消解、提純此前很多作家身上多元的東西，這是毫無疑問的。但從文學史角度上說，作家之所以可貴，作品之所以有價值，恰恰在於多元和複雜性。如果要保留作家的多元複雜和生動，那就多少會犧牲這種一元化的敘述，會損傷這種一元化敘述的這種純粹與宏大。如果要確保這種一體化的聲音、詠嘆調的這個宏大，要持有歷史洪流的這種巨大的冥想，那麼就必然要損失一些藝術上的豐富性與多元生動。這一點，討論趙樹理的小說《小二黑結婚》[11]、茹志娟的小說《百合花》[12]的時候，都關涉於此。只不過，有些作家在創作道路上已經自覺皈依，或者自覺改進，有些作家可能曲折迂回一些。文學史上大量作家對作品的修改，大量作家對自己寫作姿態的調適，其實就來自於這種自覺的或不自覺的敘述壓力和歷史認知。

　　不同的是，丘東平犧牲得早，他經歷的這個戰爭歷史又比較多元和駁雜，他已經沒有機會對這個裂縫和緊張進行修正。正是這種鮮活純真的歷史現場的原生態，使得我們可以看見這個作家在那一場場的人世浩劫、或者在那一段段烽火硝煙的歷史中生動樸素的狀態。丘東平的文學創作其實並不成熟，假如他有更多的歷史選擇，或者更延展的歷史生命，也許會有一些更大的突破。但歷史不能假設，我們只能就丘東平在短暫人生中寫出了那麼多作品，他對各種各樣的戰爭生活的嘗試、思考、體驗，從他真誠的對戰爭裡面的一些矛盾與緊張的回應，來討論他的特色。反而觀之，我們從這裡面得到，恰恰是丘東平對於後設一元化歷史的要求參照。丘東平作為真實的歷史個體，他曾

11　傅修海：〈趙樹理的革命敘事與鄉土經驗──以〈小二黑結婚〉的再解讀為中心〉，
　　《文學評論》2012年第2期。

12　傅修海：〈現代左翼抒情傳統的當代演繹與變遷──〈百合花〉文學史意義新論〉，
　　《文學評論》2016年第6期。

經那麼真誠生活在那個年代，並且努力用自己的人生記錄下所經歷的戰爭。在這個意義上，他給後人留下了非常寶貴的財富。當然，這對於丘東平也是一個自我期許，是他對寫作的自我期許。

三　痙攣的背後：風格與人——以〈火災〉為例

小說〈火災〉[13]，是丘東平小說集《沉鬱的梅冷城》中獨立創作最長的一篇（〈給予者〉是合作的）。有意思的是，〈火災〉裡面並沒有正面寫到戰爭，戰爭只是背景之一，它涉及更重要的題材，即廣東福建一些沿海農村、山區的這種土客械鬥，當然也還包括流民、災民和本地人之間的互相虐殺。置於那個特殊的歷史語境，此類事件當然有它更為慘烈的一面。但是如果剝離開那個特殊的戰爭元素，裡面對人性，對中國封建思想文化落後陋習的批判，丘東平的寫作比其他作家更觸目驚心。

魯迅說的人吃人的罪惡制度，大家都已經很熟悉，但丘東平通過鄉土題材的另外一面，就是邊地鄉村整體板結的封閉保守，落後封建的制度，頑固閉塞的一簇弱勢群體對另外一簇更弱勢群體的圍獵和虐殺，同樣也寫得非常的深刻。然而，對這種震撼的人間慘劇發掘，卻往往被淹沒在研究者對丘東平小說的戰爭敘述討論當中。〈火災〉就是這樣的小說。

〈火災〉寫什麼呢？寫一個落後封建保守的農村，在家族制與宗族制非常頑固的環境下，當地人在地保、鄉紳、族長的裹挾中，展開了對流民、對戰爭逃難人群的有預謀的屠殺。這種屠殺令人觸目驚心，居然還包藏著對同類、對死者僅存的剩餘價值——屍體和骨骼的出賣。儘管這種買賣有日軍侵略和商人陰謀參與其間，有民族矛盾的

---

13 丘東平：〈火災〉，《沉鬱的梅冷城》（廣州市：花城出版社，1988年），頁74-150。

一面。但顯然，除了民族矛盾的一面，更讓人細思極恐的是火災事件深處蘊含的人性兇殘，吃人不吐骨頭的陰險與恐怖。

這是一個有著非常長期的農村觀察、農村體驗的人才能寫出的故事。丘東平看到了戰爭，更發掘出了許多底層民眾長期存在的黴變的人性與人生。亂世之際，這些封建落後的沉渣泛起，借助著戰爭喧囂而呈現出來的亂世浮泛，往往是丘東平在戰爭敘事中一併寫出來的更可怖的世事，更令人震撼的現代文明外衣下的陰暗角落。丘東平用自己刻寫蠟紙般的筆力，寫出了在一個已經封閉許久的環境裡，遭遇外力激蕩之後，那種底層群體突發性齧咬的怪現狀和慘狀。

即便就行伍生涯體驗而言，丘東平也是獨特的。丘東平在部隊裡面有戰士的一面，但也有別的戰士沒有的體驗，譬如擔任戰地宣傳品油印員、戰地宣傳員等，這些工作他都參與了甚至包辦了。這些對丘東平作為一個特殊作家的塑造和形構，其影響也是可圈可點的。[14]丘東平不是一個概念化的作家，他是試圖用現代概念或者現代文字，對獨特奇絕的、怪異詭異的戰場裡外的人生經驗和人生觀察，進行現代漢語表述的作家。這一點上，他跟路翎、胡風存在異同。相同的一面，就是他們的現代漢語言經驗、語言形式掌控力，還不足以融合現代中國的一些特殊體驗，特殊歷史觀察，特殊人文景觀。當二者無法相匹配、相表述的時候，他們的作品和文字必然會有語言形式的外在扭曲、情感內外的張力焦灼，從而形成了不相兼容的、奇特的擰巴狀態，有人把它稱之為「語言的痙攣」[15]，也有人把它稱為丘東平這種作家的神經質風格。其實都不是，它是一個語言跟經驗沒有辦法完美融合，不能做到兼容並包的特殊風格狀態。正是這種看來不成熟的，

---

14 黃丁如：〈丘東平突圍：戰士身體、油印技術與生態視野〉，《文學》2019年秋冬卷（上海市：復旦大學出版社，2019年），頁69-85。

15 黃丁如：〈丘東平突圍：戰士身體、油印技術與生態視野〉，《文學》2019年秋冬卷（上海市：復旦大學出版社，2019年），頁69-85。

生澀的，古怪的文學形式，讓人能夠深切的感受到，在半封建半殖民地、半農耕半工業、半前現代半現代的中國社會裡，在突如其來遭遇戰爭自上而下的糜爛時代裡，半軍半民的現代中國鄉村群體真切特殊的緊張、茫然無緒的聲色、生死不明的糾結。也就是在這一半一半、不倫不類的矛盾當中，我們才能感受到，戰士、作家、生活底層拼搏者的丘東平，一個不滿於現實的掙扎者丘東平，他的血淚的吶喊，他的血性、血氣和活力。

至於說不同的那一面，即丘東平的特色，就是他不僅僅是站在個人的角度，不僅是內在的角度，不僅是用語言去寫這些經驗，而是在人性、人生、人情三個層面去反復錘打和馴服所見所聞，去留存自己的所思所想，例如「華特洛夫斯基為了保弟弟克林堡，讓保衛隊殺害了知道此事的一百七十二個無辜的人。」[16]、「回顧我們自己底隊伍，是在森林裡的叢密的大樹幹的參合中，彎彎地展開著，作者對著那黃紅交映的屍堆包圍的形勢，像一條弧形底牆……」[17]這一類敘述與描寫。極端的例子就是丘東平作品中那些所謂的粗言穢語[18]，儘管的確屬於言不雅馴，但揆之人情，直到文明如許的今天，誰又能說這些不是丘東平在感受到自己語言的慘白無力、感受到自己的書生無用之際，以最樸素、極端和無奈的方式對挑戰其底線、考驗其神經的世事人生的反抗、吶喊與控訴呢？

四　不只是戰爭：丘東平的戰事文本細節

丘東平被稱為「戰地文學的開拓者」[19]，這是恰如其分的。或者

16　丘東平：《沉鬱的梅冷城》（廣州市：花城出版社，1988年），頁16。

17　丘東平：《沉鬱的梅冷城》（廣州市：花城出版社，1988年），頁52。

18　張業松主編《丘東平作品全集》（上海市：復旦大學出版社，2011年），頁605-606。

19　許翼心，揭英麗主編：《丘東平研究資料》（上海市：復旦大學出版社，2011年），頁84。

說把丘東平置於「戰地文藝傳統」[20]來觀察，是比較合適的。一如前文所論，丘東平的小說大多與戰事相關。他參加過上海抗戰的一些戰鬥，但又並不能完全納入抗戰文學。丘東平一度作為新四軍戰士，但也不能完全納入解放戰爭的宏大敘事文學。然而，綜合此類「不完全」，丘東平的「完全」就是顯而易見的，他完全是一個為了民族解放和民族獨立而鬥爭的英勇戰士，他的寫作充滿著民族覺醒的堅強奮進和民族前進的不屈血氣，他的戰地文學寫作不僅有人性，也有民族血性。[21]

　　丘東平的戰地人物是多元、多層的。如〈多嘴的賽娥〉：「賽娥，伊就是這樣的被抓在保衛隊的手上的，——而伊在最後的一刻就表明了：伊堅決地閉著嘴，直到被處決之後，還不會忘掉了伊身上所攜帶的秘密。」[22]在陰鬱的氛圍中寫出了一個底層革命參與者的堅貞隱忍。〈給予者〉則更是直接明快地呈現出民族獨立戰爭中勇士們的大無畏情狀，他們在苦難中清醒理性進行搏擊戰鬥、慷慨赴死的大義凜然，如：

　　　　周明的激烈、暴躁的情緒是誰都能夠瞭解的，他喜歡極力地使
　　　戰鬥的場面單純化，依照著他的意思，當最初第一次的排槍發
　　　出之後，他就要從弟兄們的身上取得是否勝利的答案了，然而
　　　這戰鬥卻並不如他的意想那樣的單純……[23]

　　——於是，有十五個人的隊伍，在周明的鐵鑄的同一命令之下

20　林崗：〈從戰地文藝到人民文藝——重讀〈在延安文藝座談會上的講話〉〉，《中國文藝評論》2021年第1期。
21　包瑩：〈現代戰爭小說的「非戰性」——丘東平小說再解讀〉，《首都師範大學學報（社會科學版）》2018年第4期。
22　丘東平：〈多嘴的賽娥〉，《沉鬱的梅冷城》（廣州市：花城出版社，1988年），頁26。
23　丘東平：〈給予者〉，《沉鬱的梅冷城》（廣州市：花城出版社，1988年），頁236。

出動了，他們象發怒的貓，從鼻官裡發出呼嘯，——為著絕對
地對於中華民族的強大的意志的盡忠，為著整個中華民族的神
聖勝利之奪取，他們一個個把軀體擴大了，他們擺動著那巨人
一樣的黑色而闊大的背影，像人熊似的，沉重地、吃力地、企
圖在一舉手，一投足之間，把整個的空間完全占領。[24]

戰爭是殘酷的，中華民族的勇士，卻不能不在這殘酷的戰爭
中，——為著寶貴的勝利的奪取而賦給這慷慨赴死的身心以可歌
的壯健和優美。[25]

勞司書：「……我們和日本軍的戰鬥只是肉搏！——肉搏！……
肉搏所需要的，只是一顆熱騰騰的心，殺敵的心，堅強不屈的
心！這便是我們所憑藉的武器，中華民族的勝利和光榮，只有
在這上面才給予顯著的證明！」[26]

　　在〈中校副官〉這篇小說裡面，丘東平特別提到了無名英雄和英
雄之間的距離的題材。這裡面所真正發生的、非常微妙的人性的故
事，天時地利人和之間所進行的非常微妙的變化。人們所看到的歷史
和真實的歷史，人們所看到的戰場，以及戰場下面所掩蓋著的血污。
事實上，歷史裡面充滿了極大的複雜性和偶然性。丘東平看到了戰爭
中在場者才能看到的細節，只有他才能寫出戰爭下面、戰爭上面、戰
爭表面和戰爭裡面交織起來的五光十色的斑斕，戰爭的緊張糾纏裡面
的血污與英雄榮光等之間的關聯。
　　在丘東平執筆的〈給予者〉，還有這麼一些重要而別致的思考。

---

24 丘東平：〈給予者〉，《沉鬱的梅冷城》（廣州市：花城出版社，1988年），頁238。
25 丘東平：〈中校副官〉，《沉鬱的梅冷城》（廣州市：花城出版社，1988年），頁163。
26 丘東平：〈中校副官〉，《沉鬱的梅冷城》（廣州市：花城出版社，1988年），頁167。

他說日本帝國主義的侵略戰爭是給予者，給了中華民族證明自己的殘
酷機會。戰場上兄弟們也是給予者，戰爭使得很多的日常生活抹消差
異，大家都是戰爭的平等構成元素。換而言之，因為丘東平明確知道
自己就是因戰爭而生、為戰爭而死，他與生活的關係就是戰爭和戰爭
的關係，他把寫作等同於戰爭的另類實現與自我呈現。在這個意義上
來說，丘東平不僅融入戰爭，他自己就是戰爭。

　　丘東平的寫作與他對戰爭的認知是同一的，服從於他對戰爭的這
種認識——他把寫作當成了一場戰鬥。他不是在表面上去寫戰爭，而
是從整個有機體的感受上去感受戰爭，去還原戰爭摧殘一切美好的暴
力機制和慘烈人生，這也是丘東平筆下人物獨特的參與和融入戰爭的
榮譽感底蘊所在，也是作為戰地文學開拓者的丘東平的特異所在：

> 對於我自己所做的事，我始終未曾忽略過。我知道自己是怎樣
> 的一個人。一五六旅司令部的副官長對我說：「舅子，開車
> 吧！」這樣我把車開走了；除了開車，我不會做出別的更好的
> 事來，——但是我已經下了更大的決心，我的意思和你的完全
> 一樣，我很早就對你說過了，我願意當一個兵！[27]

　　戰爭參與者，自然有身為戰鬥員的榮光，但也有恐怖、血和污
穢，這便是丘東平戰地文學的「單純」的含義：

> 排長陳偉英，那久經戰爭的廣東人告訴我：「恐怖是在想像中
> 才有的，在深夜中想像的恐怖和在白天裡的想像的完全兩樣。
> 一旦身歷其境，所謂恐怖都不是原來的想像中所有，恐怖變成
> 沒有恐怖。」

---

27 丘東平：〈給予者〉，《沉鬱的梅冷城》（廣州市：花城出版社，1988年），頁238。

……吃飯，這時候幾乎成為和生活完全無關的一回事。我在一個禮拜的時間中完全斷絕了大便，小便少到只有兩滴，顏色和醬油無二樣。

……我的鼻管裡塞滿著炮煙，渾身爛泥，鞋子丟了，不曉得膠住在哪裡的泥漿裡，只把襪子當鞋。我的袋子還有少許炒米，但我的嘴髒的像一個屎缸，這張嘴老早就失去了吃東西的本能，而我也不曉得這時候是否應該向嘴裡送一點食品。[28]

即便是寫戰鬥兵的榮光，丘東平也時時刻刻注意到事情的另一面，例如：

「如果我一旦變成了一個戰鬥兵，老高，那是多夠味兒的呢！有了槍在手上，對這些專橫跋扈的軍棍們就用不著客氣了！」

「是的」，高華素說，「只要是一個正式的戰鬥兵，那麼除了上面直屬的官長之外，誰還能夠動一動他呢！」[29]

丘東平寫到了他眼中的戰爭等級關係與錯位，使他感受到做一個戰爭中的正式的戰鬥兵、戰爭中的正式一員的榮耀。在戰爭當中，以軍人、以正式的戰鬥兵為中心，形成了一個錯落的生態場景。親歷戰爭、把自己當戰爭、融入戰爭的人才能寫出來。這裡面所體現出來的生命殘酷，戰鬥的複雜，才是丘東平戰爭文學、戰爭敘事迷人的重要原因。

然而，在剛剛寫完戰爭正面的壯懷激烈與榮耀，小說的人物黃伯祥突然又把這個話題引到了戰爭之外，也就是日常生活、人情事態的溫情，家庭生活的溫暖。他把這個東西引入到戰爭生活系列裡面。丘

---

28 丘東平：〈第七連〉，《沉鬱的梅冷城》（廣州市：花城出版社，1988年），頁259-260。
29 丘東平：〈給予者〉，《沉鬱的梅冷城》（廣州市：花城出版社，1988年），頁184。

東明的小說裡面，戰爭和生活，有時是對立的，但有時候又是聯繫的，忽裡忽外跳躍的這種關聯，使得丘東平的這個小說具有特別的意味，他的戰爭小說不是孤立的，當他轉換視角，瞬轉瞬即變的戰場，對時局的觀照，是比較特殊的。例如：

> 有時，黃伯祥突然紅了臉，他很不好意思地提出了這樣的一個問題：「如果我當了兵，我是不是還能夠回到家裡去呢？……家裡，我知道，我的母親，老婆是等著我回去的……」[30]

〈中校副官〉還寫到了一個年幼的勤務兵「受不起炸彈巨響的震嚇，躲在糧服部的庫倉裡，蹲在地上，身上用五張棉被覆蓋著」，那種本能的對戰爭的害怕，結果中校副官「突然臉色上起了嚴重的激變」，也引起旁人的反思：

> 旁邊的人們都凜然地肅靜了，在中校副官對於那勤務兵的簡短的責罵中，人們不能不嚴酷地檢驗自己的靈魂的強弱。當然，戰爭是殘酷的，中華民族的勇士，卻不能不在這殘酷的戰爭中，──為著寶貴的勝利的奪取而賦給這慷慨赴死的身心以可歌的壯健和優美。[31]

> 他盲目地殺死了一個企圖擺脫軍隊的黑暗、腐朽的枷鎖生活而實行逃遁的弟兄，卻為了這個事而獲得了上官的赦免和嘉獎。當然，他已經從死中活轉回來了，但是他贏得了一生的羞辱！[32]

---

30 丘東平：〈給予者〉，《沉鬱的梅冷城》（廣州市：花城出版社，1988年），頁188。
31 丘東平：〈中校副官〉，《沉鬱的梅冷城》（廣州市：花城出版社，1988年），頁162。
32 丘東平：〈給予者〉，《沉鬱的梅冷城》（廣州市：花城出版社，1988年），頁206。

　　同樣在〈給予者〉裡面，陳金泉，一個對國家、民族有著強烈的責任感，對家庭、對弟妹也有著強烈的責任感的戰士，在到河裡洗澡回來的路上經過瓜田，他的毛巾絆倒了一隻番瓜，由於跟伙夫劉聯芳引發爭執而被上綱上線出賣，最後在一系列昏庸的部隊官僚的假正經中耗費了他寶貴的生命：

> 　　黃伯祥不能不大大的失望了，——他自從在上海逃出了日本的炮火，逃出了家庭，用一個卑微，可憐的人民的地位投身在祖國的腐朽、破爛、充滿了獸性的隊伍中，犧牲了自己，忍受著種種的淩辱和折磨，而結果是證實了：他自始至終未能脫離那泥坑一樣的痛苦的地位，他不明白在這樣的隊伍中受苦到底是為了什麼，他是從火中逃出的，卻不料縱身一躍，已經落進了海裡。[33]

> 　　我非常小心地在修築我自己的路道，正如斬荊棘鋪石塊似的，——為了要使自己能夠成功為一個像樣的戰鬥員，能夠在這嚴重的陣地上站得牢，我處處防備著感情的毒害。[34]

　　無論從題材廣度、敘事角度、思考縱深度來看，丘東平的戰地文學，都不僅僅是寫戰爭。而近年來，丘東平被討論的最多的，大概也就是他特殊的戰爭敘事。事實上，文學中的戰爭敘事，用文學來呈現戰爭，是個很能討便宜的事，也是易做難工的事。可以有戰狼基調的激情路線，也可以走人間苦難的悲情軌道，可以有人類命運共同體的高調，也可以突出螻蟻維艱的悲憫。

---

33 丘東平：〈給予者〉，《沉鬱的梅冷城》（廣州市：花城出版社，1988年），頁214。
34 丘東平：〈第七連〉，《沉鬱的梅冷城》（廣州市：花城出版社，1988年），頁264、258。

　　就此而言，丘東平的戰爭觀察高度，其實恰恰是低調，是對戰爭的日常平視，甚至是敬畏生命與暴力的仰視，而不是英雄主義的俯視。正是因為他這種不完美的戰爭敘述、觀察與體驗，讓我們看到戰爭本身所有的狂暴、血腥、苦難。他這種緊張的、試圖書寫波雲詭譎的戰爭的渴望，這種明知不可為而為之的寫作追求，本身就是戰爭自帶的節奏與背景，成為戰爭流淌在筆尖下的色調、語調與情調。

　　同理，我們也正是在丘東平那支有點痙攣的筆尖下面，通過他那略顯神經質、變態而焦灼的痙攣的語言風格裡，同步感受到戰爭帶來的種種扭曲，當然也有他在狂暴戰爭狀態下勾勒下來的那種轉瞬即逝的美好。這無疑是對暴力與傷害一種無法遏制的焦慮，更是對青春與生命沒能珍存的扼腕歎息。魯迅的「忍看朋輩成新鬼，怒向刀叢覓小詩」，是之謂也。

五　丘東平戰地文學敘事的深度與高度

　　丘東平的文字有種痙攣性，這其實就是他那種非常莫名的焦灼心態的文字反應，當然也是他的文本症候，也是丘東平文字才華還沒有得到成熟鍛煉，或者正在成長中的表徵，或許是外國文學作品給他帶來影響的焦慮。我個人不太贊同過於美化這種情況，因為畢竟丘東平的年紀，人生經歷、人生時長就是那麼短暫，假如給他更多時間、更多的選擇，也許他會更加完善，但是這也只是我們後來者的猜想。就丘東平本身的人生事實而言，從創作、行動、生活裡面可以看出，他是非常努力的人。

　　因此，丘東平研究就勾勒出兩個基本區域：一是丘東平這個人和他的文的關係，後人對於丘東平的人和文的認識，以及與歷史一元化要求之間的矛盾、緊張如何解釋。在這種研究路徑當中，就會出現很多的分歧，有的會偏重於對丘東平的戰爭敘述特徵、美學風格的理

解，有的人會過於偏重的丘東平的文學技巧、文學思想上的兩難，由此生出很多對他的誤解。當然誤解也並非就是誤解，也可能是正解。

另一個領域，就是丘東平對中國農村底層的描寫和觀察，對戰爭基層狀態、散點部落的關注，尤其是戰爭中非建制的普通一兵的體察。中國現當代革命戰爭中的士兵，大比例存在的並非職業軍人，大部分並非受過專業訓練的軍事化建制的軍人，而往往是從農民、遊民、產業工人轉化過來的非職業化兵士。這就決定了他們對戰爭的理解、對中國現當代戰爭中的經驗體察和情感體驗多是農耕生活化的、傳統生命化的、生命混沌態的感受。

進而言之，在丘東平的作品中，大量題材不過是以戰爭之名敘寫中國底層民眾的人生之實，尤其是傳統鄉土農村遭遇現代戰爭暴力解體之後的遊民人生之實。盲目、苦難、茫然而混沌的亂世流民的人生，螻蟻尚且無法偷生的慘痛世相，往往大量被夾混在他的戰爭題材寫作當中。

我們只有跳脫出戰爭的藩籬，抽離戰爭文學的迷霧，從人生、人性、文化的角度來討論丘東平的作品，才能更好地理解他的寫作追求。事實上，大量與戰爭相關涉的作品，成功之處也並非因為寫戰爭，遠者如《靜靜的頓河》《戰爭與和平》，近者如《窪地上的戰役》、《高山下的花環》。也只有超脫那種傳統以戰觀戰的思路，超越寫實和寫史的小說價值角度，丘東平的小說、尤其是他那些戰爭題材的小說才能得到更有穿透力的觀察。在戰爭背面，或者在戰爭上面，或者在戰爭下面，乃至於在戰爭裡面，而不是在戰爭表面，在任何角度觀察丘東平對戰爭的敘述，都比要在戰爭表面和上面觀察要來得有穿透力。畢竟，表面形態和俯視角度觀察，所有的戰爭都是一樣的。

只有寫出戰爭裡面、戰爭的背面的人，及其他們的情感思想各種差異、糾纏、為難，寫出戰爭中人與人之間、個人的表面和內心之間、人與戰爭之間、戰爭與生活之間的緊張與不和諧，無法共融但又

不得不相輔相成的矛盾狀態，才能寫出文學戰爭敘事的真正價值。否則，文學的戰爭敘述和影視錄像記錄的、原生態的戰爭拍攝就沒有區別，文學也就顯示不出獨到的優長優勢。因此，丘東平的小說寫作者，在相當程度上就是戰爭的參與者，主動或者被動的戰爭觀察者、體驗者，戰時人生的思考者，戰事同步調的反思者，當然也是戰爭的記錄者。

丘東平的獨特之處，也就在於他用文字寫下了自己融入戰爭其中的情感、思想、困惑，還有焦慮。因為戰爭的特殊狀態，時間的逼迫、情感思想的焦灼，生死之間的茫然與麻木，沒有辦法與文字的從容、文學的具體生動取得密切結合，所以營造出了丘東平獨特的文學風格。這反而是成熟的作家、後設視野觀察的作家，以及那些一開始就突出強調以文學來寫戰爭的作家所沒有的，這似乎也是創作上的悖論。

丘東平的特立獨行的氣質、性格、人生經歷、生活體驗，決定了他的創作視角的豐富多元，創作題材的開闊繁複。這個矢志從軍的作家，並非以軍中作家自詡的人，反而更像是一個被各種各樣的生活、被各色悲憫苦難的人生推著走在寫作泥濘道路上的人。當然，由於他大部分的體驗和觀察來自戰爭時代的所見所聞、所思所想，中國現代史上各色戰爭時勢下的生活情境和人類體察成了他的寫作圖景。在這個意義上，是否可以說，軍中記錄者、戰時觀察員、戰亂時勢的社會反思者三者的混合，反而更能概括他的身份和經歷？！

戰爭暴力機器下的丘東平，既是暴力混沌樣態下的組織樣本，也是現代中國走向文明與野蠻過渡時代中的典型文士。他是個戰爭文學的另類，也是現代作家的另類，是現代作家中個性繁複多元的另類，是恩格斯筆下所說的「一個」。他的單純成就了他的複雜，他的不明確的寫作姿態和動機，反而讓他的寫作變得前所未有的豐富與濃縮，因為他就是生活，他占有了生活。這是從那個時代活過來的作家，是擁抱時代變動的作家，更是參與歷史、與時代一同受難的同行者、共

情者與思想在場者。

　　基於此，把丘東平的戰爭題材探索膠著於戰爭文學視域來討論，不僅窄化了中國現代戰爭的意義和那個時代的生活面、概括力，也簡化了丘東平戰爭敘事的豐富性和駁雜色彩。丘東平歷經的戰爭不僅形態多樣、面向多元，而且每次戰爭的反抗對象和目的內涵也都千差萬別。如果執著於歷史樣態豐富的戰爭本身區別，丘東平的戰爭敘事觀察就會變為瑣碎的一地雞毛。

　　站在參戰者的政治立場上，丘東平當然有立場。但從文學意義上來說，丘東平的戰爭敘事更關注於戰場內外的人的精神症候，也許是戰爭參與者的自豪感與屈辱感，也許是戰爭對立雙方的角色互鑒，也許是戰場上生命的反思與無奈，也許是戰爭氣候下的人性善念的毫光乍現，或者是人性的貪婪、無恥與醜惡。這才是丘東平如何寫戰爭、何以大量戰爭和反復觀照戰爭為何的可圈可點之處。

　　不僅如此，拋開戰爭文學層面來看，即便站在後設視野來看，在反抗黑暗、反抗侵略、反封建制度的層面上，丘東平又都是一個反抗意義上的革命者。這也是丘東平得以與時代同軌道前行的根本規定性所在。而且，如果不考慮具體歷史細節和角度的變動，那麼反抗應當是現代文學史上唯一的政治正確、寫作主旋律。就此而言，不管任何立場的文學史敘事，任何視閾的宏大故事講述，丘東平都算得上走在正確歷史道路上的寫作者。

　　相反，過於拘泥派別執著的考量，反而對丘東平都不那麼合適，而且也是後設歷史視角的所有宏大敘述所不希望追索的。一如單純把丘東平定格在左翼文學或者革命文學，似乎也都不那麼妥切。[35]丘東平的意義，包含但不僅限於左翼文學和革命文學的短時段敘事之中。丘東平屬於大時代，屬於大革命。然無論如何，反抗都是大革命與大

35　林崗：〈論丘東平〉，《學術研究》2011年第12期。

時代的主旋律、最強音，明乎此，才能明瞭丘東平的寫作個性與時代
共鳴所在。

　　當然，站在反抗這一高度和純度上理解丘東平，不僅是理解丘東
平的生的價值的關鍵，也是理解丘東平的死的意義的核心。這也正好
能解釋報告文學《東平之死》引發爭議的另一個要害，那就是在現代
語境，尤其是大革命與大時代的語境中，自殺充其量只能是「殺身以
成仁」的古典格調。畢竟，在現代革命觀照的集體主義視野裡，身體
並不屬於個人，亦不能自主，自殺不過是對革命身體的自我閹割和毀
滅。在集體主義的光芒和敘事格局中，那實在是算不得英雄的反抗。
但也有例外，集體主義的絕境自殺，屬於武器保全意義上的寧為玉碎
不為瓦全，那就是慷慨悲壯的英雄行為，氣壯山河。一言以蔽之，集
體主義的開端，要有集體主義的格調和結局，是為集體主義的精髓，
也是「集體行動的邏輯」[36]。

　　總而言之，丘東平的豐富性是多元的，正如胡風所云：「要寫東
平，只有用他自己的那種鋼一樣的筆鋒才能夠寫得出來」，相信「在
勞苦人民的鬥爭道路上面，在革命文學的鬥爭道路上面，東平的背影
還會常常出現在我們底前面。」[37]只要世界上還有民族的不平與鬥爭，
還有人類的壓迫與解放，那麼丘東平的身上與筆下的那勇於、敢於鬥
爭的意義與精神就是永恆的！

---

36 〔美〕曼瑟爾・奧爾森著，陳郁、郭宇峰、李崇新譯：《集體行動的邏輯》，北京市：
　　生活・讀書・新知三聯書店、上海市：上海人民出版社，1995年。
37 胡風：〈憶東平〉，羅飛主編：《丘東平文存》（銀川市：寧夏人民出版社，2010年），
　　頁358。

後記

　　小書是在國家社科基金項目結項書稿的基礎上補充增訂出來的。做項目是挑戰，箇中甘苦，如魚飲水冷暖自知。世間事，歪鍋有歪蓋，各擅勝場。然自己無所長，除了喜好書本子之外。轉念一想，現在已不怎麼買書了。人到中年，一聲嘆息！

　　小書既成，些許振奮，諸多感激湧上心頭。師長們的督促勉勵，是我踉蹌前行的動力。感謝歐陽健、劉斯奮、金岱、林崗、劉納、袁國興、徐正英、王光明、張寶明等師長的扶助與教誨，感謝盛情刊發書中文字的刊物與編輯，感謝百花洲文藝出版社和童子樂先生……謹此表達最衷心的謝意和敬意！

　　一晃近十載。其間舉家南北輾轉，從中原大地到嶺南一隅，或有京華煙雲之想，或有孤寂流離之嘆。農家子弟，撲騰之下竟謀得所謂知識者的稻粱食，悲欣交集，難乎一概。所幸寒舍四口，煙火升騰，世間一樂。感恩有你們，喜樂平安！

傅修海　謹記

二〇二一年九月十八日

附記

　　此書於二〇二一年由江西百花洲文藝出版社初版。此次在初版本基礎上再出繁體字版，除了個別字眼有所修訂，主要變動有二：一是第二章增加了一節，二是附錄收入了論丘東平的一篇後續討論的論文。情形如上，就教於海內外方家，謹此感謝自二〇二二年九月回返

福建師範大學文學院工作之後的諸多相關機緣，一併感謝萬卷樓圖書公司相關人員的辛勞。

傅修海　再識
二〇二四年春日

參考文獻

一　中文文獻

瞿秋白文集及研究文獻

瞿秋白　《瞿秋白文集》（文學編第1-6卷）　北京市　人民文學出版社　1985-1989年

瞿秋白　《瞿秋白文集》（政治理論編第1-8卷）　北京市　人民出版社　1987-1998年

周永祥　《瞿秋白年譜新編》　上海市　學林出版社　1992年

姚守中、耿易、馬光人編著　《瞿秋白年譜長編》　南京市　江蘇人民出版社　1993年

丁言模、劉小忠編著　《瞿秋白年譜詳編》　北京市　中央文獻出版社　2008年

周紅興　《瞿秋白詩歌淺釋》　桂林市　廣西人民出版社　1981年

王鐵仙　《瞿秋白論稿》　上海市　華東師範大學出版社　1984年

楊之華　《回憶秋白》　北京市　人民出版社　1984年

丁守和　《瞿秋白思想研究》　成都市　四川人民出版社　1985年

冒　炘　《瞿秋白研究》　徐州市　中國礦業大學出版社　1989年

韓斌生　《瞿秋白與中國現代文化》　南京市　江蘇人民出版社　1989年

鄧中好　《瞿秋白哲學研究》　北京市　中國文史出版社　1992年

劉福勤　《從天香樓到羅漢嶺──瞿秋白綜論》　桂林市　廣西師範大學出版社　1995年

唐寶林、陳鐵健　《陳獨秀與瞿秋白》　北京市　中國青年出版社
　　　1997年

季甄馥　《瞿秋白哲學思想評析》　上海市　華東師範大學出版社
　　　1998年

許京生　《瞿秋白與魯迅》　北京市　華文出版社　1999年

劉小中　《瞿秋白與中國現代文學運動》　南京市　南京大學出版社
　　　2002年

吳之光編著　《瞿秋白家世》　北京市　中央文獻出版社　2003年

孫克悠　《瞿秋白平反工作紀實》（內部資料）　北京市　中國方正
　　　出版社　2005年

丁景唐、文操編　《瞿秋白著譯系年目錄》　上海市　上海人民出版
　　　社　1959年

《瞿秋白百周年紀念》編輯組編　《瞿秋白百周年紀念：全國瞿秋白
　　　思想研討會論文集》　北京市　中央文獻出版社　1999年

孫淑、湯淑敏主編　《瞿秋白與他的同時代人》　南京市　南京大學
　　　出版社　1999年

湯淑敏、蔣兆年、葉楠主編　《瞿秋白研究新探》　南京市　南京大
　　　學出版社　2003年

劉林元、周顯信等　《瞿秋白對毛澤東思想形成的重要貢獻》　北京
　　　市　中央文獻出版社　2005年

趙元明編　《烈士傳》　大眾書店　1946年

王士菁編著　《瞿秋白傳》　成都市　四川人民出版社　1985年

王觀泉　《一個人和一個時代——瞿秋白傳》　天津市　天津人民出
　　　版社　1991年

陳鐵健　《從書生到領袖——瞿秋白》　上海市　上海人民出版社
　　　1995年

王鐵仙　《瞿秋白文學評傳》　廣州市　百花文藝出版社　1987年

王鐵仙、劉福勤主編　《瞿秋白傳》　北京市　人民出版社　2011年

瞿秋白紀念館編　《瞿秋白研究》（第1-18輯）　1989-2015年

江蘇省瞿秋白研究會主辦　《瞿秋白研究論叢》（第1-11輯）　2007-
　　　2019年

胡　明　《瞿秋白的文學世界：馬克思主義文藝的理論與實踐》　北
　　　京市　中國社會科學出版社　2013年

瞿秋白著　周楠本編　《多餘的話：瞿秋白獄中反思錄》　臺北市
　　　獨立作家出版社　2015年

周淑芳　《瞿秋白在馬克思主義中國化中的理論貢獻》　武漢市　武
　　　漢大學出版社　2016年

汪祿應　《瞿秋白漢語現代化的探索》　北京市　中國文聯出版社
　　　2016年

瞿獨伊、李曉雲編注　《秋之白華：楊之華珍藏的瞿秋白》　北京市
　　　人民文學出版社　2018年

胡仰曦　《痕跡：又見瞿秋白》　北京市　人民文學出版社　2019年

張歷君　《瞿秋白與跨文化現代性》　香港　香港中文大學出版社
　　　2020年

張　麗　《瞿秋白文化思想研究》　北京市　中國社會科學出版社
　　　2021年

譯著

高爾基著　繆靈珠譯　《俄國文學史》　上海市　新文藝出版社
　　　1956年

夏志清著　劉紹銘編譯　《中國現代小說史》　臺北市　傳記文學出
　　　版社　1979年

埃德加・斯諾著　董樂山譯　《西行漫記》　北京市　生活・讀書・
　　　新知三聯書店　1979年

青木正兒著　孟慶文譯　《中國文學思想史》　瀋陽市　春風文藝出
　　版社　1985年

林毓生著　穆善培譯　《中國意識的危機》　貴陽市　貴州人民出版
　　社　1986年

戴維‧萊恩著　艾曉明、尹鴻、康林譯　《馬克思主義的藝術理論》
　　長沙市　湖南人民出版社　1987年

佛克馬、易布思著　林書武、陳聖生、施燕等譯　《二十世紀文學理
　　論》　北京市　生活‧讀書‧新知三聯書店1988年

克萊爾‧霍林沃思著　高湘澤、尹趙、劉辰誕譯　《毛澤東和他的分
　　歧者》　鄭州市　河南人民出版社　1989年

莫里斯‧邁斯納著　中共北京市委黨史研究室編譯組譯　《李大釗與
　　中國馬克思主義的起源》　北京市　中共黨史資料出版社
　　1989年

保羅‧皮科威茲著　譚一青、季國平譯　《書生政治家──瞿秋白曲
　　折的一生》　北京市　中國卓越出版公司　1990年

托洛茨基著　劉文飛、王景生、季耶譯　《文學與革命》　北京市
　　外國文學出版社　1992年

洪長泰著　董曉萍譯　《到民間去──1918-1937年的中國知識分子
　　與民間文學運動》　上海市　上海文藝出版社　1993年

斯‧舍舒科夫著　馮玉律譯　《蘇聯二十年代文學鬥爭史實》上海市
　　上海譯文出版社　1994年

費德林等著　宋紹香譯　《前蘇聯學者論中國現代文學》　福州市
　　新華出版社　1994年

曼瑟爾‧奧爾森著　陳郁、郭宇峰、李崇新譯　《集體行動的邏輯》
　　生活‧讀書‧新知三聯書店上海分店、上海人民出版社
　　1995年

瑪利安‧高利克著　陳聖生、華利榮、張林傑等譯　《中國現代文學

批評發生史（1917-1930）》　北京市　社會科學文獻出版社　1997年

周策縱著　周子平等譯　《五四運動：現代中國的思想革命》　南京市　江蘇人民出版社　1999年

馬克・斯洛寧著　湯新楣譯　《現代俄國文學史》　北京市　人民文學出版社　2001年

安敏成著　姜濤譯　《現實主義的限制》　杭州市　江蘇人民出版社　2001年

費約翰著　李霞等譯　《喚醒中國：國民革命中的政治、文化與階級》　北京市　生活・讀書・新知三聯書店　2004年

雷蒙德・威廉斯著　王爾勃、周莉譯　《馬克思主義與文學》　鄭州市　河南大學出版社　2008年

雅克・朗西埃著　張新木譯　《文學的政治》　南京市　南京大學出版社　2014年

長堀祐造著　王俊文譯　《魯迅與托洛茨基》　臺北市　人間出版社　2015年

彼得・伯克著　楊豫譯　《圖像證史》　北京市　北京大學出版社　2019年

中井政喜著　許丹誠譯　《革命與文學：1920年代中國文學批評新論》　福州市　福建教育出版社　2020年

迪克・赫伯迪格著　席志武譯　《隱在亮光之中——流行文化中的形象與物》　武漢市　重慶大學出版社　2020年

張秋華、彭克巽、雷光編選　《「拉普」資料匯編》上冊　北京市　中國社會科學出版社　1981年

楊柄編　《馬克思恩格斯論文藝和美學》　北京市　文化藝術出版社　1982年

中國社會科學院文學研究所文藝理論研究室編　《列寧論文學與藝術》　北京市　人民文學出版社　1983年

白嗣宏編選　《無產階級文化派資料選編》　北京市　中國社會科學
　　　　出版社　1983年

費正清主編　《劍橋中華民國史》（第一、二部）　章建剛等譯　上
　　　　海市　上海人民出版社　1991-1992年

羅德里克・麥克法夸爾、費正清主編　金光耀等譯　《劍橋中華人民
　　　　共和國史（1966-1982）》　上海市　上海人民出版社　1992年

王德威主編　《哈佛新編中國現代文學史》　臺北市　麥田出版社
　　　　2021年

其他文獻

李何林等　《中國新文學史研究》　北京市　新建設雜誌社　1951年

蔡　儀　《中國新文學史講話》　上海市　新文藝出版社　1952年

丁　易　《中國現代文學史略》　北京市　作家出版社　1955年

馮雪峰　《回憶魯迅》　北京市　人民文學出版社　1957年

北京師範學院中文系漢語教研組編著　《五四以來漢語書面語言的變
　　　　遷和發展》　北京市　商務印書館　1959年

許廣平　《魯迅回憶錄》　北京市　作家出版社　1961年

王　瑤　《中國新文學史稿》　上海市　上海文藝出版社　1982年

蕭公權等　《近代中國思想人物論──社會主義》　臺北市　時報文
　　　　化出版事業公司　1982年

江西師範大學中文系蘇區文學研究室編著　《江西蘇區文學史》　南
　　　　昌市　江西人民出版社　1984年

楊雲若、楊奎松　《共產國際和中國革命》　上海市　上海人民出版
　　　　社　1988年

李衍柱主編　《馬克思主義文藝理論在中國》　濟南市　山東文藝出
　　　　版社　1990年

張起厚　《中共地下黨時期報刊調查研究》　臺北市　永業出版社
　　　　1991年

艾曉明　《中國左翼文學思潮探源》　長沙市　湖南文藝出版社
　　　　1991年

張大明　《不滅的火種──左翼文學論》　成都市　四川文藝出版社
　　　　1992年

朱輝軍　《西風東漸──馬克思主義文藝理論在中國》　北京市　北
　　　　京燕山出版社　1994年

程正民　《二十世紀俄蘇文論》　天津市　百花文藝出版社　1994年

曠新年　《1928：革命文學》　濟南市　山東教育出版社　1998年

陳永發　《中國共產革命七十年》　臺北市　聯經出版事業公司
　　　　1998年

劉炎生　《中國現代文學論爭史》　廣州市　廣東人民出版社　1999年

王善忠主編　《馬克思主義美學思想史》　北京市　中央編譯出版社
　　　　1999年

杜書瀛、錢競主編　《中國20世紀文藝學學術史》　上海市　上海文
　　　　藝出版社　2001年

魯　迅　《魯迅全集》（18卷本）　北京市　人民文學出版社　2005年

陳福康、丁言模　《楊之華評傳》　上海市　上海社會科學院出版社
　　　　2005年

劉勇、楊志、李春雨等　《馬克思主義與20世紀中國文學》　南昌市
　　　　百花洲文藝出版社　2006年

王宏志　《魯迅與「左聯」》　北京市　新星出版社　2006年

張小紅　《左聯與中國共產黨》　上海市　上海人民出版社　2006年

姚　辛　《左聯史》　北京市　光明日報出版社　2006年

郭國昌　《20世紀中國文學的大眾化之爭》　南昌市　百花洲文藝出
　　　　版社　2006年

黎活仁　《文藝政策論爭史》　臺北市　大安出版社　2007年

劉永明　《左翼文藝運動與中國馬克思主義文藝理論的早期建設》　北
　　　　京市　中國文聯出版社　2007年

曹清華　《中國左翼文學史稿（1921-1936）》　北京市　中國社會科
　　　　學出版社　2008年

鍾俊昆　《中央蘇區文藝研究：以歌謠和戲劇為重點的考察》　北京
　　　　市　中國社會科學出版社　2009年

王奇生　《革命與反革命：社會文化視野下的民國政治》　北京市
　　　　社會科學文獻出版社　2010年

傅修海　《時代覓渡的豐富與痛苦──瞿秋白文藝思想研究》　北京
　　　　市　中國社會科學出版社　2011年

黃道炫　《張力與限界：中央蘇區的革命（1933-1934）》　北京市
　　　　社會科學文獻出版社　2011年

張大明　《中國左翼文學編年史》　北京市　社會科學文獻出版社
　　　　2013年

周平遠　《從蘇區文藝到延安文藝──馬克思主義文論中國化歷史進
　　　　程》　北京市　社會科學文獻出版社　2014年

王　燁　《國民革命時期國民黨的革命文藝運動（1919-1927）》　廈
　　　　門市　廈門大學出版社　2014年

傅修海　《瞿秋白與左翼文學的中國化進程》　北京市　人民文學出
　　　　版社　2015年

羅嗣亮　《現代中國文藝的價值轉向──毛澤東文藝思想與實踐新探》
　　　　北京市　社會科學文獻出版社　2015年

盧燕娟　《人民文藝再研究》　北京市　文化藝術出版社　2015年

傅修海　《現代中國文學考察筆記》　福州市　海峽文藝出版社　2016
　　　　年

楊勝剛　《中國共產黨的政治實踐與左翼文學》　北京市　當代中國
　　　　出版社　2016年

陳朝輝　《文學者的革命：論魯迅與日本無產階級文學》　北京市　光
　　　　明日報出版社　2016年

劉文輝　《中央蘇區紅色戲劇研究》　北京市　中國戲劇出版社　2017年

張廣海　《政治與文學的變奏：中國左翼作家聯盟組織史考論》　香港　三聯書店　2017年

楊　方　《融合和堅守：左翼文藝與延安文藝的關聯研究》　北京市　人民日報出版社　2018年

李　瑋　《魯迅與20世紀中國政治文化》　南昌市　百花洲文藝出版社　2018年

許明、馬馳主編　《馬克思主義與20世紀中國文藝活動》　鄭州市　河南人民出版社　2018年

劉　奎　《詩人革命家：抗戰時期的郭沫若》　北京市　北京大學出版社　2019年

湛曉白　《語文與政治：民國時期漢字拉丁化運動研究》　鄭州市　河南人民出版社　2019年

李冬木　《魯迅精神史探源》　臺北市　秀威資訊科技公司　2019年

王一川主編　《中國現代文論史》　北京市　北京師範大學出版社　2019年

魏天無　《中國早期馬克思主義文學批評形態研究》　北京市　人民出版社　2020年

康　凌　《有聲的左翼　詩朗誦與革命文藝的身體技術》　上海市　上海文藝出版社　2020年

丁帆主編　《中國現當代文學制度史》　北京市　作家出版社　2020年

黃修己主編　《中國現代文學研究通史》　廣州市　廣東人民出版社　2020年

包　瑩　《蘇區文藝與戰地文藝傳統的發生》　中山大學2021年博士學位論文（指導教授：林崗）

林　崗　《漫識手記》　廣州市　花城出版社　2021年

蘇汶編　《文藝自由論辨集》　彰化縣　現代書局　1933年

周揚編　《馬克思主義與文藝》　上海市　解放社　1950年

馬良春、張大明編　《三十年代左翼文藝資料選編》　成都市　四川
　　　　人民出版社　1980年

中國社會科學院文學研究所《左聯回憶錄》編輯組編　《左聯回憶
　　　　錄》　北京市　中國社會科學出版社　1982年

吉明學、孫露茜編　《三十年代「文藝自由論辯」資料》　上海市
　　　　上海文藝出版社　1990年

江西省文化廳革命文化史料徵集辦公室、福建省文化廳革命文化史料
　　　　徵集辦公室編　《中央蘇區革命文化史料匯編》　南昌市
　　　　江西人民出版社　1994年

李文海主編　《民國時期社會調查叢編》　福州市　福建教育出版社
　　　　2004年

姜亞沙、經莉、陳湛綺編　《中國共產黨早期刊物匯編》　全國圖書
　　　　館文獻縮微複製中心　2005年

姜亞沙、經莉、陳湛綺主編　《抗日戰爭期刊匯編》　全國圖書館文
　　　　獻縮微複製中心　2006年

汕頭大學文學院新國學研究中心主編　《中國左翼文學國際學術研討
　　　　會論文集》　汕頭市　汕頭大學出版社　2006年

《紅藏：進步期刊總匯（1915-1949）》編輯出版委員會編　《紅藏：
　　　　進步期刊總匯（1915-1949）》　湘潭市　湘潭大學出版社
　　　　2014年

《中央蘇區文藝叢書》編委會編　《中央蘇區文藝史料集》　武漢市
　　　　長江文藝出版社　2017年

朱德發、蔣心煥、李宗剛編　《第三次國內革命戰爭時期解放區文藝
　　　　運動資料匯編》　瀋陽市　遼寧人民出版社　2018年

羅崗、孫曉忠主編　《重返「人民文藝」》　上海市　上海人民出版社
　　2019年

二　外文文獻

專著

М. Е. Шнейдер（施奈德），«ТворческийпутьЦюйЦю-бо, 1899-1935»
　　（《瞿秋白的創作道路（1899-1935）》）, Москва: Наука, 1964.

T. A. Hsia, *The Gate Of Darkness*, Seattle: University of Washington Press,
　　1968.

Merle Goldman, *Modern Chinese Literature in the May Fourth Era*,
　　Cambridge, MA: Harvard University Press, 1977.

Paul Pickowicz, *Marxist literary thought and China: A conceptual
　　framework, Berkeley: Center for Chinese Studies, Institute of
　　East Asian Studies*, University of California, 1980.

Raymond F. Wylie, *The Emergence of Maoism: Mao Tse-tung, Ch'en Po-ta,
　　and the Search for Chinese Theory*, 1935-1945, Stanford: Stanford
　　University Press, 1980.

Paul G. Pickowicz, *Marxist literary thought in China: The influence of
　　Ch'ü Ch'iu-pai*, Berkeley: University of California Press, 1981.

Hung Chang-Tai, *War and Popular Culture: Resistance in Modern China*,
　　1937-1945, Berkeley: University of California Press, 1994.

Kirk A. Denton, *Modern Chinese Literature Thought: Writings on Literature*,
　　1893-1945, Stanford: Stanford University Press, 1996.

Nick Kight, *Marxist Philosophy in China: From Qu Qiubai to Mao Zedong*,
　　1923-1945, Dordrecht: Springer, 2005.

矢吹晉、藤野彰　「客家と中國革命：『多元的國家』への視座」（《客家與中國革命：多元國家的視角》）　東京　東方書店　2010

學位論文

Kung Chi-Keung, "Intellectuals and Masses: the Case of Qu Qiu-bai", PhD diss., Madison: University of Wisconsin-Madison, 1995.

Liu Xinmin, "The self in dialogue: Refiguring the subject in Chinese modernity", PhD diss., New Haven: Yale University, 1997.

期刊論文

Paul G. Pickowicz, "Lu Xun Through the Eyes of Qu Qiu-bai: New Perspectives on Chinese Marxist Literary Polemics of the 1930s", *Modern China*, No. 3(1976), pp. 327-368.

Paul G. Pickowicz, "Ch'u ch'iu-pai and the Chinese Marxist Conception of Revolutionary Popular Literature and Art", *The China Quarterly*, No. 70(1977), pp. 296-314.

作者簡介

傅修海

　　福建師範大學閩江學者特聘教授，曾任華南農業大學文法學院教授、中文系主任。主要從事中國現當代文學研究。曾獲評河南省委宣傳部百名優秀社科理論人才、河南省優秀博士後、河南省高校哲社優秀學者、河南省高校哲社研究年度人物、河南省教育廳學術技術帶頭人、河南省教育廳高等學校創新人才、河南省教育廳高校青年骨幹教師，曾獲河南省人文社科成果二等獎、三等獎，連續兩次獲河南省教育廳人文社科成果特等獎。出版有專著《時代覓渡的豐富與痛苦：瞿秋白文藝思想研究》、《瞿秋白與左翼文學的中國化進程》等。在《文學評論》、《文藝研究》、《中國現代文學研究叢刊》、《文藝爭鳴》等發表學術論文近百篇，被《人大報刊複印資料》等全文轉載或轉摘十篇。美國哈佛—燕京學社官方網站曾刊發其專著長篇英文學術書評。

本書簡介

　　左翼文學是中國現代文學的重要組成部分，是無數革命先驅在思想文化領域取得的成果，與馬克思主義在中國的傳播密切相關。中國左翼文學的在場者和實踐者，往往也是中國早期馬克思主義的接受者和傳播者。而所謂文學現場研究，我們的理解是，在借鑒「文學場」（布爾迪厄）、「歷史敘事」（海登·懷特）、「總體歷史」（福柯）、「活

著的過去」（科林伍德）等較成熟的理論的基礎上，展開對相關文學活動鏈、文學事件、文學交往、文學景觀、文本關係網絡等的還原、體察與研究。因此，本書立足於馬克思主義傳播語境下的中國左翼文學現場研究，從中國左翼文學的「思潮發生現場」、「創作現場」、「批評現場」、「傳播現場」、「文學活動現場」五個方面，基於個案和具體現象展開深入探討，旨在發掘中國馬克思主義傳播者的文學史貢獻與思想史意義。其中，還原馬克思主義傳播語境、選擇中國左翼文學現場的結構元素並加以描述和探討是重點。

福建師範大學文學院百年學術論叢·第八輯 1702H08

中國左翼文學現場研究

作　　者　傅修海
總 策 畫　鄭家建　李建華

發 行 人　林慶彰
總 經 理　梁錦興
總 編 輯　張晏瑞
編 輯 所　萬卷樓圖書股份有限公司
　　　　　臺北市羅斯福路二段 41 號 6 樓之 3
　　　　　電話 (02)23216565
　　　　　傳真 (02)23218698

發　　行　萬卷樓圖書股份有限公司
　　　　　臺北市羅斯福路二段 41 號 6 樓之 3
　　　　　電話 (02)23216565
　　　　　傳真 (02)23218698
　　　　　電郵 SERVICE@WANJUAN.COM.TW
香港經銷　香港聯合書刊物流有限公司
　　　　　電話 (852)21502100
　　　　　傳真 (852)23560735

如何購買本書：
1. 劃撥購書，請透過以下郵政劃撥帳號：
　 帳號：15624015
　 戶名：萬卷樓圖書股份有限公司
2. 轉帳購書，請透過以下帳戶
　 合作金庫銀行 古亭分行
　 戶名：萬卷樓圖書股份有限公司
　 帳號：0877717092596
3. 網路購書，請透過萬卷樓網站
　 網址 WWW.WANJUAN.COM.TW
大量購書，請直接聯繫我們，將有專人為
您服務。客服：(02)23216565 分機 610

如有缺頁、破損或裝訂錯誤，請寄回更換
版權所有·翻印必究
Copyright©2024 by WanJuanLou Books CO., Ltd.
All Rights Reserved　　　　Printed in Taiwan

ISBN 978-626-386-102-2
2024 年 6 月初版二刷
定價：新臺幣 460 元

國家圖書館出版品預行編目資料

中國左翼文學現場研究/傅修海著. -- 初版. --
臺北市：萬卷樓圖書股份有限公司, 2024.06
印刷
　面；　公分. -- (福建師範大學文學院百年學
術論叢. 第八輯；1702H08)
ISBN 978-626-386-102-2(平裝)
1.CST: 左翼文學 2.CST: 中國文學 3.CST: 文學
評論
820.9　　　　　　　　13006015